ullstein

AMELIA MARTIN

DAS AUKTIONS HAUS

Die Träume Wiens

Roman

Ullstein

Besuchen Sie uns im Internet:
www.ullstein.de

Wir verpflichten uns zu Nachhaltigkeit

- Klimaneutrales Produkt
- Papiere aus nachhaltiger Waldwirtschaft und anderen kontrollierten Quellen
- ullstein.de/nachhaltigkeit

MIX
Papier
FSC FSC® C083411

Originalausgabe im Ullstein Taschenbuch
1. Auflage Februar 2022

Umschlaggestaltung: bürosüd GmbH, München
Titelabbildung:
arcangel / © Lee Avison (Figur),
www.buerosued.de (Rest)
Gesetzt aus der Quadraat Pro powered by pepyrus.com
Druck und Bindearbeiten: CPI books GmbH, Leck
ISBN 978-3-548-06397-3

Es ist ja ganz gleich,
Wen wir lieben
Und wer uns das Herz einmal bricht.
Wir werden vom Schicksal getrieben,
Und das Ende ist immer Verzicht.
Zarah Leander

Das Leben geht weiter. Als es erlaubt ist.
Karl Kraus

Die Hauptfiguren

London

Sarah Rosewell – Auktionshaus Hofmann's, Wien
Philip Maynard – Fotograf
Lady Gwendoline Sudbury – Sarahs Wohltäterin und Freundin
Hannah und Levi Hirschel – jüdische Antiquitätenhändler und Sarahs beste Freunde
Charley Randall – Klubbesitzer in London und Sarahs Freund seit Kindertagen
Lord Coltham – Kunde von Varnham's, London
Edmund Coltham – sein Sohn
Ravi Shah – indischer Polospieler
William Rowland – Direktor von Varnham's, London

Wien

John Redloff – amerikanischer Kaufhausmillionär
Joseph Lehner – Direktor des Auktionshauses Hofmann's, Wien
Dr. Burkhard Schachner – Experte bei Hofmann's
Rudi Moser – Experte bei Hofmann's
Alfred Kutschera – Finanzbuchhalter bei Hofmann's
Irma Bruckner – Sekretärin bei Hofmann's
Christine Vogl – Sekretärin bei Hofmann's
Bertha Zuckerkandl – führt einen literarischen Salon in der Oppolzergasse 6 in Wien
Shlomo und Jalda Lubawitsch – Nachbarn und Freunde von Hannah und Levi
Sebastian Lodron – nobler Kunde von Hofmann's

Prof. Wilhelm Czermak – Archäologe, Mitglied im Geheimbund der Deutschen Gemeinschaft

Camillo Castiglioni – Kunde von Hofmann's, Industrieller, Parvenu

1

Wien 1920

Die Turmuhr der Jesuitenkirche hatte gerade zur zweiten nächtlichen Stunde gerufen. Sarah Rosewells Füße schmerzten und wurden mit jedem Schritt schwerer. Eine bleierne Müdigkeit hatte sich ihres Körpers bemächtigt. Und morgen musste sie um sieben Uhr im Auktionshaus sein. Hofmann's plante eine große Winterauktion. Sarah seufzte und blieb kurz stehen. Ein Geräusch ließ sie aufhorchen. Nur ein Nachhall, dachte sie, doch nein, jemand war stehen geblieben, genau wie sie. In der schummrigen Dunkelheit konnte sie jedoch niemanden ausmachen. Das Licht der Straßenlaterne reichte nicht bis zu diesem Hauseingang, und die nächste Laterne stand erst am Universitätsplatz.

Sarah straffte die Schultern, zog die Handschuhe glatt und hob das Kinn. Vielleicht hatte sie sich getäuscht. Es war spät, und sie hatten gefeiert und getanzt. Ihre Freundin Hannah war so ausgelassen gewesen wie schon lange nicht mehr. Vor Monaten hatte Hannah eine weitere Fehlgeburt erlitten und war in eine tiefe Depression gefallen. Der Abend in der *Renaissance Bar* mit Freunden war genau das Richtige gewesen, um für Ablenkung von trüben Gedanken zu sorgen.

Wachsam setzte Sarah ihren Weg fort und blieb am nächsten

Portal, direkt unter dem barocken Balkon stehen, nur um sicherzugehen. Da, die Schritte verhallten. Jetzt schaute sie sich um und entdeckte den Umriss von Schuhspitzen, die aus einem Hauseingang hinter ihr hervorlugten. Jemand folgte ihr. Ruhe bewahren, dachte sie. Bis zum Eingang ihres Wohnhauses waren es nur noch wenige Meter. Normalerweise fühlte sie sich in der Sonnenfelsgasse sicher. Solide Bürgerhäuser, der Universitätsplatz vor der Kirche und weiter hinten das Universitätspedellhaus machten die Straße zu einer bevorzugten Adresse mitten in der Inneren Stadt. Von hier aus konnte sie bei gutem Wetter zu Fuß am Stephansdom und dem Graben vorbei zur Hofburg gehen, in deren Nähe sich das traditionsreiche Auktionshaus Hofmann's befand.

Mit einem Gefühl wachsenden Unbehagens sah Sarah zu den Fenstern der umliegenden Wohnungen hinauf, nur in einem Dachfenster des vierten Stocks brannte noch Licht. Wahrscheinlich ein Student, der für seine Examensarbeit paukte. Etwas Kaltes landete auf ihrer Nasenspitze. Es schneite! Mehr und mehr Flocken schwebten in rascher Folge hernieder und erstickten die Geräusche der nächtlichen Stadt. Plötzlich schnürte Angst ihr die Kehle zu, und ihr Magen rebellierte. Sie war nur eine Fremde in Wien, eine Ausländerin. Wen kümmerte ihr Schicksal?

Schnell lief sie weiter und hörte, wie auch ihr Verfolger sich in Bewegung setzte. Sie fingerte ihren Haustürschlüssel aus der Manteltasche und rannte nun auf das Mietshaus zu, in dem sie eine kleine Wohnung bezogen hatte. Warum nur hatte sie Tamás Hercegs Angebot, sie nach Hause zu bringen, abgelehnt? Dann wäre sie jetzt nicht in dieser Situation! Der ungarische Poet war ein Freund von Levi Hirschel, Hannahs Mann, und durchaus freundlich. Nur neigte er zu einem überschäumenden Temperament und leidenschaftlichen Ausbrüchen, vor denen Sarah sich scheute.

Ihre Stiefel glitten auf der dünnen Schneeschicht aus, und sie stürzte zu Boden, wobei sie sich nur mit einer Hand abfangen konnte und ihr der Haustürschlüssel entglitt.

»Nein!«, stöhnte sie, als der Schmerz durch ihr linkes Handgelenk fuhr, verfluchte ihr Abendkleid, dessen feiner Stoff sich um ihre Beine wickelte und sie daran hinderte, aufzustehen.

Schwere Schritte kamen näher, und plötzlich wurde sie am Arm gepackt und hochgerissen. Ein Schwall widerwärtiger Ausdünstungen schlug ihr entgegen, schlimmer jedoch war der kalte Stahl, den sie durch den Stoff ihres Mantels an ihren Rippen spürte.

»Keinen Mucks, sonst steche ich zu!«, knurrte eine tiefe Stimme an ihrem Ohr.

Ein Landsmann, schoss es Sarah durch den Kopf, als sie den breiten Londoner Akzent vernahm. »Was wollen Sie?«, stöhnte sie und versuchte, den Kopf zu wenden, um ihren Angreifer zu erkennen, doch der Mann stieß sie grob nach vorn, sodass sie gegen die Hauswand stolperte.

Die Schneeflocken gingen dichter hernieder und fielen ihr in die Augen. Sie blinzelte, leckte sich die Lippen und versuchte, sich dem Griff des Angreifers zu entwinden.

»Gib mir deine Tasche, na los, mach schon!«

Ihre freie Hand pochte vor Schmerz, und sie hatte das Gefühl, dass sie gebrochen war. »Ich kann nicht, meine Hand, ich kann nicht!«

Der Kerl packte ihren Hals, drückte sie gegen die Wand und riss ihre Kette ab.

Ein lauter Schmerzensschrei entfuhr Sarah, und ihr Kampfgeist war erwacht. Sie brüllte: »Weg! Gehen Sie weg! Hilfe!«

Über ihr wurde ein Fenster aufgestoßen, und ein verschlafener Mann hielt seinen Kopf heraus. »Was geht denn da drunten vor?«

»Helfen Sie mir!«, rief Sarah auf Deutsch, und plötzlich ließ der Angreifer von ihr ab und verschwand hinter einem Vorhang aus weißen Flocken, die unschuldig alles einhüllten.

Nun gingen auch in anderen Wohnungen die Lichter an, und bald darauf half man ihr die Stufen hinauf in ihr Mietshaus. In der Wohnung im Hochparterre lebte der Amtsvorsteher Liebig mit seiner Frau, einer neugierigen rundlichen Person, die jedoch hilfsbereit mit Riechsalz und einem Glas Wasser herbeieilte.

»Ach du meine Güte! Sie armes Geschöpf! Alfons, hilf mir doch mal.« Das Ehepaar brachte Sarah in die Küche ihrer Wohnung, wo im Herd noch Kohlen glühten.

»Sie bluten ja!«, rief Frau Liebig und suchte nach einem Tuch, das sie Sarah an den Hals drückte.

»Mein Skarabäus«, flüsterte Sarah und tastete nach der Kette, die der Angreifer jedoch abgerissen und mitgenommen hatte.

»Alfons, was machen wir denn nur mit ihr? Wollen Sie ins Hospital, Gnädigste?« Frau Liebig zog sich einen Schemel herbei und nahm Sarahs Arm, zog den Handschuh ab und drückte prüfend das Handgelenk, das sich zu verfärben begann.

»Meine Frau war mal Krankenschwester, wissen Sie. Die kennt sich aus«, erklärte Herr Liebig stolz.

»Ich würde sagen, Sie haben Glück gehabt. Gebrochen ist wohl nichts. Aber zur Sicherheit sollten Sie das einem Arzt zeigen.« Helle Augen ruhten neugierig auf Sarah. Frau Liebig trug einen Morgenrock, der ihre üppige Oberweite kaum zähmen konnte. »Was machen S' denn auch so spät allein noch auf der Straße?«

»Die jungen Leut, Hedwig. Waren S' feiern?«, warf ihr Gatte ein und holte eine Flasche und drei kleine Gläser aus einem Schrank. »Hier, das wärmt Sie durch. Soll ich die Gendarmerie verständigen?«

Dankbar nahm Sarah das Schnapsglas und trank den süßen Pflaumenlikör. »Nein, nein, ich gehe morgen früh Anzeige erstatten. Was können die schon machen. Der Kerl ist fort. Nur um meinen Schmuck tut's mir leid.«

Der Skarabäusanhänger war ein Geschenk von Philip gewesen, ihrem Geliebten. Ihr Schädel brummte, und die wildesten Spekulationen wirbelten durcheinander. Immer wieder dachte sie, ein Engländer, ein Landsmann hatte sie angegriffen. Konnte das ein Zufall sein? Hing der Angriff mit der bedrohlichen Karte zusammen, die sie vor einigen Monaten erhalten hatte, als sie mit Philip in Wien war?

2

Auktionshaus Hofmann's, Wien 1920

»Frau Rosewell, schaun S' bittschön einmal drüber?«

Sarah blickte auf und warf einen Blick auf die getippten Seiten, die der junge Mann ihr reichte.

»Danke, Oskar.« Sie legte die Porzellanplatte ab, die sie gerade untersuchte, nahm die Unterlagen entgegen und legte sie neben einen Stapel Fotografien auf ihren Schreibtisch. Noch immer konnte sie sich nicht gänzlich an die Betonung gewöhnen, mit der die Wiener ihren Namen aussprachen. Manchmal klang er in ihren Ohren so fremd, dass sie nicht merkte, wenn man sie ansprach.

Oskar, der trotz seines schwarzen Anzugs noch sehr jung wirkte, zeigte auf die offene Schmuckschatulle, die neben dem Telefon stand. »Das Zeug da wird nicht viel einbringen, dabei hat die Alte, die es eingeliefert hat, so ein Gewese drum gemacht.«

Ein wenig indigniert hob Sarah den Blick. Er wusste es nicht besser, sagte sie sich und fühlte sich doch verletzt, so als wären es ihre Schmuckstücke, die hier zur Begutachtung lagen. »Die Alte, das war die Frau Pfabigan, eine Witwe, deren Mann und zwei Söhne im Krieg geblieben sind.« Sie versuchte, ohne Vorwurf in der Stimme zu sprechen, denn Oskar musste lernen, worauf es in einem Auktionshaus ankam.

Der junge Mann, nicht dumm, aber noch in der Ausbildung und direkt von der Schule kommend, veränderte seinen leicht überheblichen Gesichtsausdruck und betrachtete die Damenschmuckgarnitur eingehender. »Aber das ist doch nur Volksschmuck, nicht wahr?«

»Nur, lieber Oskar? Das ist feinste Goldschmiedearbeit aus Siebenbürgen. Das Medaillon hat in der Mitte eine sehr schön geschnitzte Muschelkamee, folierte Rubine und Smaragde. Die Ohrgehänge sind ebenso kunstvoll gearbeitet und die Steine sogar von hoher Qualität. Ich würde sagen, dass die Besonderheit dieser Garnitur genauso in ihrer Herkunft wie in ihren hochwertigen Materialien liegt. Wenn Sie sich Entwürfe der Wiener Werkstätte ansehen, werden Sie viele Parallelen feststellen.«

Nun leicht betreten, nickte Oskar. »Verzeihung, dass ich so vorschnell geurteilt habe.«

Sarah bedachte ihn mit einem Lächeln. »Wir haben alle einmal angefangen. Aber vergessen Sie nie, woher die Stücke stammen, die wir verkaufen. Es sind Menschen, die aus den verschiedensten Beweggründen zu uns kommen. Jeder Einlieferer ist ein Kunde, den wir mit Hochachtung behandeln, egal, ob er einen französischen Salontisch, ein Fabergé-Ei oder einen angestoßenen Deckelpokal mitbringt. Wir schauen uns jedes Stück mit der gleichen Aufmerksamkeit an. Denn wenn uns der Kunde vertraut, kommt er wieder und bringt beim nächsten Mal anstelle des Deckelpokals vielleicht das Tiffany-Collier seiner Großtante mit.«

Angesichts der sanften, aber deutlichen Maßregelung stieg dem jungen Mann die Schamesröte in die Wangen. »So habe ich das nicht gesehen.«

»Wie gesagt, Oskar, wir lernen nie aus.« Das Telefon klingelte, und der Mitarbeiter nutzte die Gelegenheit, sich zu entfernen.

»Hofmann's, Büro von Sarah Rosewell. Mit wem habe ich das Vergnügen?«, meldete sich Sarah.

»Das Vergnügen ist ganz meinerseits«, erklang die vertraute Stimme von Philip Maynard. Sarahs Herz machte einen Satz: Der Fotograf war Sarahs große Liebe, auch wenn die Umstände es ihnen nur selten erlaubten, sich zu sehen.

»Du bist zurück? Du bist schon in Wien?«

»Gerade angekommen. Diesmal habe ich ein Zimmer im *Grand Hotel* genommen. Ich will dich groß ausführen. Bewahr dir deinen Appetit für heute Abend. Ich lade dich ins Restaurant hier im Hotel ein. Es gibt Musik, und, ach, meine Liebste, ich kann es einfach nicht erwarten, dich zu sehen!«

Intuitiv fasste Sarah an ihren Hals, wo der Skarabäusanhänger gehangen hatte. Der Überfall war erst wenige Tage her, und da sie noch keine Gelegenheit gehabt hatte, mit Philip zu telefonieren, hatte sie ihm noch nichts davon erzählt. Es kam oft vor, dass Philip wochenlang im Rahmen archäologischer Expeditionen unterwegs war. Dann erreichte sie irgendwann ein Brief oder ein Telegramm aus einem entlegenen Winkel der Erde. Am schönsten jedoch war es, wenn sie miteinander telefonierten. Wenn sie seine Stimme hörte, war er ihr nahe und die Wochen oder Monate der Trennung unbedeutend. Und dann gab es die Wiedersehen, für die sie lebte. Es kam vor, dass er überraschend vorbeikam und sie aufgrund ihrer Tätigkeit für das Auktionshaus kaum Zeit für ihn hatte. Er beschwerte sich nie, genauso wenig, wie sie sich beklagte.

Es gab nur ein Thema, das sie stillschweigend vermieden: seine Frau Gladys. Philip, der aus einer aristokratischen Familie stammte, hatte aus Pflichtgefühl in die Ehe eingewilligt. Das Vermögen der reichen Granville-Erbin hatte den Stammsitz der Maynards gerettet, während die Granvilles vom gesellschaftlichen Prestige von Philips Familie profitierten. Dass Gladys eine äußerst kapriziöse und egozentrische Person war, las Sarah in den Klatschspalten der Zeitungen – Philip selbst sprach nie von seiner Gattin. Obwohl sich durch den Krieg einiges geändert hatte und man akzeptierte, dass Frauen Tätigkeiten übernahmen, die lange Zeit nur Männern vorbehalten gewesen waren, gab es Grenzen. Künstlerinnen gestand man mehr Freiheiten ihr Liebesleben betreffend zu, von leitenden Angestellten eines renommierten Auktionshauses erwartete man Beständigkeit. Und so bemühten sich Sarah und Philip nach wie vor um Diskretion, wenn sie sich trafen. Außer Sarahs engster Freundin Hannah wusste seit Kurzem nur Lady Sudbury, Sarahs Mentorin, von der heimlichen Beziehung.

»Ich kann es nicht erwarten, zu hören, wie es dir ergangen ist. Rom!« Sie seufzte. Es gab so viele Orte, die sie mit ihm gemeinsam bereisen wollte. »Und wie lange braucht Czermak dich hier? Oh, ich hoffe, Monate!«

Er lachte. »Du würdest mich irgendwann zum Teufel wünschen, weil du herausfindest, dass ich eigentlich ein furchtbar langweiliger Kerl bin.«

»Niemals!«, erwiderte sie leise.

»Ich weiß. Bis heute Abend. Ich liebe dich, Sarah.«

Glücklich wandte sie sich den Schmuckstücken zu, setzte die Taxe für die Damenschmuckgarnitur aus Siebenbürgen fest und machte sich eine Notiz, dass wegen des Limits noch mit Frau Pfabigan gesprochen werden musste. Eine weitere Garnitur mit Granaten und Perlen war von gefälliger Machart, wenn auch von keinem bekannten Goldschmied. Trotzdem würde das Stück einen guten Preis erzielen, genau wie ein Collier mit Altschliffbrillanten und -diamanten, dessen Kette noch dazu in der Länge variierbar war.

Es klopfte an der Tür, und Joseph Lehner, ihr direkter Vorgesetzter, kam herein. Er hatte ihr die Entscheidung, London und Varnham's den Rücken zu kehren, mit seinem großzügigen Angebot leichter gemacht. Natürlich war Direktor Rowland wütend und enttäuscht gewesen, als sie ihm ihren Entschluss, nicht mehr nach London zurückzukehren, mitteilte, zumal sie ihm den wahren Grund verschweigen musste. Irgendwann, so hoffte Sarah, würde sie die unselige Geschichte, die mit der Versteigerung des Coltham-Diamanten ihren Anfang genommen hatte, aufgeklärt haben. Sie hatte einen Fehler gemacht und wollte verhindern, dass Varnham's Ruf deshalb Schaden nehmen sollte.

»Wie geht es meiner Stellvertreterin?« Der große Mann sah sich zufrieden in dem neu eingerichteten Büro um. Ihr Schreibtisch war ein prachtvolles Exemplar des französischen Meisters André-Charles Boulle, mit Ormoulu-Beschlägen und -Intarsien in Schildpatteinlagen. Voller Stolz hatte Lehner ihr das Büro gezeigt, in dem sich außerdem drei Sessel und ein Tisch aus der Wiener Werkstätte befanden. Ein Bücherregal mit Nachschlagewerken und Ordnern mit bereits verkauften Stücken half Sarah als erste Quelle. Für detaillierte Informationen standen ihr die Mitarbeiter und eine hauseigene Bibliothek zur Verfügung.

Sarah wollte sich erheben, doch Lehner bedeutete mit der Hand, dass sie Platz behalten solle. »Danke, Sir, Herr Lehner«, korrigierte sie sich, denn ihr Deutsch verbesserte sich zwar, doch richtig geläufig war es ihr auch nach einigen Monaten noch nicht. Aber sie arbeitete daran. »Ich fühle mich sehr wohl in Ihrem Haus und hoffe, Sie sind zufrieden mit meiner Arbeit.«

Lehner hatte sie eingestellt und direkt zur stellvertretenden Direktorin ernannt. Das passte einigen langjährigen Experten des

Hauses erwartungsgemäß nicht. Besonders Doktor Fellner, einer der Experten, stichelte bei jeder Gelegenheit gegen sie, und da er ihr keine Fehler nachweisen konnte, bemängelte er ihre Deutschkenntnisse, wann immer sich ihm eine Gelegenheit bot.

»Sehr, meine Gnädigste. Ihr Gespür für besondere Stücke ist bemerkenswert, und Ihr Umgang mit den Kunden beispielhaft. Nur weiter so. Was haben Sie denn gerade in Arbeit?« Er beugte sich über den Schreibtisch.

Der Duft eines herben Rasierwassers hing in der Luft. Lehner kleidete sich mit größter Sorgfalt, und seine handgenähten Schuhe glänzten. Die seidenen Krawatten bezog er aus einem traditionellen Wiener Laden, seine Anzüge ließ er sich in London und Paris schneidern. Adele, seine Frau, trat nicht weniger elegant auf und zeigte sich gern in teuren Pariser Modellen, wenn sie ihren Gatten im Büro besuchte. Dass Frau Lehner die moderne Art der Geschäftsführung ihres Gatten nicht unterstützte, zumindest nicht, soweit es Sarahs Stellung anbelangte, hatte sie gleich bei ihrer ersten Begegnung deutlich gemacht. Eine Frau, noch dazu eine Ausländerin, in leitender Position sei eben unschicklich.

Sarah erläuterte die Garnituren. »In den Mittelpunkt der kommenden Auktion würde ich nicht, wie von Dr. Fellner vorgeschlagen, die Barockmöbel, sondern die Gemma Augustea stellen ...« Sie hob die Porzellanplatte an und reichte sie Lehner.

Dieser nahm die vergoldete ovale Platte und betrachtete sie eingehend. »Die Bildplatte von Lorenz Herr? Porzellan ist eigentlich kein Zugpferd.«

Sarah tippte auf eines der aufgeschlagenen Bücher auf ihrem Schreibtisch. »Aber diese Platte ist viel mehr als das. Wir haben die unversehrte Vergoldung und darin die *en grisaille* gemalte Apotheose von Augustus.«

Grisaille war eine in Grau, Weiß und Schwarz ausgeführte Malerei, eine Technik, die gern zur Nachahmung von Kameen genutzt wurde. Hier war es die berühmte römische Gemma Augustea aus dem neunten bis zwölften nachchristlichen Jahrhundert, welche die Taten von Kaiser Augustus verherrlichte. Das Original war aus einem zweischichtigen arabischen Sardonyx geschnitten und wurde der kaiserlichen Gemmenwerkstatt von Dioskurides zugeschrieben.

»Die Gemma Augustea ist nach der Grand Camée in Paris der zweitgrößte erhaltene antike Kameo. Wenn man jedoch den Kameenschnitt betrachtet, ist sie das kostbarste Kunstwerk dieser Kunstgattung«, erklärte Sarah, die sich eingehend mit dem Objekt befasst hatte. »Und diese Bildplatte ist ein Unikat, stammt aus der kaiserlichen Manufaktur Wiens und wurde 1815 von Meister Lorenz Herr signiert. Die Malerei ist exquisit und suggeriert dem Betrachter eine Erhabenheit, wie man sie nur bei der echten Kamee erwarten würde.«

Direktor Lehner hörte zu und setzte die Platte vorsichtig auf den Schreibtisch, wo sie mattgolden schimmerte. Kaiser Augustus thronte wie Jupiter und hielt einen Augurenstab. Neben ihm saß Roma, die Schutzherrin der Stadt, daneben stand Germanicus in Offizierstracht, auf der anderen Seite fand sich Tiberius.

»Aber hier wird ein Kaiser dargestellt. Ein *Kaiser* …«, gab Lehner zu bedenken.

Das Thema war in Wien sensibel: Nach dem Krieg war aus der einstigen Donaumonarchie eine Republik geworden, im April vergangenen Jahres war das Adelsaufhebungsgesetz erlassen und die Führung von Adelsbezeichnungen, Titeln und Würden unter Strafe gestellt worden.

»Ganz genau. Ein römischer Kaiser. Träumen ist nicht verboten«, sagte Sarah lächelnd.

»So gesehen. Na gut, nehmen wir die Bildplatte als Aufmacher und Titelbild für den Katalog.«

Zufrieden machte sich Sarah eine Notiz.

Es klopfte kurz an der Tür, und Doktor Fellner trat ein. Er war mittelgroß, kräftig mit Neigung zur Fülle und trug eine Brille zum grauen Vollbart. »Ich konnte nicht umhin, mit anzuhören, dass Sie sich über mein bereits ausgearbeitetes Konzept hinwegsetzen wollen. Ich halte das für einen großen Fehler. Herr Direktor, ich kann das nicht akzeptieren!«

Lehner straffte die Schultern, was ihn noch größer erscheinen ließ, und legte dem Doktor einen Arm um die Schultern. Sanft, aber bestimmt dirigierte er den verärgerten Mann aus Sarahs Büro. »Mein lieber Doktor, Sie wollten mir noch eine Expertise zu dem napoleonischen Trumeaukästchen anfertigen. Wie weit sind Sie damit?«

»Äh, ja ...«, begann Fellner, und die Stimmen der Herren entfernten sich.

Seufzend lehnte sich Sarah in ihrem Stuhl zurück und hoffte inständig, dass sie die richtige Entscheidung getroffen hatte.

Der Geiger entlockte seinem Instrument eine wehmütige Melodie, die schneller wurde und Sarahs Füße zum Wippen brachte. Ihre Blicke waren gebannt auf die Gruppe gerichtet.

Da trat der Sänger einen Schritt vor und sang: »Nimm, Zigeuner, deine Geige, lass sehn, was du kannst! Jaj mamám, was liegt mir am lumpigen Geld! Weißt du, wie lange noch der Globus sich dreht, ob es morgen nicht schon zu spät ...«

Sarah lehnte ihren Kopf an Philips Schulter und seufzte. »Erfüllst du mir einen Wunsch, Darling?«

»Jeden«, murmelte er in ihr Haar, das sie seit einigen Wochen kinnlang trug.

»Halt die Zeit für uns an«, flüsterte sie.

Er drückte sie an sich. »Wenn es in meiner Macht stünde, würde ich es tun, meine Liebste.«

Sie saßen noch im Restaurant des *Grand Hotel*, wo auf einer kleinen Bühne ungarische Musiker aufspielten. Besonders gern wurden derzeit die Melodien vom Operettenkönig Emmerich Kálmán gespielt. Das mochte auch daran liegen, dass viele Gäste des Hotels vom Balkan und aus Budapest kamen. Das traditionsreiche Hotel lag am Kärntner Ring und war nicht günstig, jedoch auch nicht zu luxuriös, sodass keine Gefahr bestand, auf Landsleute aus dem Freundeskreis von Philips Frau zu treffen.

Während des Essens hatte Sarah keine unangenehmen Themen zur Sprache bringen wollen und den Überfall verschwiegen, doch sie wusste, dass sie mit ihm darüber sprechen musste. Sie nahm seine Hand. »Ich muss dir etwas sagen, Phil.«

Sie berichtete von dem Überfall und schloss mit Tränen in den Augen: »Und dann hat der verfluchte Kerl mir die Kette vom Hals gerissen und ist damit verschwunden. Es tut mir so leid! Der wundervolle Skarabäus.«

Entsetzt hatte Philip zugehört und nahm nun ihre Hände, um sie zu küssen. »Was sollte dir leidtun? Du kannst von Glück sagen, dass du unversehrt geblieben bist. Nicht auszudenken, was hätte passieren können! Oh, du Arme!« Er zog sie an sich, ungeachtet der anderen Gäste, die jedoch ohnehin zur Bühne sahen.

Nach dem Essen hatte man die Beleuchtung auf die Bühne konzentriert, sodass sich die Tische und Stühle im Halbdunkel befanden. Eine große Zimmerpalme neben ihrem Tisch schirmte sie ein wenig ab. Sarah drückte ihr Gesicht an sein Jackett und lauschte seinem Herzschlag, denn in seiner Nähe fühlte sie sich geborgen.

»Und es war ein Engländer? Da bist du dir sicher?«

»Ja, das ist ja das Schlimme. Es muss mit dem Brief zusammen–« Sie stockte, aber es war bereits zu spät.

»Brief? Du meinst die Drohung mit dem Bibelvers?« Er hielt sie so, dass er ihr in die Augen sehen konnte.

Sarah biss sich zerknirscht auf die Unterlippe. »Ich hätte es ernst nehmen sollen, aber ich wollte keine große Sache daraus machen ...«

Eindringlich musterte er sie. »Keine große Sache? Das habe ich gleich gedacht! Oh, Sarah, du musst mir vertrauen. Ich kann dir nicht helfen, wenn du mich aus deinem Leben ausschließt. Und ich will nicht nur die Sonnenseite mit dir teilen, sondern alles, auch wenn es unangenehm ist. Wie oft muss ich dir das noch sagen. Also?«

»Aber du warst doch nicht hier.« Es sollte kein Vorwurf sein, doch der Schatten, der über seine Miene zog, verriet ihn. »Ich, ich habe Munro bezahlt, mehrfach, aber ich glaube nicht, dass er dahintersteckt. Er ist–«

»Moment! Munro? Der hat dich erpresst? Das war es?« Philip senkte seine Stimme, obwohl er sichtlich aufgebracht war.

»Na ja, das hing doch mit dem Coltham-Diamanten zusammen und weil ich eigenverantwortlich diese dumme Recherche gemacht habe.«

Die Musik spielte noch, doch keiner von beiden hörte noch hin. »Ganz von vorn, Sarah, damit ich alles verstehe.«

In ihrem Innern kämpfte sie mit sich. Sollte sie ihm auch von Charley erzählen? Irgendwann musste er es erfahren. Aber ausgerechnet heute? Vertrauen, dachte sie und sah ihn an. »Ich schäme mich so, Phil. Ich war so jung und unerfahren und habe gedacht, wenn ich die ganze Geschichte des Coltham-Diamanten ans Licht bringe, dann würde das den Stein noch interessanter und berühmter machen.«

Philip Maynard, der seinen Schnauzbart abrasiert hatte, was ihm ausgesprochen gut stand, wie Sarah fand, hob die Augenbrauen. »Die Zeitungsartikel, die Gerüchte um Lord Colthams Verwicklung in den Sturz des Maharadschas von Mokalasar, der Grund dafür waren deine Nachforschungen? Liebe Güte, was hast du dir nur dabei gedacht? Der Lord ist kein Mann, mit dem man sich anlegt! Wie bist du aus der Sache rausgekommen?«

»Leutnant Lineker war der einzige Zeuge, der in Indien dabei war, als Coltham den Maharadscha und seinen Sohn betrogen hat … oder auch nicht betrogen hat. Ich weiß es ja im Grunde nicht!«, sagte Sarah verzweifelt.

»Und dann war der Leutnant tot. Ich erinnere mich an den Artikel. Warum hat Munro dich dann noch immer in der Hand? Du musst diesem miesen Wurm keinen Penny zahlen! Nie wieder, hörst du?!« Philip reichte ihr ein Weinglas. »Du bist ganz blass, trink einen Schluck, Sarah.«

Sie nippte am Wein und fuhr fort: »Ich hatte Angst um meinen Job, meinen Ruf. Für mich ist das nicht so einfach. Du weißt, dass ich es als Frau ohnehin schwerer habe, außerdem habe ich keine reiche Familie, keine Ausbildung. Meine Stellung bei Varnham's beruhte auf der Fürsprache von Lady Sudbury, sonst hätte mir alles Talent der Welt herzlich wenig genutzt. Ich könnte alles verlieren, und das könnte ich nicht ertragen. Das kannst du vielleicht nicht verstehen, aber meine Arbeit bedeutet mir alles. Und jetzt bin ich sogar stellvertretende Direktorin bei Hofmann's. Da kann ich mir einen Skandal noch weniger leisten!«

Sein Blick wurde milder. »Doch, ich verstehe dich, Sarah. Aber lass uns rational darüber nachdenken: In dem Brief stand etwas von Rache. Ein Bibelzitat. Und jetzt dieser Angriff auf dich. Das muss von jemandem ausgehen, der über genügend Geld verfügt, um einen Auftrag im Ausland zu finanzieren. Da bleiben nicht viele Kandidaten.«

»Lord Coltham? Aber warum? Er hat doch keinen Grund mehr und ist froh, wenn es um seine Vergangenheit still bleibt«, gab sie zu bedenken.

»Hast du noch jemanden gegen dich aufgebracht?« Der Fotograf grinste scherzhaft. »Wobei ich mir einfach nicht vorstellen kann, wie dir das gelingt.«

»Nein, ja, also eigentlich nicht wirklich, aber …«, druckste sie herum.

Philip verdrehte die Augen. »Du bist ja schlimmer als eine Medici, und die hatten mehr Feinde als Gemälde an den Wänden.«

»Darf's noch etwas sein?« Der Ober neigte sich zu ihnen, während er die leeren Dessertteller abräumte.

»Nein, danke, die Rechnung bitte«, sagte Philip, ohne aufzusehen.

»Soll ich's aufs Zimmer notieren, gnädiger Herr?«

»Ja, bitte.«

Sarah holte tief Luft und erzählte Philip von ihrem Bruder Benjamin, der schwer verletzt aus dem Krieg zurückgekehrt war, seine Dauerschmerzen mit Morphium betäubte und mehrfach von Charley Randall aus den Fängen brutaler Gangster der Londoner Unterwelt gerettet worden war. »Charley ist seit Kindertagen ein Freund der Familie, und er mochte mich schon immer mehr, als angebracht war.«

Philip lehnte sich zurück und fuhr sich durch die dichten dunklen Haare. »Ah, so erfahre ich also von meinem Nebenbuhler?«

»Aber nein! Um Himmels willen, was denkst du denn?« Sie konnte ihm nicht von der prekären Situation erzählen, in die Charley sie gebracht hatte. »Er hat es sich in den Kopf gesetzt, dass wir zusammengehören. Ich habe ihn mehrfach abgewiesen, in aller Deutlichkeit. Andererseits hat er sich so oft um Ben gekümmert. Vielleicht will er sich nun auf diese Weise holen, worauf er ein Anrecht zu haben glaubt, oder er will mich quälen. Ich weiß es nicht, Phil.«

»Miss Rosewell, ich bin erschüttert. Da tun sich ja plötzlich Abgründe auf …« Phil hob den Zeigefinger und schüttelte den Kopf, doch dann lächelte er verschmitzt und nahm ihre Hand. »Lass uns gehen. Hier ist nicht der Ort, um derlei gefährliche Verschwörungstheorien zu erläutern.«

Erleichtert atmete sie aus. Sie hatte schon befürchtet, er würde sie verurteilen. Vertrauen, dachte sie und drückte seine Hand.

3

Der Kutscher schnalzte mit der Zunge, und die Pferde fielen in einen gemächlichen Trab. Sarah schmiegte sich eng an Philip, der seinen Arm um sie gelegt hatte und die Gebäude und Plätze kommentierte, die sie passierten.

»Ins Burgtheater möchte ich noch mit dir gehen. Ich verstehe zwar nicht alles, aber das macht es gerade so amüsant.«

Sie lachten. »Manche Worte klingen einfach schön. *Marillenknödel* zum Beispiel ist eins meiner Lieblingsworte.« Sie schob ihre Hand in seinen Mantel, um sie zu wärmen. Überhaupt mochte sie es, wenn er bei ihr war, dann fühlte sie sich geborgen und geliebt, ein Gefühl, das ihr so kostbar schien, dass sie es gern konserviert und für den Notfall aufbewahrt hätte.

»Und diese Knödel schmecken auch noch gut. Ich glaube, nur deshalb magst du das Wort so. Aber es passt zu dir«, er grinste und suchte ihren Blick, »du schmeckst genauso süß.« Er beugte sich vor, um sie zu küssen.

Eine Weile vergaßen sie die prachtvollen Gebäude, die Denkmäler und Parkanlagen, die den Glanz der Monarchie hinein in die Republik gerettet hatten. Sie hatten weder Augen für die zerlumpten, abgerissenen Gestalten, die in Hauseingängen und an Ecken herumlungerten, die Hände bettelnd ausgestreckt, noch nahmen sie die Gruppe junger Männer wahr, von denen einige mit Knüppeln und Messern bewaffnet waren und die sich in einer Durchfahrt sammelten.

»So, meine Herrschaften, da wären wir!«, rief der Kutscher von oben und brachte die Pferde in der Nähe des Rathausparks vor einem zweistöckigen Mietshaus zum Halten, dessen Fassade von Volutenkonsolen und Pilastern gegliedert wurde.

Auf der gegenüberliegenden Seite befand sich der Park, und die Universität war auch ganz in der Nähe, genauso wie das Parlament und der Volksgarten. Für Professor Czermak war dies die ideale Lage, erreichte er seinen Arbeitsplatz doch in wenigen Gehminuten. Aufgrund von Czermaks Einladung waren sie heute Abend hier, obwohl Sarah ihren Geliebten lieber zu einem Essen bei Hannah und deren Mann Levi mitgenommen hätte.

Philip half ihr aus der Kutsche und sagte leise, damit ein vorübergehendes Paar, das ebenfalls auf das Haus des Professors zusteuerte, sie nicht hören konnte: »Es wird interessant, glaub mir. Der Professor hat einen gewöhnungsbedürftigen Humor, aber langweilig ist er nicht. Und vergiss nicht die Kontakte, die du für das Auktionshaus knüpfen kannst.«

Sie nahm seinen Arm. »Sicher, nur wäre ein Abend mit Hannah ein Abend unter Freunden gewesen. Jetzt muss ich dich mit all diesen Wichtigtuern teilen.«

»Morgen gehöre ich ganz dir, versprochen.« Er gab ihr einen Kuss auf die Wange, drückte dem Kutscher ein paar Münzen in die Hand und folgte dem Paar die Treppe hinauf.

Der Professor bewohnte eine großzügig geschnittene Wohnung in der Beletage, deren Fenster aufwendig verziert und teilweise mit Balkonen versehen waren. Ihr Gastgeber hatte zu einem zwanglosen Beisammensein eingeladen, bei dem es um den Austausch unter Kollegen und Freunden ging. Ein Hausmädchen nahm ihnen die Mäntel ab und geleitete sie in einen Salon, der mehr einem Museum glich, denn jeder freie Platz war mit Vitrinen und Regalen vollgestellt, in denen sich Fundstücke aus Ägypten und anderen afrikanischen Staaten befanden. Als Sarah den Kopf neigte, um eine Maske zu betrachten, schreckte sie zurück.

Philip lachte. »Die sind gewöhnungsbedürftig, aber sie lassen sich hervorragend fotografieren.«

Ein hagerer Mann mit kahlem Gelehrtenschädel und einer spitzen Nase kam in leicht vorgebeugter Haltung, die Hände auf dem Rücken verschränkt, zu ihnen. »Afrikanische Stammeskunst ist sicher nichts für den sorgfältig kultivierten Geschmack der Westeuropäer, aber es lohnt sich dennoch, sie zu studieren. Das hier beispielsweise ist eine Trauermaske der Mandé, die in der sudanesischen Savanne zu Hause sind.«

Leicht verlegen nickte Sarah, denn der Mann war niemand anderes als ihr Gastgeber. Philip kam ihr zu Hilfe.

»Professor, darf ich Ihnen meine liebe Freundin Miss Rosewell vorstellen?«, sagte er auf Englisch, und der Professor antwortete fließend, wenn auch mit starkem Akzent, in seiner Muttersprache.

»Ah, die fabelhafte Miss Rosewell! Ihr Name ist ja in aller Munde!« Der Gelehrte deutete eine Verneigung an. »Aber wenn man Sie anschaut, ist es kein Wunder, dass der gute Direktor Lehner Sie engagiert hat. Wobei ich doch finde, dass er etwas übers Ziel hinausgeschossen ist, gleich eine Beförderung zur stellvertretenden Direktorin ...« Er schnalzte vielsagend mit der Zunge. »Da gibt es doch erfahrene Experten, die sicher nicht ganz einverstanden sind, was ja auch verständlich ist. Aber nun, der Krieg hat vieles verändert. Da wird's eine Zeit brauchen, bis wir wieder alles in den Griff bekommen haben, nicht wahr, mein werter Maynard?!«

Sarah hatte mit zunehmender Verärgerung den herabwürdigenden Worten des Professors zugehört und wollte zu einer Erwiderung ansetzen, doch Philip berührte ihren Arm und kam ihr zuvor: »Miss Rosewell hatte in London bei Varnham's bereits eine leitende Position inne. Ihre Kataloge erfreuen sich aufgrund der akribisch recherchierten Objekte bei Kennern großer Beliebtheit. Man beruft sich inzwischen auf sie«, sagte er und lächelte charmant.

Wilhelm Czermak hob eine Augenbraue, was ihn wie einen Marabu aussehen ließ. »Da haben Sie aber einen feurigen Fürsprecher, Teuerste. Ich wollte Ihre Kompetenz nicht anzweifeln, nur gibt es eben eine naturgegebene Ordnung, und es ist nie gut, dagegen zu verstoßen.«

Sarah lächelte zuckersüß: »Ganz im Gegenteil, die Welt befindet sich im Wandel. Zurückdrehen lassen sich die Veränderungen nicht mehr. Wissen Sie, wir Frauen dürfen ja nun sogar wählen. Ist das nicht unerhört?«

Sie hoffte, dass der Professor über einen Funken Humor verfügte, und tatsächlich zog nach einem Moment des Nachdenkens ein hochmütiges Lächeln über sein Gesicht. »Wenn man mir so charmant Paroli bietet, ziehe ich den Hut. Und ich werde Hofmann's bei der nächsten Auktion einen Besuch abstatten. Wie steht es denn mit meiner Afrikasammlung? Hätten Sie dafür potenzielle Käufer?«

»Sie wollen sich von diesen Schätzen trennen? Ich weiß nicht, ob irgendjemand sie ebenso zu würdigen wüsste wie Sie, Herr Professor. Aber wenn Sie möchten, prüfe ich mögliche Taxen. Dafür benötige ich nur eine Liste mit genauen Angaben zu den Objekten.« Der Mann ist ein Spieler, der es liebt, die Schwächen der Menschen auszuloten, um sie dann vorzuführen, dachte Sarah.

Der Professor winkte einem militärisch wirkenden Mann mittleren Alters, der gerade zur Tür hereingekommen war, und deutete auf ein an einer Wand aufgebautes Büfett. »Ich werde darüber nachdenken. Bitte, bedienen Sie sich. Spezielle Getränkewünsche erfüllt unser Personal. Ach, und Maynard, ich benötige noch weitere Abzüge der letzten Bildreihe. In zwei Tagen?«

Philip nickte. »Ich werde sie Ihnen zukommen lassen, Professor.«

Inzwischen hatte sich der Salon mit etwa einem Dutzend Gästen gefüllt. Darunter war auch das Paar, das vor ihnen das Haus betreten hatte. Die Frau, deren üppiges Dekolleté von einem auffallend bunten Collier in ungewöhnlichem Design geschmückt wurde, stand in Hörweite und lächelte Sarah an.

In ausgeprägtem Yorker Dialekt wandte sie sich an Sarah: »Verzeihung, aber ich konnte nicht umhin, Ihre Unterhaltung mit anzuhören. Und da wir Landsmänninnen sind, bin ich so frei und stelle mich selbst vor. Justine Zach, geborene Palgrave.« Sie streckte Sarah ihre beringte Hand entgegen.

Überrascht schüttelte Sarah die dargebotene Hand, die ihrerseits kräftig zudrückte. »Sarah Rosewell, es freut mich sehr, Mrs Zach.«

»Oh, Justine, bitte. Das ist mein Gatte Hermann.« Hermann war abgelenkt und nickte nur kurz, als er seinen Namen hörte. »Seiner Familie gehört die Druckerei mit dem Laden. Papierhandlung Zach?«

»Aber ja! Ein wundervolles Geschäft haben Sie da. Ich kaufe dort immer mein Briefpapier und die Tinte.« Das elegante Geschäft lag am Kohlmarkt und gehörte zu den ersten Adressen, wenn es um edles Schreibgerät und exklusive Drucksachen ging. Auch ihre Freundin Hannah Hirschel und ihr Mann ließen dort ihre Visitenkarten für das Geschäft drucken.

Philip flüsterte ihr zu: »Ich kann dich kurz allein lassen? Czermak signalisiert mir gerade, dass er mich jemandem vorstellen will.«

»Ja, geh nur.«

An Justine gewandt, sagte er: »Passen Sie gut auf Sarah auf, in dieser Löwenhöhle!«

Justine kicherte: »Keine Sorge, mit mir geschieht ihr nichts. Ich bin mit vier Brüdern aufgewachsen.« Nachdem Philip gegangen war, sagte Justine: »Ein reizender Mann. Wo habe ich ihn getroffen? Ach ja, im Kaffeehaus, auch in Gesellschaft vom Professor.«

»Und woher kennen Sie den Professor?« Sarah räusperte sich, denn sie wollte nichts Falsches sagen. Dennoch war ihr der Gelehrte unsympathisch.

Die Gespräche im Raum wurden angeregter, und jemand hatte ein Grammofon angestellt, das Wiener Walzer spielte. Nicht besonders originell, aber passend zum konservativen Auftreten von Czermak. Sarah ließ den Blick über die Anwesenden streifen, konnte jedoch keine bekannten Gesichter entdecken. Dafür war sie noch nicht lange genug in Wien oder verkehrte in anderen Kreisen.

Justine verdrehte die Augen. »Ich kenne ihn gar nicht, kann den alten Wichtigtuer nicht ausstehen, aber das muss unter uns bleiben. Mein Mann ist seit Jahren mit ihm befreundet. Sie sind im selben Klub. Sehen Sie den mit dem Schnauzer dort hinten? Der aussieht, als würde er gleich die Hacken zusammenschlagen?«

Sarah folgte dem diskreten Blick ihrer neuen Bekanntschaft und sah einen militärisch wirkenden Herrn, der mit zwei weiteren Herren und Philip beim Professor stand.

»Carl von Bardolff, Kommandant im Großen Krieg, dann Kriegsministerium und nicht zu vergessen – er war am 28. Juni 1914 Augenzeuge, als das Attentat auf Erzherzog Franz Ferdinand von Österreich verübt wurde. Ich weiß das so genau, weil er das jedem erzählt, dem er vorgestellt wird.«

Die Männer wirkten wie eine eingeschworene Gemeinschaft, und Sarah fragte sich, warum sie Philip zu sich gebeten hatten.

Justine winkte einem Dienstmädchen, das mit einem Tablett voller Weingläser vorbeikam. Das Mädchen wirkte müde und schien sich kaum auf den Beinen halten zu können. »Nehmen Sie den Roten, der Weiße schmeckt wie Essigwasser. Czermak ist schrecklich geizig.«

Sarah nahm sich ein Glas. »Danke!«

Der Blick, den das Dienstmädchen ihr zuwarf, war schwer zu deuten. Eine Mischung aus Überraschung, Abwehr und ... Hass? Aber nein, das wäre zu stark, dachte Sarah, seltsam berührt.

»Auf Ihr Wohl, meine Liebe, auf dass Sie sich in Wien gut einleben mögen!«, prostete Justine ihr zu.

»Danke! Ach, eigentlich mag ich die Stadt, wenn nur die Umstände andere wären. Die Not ist überall noch so deutlich spürbar, und ich fühle mich furchtbar, wenn ich durch die Straßen gehe und die hungernden Kinder sehe. Uns geht es so gut, viel zu gut.«

Justine blies die runden Wangen auf. »Jetzt reden Sie sich kein schlechtes Gewissen ein. Die haben ja selbst Schuld hier. Was tun die sich auch mit den Deutschen zusammen und zetteln einen Krieg an? Und gelernt haben sie daraus gar nichts. Republik? Nicht für die Herren dort. Die hätten am liebsten den Kaiser zurück, alles Monarchisten – und Schlimmeres.« Justine senkte ihre Stimme. »Ich kann sie nicht ausstehen, weil sie allesamt Antisemiten und gegen alles Fremde sind.«

»Oh!«, entfuhr es Sarah, die sofort an ihre Freundin Hannah dachte.

»Sind Sie Jüdin?«

»Nein, ich nicht, aber meine beste Freundin.«

Justine sah sie bedeutsam an. »Dann halten Sie sie von diesen Leuten fern. Das sage ich Ihnen ganz offen. Die brüten nichts Gutes aus.«

Ihr Gatte, der sich mit einem jüngeren Mann unterhielt, sah zu ihnen hin, und Justine zuckte ertappt zusammen.

»Eine schöne Kette haben Sie da, Justine«, sagte Sarah, um zu einem unverfänglichen Thema zu wechseln. »Diese Steine. Chalzedone.« Sarah sah genauer hin. Scheinbar wahllos schienen dunkles Violett, Grau und Blau aneinandergereiht, doch im Zusammenspiel wirkten die großen, glatt polierten würfelförmigen Steine und schmückten ihre Trägerin.

Justine wartete ab, was Sarah noch zu ihrem Schmuck sagen würde, und Sarah nahm die Herausforderung mit leichtem Lächeln an.

»Ich würde sagen, dass der Schmuck von einer Engländerin entworfen wurde, Arts and Crafts. Hm, Sibyl Dunlop?«

Beeindruckt klatschte Justine in die Hände. »Bravo! Genau so ist es. Die fabelhafte Sibyl hat diese Kette eigens für mich entworfen. Hermann meint zwar, sie sähe aus wie billiger Kinderschmuck, aber er hat sie mir dennoch gekauft, und sie war keinesfalls günstig.«

Sarah wusste um die begehrten Stücke der britischen Designerin. »Sie ist exquisit und steht Ihnen wirklich gut, Justine! Dann dürfte auch unsere kommende Auktion etwas für Sie sein. Wir haben ein paar sehr ausgefallene Schmuckstücke hereinbekommen.« Sie dachte an das Collier aus Siebenbürgen, das in seiner Machart und vom Stil her Justines Geschmack entsprechen durfte.

Sie plauderten noch eine Weile über die Heimat, wobei Sarah sich zurückhielt und lieber Justine reden ließ, die aus dem Norden stammte und ihre Familie vermisste. »Und wann fahren Sie wieder nach London? Sicher vermissen Sie Ihre Familie auch sehr.«

»Ich weiß es noch nicht. Und meine Freundin Hannah lebt glücklicherweise hier, das macht es leichter. Die Hirschels haben übrigens einen reizenden Antiquitätenladen.«

In diesem Moment kamen Philip und der Professor zurück. Letzterer hatte den Namen aufgeschnappt. »Hirschel? Juden?«

Sarahs Miene verfinsterte sich. »Inwiefern ist das von Bedeutung?«

Der Professor verzog das Gesicht. »Belassen wir es für heute dabei. Irgendwann verstehen Sie auch, was es mit der Bekämpfung des Ungeradentums auf sich hat. Maynard, wie gesagt, kommen Sie vorbei, wenn Sie sich entschieden haben.«

Damit ließ er sie stehen und wandte sich anderen Gästen zu.

Sarah nahm Philips Arm und zog ihn mit sich in eine Ecke hinter eine Vitrine mit afrikanischen Totenmasken. »Was hat das zu bedeuten? Wofür sollst du dich entscheiden? Hat er dich etwa in seinen merkwürdigen Klub eingeladen?«

»Was weißt du davon? Psst, nicht hier, Sarah. Aber nein, es geht um einen Auftrag, von dem ich nicht weiß, ob ich ihn annehmen möchte.« Er sprach so leise, dass Sarah sich anstrengen musste, ihn bei der Geräuschkulisse zu verstehen. »Er ist ein schwieriger Auftraggeber, und auch meine Geduld hat Grenzen. Komm, lass uns gehen, mir reicht es für heute.«

»Mir auch!«, sagte Sarah, und als sie sich in die Augen sahen, wussten sie beide, warum.

4

Die Nacht war kalt und sternenklar und lud zum Spazieren ein. Sarah hakte sich bei Philip unter und legte den Kopf in den Nacken, um die frische Luft einzuatmen.

»Endlich sind wir raus aus diesem Mief! Es war zum Ersticken dort drinnen, und ich meine das in jeder Hinsicht!« Sie stieß einen frustrierten Schrei aus. »Was ist denn los mit diesen Leuten? Wie kann man nur so derart borniert und engstirnig sein?«

Philip sah sich um und nickte einem Herrn in Frack und Zylinder zu, der eilig an ihnen vorbeischritt und dabei seinen Gehstock schwang. »Bitte, halte dich mit deiner Meinung zurück, Darling. Wir sind in Wien, nicht in London. Hier sind wir Ausländer, nichts weiter.«

Seine Worte trafen sie wie ein Dolchstoß. »Deshalb müssen wir uns doch nicht behandeln lassen wie unerwünschtes Geschmeiß!«

»Du übertreibst, Sarah, und uns meinen sie ja auch nicht. Es ist ja auch verständlich, wenn sich die Leute um ihre Existenz sorgen. Hier in Wien ist die Not größer als im Umland.«

Sie riss an seinem Arm und zwang ihn, stehen zu bleiben. »Hör auf, so zu reden! Ich kenne dich ja gar nicht mehr! Hat der Czermak dich so beeinflusst? Oder dieser Bardolff? Ich weiß nicht, wer von beiden schlimmer ist. Speiübel wird mir da. Himmel, ich bin nur froh, dass Hannah nicht dabei war.«

Philip fuhr sich mit einer Hand über das Gesicht und sagte scharf: »Lass das! Natürlich bin ich nicht der Meinung dieser Nationalisten, aber ich brauche die Arbeit! Das musst du doch verstehen. Denkst du eigentlich, dass es immer so einfach für mich ist, genügend Geld für die Reise zu finden? Seit zwei Jahren fährt die Firma von Gladys' Familie Verluste ein. Ich habe dir das nie gesagt, weil ich dich nicht damit belasten wollte. Aber so ist es nun einmal. Wenn ich einen Auftrag annehme, dann kann ich längst nicht mehr so wählerisch sein, denn ich muss sparen und Geld zurücklegen.«

Schockiert sah sie ihn an und schämte sich, dass sie ihn so vorschnell verurteilt hatte. »Es tut mir leid, Darling! Das wusste ich nicht!« Sie umarmte ihn und drückte ihm einen Kuss auf die Lippen. Und dennoch fragte sie sich, wie weit man sich für Geld verbiegen durfte. Es gab Grenzen, die jeder für sich abstecken musste. »Komm, lass uns ins Hotel fahren, mir wird kalt, und wir haben eine Menge zu bereden.«

Als sie später in Philips Hotelzimmer nebeneinander auf dem Bett lagen, die Körper noch verschwitzt vom Liebesspiel, reichte Philip ihr eine Zigarette.

»Manchmal wünsche ich mir, dass wir mehr miteinander reden, alltägliche Dinge teilen würden. Und im selben Moment fürchte ich, dass genau das den Zauber unserer Beziehung zerstören würde.« Er stieß den Rauch zur Decke und legte seine Hand auf ihren flachen Bauch, auf dem die Narbe des Unfalls sichtbar war, den sie in London vor einigen Jahren schwer verletzt überlebt hatte. »Dann wäre es nicht zu diesem Missverständnis heute gekommen.«

Sarah legte einen Arm hinter ihren Kopf und sah ihn von der Seite an, das vertraute Profil des Mannes, den sie liebte und von dem sie dennoch nie alles wusste. »Das ist es nicht, Phil, du hättest mich anrufen können. Du wolltest mich nicht belasten. Ich akzeptiere das, so wie ich deine Ehe respektiere. Was ich nicht toleriere, sind Unmenschlichkeit und Ungerechtigkeit. Was ist das für ein Klub, in dem Czermak und Bardolff sind? Wollen sie dich dabeihaben?«

Er zog an seiner Zigarette und grinste. »Wo denkst du hin? Ich bin keiner von ihnen. Du schätzt die Herren, glaube ich, falsch ein. Sie wollen nichts weiter als ihre Positionen sichern, sich Vorteile verschaffen und Konkurrenten ausschalten. Man sollte das gar nicht so ernst nehmen. Sie wettern gegen alle! Egal, ob es um Liberale, Sozialisten, Marxisten, Bolschewisten, Juden oder Freimaurer geht – für sie zählt nur die Monarchie, das Militär. Das sind die ewig Gestrigen, Sarah. Die werden sich schon noch umschauen. Die Zukunft gehört den neuen Ideen, weil die Menschen es satthaben, sich gängeln und von der Oberschicht unterdrücken zu lassen.«

Sarah schaute zur Decke des eleganten Hotelzimmers. Umgeben von aufwendigem Stuckdekor hielten sich dickbäuchige kleine Engel an den Händen und schienen ihnen zuzublinzeln. »Mögest du recht haben. Ich hoffe es sehr. Ich mag gar nicht daran denken, wie das im Auktionshaus wird, sollte Czermak seine grauslichen Stammesmasken tatsächlich verkaufen wollen.«

Philip lachte leise. »Keine Sorge, die sind sein ganzer Stolz. Ihnen verdankt er schließlich seine Professur. So, und nun lass uns von etwas anderem sprechen. Ich habe mir Gedanken gemacht, wie ich dir in der Sache mit dem anonymen Brief helfen kann.« Er drehte sich auf die Seite und tippte ihr gegen die Nasenspitze. »Und wenn du mal wieder einen erhältst, was bei deiner impulsiven Art durchaus möglich ist, dann wirfst du ihn nicht fort. Ich hätte daran denken sollen, denn die Schrift oder das Papier hätten vielleicht Aufschluss über den Verfasser geben können.«

Sie legte die Zigarette in den Aschenbecher neben dem Bett und drehte sich ebenfalls auf die Seite, sodass sie einander so nahe waren, dass sie die Schattierungen in seinen grauen Augen sehen konnte.

»Und was ist dir dazu eingefallen?«

»Ich habe einem Freund telegrafiert, Stephen Carew Earl of Bedford. Er verkehrt in den besten Kreisen, ebenso wie in den verrufenen und in denen besonders gern.« Philip grinste vielsagend. »Du findest den lieben Stephen im *Gargoyle Klub* mit den feierwütigen Jungen Wilden. Außerdem geht er mit dem Prince of Wales auf die Jagd. Wenn also jemand seine Fühler ausstrecken kann, dann er.« Als er ihren skeptischen Blick sah, strich er über ihren Arm. »Und er kann sehr diskret sein, glaub mir, sonst hätte ich mich nicht an ihn gewandt. Er hört sich um, wie es um Coltham steht, und dann bin ich ja auch bald wieder vor Ort.«

Sie hielt seine Hand fest, verschränkte ihre Finger mit seinen. »Ich dachte, du kannst länger bleiben.«

»Etwas Zeit haben wir ja noch, aber du siehst ja selbst, wie groß die Not hier noch ist. Da bleiben nur Aufträge wie die vom Professor, und mein Studio in London wartet. Lebende Modelle fotografiere ich allemal lieber als die Totenmasken irgendeines westafrikanischen Stammes.«

Sarah seufzte, denn ein klein wenig eifersüchtig auf die hübschen Modelle der Modehäuser, mit denen Philip allzu viel Zeit verbrachte, war sie schon.

»Warum kommst du nicht mit zurück, Sarah? Ist Wien wirklich deine Stadt?« Seine Fingerspitzen fuhren die Linie ihrer Schulter entlang, was ihr einen wohligen Schauer über die Haut jagte.

»Für jetzt ja. So eine Stellung bekomme ich nie wieder, und schon gar nicht, wenn ich hier nach kurzer Zeit kündige. Nein, Phil, ich arbeite gern bei Hofmann's, und wir wissen beide, dass ich Varnham's nur schaden würde, wenn ich zurückgehe. Dafür verdanke ich Rowland zu viel, das hat er nicht verdient.«

»Na schön, dann habe ich guten Grund, die Nachforschungen voranzutreiben. Du wirst dich wundern, zu was ich imstande bin.«

Sie lächelte. »Oh ja, das ist mir bewusst.«

Als Sarah am nächsten Morgen durch die Straßen der langsam erwachenden Stadt ging, hing sie in ihren Gedanken noch dem gestern Erlebten nach. Ein gewisser schaler Nachgeschmack hatte sich festgesetzt, und das betrübte sie, denn sie liebte Philip. Ein Straßenkehrer ging gemächlich und mit grimmiger Miene seiner Arbeit nach, stieß zwei in einem Hauseingang kauernde Kinder an, die sich mühsam aufrappelten und leise fluchend ihres Weges stolperten. Die Ladenbesitzer schlossen ihre Geschäfte auf und begannen, ihre Waren nach draußen zu stellen. Das Angebot an Gemüse war genauso spärlich wie alle anderen Grundnahrungsmittel, und vor den Bäckereien bildeten sich bereits lange Schlangen. Ausgezehrte Gestalten standen zitternd in der kalten Morgenluft. Hoffnungslose Blicke aus eingefallenen Gesichtern, es war ein Elend, hinzusehen.

Doch Sarah konnte nicht anders, als hinzusehen, und gab

manchem Kind, das ihr bettelnd eine kleine Hand entgegenstreckte, ein paar Pfennige. Seufzend überquerte sie den Stephansplatz, wich einem Fiaker aus und wäre beinahe in einen Haufen dampfender Pferdeäpfel getreten. Schon standen zwei Burschen bereit, um die Hinterlassenschaften der Pferde aufzusammeln und wahrscheinlich zu verkaufen oder gegen Gemüse aus einem der Schrebergärten zu tauschen. In Zeiten wie diesen waren diejenigen, die sich selbst versorgen konnten, besser dran als die Städter, die auf Lieferungen aus dem In- und Ausland angewiesen waren.

Sarah zog den Pelzkragen ihres Mantels enger, als ein scharfer Windstoß um eine Hausecke fegte. In London waren die Winter eher feuchtkalt, hier waren sie eisig, und der Frost biss in Nase und Finger. Sie kaufte einem Jungen ein *Neues Wiener Tageblatt* ab, überflog die Schlagzeilen und blieb an einem Artikel über einen Aufruhr während einer Ständeratsversammlung hängen. Es war zu bewaffneten Übergriffen der Polizei gegen die revoltierenden Arbeiter gekommen. Zudem hatten Studenten mit deutschnationaler Gesinnung demonstriert, und die Universität war temporär geschlossen worden.

Unzufriedenheit und Aufruhr, wohin man sah. Warum stieß ihr der gestrige Abend so auf? Sie mochte Professor Czermak und seine konservativen Freunde nicht, und im Grunde war sie einfach nur enttäuscht von Philip, der ihre Antipathie zwar teilte, sich aber mit opportunistischer Leichtigkeit darüber hinwegsetzte und seinen geschäftlichen Vorteil in den Vordergrund stellte. Zwar hatte er ihr seine Motive erklärt, und sie konnte seine Beweggründe in Teilen sogar verstehen – und dennoch ... Sarah dachte an Hannah und Levi und all die jüdischen Familien, die immer häufiger mit offenen Anfeindungen leben mussten. Aber vielleicht lag es wirklich an der Not, die der Krieg über alle gebracht hatte. Wenn man nichts hatte und es anderen besser ging, dann machten sich Neid und Missgunst breit.

Tief in Gedanken versunken, kam sie vom beeindruckenden Dom zum gewaltigen Komplex der Hofburg, da fiel Sarah Philips Frage wieder ein, ob dies ihre Stadt sei. Noch nicht ganz, dachte Sarah und sog den Duft von frisch gebrühtem Kaffee ein, der einem Kaffeehaus entströmte, aber Wien hatte einen ganz eigenen Charme, dem sie mehr und mehr zu erliegen schien.

Die glanzvollen Räume des Auktionshauses Hofmann's empfingen sie mit geschäftigem Treiben. Während die mächtigen Säulen, Stuckdekor, Deckengemälde und ein buntes Treppengeländer der Wiener Werkstätte den Rahmen bildeten, versprachen die Exponate der Ausstellung eine interessante Auktion. Sarah hatte ihren Mantel aufgeknöpft und blieb vor einer Vitrine stehen, welche eine außerordentliche Sammlung an japanischen und chinesischen Kleinoden aus dem siebzehnten und achtzehnten Jahrhundert zeigte.

Energische Schritte erklangen auf dem Steinfußboden. »Guten Morgen, Frau Rosewell!«, begrüßte sie Irma Bruckner, eine der leitenden Sekretärinnen.

Die resolute Frau war Mitte dreißig, hatte einen kriegsversehrten Mann zu versorgen und schrieb Briefe auf der Schreibmaschine in einem atemberaubenden Tempo. Irma Bruckner war Lehmanns rechte Hand, und Sarah zollte der erfahrenen Kraft den gebührenden Respekt.

»Guten Morgen, Sie haben mich wieder einmal übertroffen mit Ihrer Pünktlichkeit, liebe Frau Bruckner. Irgendwann bin ich vielleicht auch einmal die Erste im Haus«, sagte sie lächelnd.

Irma Bruckner trug die Haare aufgesteckt und immer eine schwarze Schleife zu einer weißen Bluse und schwarzem Rock. Heute wirkte die Bluse leicht knittrig, was so gar nicht zu der adretten Person passte. Doch dann entdeckte Sarah die dunklen Augenringe.

»Ich bin gar nicht zu Bett gekommen diese Nacht. Da war es vernünftiger, gleich ins Büro zu gehen. Mein Mann hatte wieder einen Anfall, wissen S'. Der arme Kerl schämt sich so.« Irma Bruckner sah sich um, doch sie standen allein im Ausstellungsbereich. »Zittert am ganzen Körper, schlottert, als wäre er eine Marionette, die man oben schüttelt. Kann sich niemand vorstellen, so ein Elend. Und wir hatten keine Tropfen mehr im Haus. Da musste ich nachts noch zum Apotheker nebenan.«

»Wollen Sie denn nicht lieber nach Hause gehen und sich um Ihren Mann kümmern?«, schlug Sarah vor, doch die Sekretärin winkte ab.

»Jetzt schläft er. Meine Schwester sieht nachher nach ihm.« Traurige, müde Augen sahen Sarah an. »Und er war so ein lebhafter Mann, ist mit den Kindern Schlittschuh laufen gegangen ...« Sie schüttelte den Kopf. »Und wofür das alles? Jetzt geht alles den Bach runter. Haben Sie's gelesen? Die Tonwarenfabrik Gutschener musste schließen, das *Hotel am Semmering*, alles alteingesessene Betriebe.« Die sichtlich erregte Frau holte tief Luft, räusperte sich und deutete auf die Vitrine. »Die Familie Schober musste ja auch alles hergeben. Ein erfolgreiches Unternehmen über viele Generationen, und jetzt hoffen s' auf den Verkauf ihrer Sammlung.«

Täglich las man in den Zeitungen von Konkursmeldungen, Kriegsanleihen, Inflationsraten und Versteigerungen. Neue Spekulationsmillionäre schossen wie Pilze aus dem Boden, traditionsreiche Unternehmen mussten aufgeben. Die Wohnungsnot war alles beherrschend, und die Flüchtlinge überfüllten die Quartiere. In den Armenvierteln grassierten Tuberkulose, Keuchhusten und Krätze, und von Hannah wusste Sarah, dass fünfzig Prozent der Arbeiter keine Wohnung hatten. Viele waren sogenannte »Bettgeher«, die sich als Schlafgänger ein Bett in einer Wohnung mieteten.

Sarah strich der Frau mitfühlend über die Schulter. »Ich verstehe sehr gut, was Sie meinen. Und ich frage mich auch oft, wohin das alles führen soll, ob es einen Weg aus dieser Krise geben kann. Es ist für niemanden leicht. Aber sehen Sie, wir als Auktionshaus erfüllen eine wichtige Aufgabe – wir geben den Menschen zumindest die Möglichkeit, ihre Schätze gewinnbringend zu verkaufen. Allein diese japanische Lackdose der Edo-Periode wird den Schobers ein kleines Vermögen bringen.«

Das kleine Kabinett war ein Juwel, wie Sarah fand. Einlegearbeiten aus Silber, Gold und Perlmutt schmückten die Türen und die sechs winzigen Schubladen, von denen jede mit unterschiedlichen Motiven – Vögeln, Pflaumenbaum, Chrysanthemen und im Innern sogar einem Tiger – versehen war. Die perfekte Handwerkskunst war beeindruckend.

Frau Bruckner war sichtlich beeindruckt von Sarahs Anteilnahme. »Ich hatte ja so meine Zweifel, Frau Rosewell, wenn Sie's mir nicht übel nehmen. Also, dass der Herr Direktor Sie sogleich zur Stellvertretenden macht. Aber Sie haben ein Gespür für die schönen Dinge.« Sie machte eine kurze Pause und fügte hinzu: »Und auch für die Menschen.«

Angenehm überrascht antwortete Sarah: »Ich danke Ihnen, Frau Bruckner. Und Ihre Fingerfertigkeit auf der Schreibmaschine macht mich beim Zuschauen schwindelig. Jetzt gehen Sie gern einen Kaffee trinken, wenn Sie noch nicht dazu gekommen sind. Wir haben heute einen langen Tag.«

»Ja, gnädige Frau.« Damit ging die Sekretärin in den Bereich des Hauses, in dem sich Lagerräume, Warenausgabe und eine Küche befanden.

Auf Sarahs Schreibtisch warteten Anfragen und einige kniffflige Objekte, für die sie sich Zeit nehmen wollte. Am späten Vormittag kam die Morgenpost und mit ihr eine Einladung von unerwarteter Seite: Bertha Zuckerkandl, die bedeutendste Salonière Wiens, lud sie in ihren Salon in der Oppolzergasse ein! Das musste sie sofort Hannah mitteilen! Vielleicht hatte ihre Freundin sogar ihre Finger im Spiel, denn wie sonst kam sie zu dieser Ehre?

Nicht ohne Stolz sank Sarah in ihrem Schreibtischstuhl zurück und wendete das dicke Papier mit der prägnanten Handschrift hin und her. So weit hast du es gebracht, Sarah Rosewell, Tochter eines Kohlenschauflers und einer Näherin. Eine Salonière lädt dich in ihren intellektuellen Kreis ein. Und es war noch gar nicht lange her, da hatte sie weder Kenntnisse einer Fremdsprache, noch hatte sie geahnt, um was es sich bei der Edo-Periode handelte. Und das alles verdankte sie der Fürsprache ihrer mütterlichen Freundin Lady Sudbury.

Vergiss niemals deine Wurzeln, dachte Sarah und erhob sich, um ein Telefonat nach London anzumelden.

5

Die Tür im Hausflur ging auf, sobald sie die Treppe erreicht hatte. Den Liebigs entging so gut wie nichts. Sarah nannte sie insgeheim die Hauspolizei.

»Guten Abend, Frau Rosewell!«, rief Hedwig Liebig unüberhörbar hinter ihr her.

Sarah hielt inne und drehte sich um. Nach einem langen Tag im Auktionshaus war sie müde, und ihre Füße froren in den durchnässten Stiefeln. »Frau Liebig, wie geht es Ihnen?«

»Ach, man schlägt sich so durch, nicht wahr? Aber wie steht es bei Ihnen? Wir haben uns gefragt, ob man den Täter gefasst hat? Wir haben uns ja gar nicht mehr gesprochen nach dem Überfall.« Die Frau des Amtsvorstehers hatte sich eine Strickjacke übergezogen und kam auf Pantoffeln neugierig in den Flur.

»Das Leben geht weiter. Ich hatte ja Glück, und was soll die Polizei schon ausrichten?« Ihre Tasche wog schwer, weil sie sich Arbeit mitgenommen hatte, Bücher über die Edo-Periode und böhmisches Porzellan. Heute war ein Service der Kaiserlich königlich privilegierten Porzellan- und Steingutfabrik von Schönau eingeliefert worden.

Die dralle Frau stemmte die Hände in die Hüften. »Na, Sie machen mir ja Spaß! Denken S', unsere Gendarmen sind nicht gut genug?«

»Äh, nein, natürlich nicht. So war das nicht gemeint. Aber realistisch betrachtet, stehen die Chancen einfach sehr schlecht: Ich habe den Angreifer nicht sehen können. Er könnte von sonst woher gekommen und auch wieder dorthin entschwunden sein. Gesindel gibt es doch überall, und jetzt noch mehr. In London ist es nicht anders.«

Frau Liebig schnaufte. »Tja, die jungen Leut' nehmen das Leben zu leicht.«

Sie schien noch etwas sagen zu wollen, doch Sarah hob die schwere Tasche demonstrativ an. »Entschuldigen Sie mich, ich habe noch einiges aufzuarbeiten.«

Nachdem sie die Wohnungstür hinter sich geschlossen hatte, stellte sie die Tasche ab und zündete als Erstes den Ofen an, um die feuchte Kälte aus den Räumen zu vertreiben. Anschließend zog sie die Stiefel aus, streifte dicke Wollsocken über und stellte einen Wasserkessel auf den Herd. Es gab vieles, auf das sie verzichten konnte, nicht jedoch auf einen guten Tee. Ihre bevorzugte Sorte war Russian Caravan, eine Mischung aus Oolong-, Keemun- und Lapsang-Souchong-Tees, die sich durch ein süßlich malziges, rauchiges Aroma auszeichnete. Mit einer Tasse Tee setzte sie sich schließlich in den Sessel am Fenster und legte die Briefe, die heute mit der Abendpost gekommen waren, in ihren Schoß.

Es war Monate her, seit sie ihre Mutter gesehen hatte, und es tat ihr leid, dass sie sich nicht richtig verabschiedet hatte. Seufzend öffnete sie den Umschlag, der mit der schönen, wenn auch etwas ungelenken Schrift ihrer Mutter versehen war.

Liebste Sasa,

wie geht es Dir dort in der Fremde, mein Kind? Fühlst Du Dich wohl? Behandelt man Dich gut? Die Stadt ist leer ohne Dich. Auch wenn wir uns in den vergangenen Jahren nicht so oft gesehen haben, so wusste ich doch immer, dass Du in der Nähe bist. Aber ich beklage mich nicht, wissend, dass Du Deinen Weg gehen musst. Du fragtest in Deinem letzten Brief, wie es mit Vater geht. Er wird sich nicht ändern, aber er hat Arbeit, und wir kommen über die Runden. Der Modesalon von Mrs Weaver hat so viel Zulauf, dass wir kaum mit den Bestellungen hinterherkommen.

Ich bekomme jetzt etwas mehr Geld und trage die Verantwortung für die Fertigstellung der Kleider nach Zeitplan. Natürlich ist das, was sie mir gibt, zu wenig, aber was soll ich machen? Es geht schon. Die Mädchen brauchen neue Kleider und Schuhe, und Bessie macht mir Kummer. Sie lag lange mit Fieber und Husten im Bett, und nun sieht sie aus wie ein kleiner Spatz, grau und verkümmert, und will sich nicht so recht berappeln. Ich hoffe, dass sich das ändert, wenn es wärmer wird. Vielleicht fahren wir dann an die See. Die Seeluft soll gut sein, hat der Arzt gesagt. Unsere kleine Rose ist gewachsen und ein hübsches Mädchen. Leider weiß sie das und kommt in der Schule nicht sonderlich gut mit, weil sie immer abgelenkt ist. Die Burschen laufen ihr nach, und ich befürchte, sie wird bald heiraten müssen. Ach, Sasa, ich habe nicht die Kraft, dauernd hinter ihr herzulaufen und ihr den Umgang mit den Burschen zu verbieten. Sie weiß, was passieren kann, wenn sie sich mit einem Mann einlässt. Das habe ich Euch Mädchen immer gesagt. Du machst mir große Freude, Sasa, ich bin so stolz auf Dich und brüste mich ganz ungeniert mit Dir, das musst Du mir vergeben. Deine Stärke und Klugheit haben Dich dorthin gebracht, wo Du jetzt bist. Meine Tochter ist eine Geschäftsfrau! Ich sehe Dich vor mir, wie Du beim Lesen die Augen verdrehst, ja, ohne Lady Sudbury wäre all das nicht möglich gewesen. Die Lady war nur einmal bei Mrs Weaver, und da hatte ich keine Gelegenheit, mit ihr zu sprechen. Sie wirkte müde und etwas angeschlagen. Aber an wem ist der Krieg schon spurlos vorübergegangen? Annie ist wie-

der schwanger und scheint zufrieden in ihrer Ehe. Zumindest diese Sorge ist mir genommen. Ihr Mann schlägt sie nicht und hält das Geld zusammen.

Mein Liebling, ich danke Dir für Deine großzügigen Zuwendungen, die aber gar nicht nötig sind. Ich spare das Geld für die Aussteuer der Mädchen. Und für die Handschuhe danke ich Dir von Herzen. Sie sind aus so feinem Leder, dass selbst Mrs Weaver keine besseren in ihrem Laden verkauft. Denk auch an Dich, meine Kleine, das Leben ist so kurz. Und wann wirst Du heiraten? Ich würde so gern erleben, dass Du einen Mann findest, der Dich glücklich macht und Dich beschützt in dieser harten Welt.

In Liebe,

Deine Mutter

Sich eine Träne aus dem Auge wischend, legte Sarah den Brief zur Seite. Sie liebte ihre Mutter und die Geschwister und vermisste alle schmerzlich. Niemals würde sie vergessen, woher sie stammte, und vielleicht hatte sie deshalb ein so großes Verständnis für die Einlieferer, die mit ihren kleinen und großen Schätzen und den daran geknüpften Hoffnungen ins Auktionshaus kamen. Das Schicksal der Armut konnte jeden ereilen, weshalb niemand allzu hochmütig sein sollte.

Sie hatte Philip heute zum Lunch getroffen. Bei der Gelegenheit hatte er ihr die neueste Ausgabe des *Daily Mirror* gegeben, die Sarah nun hervorholte und entfaltete. Ein Artikel unter der Rubrik Gesellschaft auf der zweiten Seite erregte ihre Aufmerksamkeit:

Verlieren die Colthams ihr Vermögen? Es scheint, als käme die Familie nicht zur Ruhe. Lord Colthams Zeit im Dienst der Krone in Indien wirft lange Schatten. Was muss in Indien vorgefallen sein, dass diese Ereignisse auch nach fünfzig Jahren noch solch einen Aufruhr verursachen können?

Der Redakteur weiß auf jeden Fall, wie man Leser neugierig macht, dachte Sarah. Sie hatte damals den berühmten Coltham-Diamanten für den Lord versteigert und einen großen Gewinn erzielen können. Allerdings hatte ihre Recherche eine dunkle Zeit in der Vergangenheit Seiner Lordschaft ans Licht gezerrt – Vorkommnisse am Hof des Maharadschas von Mokalasar, die besser unangetastet geblieben wären.

Edmund Coltham, der älteste Sohn und Erbe des Titels, hat verlauten lassen, dass er rechtliche Schritte gegen die Person einleiten werde, die seiner Familie Schaden zugefügt hat. Es heißt, dass der indischstämmige Polospieler, Ravi Shah, Ansprüche auf den Titel erhoben hat. Shah behauptet, der uneheliche Sohn von Lord Coltham und der einstigen Maharani Janani von Mokalasar zu sein. Lord Coltham erlitt einen Zusammenbruch und befindet sich in ärztlicher Behandlung. Aus hofnahen Kreisen wurde signalisiert, dass derartige Ansprüche keinerlei Aussicht auf Erfolg haben könnten. Lord Rodringham sagte während des jährlichen Lachsfischens im schottischen Drummachloy, dass man derlei freches Verhalten von Eingeborenen der Kolonien nicht dulden dürfte.
Obwohl der junge Lord nicht bereit für Stellungnahmen ist, hört man von Vertrauten der Familie, dass er sehr verstimmt sein soll.

Sarah hatte den Artikel bereits mehrfach gelesen und war mittlerweile, genau wie Philip, davon überzeugt, dass Edmund Coltham und sein Vater hinter der Drohung und dem Überfall auf sie steckten. So wie sie die Herren vor einigen Jahren während ihres Besuches auf dem Familiensitz in Scarborough kennengelernt hatte, war diese Vermutung nicht abwegig. Sie trank ihren Tee und begann, in den Büchern zu blättern, doch so recht wollte sich ihre Konzentration nicht einstellen. Die Angst vor dem unberechenbaren Edmund Coltham, der sich wie ein Tiger in die Enge gedrängt fühlen mochte, ließ sie nicht los.

Am Tag darauf saß Sarah mit Hannah am frühen Abend in einem Kaffeehaus in der Nähe von Hofmann's und rührte Zucker in ihren Mokka. Hannah stocherte ein wenig lustlos in ihrem Apfelküchlein herum.

»Ist es nicht gut?«, fragte Sarah, ahnte jedoch, dass Hannah etwas anderes Kummer bereitete, denn ihre Freundin wirkte in sich gekehrt, was gar nicht ihrem Naturell entsprach.

Abwesend hob Hannah den Blick. Sie hatte sanfte braune Augen und dichtes dunkles Haar, das kunstvoll aufgesteckt und mit kostbaren Haarkämmen geschmückt war.

»Oh doch, möchtest du kosten?« Hannah schob ihr den Teller hin.

»Nein, danke. Ich muss mir noch Platz für später bewahren. Philip reist morgen ab, und wir wollen noch essen gehen. Aber irgendetwas ist doch los? Wegen mir musst du dich nicht sorgen. Philip hilft mir, und wo es jetzt öffentlich ist, wird Coltham vielleicht seine Ressourcen für wichtigere Dinge als Rache nutzen wollen. Immer vorausgesetzt, er steckt dahinter.«

Die Augen ihrer Freundin blitzten kampflustig auf. »Ich kann mir nicht vorstellen, dass es jemand anderes sein sollte. Warum auch? Ach, ihr werdet das schon schaffen, Sarah.« Die Traurigkeit kehrte in ihren Blick zurück. »Was ist das nur mit den Menschen, frage ich mich manchmal ... Warum sind sie voller Hass und Missgunst? Reicht es denn nicht, wenn man das eigene Leben zu bewältigen versucht? Da hat man doch genug zu schaffen.«

»Was ist passiert?« Sorgenvoll betrachtete Sarah ihre Freundin.

»Nacham Sternreich, du erinnerst dich an ihn?«

Sarah nickte. Sie hatte den Sohn eines jüdischen Bankiers bei Levi und Hannah kennengelernt. Besonders sympathisch war ihr der junge, leicht arrogante Mann nicht.

»Er ist gestern Nacht zusammengeschlagen worden. Weil er Jude ist. Jetzt liegt er im Krankenhaus, und sein Vater hat Anwälte und die Polizei eingeschaltet. Er hat sogar gesehen, wer es war, aber die ermittelnden Beamten behaupten, dass er sich getäuscht hat. Es wäre zu dunkel gewesen, und da hätte er die Gesichter ja gar nicht erkennen können.«

»Und wer war es?«

Alle Tische waren besetzt, und die Leute unterhielten sich angeregt oder lasen Zeitung. Es duftete nach Kaffee, und draußen ratterten Kutschen vorbei, gefolgt von laut knatternden Automobilen. Und immer wieder mischte sich die Straßenbahn dazwischen, mit der man die Bezirke Wiens bequem erreichen konnte.

Hannah schaute sich kurz um, so als hätte sie trotz der Lärmkulisse Angst davor, belauscht zu werden, dabei unterhielten sie sich sogar auf Englisch. Sie beugte sich vor und sagte: »Studenten! Sie gehören zu einem geheimen Klub an der Universität und sind alle irgendwie mit dem Ordinarius für Paläontologie bekannt, Othenio Abel.«

Am Tisch gegenüber saß ein Herr und widmete sich seiner Zeitung, nur als der Name Abel fiel, hob er den Blick.

Sarah ignorierte den Mann und antwortete: »Man sollte doch meinen, dass an einer Universität ein anderer Geist herrscht, aber weit gefehlt.« Sie erzählte von Professor Czermak und dessen konservativ nationalistischen Ansichten.

»Ich weiß auch nicht, was das ist, Sarah. Aber wir wollen uns nicht einschüchtern und vertreiben lassen. Der Laden läuft gut, und Levi will nicht aufgeben. Wien ist ein guter Standort, und eigentlich fühlen wir uns wohl hier. Wir haben so viele Freunde und Verwandte hier und in Prag. Dorthin sollten wir demnächst einmal gemeinsam reisen. Was meinst du, Sarah? Könntest du es einrichten? Ach, das wäre so herrlich! Nur wir beide! Wir können bei meiner Tante wohnen, und ich zeige dir die Burg und die Stadt, die ich sehr liebe.«

Sarah nahm Hannahs Hand und drückte sie. »Eine verlockende Idee. Aber ich muss das mit Lehner absprechen. So lange bin ich ja noch nicht hier. Da werden sie mir nicht gleich Urlaub geben, und es stehen zwei größere Auktionen an.«

Das Leuchten verschwand aus Hannahs Miene. »Ja, ja, ich verstehe. Später dann.«

»Aber wir können doch auch hier etwas unternehmen. Da fällt mir ein, habe ich dir die Einladung zu Bertha Zuckerkandl zu verdanken?«

Hannah riss die Augen auf. »Was? Oh, ich bin ganz neidisch, dass du zu ihr darfst. Das ist eine Ehre, weißt du, Sarah. So was wie ein intellektueller Ritterschlag. Ich kenne sie nicht persönlich, aber Tamás ist ganz gut mit ihr bekannt. Er mag dich und könnte dich vorgeschlagen haben.«

Daran hatte sie nicht gedacht. Der ungarische Schriftsteller hatte eine so intensive Art, dass sie es vermied, sich allzu lange mit ihm zu unterhalten. »Ich schäme mich fast, wenn ich die Einladung tatsächlich ihm zu verdanken habe. Er ist immer sehr bemüht, aber ich möchte ihm keine falschen Hoffnungen machen, deshalb bin ich eher abweisend.«

Hannah lachte. »Ach ja, der Tamás, er kann es nicht lassen. Aber du bist ja nun mal eine bildschöne Frau, Sarah, und alleinstehend. Zumindest offiziell. Das darfst du nicht vergessen.«

»Manchmal denke ich, ich sollte mir einfach einen Ring anstecken und einen Ehemann erfinden. Und dann weigere ich mich, weil es einfach nicht gerecht ist.«

»Ich bewundere dich für dein Selbstbewusstsein, Sarah. Und ich liebe deine neue Frisur! Leider kann ich es dir nicht gleichtun. Levi wäre außer sich!«

Sarah schwieg kurz, bevor sie betont langsam sagte: »Und wäre das so schlimm?«

Ein feines Lächeln umspielte Hannahs Lippen. »Das verstehst du erst, wenn du einmal verheiratet bist, Sarah. Und außerdem bist du keine Jüdin. Es gibt Regeln, die wir einhalten müssen, Gesetze, die unsere Gemeinschaft prägen und funktionieren lassen. Dazu gehört der Gehorsam dem Mann gegenüber. Levi ist ein guter Ehemann, und er lässt mir viele Freiheiten. Das setze ich nicht aufs Spiel.«

Es war spät für ein Abendessen, und nur zwei weitere Tische des Hotelrestaurants waren noch besetzt. Doch die Mitarbeiter des *Grand Hotels* waren genauso aufmerksam wie immer, und Sarah war für die Zweisamkeit mit dem Geliebten in intimer Atmosphäre dankbar. Der zweite Gang war abgetragen worden, und sie warteten auf das Dessert.

»Ist dir ein Othenio Abel bekannt?« Sie konnte nicht anders und erzählte ihm vom Angriff der Studenten auf Nacham Sternreich.

Mit zunehmend finsterer Miene hörte Philip zu. »Das ist furchtbar, Sarah, ganz furchtbar! Aber was soll ich sagen? Abel sagt mir nichts, und selbst wenn: Mein Auftraggeber ist der Professor. Er hat mir gutes Geld für meine Fotoarbeiten gezahlt, und wenn ich in zwei Monaten wiederkomme, bucht er mich erneut. Ich halte mich aus der Politik heraus.«

Enttäuscht meinte Sarah: »Ist das überhaupt möglich? Müssen wir uns nicht einmischen?«

Entschieden legte Philip seine Serviette auf den Tisch und zündete sich eine Zigarette an. »Was willst du eigentlich, Sarah? Müssen wir das immer wieder aufs Neue diskutieren? Hast du nicht genug Sorgen? Was ist mit Coltham? Warst du bei der Gendarmerie, um den Verlust deiner Kette zu melden? Es wäre doch immerhin möglich, dass sie bei einem Goldhändler auftaucht.« Er zögerte. »Aber vielleicht ist dir der Schmuck nicht so wichtig, vielleicht bin ich dir nicht mehr wichtig. Du bist jetzt in Wien, hast hier dein neues Leben ...«

Seine Worte versetzten ihr einen Stich. »Das ist gemein, Philip. Du weißt genau, warum ich nicht zur Polizei gegangen bin. Aus demselben Grund, aus dem ich in Wien geblieben bin.«

»Und vielleicht kam dir das alles sehr entgegen«, er stieß den Zigarettenrauch aus und schien plötzlich sehr weit von ihr entfernt.

»Ich laufe nicht davon, falls du das meinst. Ich brauche nur etwas Zeit, um Dinge zu klären.« Mit zitternden Fingern griff sie nach ihrem Glas. »Für dich ist alles etwas leichter. Alles«, sagte sie mit Nachdruck. »Du fährst nach England zu deiner Frau, und was weiß ich denn schon, wen du in Paris triffst«, sie biss sich auf die Zunge. Das hätte sie nicht sagen dürfen. Eifersucht machte sie klein.

Seine Miene wurde kühl und abweisend. »Das passt nicht zu dir, Sarah. Mein Zug geht morgen sehr früh. Ich denke, es ist besser, wir gehen zu Bett.« Er drückte die Zigarette aus.

»Da hast du wohl recht. Ruf mir bitte eine Kutsche.«

Sein verletzter Blick traf sie. »Sarah, ich ... es tut mir leid. Aber willst du wirklich so gehen?«

Hatte er ernsthaft erwartet, dass sie jetzt noch das Bett mit ihm teilen würde? Sie erhob sich. »Ich muss, Philip. Mir tut es leid, aber ich kann nicht anders. Ich dachte, du würdest mich verstehen.«

Was war das nur für ein verkorkster Abend, dachte sie, sah ihn an und suchte nach einem verschmitzten Funkeln in seinen Augen, doch seine Miene war nun kühl. Wollte er sie herausfordern? Sie atmete tief durch und entschied, dass ihre Selbstachtung von ihr verlangte, nicht nachzugeben.

»Das dachte ich auch. Womöglich ist diese räumliche Trennung gar nicht verkehrt. Ich bringe dich hinaus und ...«

Ungläubig hörte sie zu und unterbrach ihn, bevor die Tränen sie verrieten. »Danke, ich finde den Weg allein.«

Noch während sie sehr undamenhaft aus dem Hotelrestaurant stürmte, konnte sie nicht glauben, dass er sie einfach so gehen ließ. Im Foyer stand der Portier im Gespräch mit einem Pagen und ließ eilig ihren Mantel holen.

»Bitte, eine Kutsche«, sagte Sarah und wischte sich die Augen.

»Gnä' Frau«, murmelte der Mann, wobei er diskret über ihre aufgelöste Verfassung hinwegsah, und er ging nach draußen, um einen Wagen zu rufen.

Sarah folgte ihm in die kalte Nachtluft und spürte einen Knoten in ihrem Hals. Ein paar Nachtschwärmer waren noch unterwegs, und aus einem Haus erklang leise Musik.

Plötzlich hörte sie eilige Schritte hinter sich.

»Sarah, so warte doch!«, rief Philip hinter ihr und kam nach draußen gelaufen.

Er nahm ihren Arm und drehte sie zu sich um. »Lass uns nicht so auseinandergehen, nicht so, bitte, Sarah.«

»Nein, nein«, schluchzte sie und umarmte ihn, machte sich aber wieder von ihm los, als die Kutsche heranrollte. Heute war etwas Einschneidendes zwischen ihnen geschehen, das sie nicht einfach ignorieren konnte.

Der Portier kam zu ihnen. »Das wäre Ihr Wagen, gnädige Frau. Soll ich ihn bitten, zu warten?«

Zögerlich sah sie zu Philip, der ihre Hand nahm und an seine Lippen führte. »In zwei Monaten bin ich wieder in Wien, Sarah. Sehen wir uns hier?«

»Ja«, flüsterte sie. »Pass auf dich auf, Phil.«

Er nickte nur, unfähig zu sprechen, und ließ sie los. Der Kutscher riss die Tür auf und half Sarah beim Einsteigen. Als sie in die Polster sank, weinte sie bitterlich.

6

»Wo bist du mit deinen Gedanken? Wir sind gleich da und treffen die wichtigsten Leute Wiens. Oi, du, schau, das ist doch der Theatermann, der Reinhardt!«

Ihre Freundin blieb stehen, sodass auch Sarah anhalten musste. Sie standen in der Oppolzergasse, nur wenige Schritte vom Eingang des Mietshauses entfernt, in dem Bertha Zuckerkandl heute ihren Salon hielt.

»Tatsächlich, du hast recht! Ach, Hannah, ich werde mich blamieren. Das sind alles gebildete oder berühmte Leute, und dann komme ich daher ...« Eine neue Welle von Selbstzweifeln ließ Sarahs Knie weich werden.

Ihre Freundin drängte sie zum Schutz vor dem kalten Wind, der wieder einmal durch die Straßen fegte, in einen Hauseingang. »Jetzt hör mir mal zu, Sarah Rosewell. Ich kann es nicht leiden, wenn du dich kleinmachst. Das hast du nicht nötig. Du bist klug, bildschön und erfolgreich. Das ist sicher Philips Schuld. Er hat doch irgendetwas gesagt oder getan, das dich so verunsichert hat«, antwortete Hannah leicht ärgerlich.

Sie hatten sich eben erst getroffen und noch keine Gelegenheit gehabt, in Ruhe miteinander zu sprechen. Sarah betrachtete liebevoll die Freundin, die in ihrem Mantel mit Federkragen, den sie geschickt mit dem mit blauen Seidenblumen bestickten Hut kombiniert hatte, sehr modisch und einer verheirateten Frau entsprechend elegant auftrat. Hannahs große dunkle Augen waren nicht geschminkt, das hatte sie auch nicht nötig, fand Sarah, die selbst eher vorsichtig mit Kajal und Lippenstift umging, dafür aber gern extravagante Kleider trug.

»Es ist sein Pragmatismus, den ich einfach nicht verstehen kann, jedenfalls nicht, wenn es um diesen Professor Czermak geht«, sie presste die Lippen aufeinander. Heute wollte sie Hannah den Abend nicht mit der engstirnigen Geisteshaltung eines Nationalkonservativen verderben.

»Lass nur, Sarah, ich weiß schon, was du meinst, aber wir sind mittlerweile einiges gewöhnt. Es wird auch wieder anders. Wenn nur erst die Wirtschaftskrise vorüber ist«, seufzte Hannah.

Das Elend der Arbeiterklasse war hier in der Straße mit den prächtigen Fassaden nicht zu sehen – wobei man nicht weit gehen musste, und die Wirkung der Krise wurde nur zu deutlich. Doch die neue sozialdemokratische Regierung tat viel, um Hunger und Not zu bekämpfen. Vor allem der soziale Wohnungsbau machte mit engagierten Projekten Fortschritte.

»Das hoffe ich auch. Wenn man die Inflationsrate sieht, wird einem ganz schwindelig. Aber, Hannah, ihr könnt doch nach London zurückgehen, wenn man euch hier so feindselig begegnet.«

Der Blick ihrer Freundin war entschlossen, als sie erwiderte: »Wir lassen uns nicht vertreiben. Das wäre ja noch schöner! Diese Zeiten, wo man uns in Gettos gedrängt hat, sind vorbei. Das ist ein neues Europa. Außerdem haben wir uns gerade eingelebt, und die Geschäfte laufen eigentlich gut für Levi. Aber jetzt sag, was ist denn mit Philip? Ist er noch hier?«

Sarah schüttelte den Kopf. »Nein, abgereist. Und wir haben uns vorher gestritten, das tut mir am meisten weh. Ich war nur so enttäuscht von seinem Opportunismus, ach, ich weiß auch nicht, was da mit mir los war. Ein Wort gab das andere«, murmelte Sarah.

»Lass uns später darüber sprechen, ganz in Ruhe.« Hannah tätschelte Sarahs Arm. »Und jetzt genießen wir diesen Abend! Du glaubst ja nicht, wer auch geladen ist.«

Neugierig schaute Sarah zum Eingang des Wohnhauses. »Wer?«

Mit einem selbstzufriedenen Lächeln führte Hannah sie über die Straße und das Treppenhaus hinauf. Dass Frau Zuckerkandl eine Gesellschaft gab, war bereits in der Eingangshalle zu hören. Jemand spielte Klavier, und die Wohnungstür stand offen. Ein Dienstmädchen kam mit einem Mantel auf dem Arm zu ihnen. Sie wirkte gehetzt, murmelte: »Ich hab ja nur zwei Arme ...«, um sie anschließend zu begrüßen: »Guten Tag, die Damen!«

»Elsa!«, rief jemand von hinten, und das Dienstmädchen verdrehte die Augen.

»Heut' ist alles durcheinander. Sie haben eine Einladung, ja?«

Hannah zeigte die Karte, woraufhin Elsa sie eintreten ließ und die Tür schloss. »Geben S' mir die Mäntel, oder besser, legen S' dort ab.« Sie zeigte in eine Nische. »Da geht's in den Salon. Ist ja nicht zu überhören.«

Die Wohnung war gediegen eingerichtet, nicht luxuriös, dafür mit ausgefallenen Bildern und Kunstobjekten. Sarah spekulierte angetan, von welchen illustren Gästen sie wohl stammen mochten, während sie Hannah in den großen Salon folgte.

»Die Zuckerkandl lebt hier mit ihrem Sohn und dessen Frau. Nach dem Tod ihres Mannes musste sie finanziell kürzertreten«, murmelte ihre Freundin ihr zu. »Ah, da sind wir schon.« Hannah trat vor ihr in das große Zimmer ein, das ganz in Schwarz-Weiß gehalten war.

In der Mitte des Raumes befand sich ein großer Diwan, ein

Prunkstück der Wiener Werkstätten, auf dem sicher zehn Menschen Platz finden konnten. Sarahs Blick blieb nur an einer Dame haften, die sich angeregt mit einer jungen Frau unterhielt.

»Lady Sudbury!«, rief Sarah leise und eilte zu der eleganten Frau, die ganz in dunkelblaue Seide gekleidet war.

Lady Gwendoline Sudbury hob den Kopf, strahlte sie an und erhob sich. Ihre Bewegungen waren bedächtig, und Sarah erschrak, als sie bemerkte, wie dünn ihre Mentorin geworden war. Doch Lady Sudbury breitete die Arme aus und drückte sie herzlich an sich, und Sarah küsste sie auf beide Wangen.

»Sie sehen aus wie das blühende Leben, meine liebe Sarah! Wie ist das schön, dass wir uns endlich wiedersehen. Kommen Sie, setzen Sie sich zu mir, damit wir plaudern können.« Lady Sudbury setzte sich und sah zu Hannah. »Meine Liebe, ohne Sie wären wir heute nicht hier zusammen. Sie sind ein Engel.«

Hannah lächelte. »Sie beide miteinander zu sehen macht mich glücklich. Ich werde uns etwas zu trinken holen.«

Die junge Frau neben Lady Sudbury war bereits in ein Gespräch mit einem dunkelhaarigen Mann mit Kinnbart und Brille vertieft.

Lady Sudbury nahm Sarahs Hand und hielt sie fest. »Wie ist es Ihnen ergangen? Erzählen Sie mir alles!«

Die Vertrautheit zwischen ihnen stellte sich auch nach Monaten des Nichtsehens sofort ein und erfüllte Sarah mit Wärme und Wehmut. »Meine Entscheidung muss furchtbar übereilt erschienen sein. Es tut mir so leid, dass ich nicht mehr nach London gekommen bin, aber ...«, sie schluckte und suchte nach den richtigen Worten.

»Sie tun nichts ohne triftigen Grund, Sarah, dafür kennen wir uns zu gut. Und etwas bedrückt Sie, das weiß ich schon seit längerer Zeit. Wollen Sie mir nicht sagen, was es ist?«

Sarah sah sich um. Die Leute um sie herum waren mit sich beschäftigt, jemand spielte nun jazzige Musik auf dem Klavier, und ihre Gastgeberin war nicht zu sehen. Sarah strich den Rock ihres schwarz-weißen Kleides glatt, ein Moment, um ihre Gedanken zu sortieren. Schließlich erzählte sie Lady Sudbury, wie es zu ihrer unseligen Situation gekommen war. Die Lady hörte ihr zu, ohne zu unterbrechen.

»Dass ich mich Otis Munro in dieser Form ausgeliefert habe, war wohl mein größter Fehler, aber weil er für Mr Palmer gearbeitet hat, dachte ich, ich könnte ihm vertrauen. Und nun ist der goldene Skarabäus von Philip fort, und ich weiß nicht, was geschieht, sollte ich jemals nach London zurückkehren.«

»Sie haben Fehler gemacht, Sarah, keine Frage, aber keine so gravierenden, dass Sie deshalb verängstigt im selbst gewählten Exil leben müssen. Da treibt jemand ein böses Spiel mit Ihnen, und diesen Jemand müssen wir ausfindig machen und zur Räson bringen.«

Wir, sagte sie, dachte Sarah erleichtert. Lady Sudbury war nicht so enttäuscht von ihr, dass sie sich abwandte. »Danke, Mylady«, flüsterte Sarah. »Ich habe mich so geschämt und wollte diese Sache allein bereinigen, aber nun, nach diesem Vorfall ... Eigentlich wollte Philip in London etwas über Edmund Coltham in Erfahrung bringen. Aber selbst das wird jetzt schwierig.« Sie hielt inne. »Es war meine Schuld, wir haben uns gestritten, und eigentlich dürfte ich nicht, aber ...«

»Sie lieben ihn, ich weiß. Das habe ich kommen sehen, Sarah, schon damals in unserem Haus in London. Sie wissen doch, dass mir nichts entgeht.« Sie zwinkerte. »Ach, wie Sie ihn angesehen haben, den charmanten Philip, und wer könnte es Ihnen verdenken. Ich hätte mir nur mehr für Sie gewünscht. Eine Ehe, in der Sie sich geborgen fühlen, einen Mann, der Ihnen Sicherheit und eine gewisse Stellung bieten kann. Das ist ja auch noch möglich. Ich könnte Sie einigen begehrten Junggesellen vorstellen, die sicher …«

»Nein!«, antwortete Sarah entschieden. »Nein, das möchte ich nicht. Wissen Sie, Mylady, ich liebe meine Arbeit, auch hier in Wien, und würde sie für niemanden aufgeben wollen.«

Ein Hauch von Anerkennung klang in Lady Sudburys Stimme mit. »Gut, das ist ja auch meine Schuld, nicht wahr?« Sie lächelte verschwörerisch. »Ich habe Ihnen die Welt der Kunst eröffnet und Sie zum selbstständigen Denken erzogen.«

Das Klavierspiel hörte auf, und eine große Frau mit rotgrauen Haaren kam in Begleitung eines jungen Mannes auf sie – oder den Diwan – zu. Im selben Augenblick trat Hannah zu ihnen.

»Da kommt unsere Gastgeberin«, sagte sie.

Sarah erhob sich, während Lady Sudbury Platz behielt.

Bertha Zuckerkandl war eine imposante Erscheinung, wie sie mit einem wehenden Umhang aus bestickter Baumwolle und einem Kleid im losen Schnitt der Wiener Werkstätten, die Haare locker aufgesteckt, zu ihnen trat und sie mit einem einnehmenden Lächeln begrüßte. Sie strahlte eine große innere Gelassenheit und Stärke aus, wie Sarah fand.

Kluge Augen schweiften über die neuen Gäste. »Hannah, meine Beste, das muss Ihre Freundin und Landsmännin sein, ja?«, sagte sie in fließendem Englisch.

Sarah neigte den Kopf. »Ich bin Ihnen sehr dankbar für diese Einladung, Frau Zuckerkandl. Es ist mir eine Ehre, hier sein zu dürfen.«

Die Salonière winkte ab. »Nicht so förmlich, wir sind hier unter Freunden und wollen uns austauschen, uns gegenseitig inspirieren und unterstützen.« Sie zog den jungen Mann näher. »Darf ich Ihnen Pierre Forestier vorstellen? Er ist ein überaus begabter

Pianist, und wir werden noch viel von ihm hören, davon bin ich überzeugt.«

Sarah musterte den Mann. Verträumte Augen schienen durch sie hindurchzusehen. Der Musiker schien mit seinen Gedanken ganz bei seinen Noten zu sein. »Madame«, murmelte er und flüsterte Bertha Zuckerkandl etwas zu, woraufhin diese nickte und der Pianist sich entfernte.

»Sie müssen ihn entschuldigen, er arbeitet gerade an einer Komposition.« Wie aufs Stichwort ertönte Klaviermusik, sehr modern. Die Gastgeberin horchte einen Augenblick. »Ob ich mich an diese Tonalität gewöhnen kann, weiß ich noch nicht.« Sie lachte. »Mylady, wir haben uns schon gesehen, aber lassen Sie mich sagen, wie sehr ich mich freue, dass Sie bei uns sind. Hannah hat so viel von Ihnen und Miss Rosewell erzählt, dass ich furchtbar neugierig wurde.«

Bevor Lady Sudbury etwas erwidern konnte, kam eine dunkelhaarige Frau mit hypnotischen großen Augen mit großer Geste durch den Raum auf Bertha Zuckerkandl zugeschwebt. »Allerliebste Freundin!«, rief sie, und ihr bunt gemustertes Kleid flatterte bei jeder Bewegung.

»Lassen Sie uns später reden«, sagte Bertha Zuckerkandl, und an ihren neuen Gast gewandt: »Tilla, Sie Göttliche!«

»Das ist doch die Durieux. Tilla Durieux, die beste Circe, die ich jemals gesehen habe. Wenn sie auf der Bühne steht, vergisst man alles andere.« Selbst Lady Sudbury wirkte für einen Moment verzückt.

Hannah seufzte. »Ja, sie ist ein Magnet, eine Naturgewalt, einfach unbeschreiblich. Ich habe sie mal Gedichte rezitieren hören. Unbeschreiblich, diese Stimme!«

Eine Weile unterhielten sich Sarah, Hannah und Lady Sudbury, tauschten sich aus über das, was in den vergangenen Monaten geschehen war, und schließlich sagte Lady Sudbury: »Sie sollten mich nach London begleiten, Sarah. Sie wollen sich doch nicht ewig hier verstecken, nicht wahr?«

Sarah starrte auf ihre Hände. »Nein, aber ich habe Angst, Mylady.« Sie hob den Blick. »Ich fürchte mich vor dem, was mich erwartet.«

»Das müssen Sie nicht. Wir werden das gemeinsam angehen. Ich kann Erpresser einfach nicht leiden. Nichts ist so niedrig und feige.« Die Lady tätschelte Sarahs Hand. »Überlegen Sie es sich, ich bin noch ein paar Tage hier.«

»Wollten Sie nicht eine Kur antreten? Wie geht es Ihnen?« Die dunklen Schatten unter Lady Sudburys Augen und der fahle Hautton beunruhigten Sarah.

»Ach, das wird schon wieder. Ich war gerade vier Wochen in Davos und kann Kliniken nicht mehr sehen. Die Bergluft hat mir gutgetan, aber das tut die Seeluft auch, und da bin ich lieber daheim in Kent und fahre ans Meer. Wie geht es Ihrem Bruder, Sarah?«

»Er schlägt sich durch. Die Verletzungen sind gravierend, und die Schmerzen plagen ihn noch immer. Ich fürchte, dass er ohne Morphium mittlerweile nicht mehr leben kann«, gab Sarah zu.

Lady Sudbury nickte. »Das ist ein großes Problem für viele Kriegsversehrte. Die armen Seelen wurden in den Lazaretten zusammengeflickt und hätten die irrsinnigen Schmerzen ohne Opiate gar nicht aushalten können. Mich wundert, dass nicht noch mehr Männer wahnsinnig geworden sind. Hat er denn eine Beschäftigung?«

»In einem Klub bei einem Bekannten.«

»Sollte er einen neuen Job suchen, finden wir sicher eine Tätigkeit auf unserem Landsitz in Kent. Vielleicht als Gärtner?«, schlug Mylady vor.

»Das ist sehr freundlich, aber Sie haben schon so viel für uns getan. Ben kommt zurecht.«

Im Verlauf des Abends lernte Sarah eine Reihe interessanter Künstler sowie die Frau eines ehemaligen Hofjuweliers kennen. Letztere gab zu, dass sie Sarahs Karriere in den Auktionshäusern verfolgte, und machte einen Termin für die Schätzung einiger Möbelstücke und Gemälde aus ihrem Familienbesitz mit Sarah aus. Auch mit Bertha Zuckerkandl sprach Sarah und war sehr angetan von der intelligenten Frau, die kein Blatt vor den Mund nahm.

»Wie sehen Sie als Engländerin die Zukunft Österreichs, Miss Rosewell?«, wollte die Gastgeberin wissen und legte ihre Beine auf ein Kissen. Ihre Füße steckten in Pantoffeln aus Leder und Samt, und Sarah konnte nicht anders, als an eine Renaissancefürstin zu denken.

»Tja, nun ja, das ist eine schwierige Frage. Wir sind eine Insel und durch die Kolonien im Empire verbunden. In Europa ist das nicht so einfach. Österreich ist jetzt eine Republik, was ich für eine gute Sache halte«, tastete sich Sarah vorsichtig an eine Antwort heran.

Frau Zuckerkandl schnaufte abfällig. »Eine schöne Republik, ja, ja, aber nicht stark genug. Ich halte eine Donauföderation für die bessere Lösung. Kein Anschluss an Deutschland! Das nicht, bleiben S' mir vom Leib mit den Nationalisten. Kosmopolitisch muss man denken! Nicht wahr?«

»Ganz Ihrer Meinung, Verehrteste«, sagte Lady Sudbury. »Wir müssen anfangen, über die eigenen Grenzen hinauszudenken, aber ich fürchte, dass die Anhänger der Monarchie das anders sehen.«

»Ha, und ob sie das tun! Hätten die Konservativen die sozialen Bauprojekte in der Größenordnung, wie sie die Sozialdemokraten angeschoben haben, auf den Weg gebracht? Ich denke nicht – nein, ich weiß, dass sie das nicht getan hätten. Aber genug politisiert, welche Auktion steht denn demnächst bei Hofmann's an? Mein seliger Gatte war ein Kunstkenner, der die klassische Schönheit geschätzt hat. Ich halte es mehr mit den modernen Künstlern.«

Sarah lud Bertha Zuckerkandl ein, sie durch die Ausstellung zur kommenden Auktion zu führen, und verabschiedete sich bald darauf, denn Lady Sudbury wirkte blass und erschöpft.

Als Sarah, Hannah und Lady Sudbury in einer Kutsche saßen, runzelte Sarah besorgt die Stirn. »Mylady, geht es Ihnen wirklich gut?«

Gwendoline Sudbury hustete in ihr Taschentuch und holte ein Medizinfläschchen hervor. »Ich habe gelernt, mit meinen geschwächten Lungen zu leben. So, meine Mädchen, ich bin noch drei Tage hier. Morgen lade ich Sie ins *Hotel Sacher* ein. Es sei denn, Sie haben andere Pläne?«

Als Sarah am nächsten Tag in der Bibliothek von Hofmann's nach einem Handbuch zu Elfenbeinschnitzereien suchte, kam Irma Bruckner, die hochgeschätzte Sekretärin, zu ihr.

»Frau Rosewell, ein Ferngespräch für Sie. Ein Herr Maynard aus Paris?«

»Oh! Danke, Frau Bruckner«, sagte Sarah erfreut, eilte in ihr Büro und nahm den Hörer des Fernsprechapparates in die Hand.

»Rosewell?«

»Sarah, ich musste dich einfach anrufen. Ich hätte nicht so abreisen dürfen«, sagte Philip. Im Hintergrund hörte Sarah Rufe und das Pfeifen eines einfahrenden Zugs. »Ich bin in Paris auf dem Gare du Nord!«, rief Philip, um den Lärm zu übertönen. »Lies die *Daily Mail*! Die Colthams könnten viel verlieren. Ich muss los, aber ich wollte dir sagen, dass ich dich vermisse!«

»Philip, ich ...«, es knisterte und knackte in der Leitung, und dann riss die Verbindung ab. Rasch wählte Sarah das Amt, doch man konnte sie nicht mit dem Telefon in Paris verbinden. Frustriert knallte sie den Hörer auf die Gabel.

Sie fasste sich kurz und suchte dann Irma im Büro der Sekretärinnen auf. »Lassen Sie mir bitte umgehend ein Exemplar der *Daily Mail* holen, Frau Bruckner, danke!«

Bis der Botenjunge die Zeitung brachte, trommelte sie nervös mit den Fingern auf ihren Unterlagen und konnte sich kaum auf die Beschreibung der Elfenbeinfigur konzentrieren, die vor ihr auf dem Tisch stand. Endlose Minuten verstrichen, bis der Junge wieder auftauchte. Sarah entlohnte ihn und überflog die Titelseite, doch erst auf der dritten Seite fand sie, was Philip zu seinem Anruf veranlasst hatte.

London. Skandal im Hause Coltham: Die Zeichen stehen nicht gut für Lord Coltham. Kaum genesen, muss sich Seine Lordschaft erneut mit schwerwiegenden Anschuldigungen seitens des Polospielers Ravi Shah auseinandersetzen. Diesmal jedoch kommt es zu einer öffentlichen Verhandlung, in der Shah mit Beweisen für seine adlige Herkunft aufwarten will. Lord Coltham streitet jegliche Verbindung zu Shahs Mutter, der ehemaligen Maharani von Mokalasar, ab und en-

gagierte den renommierten Anwalt Torrington. Sollten sich die Ansprüche und Anschuldigungen des Polospielers bewahrheiten, könnte Lord Coltham den Stammsitz seiner Familie bei Scarborough verlieren. Aus dem engsten Freundeskreis der Familie heißt es, dass der Verkauf des Coltham-Diamanten die alten Sünden zum Vorschein gebracht hat und Edmund Coltham den Tag verflucht, an dem es zum Verkauf bei Varnham's kam. Das Auktionshaus wehrt sich gegen jegliche Vorwürfe der Familie Coltham, diese alte Geschichte bewusst ans Licht gezerrt zu haben, um durch einen Skandal größere Aufmerksamkeit zu erlangen.

Sarah ließ die Zeitung sinken und starrte auf ihre zittrigen Hände. Das ging ganz allein auf ihr Konto, und nun musste sie handeln. Sie durfte nicht zulassen, dass Varnham's ihretwegen in Verruf geriet.

7

London, April 1920

Dakers House war so groß und beeindruckend, wie sie es in Erinnerung hatte. Sarah folgte Lady Sudbury aus dem Automobil, das sie vom Bahnhof abgeholt hatte, zum Haupteingang, zögerte jedoch vor den letzten Stufen. Bisher hatte sie das Anwesen nur durch den Dienstboteneingang betreten, selbst in all den Jahren, die sie Lady Sudbury nun schon kannte.

Lady Sudbury blieb stehen und lächelte einladend. »Sie sind mein Gast, Sarah. Kommen Sie, wir wollen uns nach der langen Reise erfrischen, etwas essen, und dann sehen wir weiter.«

Sarah erwiderte ihr Lächeln und gab sich einen Ruck. Da wurde die Tür geöffnet, und der Butler kam ihnen entgegen. Sarah erkannte Lynton Parks sofort wieder. Der Mann war grauer und ein wenig behäbiger geworden. »Mylady, welche Freude, Sie wieder bei uns zu sehen.«

»Sie erinnern sich an Miss Rosewell? Sie ist mein Gast und wird ein Gästezimmer im ersten Stock beziehen. Lassen Sie es herrichten, und in einer Stunde wünschen wir zu speisen. Unsere liebe Mrs Sims kann doch sicher noch etwas zaubern.« Lady Sudbury betrat die Eingangshalle und sah sich um. »Ich habe es vermisst. Wo ist Seine Lordschaft, Parks?«

»Im Klub, Mylady. Soll ich ihn über Ihre Ankunft unterrichten?«, fragte der Butler und gab einem jungen Mann Zeichen, sich um das Gepäck zu kümmern.

Aus dem Küchentrakt erklangen Stimmen, eine Tür fiel ins Schloss, und eine aufgeregte Hausdame kam herbeigeeilt: Mrs Casper war also auch noch da. Tiefe Falten hatten sich über ihrer Nase und um die Mundwinkel eingegraben und ließen sie in ihrem schwarzen Kostüm älter erscheinen, als sie war.

Lady Sudbury winkte ab. »Nicht notwendig. Ah, Mrs Casper. Ist alles in Ordnung? Sie hatten wie immer alles unter Kontrolle?«

Eifrig nickte die Frau. »Aber ja, Mylady. Wir haben an Sie gedacht, Mylady, und hoffen sehr, dass Sie sich gut erholt haben.«

»Danke, Mrs Casper.« Lady Sudbury sprach nicht gern über ihre Gesundheit, und Sarah hatte erst nach behutsamen Nachfragen während der gemeinsamen Reise erfahren, dass die Lungen ihrer Mentorin angegriffen waren, eine Heilung von den Ärzten ausgeschlossen wurde und Linderung und eine Stabilisierung ihres Zustandes als Therapieziel galten. Luftveränderung und sanfte Kuren waren das Beste, was Lady Sudbury für sich tun konnte, auch wenn es ihr schwerfiel.

Ein wenig nervös folgte Sarah der Lady in den ersten Stock, wo Mrs Casper nach Daisy rief. Das quirlige Mädchen aus der Küche war zu einer jungen Frau geworden, die ihre Freude über das Wiedersehen mit Sarah deutlich zeigte.

»Oh, wenn das nicht Sarah ist!«, sagte sie mit einem Stapel Wäsche im Arm und errötete, als sie ein strafender Blick von Mrs Casper traf.

»Was habe ich dir beigebracht?«, zischte diese.

»Nicht zu sprechen, wenn ich nicht angesprochen werde«, antwortete Daisy leise.

»Lüfte das Bett im Gästezimmer und wisch Staub, falls nötig.

Und pack die Sachen von Miss Rosewell aus«, wies Mrs Casper das Mädchen an.

Lady Sudbury wirkte sehr blass. An Sarah gewandt, sagte sie leise: »Ich werde mich doch ein wenig ausruhen, Sarah.«

Besorgt sah Sarah die dunklen Schatten unter Lady Sudburys Augen. »Sollen wir einen Arzt rufen?«

»Nein, nein, die können ja doch nichts tun. Ich habe meine Medikamente. Alles, was ich brauche, ist etwas Ruhe. Wahrscheinlich gehe ich heute nicht mehr aus. Verfügen Sie über den Wagen, wenn Sie möchten, Sarah.«

Es tat Sarah weh, ihre Fürsprecherin so leiden zu sehen, zumal selbst die besten Ärzte eines Schweizer Sanatoriums nicht helfen konnten, doch die Patientin selbst bewahrte eine bewundernswerte Contenance.

Daisy wartete, bis sie ihr folgte, und sagte: »Du, äh, Sie sind ja eine richtig feine Dame geworden!«

»Du übertreibst, Daisy, aber ja, mein Leben hat sich ganz schön verändert. Wie ist es dir ergangen? Ist Rahu noch da? Den konnte ich nie einschätzen.«

Daisy machte ihr ein Zeichen, aus dem Sarah schloss, dass sie ihr antworten würde, sobald sie unter sich waren. Auf der Empore im ersten Stock gabelten sich die Flure in zwei Bereiche. Die privaten Gemächer der Sudburys befanden sich links und der Gästetrakt und ein Salon rechts. Daisy brachte die Wäsche in eine Kammer, führte Sarah ans Ende des rechten Flügels und öffnete eine Tür. Ein helles Zimmer mit großem Fenster und Möbeln aus Rosenholz empfing Sarah. Für den zarten Duft von Lavendel waren kleine Stoffsäcke verantwortlich, die auf den Kissen lagen.

»Wie schön«, murmelte Sarah.

»Nicht wahr? Hier werden Sie sich wohlfühlen. Wie lange bleiben Sie denn, Sarah?« Geschäftig machte sich Daisy daran, das Bett aufzuschütteln.

Ein Hausdiener kam herein und stellte Sarahs Gepäck in eine Ecke. Sarah zog ihren Mantel aus und hängte ihn auf einen Bügel. Da fielen ihr noch mehr alte Bekannte ein: »Ist Jenkins noch hier und der Fahrer, wie hieß er noch gleich, Reid?«

Sie ging zum Fenster, von dem aus man auf die Straße sah, wo eine Kutsche von einem Automobil überholt wurde.

»Also, ich fang jetzt mal mit Ruby an. Die ist nicht mehr hier, seit sie einen Soldaten geheiratet hat. Thomas, glaube ich. Er kam aus Leeds, und da ist sie hingezogen. Rahu ist noch hier – oder wieder. Er war mal in seiner Heimat, ist aber wieder zurückgekommen. Geheimniskrämer und Wichtigtuer, wie immer. Behandelt uns, als wären wir Luft. Dabei ist er nichts Besseres, aber das hängt mit seiner Religion oder so zusammen, sagt Mrs Casper.« Daisy richtete sich auf. In ihrem schwarzen Kleid und mit der weißen Haube sah sie sehr adrett aus.

»Ich habe jedenfalls Rubys Posten bekommen und bin froh, weil ich mehr verdiene, und die Küche mochte ich nie so wirklich. Hier ist es interessanter.« Daisy kicherte. »Vor allem die Alte ist für Überraschungen gut.«

»Die Alte?«

»Na, die Mutter von seiner Lordschaft, Lady Alexandra. Die hat tatsächlich geweint, als der Krieg aus war. Aber nicht, weil sie sich so gefreut hätte, oh nein, sie schimpft seitdem nur auf die Siegermächte, die ihre schöne Heimat kaputt gemacht hätten. Ich kenn mich da nicht so aus, aber Österreich-Ungarn, so hieß das wohl, hat jedenfalls verloren, und jetzt ist alles aufgeteilt, und es gibt keine Adligen mehr.« Daisy pustete sich eine Locke aus der Stirn und schaute sich mit roten Wangen um. »Staub und dann Wasser und Geschirr und Handtücher.«

Sarah lachte. »Du bist wirklich großartig, Daisy. Aber ja, es ist so, wie du sagst. In Österreich darfst du keinen Adelstitel mehr führen, und man lebt jetzt in einer Republik. Die Sozialdemokraten machen das recht gut, finde ich. Es gibt viele Reformen, um das Leben für die Menschen besser zu machen.«

»Ach, Sarah, von Politik versteh ich nichts. Der Krieg war schlimm. Und wer ist dafür verantwortlich? Na, die Politiker! Reid ist gefallen. Ich mochte ihn sehr, er war immer fröhlich, und so ein Mann musste sterben. Wofür, frag ich mich! Und Jenkins haben sie einen Arm weggeschossen. Der war einmal hier. Gott, habe ich mich erschrocken. Ganz bleich war er und dünn. Der arme Kerl wollte wieder anfangen, aber was soll er denn machen mit einem Arm?«

»Irgendeine Tätigkeit hätte man doch finden können«, meinte Sarah.

Daisy ging mit einem Staubwedel über die Oberflächen. »Nicht hier in der Stadt. Aber auf dem Land, da haben sie ihn für den Garten genommen. Mylady hat dafür gesorgt, dass er für Kost und Logis in Kent untergekommen ist. Sie ist eine Seele, ja, das ist sie. Und nun geht es ihr gar nicht gut, das tut mir schrecklich leid.«

»Ja, ich habe sie auch sehr gern«, sagte Sarah und seufzte. »Vielleicht sollte sie nach Italien ziehen, wo es wärmer ist. Das tut ihr immer sehr gut.«

»Sollte sie. Reden Sie ihr zu! Seine Lordschaft ist doch sowieso nie hier, nur noch im Klub oder im Parlament. Der vermisst seine Frau nicht.« Daisys Miene drückte Entrüstung aus, und Sarah pflichtete ihr im Stillen bei.

Am nächsten Morgen besuchte Sarah zuerst ihre Familie. Sie hatte allen etwas aus Wien mitgebracht: bunte Stoffe aus den Wiener Werkstätten für ihre Schwestern und Zigarren für ihren Vater. Da sie schon Tage vorher telegrafiert hatte, dass sie kommen würde, hatte ihre Mutter sich zwei Stunden freigenommen, damit sie zu zweit ihr Wiedersehen feiern konnten.

Sarah drückte ihrer Mutter eine hübsche Börse in die Hand, in die sie eine nicht unerhebliche Summe gelegt hatte. »Verwahre es gut, Mum, damit du es zur Hand hast, wenn du krank wirst oder eins der Mädchen etwas benötigt.«

Ihre Mutter wollte das Geld nicht annehmen, doch Sarah drängte sie. Sie saßen nebeneinander auf der Küchenbank in der Wohnung der Rosewells. Die Küche hatte einen neuen Anstrich erhalten, ansonsten hatte sich wenig verändert. Im Kinderzimmer schliefen nun die drei Mädchen, die noch zu Hause lebten und Arbeit in der Nähe gefunden hatten.

»Das ist zu viel, Sasa. Behalte das Geld. Du brauchst es doch auch. Wir kommen zurecht«, sagte ihre Mutter und schob die Börse zurück, doch Sarah beharrte auf ihrem Geschenk und steckte es ihrer Mutter in die Jackentasche.

Dorothy streichelte das Gesicht ihrer Tochter. »Meine schöne Sarah. Ich bin so stolz auf dich. Bleibst du jetzt in London?«

»Nicht für länger, Mum. Ich muss hier eine Angelegenheit klären, die ich schon längst hätte in Angriff nehmen sollen. Es hat mit meiner Entscheidung zu tun, nach Wien zu gehen.« Sie wollte ihre Mutter nicht unnötig beunruhigen und hatte ihr zuvor eine abgeschwächte Version ihrer Probleme geschildert.

»Du sagst mir doch nicht alles, das spüre ich. Sarah, sei bitte vorsichtig. Ich wünschte, ich könnte dir helfen.« Dorothy Rosewell nahm ihre Tochter in die Arme und drückte sie lange an sich. »Es ist so schön, dich wieder hier zu haben.«

»Ach, Mum, ich habe dich vermisst.«

Dorothy ließ sie los und griff nach ihrer Hand. »Ich bin eine sentimentale alte Mutter. Du musst deinen Weg gehen. Das ist der Lauf der Welt.«

Sarah lehnte ihren Kopf an die Schulter ihrer Mutter und streichelte ihre Hand, deren Fingerkuppen durch viele Nadelstiche verhornt waren. Hier neben ihrer Mutter zu sitzen und ungestört mit ihr plaudern zu können war ein seltener und kostbarer Moment. »Hast du von Ben gehört? Und was machen die Mädchen?«

»Ben, nein, er war Monate nicht bei uns. Emily näht auch für Mrs Weaver und hat einen Verehrer, einen Automechaniker. Er scheint mir ein anständiger Junge zu sein und kann sie versorgen. Rose ist so still und schüchtern, dass die Arbeit bei der Hutmacherin genau das Richtige für sie ist. Nur um Bessie mache ich mir Sorgen, das hatte ich ja geschrieben. Sie ist so wild und dauernd auf irgendwelchen Partys. Ich kenne ihre Freunde nicht und weiß oft nicht, wo sie die Nacht verbracht hat. Wenn es mit ihr mal böse ausgeht, wundert mich das nicht.« Ihre Mutter seufzte und lehnte sich gegen die Wand. Sie wirkte verbraucht und kraftlos. »Ich bin zu müde, um noch um sie zu kämpfen. Und sie ist alt genug, um zu wissen, was sie tut. Wenn du mit ihr sprechen willst?«

»Das mache ich, Mum. Ein paar Tage bin ich ja noch hier.« Sarah hatte ihre Zweifel, ob Bessie überhaupt auf sie hören würde, doch sie wollte es versuchen.

Der Morgennebel hatte sich gelichtet, und die Sonne schien von einem nur leicht bewölkten Aprilhimmel auf die Stadt an der Themse herunter. Sarah hatte Dakers verlassen, ohne mit Lady

Sudbury gesprochen zu haben, die noch nicht zum Frühstück erschienen war. Die lange Zugfahrt forderte wohl ihren Tribut. Sarah selbst war voller Energie und überlegte, wie sie es angehen sollte, ihren Erpresser zu demaskieren. Gegen Mittag wollte sie Varnham's besuchen und bei Direktor Rowland vorsprechen. Ein schwerer Gang, doch sie war ihn ihm schuldig.

Vom Hanover Square war es nicht allzu weit bis zur New Bond Street, doch Sarah spazierte weiter zur Oxford Street, um im Warenhaus Selfridges einige Kleinigkeiten einzukaufen. Sie benötigte Unterwäsche und vielleicht ein Paar Schuhe, und in dem Londoner Kaufhaus fand sie meist zu günstigen Preisen, was sie suchte. Von Selfridges aus war es nicht mehr weit bis zu Philips Apartment in Marylebone. Mrs Porter hatte auf ihre Bitte hin ihre Sachen aus der Wohnung räumen und dort hinbringen lassen, denn Sarah konnte es sich nicht leisten, eine Wohnung in London und eine in Wien zu unterhalten. Sie hoffte, dass er dort sein würde, dann konnten sie sich aussprechen.

Beschwingten Schrittes lief sie die Oxford Street entlang, gab einem bettelnden Kriegsveteranen, der auf einem Holzbrett hockte, ein paar Münzen und sog den Geruch der Stadt ein. London war ihr Zuhause und würde es immer sein. Dennoch fühlte es sich diesmal anders an. Die Monate in Wien hatten sie verändert, ihr gezeigt, dass sie sich auch anderswo einen Platz erkämpfen konnte. Sie hatte an Selbstvertrauen gewonnen, war sich ihrer Stärken und Schwächen mehr bewusst als früher. Auch deshalb war sie hergekommen: Weder Otis Munro noch derjenige, der hinter dem Erpresserbrief steckte, konnten sie einschüchtern. Nun ja, sie dachte an Lord Coltham und seinen Sohn und zuckte mit den Schultern. Zumindest würde sie Stellung beziehen.

Die Läden hatten bereits geöffnet, Kisten und Ständer mit Waren standen vor den Geschäften, und die Stadt schien so geschäftig wie vor dem Krieg. Da sie gerade aus dem kriegsgebeutelten Wien kam, in dem die Bevölkerung noch immer unter Entbehrungen litt, empfand sie London als blühende Metropole. Wesentlich mehr Automobile waren auf den Straßen zu sehen und das Angebot an verschiedensten Waren bemerkenswert. Je näher sie dem bekannten Kaufhaus kam, desto eleganter wurden die Geschäfte. Hut- und Schuhmacher, Parfümeure, Coiffeure und hübsche Cafés säumten die Straße.

Selbstvergessen ließ Sarah den Blick schweifen: Tische und Stühle standen auf dem Gehweg, und ein gut gekleidetes Paar trat aus einem Café. Sie trug ein sehr mondänes Kleid, das der neuesten Mode entsprach. Sarah tippte auf einen französischen Modesalon. Die Frau lachte etwas zu laut, und ihre Bewegungen waren affektiert. Sie schien es gewohnt, im Mittelpunkt zu stehen, und als sie wiederholt über ihren gewölbten Leib strich, schätzte Sarah, dass sie im fünften Monat ihrer Schwangerschaft sein mochte.

Der Mann trug Hut und einen grauen Gehrock und wirkte nervös. Vielleicht ist es das erste Kind für die beiden?, dachte Sarah, doch dann stutzte sie plötzlich. Der Mann neigte den Kopf, und da erkannte sie das vertraute Profil von Philip Maynard. Dann war die Frau an seinem Arm Gladys, seine Gattin. Und sie war schwanger! Sarah stolperte, suchte an einem Regal mit Tonwaren nach Halt, erwischte nur ein Gefäß, das klirrend zu Boden fiel, und drehte sich um, damit Philip sie nicht sah. Sofort kam der Ladenbesitzer herausgelaufen.

»Was zum Teufel!« Als er sie an der Wand entdeckte, wo sie sich abstützte, während ihr bereits Tränen über die Wangen liefen, verrauchte sein Zorn, und er rief nach seiner Frau. »Elsie, komm doch mal, wir brauchen deine Hilfe. Madam, was ist denn passiert? Wollen Sie hereinkommen und sich setzen?«

Sarah nickte schluchzend und hasste sich für ihre Schwäche. Was hatte sie erwartet? Jedenfalls nicht, dass seine Frau ein Kind erwartete. Das hätte er ihr sagen müssen! Oder nicht? War das zu viel verlangt? Der Ladenbesitzer brachte sie in einen Verkaufsraum, wo seine Frau ihr einen Stuhl zurechtrückte.

Verlegen setzte sich Sarah, nahm das Wasserglas und murmelte: »Verzeihung, ich werde den Schaden bezahlen.«

Die Ladenklingel ertönte. »Sarah?«

Philip! Auch das noch! Sie presste sich ein Taschentuch gegen die Nase und sah auf. Da stand er und schien unsicher, was er tun sollte.

»Was willst du? Geh zu deiner Frau. Sie braucht dich jetzt.«

»Sarah, ich wollte es dir sagen, aber es schien mir nicht der richtige Zeitpunkt und ...«

»Was ist denn? Philip!«, rief Gladys von draußen.

Der Ladenbesitzer kam mit Besen und Schaufel nach vorn und sagte: »Was ist nun, wollen Sie eintreten, oder lassen Sie mich durch?«

»Ich lasse meine Sachen bei dir abholen. Geh, Philip!«, sagte Sarah mit heiserer Stimme, erhob sich und gab der Frau das Glas. »Was bin ich Ihnen schuldig?«

»Ich kann es dir erklären, Sarah«, begann er, doch als er Sarahs Blick sah, brach er ab. »Warum hast du mir nicht gesagt, dass du nach London kommst?«

Gladys Granville erschien hinter Philip und zog an seinem Arm, ohne die Szene eines weiteren Blickes zu würdigen. »Ich habe eine Anprobe. Was gibt es denn hier so Wichtiges, dass du mich stehen lässt?«

Der Ladenbesitzer stieß hörbar die Luft aus, und Philip trat zurück. »Nichts, ich hatte mich geirrt. Lass uns gehen.«

Sarahs Hände zitterten, als sie ihre Börse aus ihrer Tasche

holte. Die Frau des Ladenbesitzers sah sie mitfühlend an. »Es geht mich nichts an, Madam, aber meistens sind die Männer keine Träne wert.«

»Ich bin ja selbst schuld …«, murmelte Sarah.

8

Zu Selfridges ging Sarah an diesem Vormittag nicht mehr, sondern setzte sich stattdessen an einen Nischentisch in einem kleinen Restaurant und bestellte eine Suppe und ein halbes Pint helles Bier. Die heiße Brühe gab ihr ein wenig Kraft zurück. Selbstverständlich war es unsinnig, sich darüber zu echauffieren, dass Philip Vater wurde. Er war ein verheirateter Mann – doch bisher war es leichter gewesen, diese Tatsache zu verdrängen. Die Schwangerschaft seiner Frau hatte ihr deutlich vor Augen geführt, dass er eben ein Ehemann war, der auch den ehelichen Pflichten nachkam, auch wenn er das vor ihr mehr oder weniger geleugnet hatte. Nun, sie hatte ihm glauben wollen. Es war ihre Entscheidung gewesen.

Das Bier schmeckte schal, doch sie war durstig und trank es aus. Immerhin war die Brühe würzig, und es schwammen einige fette Fleischstücke darin. Sarah warf über den Tellerrand Blicke in die Runde, ein älteres Paar, zwei Frauen mit Einkaufstaschen und einige Geschäftsleute, die ihre Mittagspause für einen schnellen Lunch nutzten. Die heutige Begegnung hatte ihr schmerzlich vor Augen geführt, dass sie allein war. Philip konnte sagen, was er wollte, am Ende des Tages würde er zu seiner Frau gehen, und sie war nur eine Geliebte, eine Affäre.

Sie wischte den Teller mit einem Brotstück aus, säuberte ihre

Hände in einem Taschentuch und suchte nach den passenden Münzen, um sie auf den Tisch zu legen. Als ihre Augen sich erneut mit Tränen füllten, zwang sie sich zu einem Lächeln und gewann ihre Fassung zurück. Es half nichts. Sie konnte ihm keinen Vorwurf machen, denn er hatte ihr nie etwas versprochen, und sie hatte nichts verlangt. Warum also traf sie die heutige Begegnung mit solcher Wucht? Weil sie letztlich eben doch gehofft hatte, dass die große Liebe alles richten würde.

Sarah verließ das Lokal und mischte sich auf dem Gehweg unter die Passanten. Die Bond Street war eine der ersten Straßen Londons gewesen, in der es Bürgersteige gegeben hatte, sodass die Besucher der feinen Läden trockenen Fußes an den Schaufenstern entlangflanieren konnten. Ein wehmütiges Ziehen machte sich in ihrem Magen breit, als sie die prachtvolle Fassade von Varnham's auf der anderen Straßenseite betrachtete. Dort hatte alles begonnen. Sie blieb vor dem Schaufenster eines Hutmachers stehen und betrachtete ihre Reflexion. Die Haare modisch kurz unter dem Hütchen hervorschauend, das schlichte schwarze Kleid mit tief sitzender Taille umfloss luftig ihren schmalen Körper. Die bunt bestickten Säume und die auffällige lange Kette, die ein Künstler der Wiener Werkstätte gefertigt hatte, belebten die schwarze Tristesse. Sarah zog eine Grimasse und streckte sich selbst die Zunge heraus. Von wegen Tristesse, dachte sie. Sie war jung, frei und hatte eine hervorragende Stellung. Dafür lohnte es sich zu kämpfen.

Entschlossen überquerte sie die Straße, ignorierte ein hupendes Automobil und lief die Stufen zu Varnham's hinauf. Neue Gesichter, wohin sie auch sah. Als ein gut gekleideter Mann in den Ausstellungsbereich trat, erkannte sie jedoch Simon Cross. Der Sohn des bekannten Antiquitätenhändlers hielt inne, und dann erhellte sich seine Miene.

»Miss Rosewell! Na, das ist aber eine Überraschung.« Er klemmte sich seine Mappe unter den Arm und kam auf sie zu.

»Ja, ich wollte mich anmelden, aber die Ereignisse überschlugen sich, und nun ja, da wollte ich die Gelegenheit nicht verstreichen lassen und vorbeischauen. Ist Direktor Rowland da?«

Cross nickte langsam. »Er hatte es nicht leicht. Die Gesundheit. Er spricht nicht gern darüber, und wir haben viel Arbeit. Das wissen Sie ja. Kommen Sie. Ich bringe Sie zu ihm.«

Rowland, der Fels in der Brandung, gesundheitlich angeschlagen? Bedrückt folgte Sarah dem Auktionator durch die vertrauten Räume, in denen sich kaum etwas geändert hatte. Die Tür zu Rowlands Büro stand offen, und sie hörten seine Stimme am Telefon durch das Klappern der Schreibmaschinen hindurch.

Cross klopfte und ging ins Büro, während Sarah wartete. Es dauerte nur wenige Augenblicke, und er winkte sie herein. »Bitte, Miss Rosewell.«

Sarah trat ein, verlegen und voller Schuldgefühle. Der Direktor des großen Londoner Auktionshauses erhob sich und kam ihr entgegen. Rowland hatte etwas an Gewicht verloren, doch er trug noch immer seinen Schnurrbart, und sein maßgeschneiderter Anzug saß tadellos. Seine Miene spiegelte eine Mischung aus Erstaunen, Verärgerung und Neugier. Sarah setzte auf letztere Regung und trat ihm mit einem um Verzeihung bittenden Lächeln entgegen.

»Sir, ich bin untröstlich. Es tut mir alles so leid, aber ich kann erklären, warum ich so überstürzt gekündigt habe«, begann sie.

Rowland sah an ihr vorbei zu seinem Mitarbeiter. »Danke, Cross, bitte schließen Sie die Tür hinter sich.«

Dann erst bot er Sarah einen Sessel an. »Nehmen Sie Platz. Ich muss zugeben, dass ich lange Zeit sehr verärgert und vor allem enttäuscht war, dass Sie uns nach allem, was wir für Sie getan haben, im Stich gelassen haben.«

Sarah setzte sich und holte tief Luft. »Ich hatte einen triftigen Grund, Sir.«

Rowland setzte sich ebenfalls und zündete sich eine Zigarre an. »Ich bin ganz Ohr. Wissen Sie, ich verfolge Ihre Karriere nach wie vor und dachte, dass Sie von Hofmann's ein besseres Angebot erhalten haben. Immerhin sind Sie dort stellvertretende Direktorin.«

»Das war nicht der Grund. Nein, ich wäre lieber in London geblieben, aber ich hatte Angst, dass das, was ich getan habe, dem Ruf Ihres Hauses schaden könnte.«

Er hob die Augenbrauen und blies einen Rauchkringel in die Luft. »Was um Himmels willen könnten Sie getan haben?«

Plötzlich sprudelte alles aus ihr heraus, ihre übereifrige Recherche für den Coltham-Diamanten, das Treffen mit Leutnant Lineker und die anschließende Erpressung durch Otis Munro. »Und als Lineker dann tot war und Lord Coltham mir indirekt zu verstehen gab, dass jeder, der seinem Ruf Schaden zufügte, die Konsequenzen zu tragen hätte, nun, da wusste ich einfach nicht mehr weiter. Ich hatte solche Angst, Sir!«

Mit gerunzelter Stirn hatte der Direktor ihr zugehört. »Und Sie haben diese miese Kreatur bezahlt?«

Sie nickte. »Ja, Sir«, erwiderte sie leise.

»Es ist schade um jeden Penny, den Sie ihm gegeben haben. Wären Sie doch gleich zu mir gekommen! Miss Rosewell, kennen Sie mich so wenig, dass Sie glauben, ich hätte Sie in der Sache alleingelassen?«

»Sir, ich hatte es ja angedeutet, und Sie waren über den Zeitungsartikel so verärgert. Zu Recht, ich habe schließlich eigenmächtig gehandelt und bin zu weit gegangen«, sagte sie.

»Natürlich war ich das. Und ja, Sie hätten mich fragen müssen, bevor Sie Munro einbezogen haben. Aber, Sie hatten den richtigen Riecher! Verdammt, Sie hatten ja recht mit allem! Ich meine, wenn wir uns die Zeitungen heute anschauen, dann steckt Coltham verflucht in der Klemme, würde ich sagen. Ob das nun damit zusammenhängt, dass Sie damals in seiner unrühmlichen Vergangenheit herumgeschnüffelt haben, oder nicht, ist jetzt völlig irrelevant. Der Mann hat Dreck am Stecken, sonst würde er nicht um sich beißen wie ein tollwütiger Hund. Verzeihen Sie meine Ausdrucksweise, aber diese Angelegenheit regt mich auf.« Rowland beugte sich vor und sah sie eingehend an. »Und weshalb sind Sie jetzt hier?«

»Ich habe, als ich in Wien angekommen bin, einen seltsamen Brief bekommen. Keine Erpressung, aber eine Drohung.« Sie gab das Bibelzitat wieder. »Leider habe ich den Brief zerrissen. Aber es war eine männliche Handschrift, da bin ich mir sicher.«

»Munro? Hat er sich denn in Wien bei Ihnen gemeldet?«

»Nein, das hat er nicht. Und ich finde auch nicht, dass es zu ihm passt. Nach dem Aufruhr, den der indische Polospieler mit seinem Anspruch auf Colthams Vermögen gemacht hat, dachte ich eher an ...« Sie zögerte, ihren Verdacht auszusprechen.

Rowland paffte nachdenklich an seiner Zigarre. »Ah.«

Sie nestelte an ihren Handschuhen. »Ich weiß nicht, was ich tun soll, aber ich wollte Ihnen alles sagen, damit Lord Coltham Varnham's nicht belangen kann. Es ist ja alles meine Schuld.«

»Ist es das? Sehe ich nicht so, Miss Rosewell. Wenn hier jemand Schuld hat, dann derjenige, der dem alten Maharadscha die Frau ausgespannt hat und was sonst noch. Tja, das ist ein Ding.« Rowland stand auf und öffnete die Tür. »Cross!«, rief er in den Gang und kehrte zu ihr zurück.

Als kurz darauf Simon Cross seinen Kopf hereinschob, meinte

Rowland: »Machen Sie Otis Munro ausfindig, und schaffen Sie ihn her.«

»Sir? Sie meinen den Informanten, den Mr Palmer beschäftigt hat?«

»Genau den. Sprechen Sie mit niemandem darüber, und locken Sie Munro mit Geld, wenn es nicht anders geht. Er soll denken, dass wir einen lukrativen Auftrag für ihn haben.« Rowland nickte grimmig.

»Haben wir nicht, Sir?«, wollte Cross wissen.

»Ich erkläre Ihnen später alles. Was auch immer Sie gerade vorhatten, diese Sache hat Priorität.«

»In Ordnung, Sir. Ich werde sehen, was ich erreichen kann.« Cross verschwand.

»Wie lange sind Sie in London, Miss Rosewell?«

»Ich habe zwei Wochen Urlaub. Und eigentlich stand mir noch kein Urlaub zu.«

»Sie wollen also wieder nach Wien?«

»Ja, ich ... Ja, das möchte ich.« Sarah dachte an Philip und daran, dass sie es jetzt nicht ertragen könnte, ihn oder gar seine Frau und das Kind zu sehen.

»Wo erreiche ich Sie?«

»Ich bin Gast bei Lady Sudbury.«

»Ach ja, richtig, wie geht es ihr?« Rowland legte seine Zigarre ab.

»Sie ist angeschlagen. Sie hat ein Lungenleiden und ist gerade aus einem Kuraufenthalt aus der Schweiz zurück.«

»Richten Sie ihr bitte meine herzlichsten Grüße und Genesungswünsche aus. Wir sprechen uns, sobald ich Munro ausfindig gemacht habe. Ich möchte diese Sache genauso dringend bereinigen wie Sie. Von Palmers Urteilsvermögen bin ich enttäuscht, er hätte es besser wissen müssen, aber der Mann ist ohnehin in Pension und nur noch auf Anfrage als Experte tätig.«

Damit schien das Gespräch für ihn beendet, denn er stand auf.

Sarah erhob sich ebenfalls. »Danke, Sir, für alles. Ihre Güte beschämt mich.«

»Güte? Ich bin Geschäftsmann. Munro ist ein Risikofaktor und muss ausgeschaltet werden. Und auf Sie hatte ich große Stücke gesetzt. Ich habe Sie als Investition betrachtet, die sich irgendwann auszahlen wird. Nun, Sie haben sich entwickelt und gute Arbeit für uns geleistet. Dass die Konkurrenz Sie uns weggeschnappt hat, gefällt mir nicht, aber nichts ist in Stein gemeißelt, nicht wahr?«

Es war an Sarah, überrascht zu sein. Konnte er sich tatsächlich vorstellen, sie unter anderen Umständen wieder einzustellen? »Nein, das ist es nicht. Wie läuft es in New York? Und wollten Sie nicht expandieren?«

Rowland ging mit ihr zur Tür. »Ich bin sehr zufrieden. Da Sie nun für die Konkurrenz arbeiten, kann ich Ihnen nicht mehr sagen. Außer vielleicht, wenn Sie in drei Monaten nach Paris fahren, finden Sie Varnham's auch dort.«

»Das freut mich, Sir.« Sie zögerte. »Sie haben mir also verziehen?«

»Hören Sie auf, sich dauernd zu entschuldigen. Sie haben die Dinge auf den Tisch gebracht, wir klären das mit Munro, und dann ist die Geschichte für mich erledigt«, meinte er energisch.

»Und wenn Lord Coltham –«, begann sie, wurde jedoch unterbrochen.

»Was soll er von uns wollen? Er hat durch uns seinen Diamanten zu einem sensationellen Preis verkauft. Dass Blut an dem Stein klebt, ist nicht unser Problem, sondern seins.« Das Telefon auf Rowlands Schreibtisch klingelte. Bevor er nach dem Hörer griff, sagte er warnend: »Und Sie unternehmen nichts in Bezug auf Coltham, hören Sie?!«

»Nein, Sir«, sagte sie und lächelte.

Mit einem Wink entließ er sie und nahm den Hörer ab. »Varnham's, Direktor Rowland?«

Äußerst erleichtert über den Gesprächsverlauf, ging Sarah durch den Flur und ließ es sich nicht nehmen, bei den Katalogisiererinnen vorbeizuschauen. Im Vorzimmer fand sie Ruth Evans, die von ihrem Schreibtisch aufsah und sie kühl musterte.

»Na, Sie trauen sich ja was!«

»Guten Tag, Mrs Evans. Wie geht es Ihnen?«, erwiderte Sarah höflich, ohne auf die spitze Bemerkung einzugehen.

»Als ob Sie das interessieren würde. Lassen uns hier einfach sitzen. Nach allem, was der Direktor für Sie getan hat!«, blaffte die Sekretärin sie an.

»Ihnen muss ich nichts erklären, Mrs Evans.« Sarah ging an ihr vorbei und suchte in dem Großraumbüro nach Muriel.

Diese hatte sie bereits erspäht und stand auf, um sie zu begrüßen. Muriel kam in einem grauweißen Kleid, das modisch tailliert war, auf sie zu. Ihr Haar trug sie kurz. Sie wirkt erwachsener und selbstbewusster, dachte Sarah und gab Muriel zur Begrüßung einen Wangenkuss. Die übrigen Sekretärinnen beobachteten sie neugierig, auch wenn sie eifrig bemüht waren, sich das nicht anmerken zu lassen, denn Mrs Evans beobachtete sie durch das Fenster.

»Sarah, wie schön, dich zu sehen! Wie geht es dir? Ich habe mich immer gefragt, was passiert ist, dass du so überstürzt gegangen bist?« Muriel sprach möglichst leise, doch dies war nicht der richtige Ort für ein vertrauliches Gespräch.

Sarah hatte keinen Kontakt zu Muriel gehalten, denn so eng war ihre Freundschaft nie gewesen, doch heute bedauerte sie es und nahm sich vor, das zu ändern. »Vielleicht hast du morgen Mittag Zeit? Ich lade dich zum Lunch ein. Im *Tearoom?*«

Muriel verstand und nickte. »Gern, ich freue mich.«

Es klopfte laut an der Fensterscheibe. Mrs Evans warf ihnen einen strafenden Blick zu.

»Sie ist die reinste Sklaventreiberin. Bis morgen, Sarah.« Muriel ging zurück zu ihrem Platz, und Sarah verließ das Büro.

In der Ausstellungshalle traf sie auf Simon Cross, der auf sie zu warten schien. »Miss Rosewell, verzeihen Sie. Möglicherweise können Sie mir helfen, Mr Munro zu finden. Mir liegt keine Adresse vor, und Mr Palmer ist krank. Er kommt nur noch selten ins Haus, und da hoffte ich, dass Sie mir helfen können?«

Sie überlegte kurz. »Das tut mir leid mit Mr Palmer. Eine Adresse hatte ich auch nie von Munro. Aber ich weiß, dass er sich gern mit Informanten im *Bell & Crown* getroffen hat.«

Cross musste etwa in ihrem Alter sein und strahlte die lässige Eleganz von jemandem aus, der in wohlhabenden Verhältnissen aufgewachsen war. Seine Freundlichkeit wirkte professionell, und sie entschied, dass sie Schwierigkeiten hatte, ihm zu vertrauen. Ihm fehlten Rowlands herzliche Direktheit und Lehners Charme, hinter dem er seinen unbestechlichen Instinkt verbarg.

»Ah, sieh an, nun, das könnte uns weiterbringen. Kann ich Sie erreichen, falls ich nicht weiterkomme?« Seine Miene verriet nicht, welche Art von Hintergedanken er womöglich hatte.

»Ich bin mit Mr Rowland in Kontakt. Belassen wir es dabei. Danke, Mr Cross, ich muss mich leider entschuldigen, weil ich noch einen Termin habe.«

Er neigte den Kopf und begleitete sie zur Tür. »Einen guten Tag und bis bald, Miss Rosewell. Es würde mich freuen.«

Auf der Straße atmete sie tief durch. Was auch immer Cross ausstrahlte, sie empfand ihn als unangenehm. Vielleicht tat sie ihm unrecht, und sie projizierte ihre Enttäuschung mit Philip gerade auf jede weitere ihrer heutigen Begegnungen.

Ein Zeitungsjunge schwenkte die Mittagsausgabe des *Daily Mirror*.

»Neue Kämpfe in Irland! Sinn Fein in Derry!«, rief der Junge und weiter: »West Bromwich Albion gewinnt Championstitel!«

Sarah starrte auf die Zeitung, die vom Wind aufgeblättert wurde. »Coltham« war innen zu lesen, mehr konnte sie auf die Schnelle nicht entziffern. »Ich nehme eine, hier, bitte!« Sie drückte dem Jungen das Geld in die Hand und ging ein Stück, bis sie vor einem Schaufenster stehen blieb, um nachzulesen, was es Neues über Coltham gab.

Lord Coltham hat seine politischen Ämter niedergelegt. Offiziell wird seine angeschlagene Gesundheit als Grund angeführt. Es heißt jedoch, dass der indische Polospieler Ravi Shah seine Ansprüche auf das Haus Coltham weiterhin geltend machen will. Zu einer Eskalation kam es zwischen Edmund Coltham, Sohn und Erbe des Lords, und Ravi Shah im Etablissement Bluebell Club. *Es kam zu Handgreiflichkeiten, in deren Folge Shah verletzt und Coltham junior festgenommen wurde. Aufgrund entlastender Aussagen von Augenzeugen, darunter der Inhaber des Klubs, Charley Randall, wurde der junge Coltham am nächsten Morgen aus der Haft entlassen.*

Mit offenem Mund stand Sarah da und überflog den Artikel ein weiteres Mal. Ausgerechnet in Charleys Klub! Sie musste mit Charley sprechen! Bevor sie das tat, wollte sie jedoch ihre Sachen aus Philips Apartment abholen und ihm den Schlüssel zurückgeben. Sie besaß nicht viel. Eine kleine Kommode, auf die sie auch verzichten konnte, und zwei Schrankkoffer voller Kleider und Accessoires. Die konnte sie vorübergehend in ihrem Zimmer bei

Lady Sudbury deponieren, bis sie eine dauerhafte Lösung gefunden hatte.

Als sie Lady Sudbury in Dakers House im Salon traf, war sie erleichtert. Gwendoline Sudbury schien sich erholt zu haben, wirkte frisch und hatte eine gesunde Gesichtsfarbe.

»Meine Liebe, setzen Sie sich zu mir auf eine Tasse Tee. Wo waren Sie so früh schon?« Sie schwenkte eine silberne Tischglocke, woraufhin ein Dienstmädchen erschien. »Bringen Sie uns bitte frischen Tee und Gebäck.«

Sarah erzählte von ihrem Besuch bei Varnham's. »Ich hatte mich sehr vor diesem Gespräch gefürchtet, und dabei war Direktor Rowland so verständnisvoll. Das hätte ich nicht erwartet!«

Das junge Dienstmädchen kam mit einem Tablett, das sie etwas unbeholfen balancierte, in den Salon. Sarah fürchtete schon, dass Kanne und Geschirr auf dem Boden landen würden, doch das Mädchen schaffte es gerade noch zum Sideboard, wo sie den Tee einschenkte.

»Nehmen Sie Zucker oder Milch, Miss?«, fragte sie, und Sarah erkannte ihren kornischen Dialekt.

»Milch, danke«, antwortete Sarah.

Als das Mädchen Sarah ihre Tasse reichte, zitterte ihre Hand, und der Tee schwappte über. Lady Sudburys Miene versteinerte, doch sie sagte nichts. Erst als das Mädchen den Salon verlassen hatte, murmelte die Lady: »Es wird immer schwieriger, gutes Personal zu finden. Eunice ist eine Farmerstochter aus Redmond in Cornwall und hatte keinerlei Ausbildung. Sie kam über die Agentur von Mrs Halston zu mir, und sie tat mir leid. Es wäre doch traurig, wenn sie in falsche Hände geriete, denn sie ist ein freundliches Mädchen.«

Sarah lächelte. »Sie haben noch immer ein Herz für schwierige Fälle.«

»Ich versuche zu helfen, das ist alles. Bei Ihnen war das etwas ganz anderes. Sie haben mich vom ersten Tag an meine Tochter erinnert. Und als ich Ihr Talent erkannt habe, hatten Sie eigentlich keine Wahl mehr!« Lady Sudbury lachte und nahm ihre Teetasse.

»Ich bin Ihnen unendlich dankbar, Lady Sudbury, und nun muss ich Ihre Großzügigkeit strapazieren. Wäre es möglich, meine Sachen zwischenzeitlich bei Ihnen zu lagern? Die Wohnung meiner Eltern ist zu klein, und Hannah lebt ja nun in Wien. Es wäre nur übergangsweise.«

»Wo sind Ihre Sachen denn jetzt?«, wollte die Lady wissen.

Sarah senkte den Blick. »Bei Mr Maynard.«

»Oh, was ist denn vorgefallen? Haben Sie sich mit ihm überworfen? Das täte mir leid, obwohl ich das Verhältnis nicht gutheißen kann.«

»Nein, ich ...«, sie seufzte. »Es ist nichts vorgefallen, aber ich habe mich verändert. Seine Frau erwartet ein Kind, und das hat mir vor Augen gehalten, dass ich nie mehr als eine Randfigur in seinem Leben sein werde, und das reicht mir nicht mehr.«

Lady Sudbury hob die Augenbrauen. »Bravo! So spricht eine Frau, die sich ihres Wertes bewusst ist. Selbstverständlich können Sie Ihre Sachen hier unterstellen, und wenn Sie Hilfe beim Abholen benötigen, nehmen Sie Benson, den Chauffeur, mit.«

»Danke, Mylady.«

Es klopfte, die Tür wurde geöffnet, und Lord Sudbury kam herein.

»Ich wusste nicht, dass du Besuch hast, Gwen«, sagte er mit einem irritierten Seitenblick auf Sarah. »Ich möchte etwas mit dir besprechen, unter vier Augen.«

Lord Alfred Sudbury hatte die souveräne Aura eines Mannes, der es gewohnt war, anderen Menschen Befehle zu erteilen. Ihm zu widersprechen kam Sarah nicht in den Sinn.

Sie erhob sich. »Bitte entschuldigen Sie mich.«

Der Tag neigte sich noch nicht seinem Ende zu, und das Nachtleben in den Klubs begann erst in einigen Stunden. Sie hatte also genug Zeit, befand sie. Sarah ging auf ihr Zimmer, schlüpfte in ein Kostüm aus leichtem Tweed und verließ Dakers. Am Hanover Square fand man immer eine Kutsche oder ein Taxiautomobil. Als ein Wagen hielt, öffnete sie die Tür und sagte zum Fahrer: »Zum *Bluebell Club* in Soho, bitte.«

9

Je näher sie dem Klub- und Theaterdistrikt kamen, desto nervöser wurde Sarah. Wie würde Charley auf ein Wiedersehen reagieren? Und wie ging es ihrem Bruder Ben? Sie hoffte, dass er noch für Charley arbeitete, der einzige Mensch, der ihm helfen konnte, wenn er in Schwierigkeiten steckte. Der Motor des Automobils hustete und spuckte, als sie über die grob gepflasterte Straße fuhren. Sand und lose Steine flogen auf, als der Fahrer plötzlich bremsen musste, um eine Gruppe Kinder queren zu lassen. Sarah betrachtete die eleganten Häuserfassaden, die üppig dekorierten Schaufenster, Theaterreklamen und die geschäftig hin- und hereilenden Menschen.

Die Gasse, in der Charleys Klub gelegen war, wirkte noch immer etwas düster, doch das Schild über dem Eingang des *Bluebell* war neu, und auch die Tür hatte einen neuen Anstrich erhalten. Mitternachtsblau hob sich die Tür mit ihren goldenen Beschlägen von der dunklen Fassade ab. Der Wagen hielt. Sarah bezahlte und bat den Fahrer, zu warten, bis sie im Haus verschwunden war.

Zaghaft ließ sie den Türklopfer aus Messing gegen die Tür fallen. Kurz darauf öffnete ihr eine junge Frau, die jemand anderen erwartet zu haben schien, denn sie musterte sie kopfschüttelnd. »Wo sind die Sachen? Sie sind spät dran!«

»Äh, tut mir leid. Ich versteh nicht.«

»Na, die Geschenkboxen, die Ballons und ...« Die Frau, die blauschwarze Locken und ebenso dunkle Augen hatte, stutzte. »Was wollen Sie *dann* hier?«

Sarah glaubte, eine gewisse Ähnlichkeit mit Charley in der Frau zu erkennen, und riet aufs Geratewohl: »Sind Sie Charleys Schwester?«

Die Frau, die ein dunkles Kleid und Goldschmuck trug, stemmte die Hände in die Hüften. »Wer sind Sie?«

»Sarah Rosewell.«

Ein erkennendes Aufleuchten glitt über das Gesicht ihres Gegenübers. »Kommen Sie!«

Sarah drehte sich kurz zu ihrem Fahrer um und winkte, damit er nicht länger wartete.

»Ich bin Eleni. Wir kennen uns doch von früher! Ich erinnere mich an ein Mal, da hat Charley Sie weinend mit zu uns gebracht, weil Sie Angst hatten, nach Hause zu gehen. Warum, weiß ich nicht mehr.« Eleni war nicht groß, wirkte kräftig und hatte ein herbes Profil. Doch ihr Mund war sinnlich und ihre Augen unter langen Wimpern von großer Anziehungskraft. Genau wie Charleys Augen, dachte Sarah, und ihre Nervosität kehrte zurück.

»Oh, daran erinnern Sie sich? Sicher war mein Vater der Grund, er war es meistens. Darf ich fragen, wie lange Sie schon hier im Klub arbeiten? Ich meine, ich wusste nicht, dass Charley seine Familie hier ...«

Sarah folgte Eleni durch einen langen dunklen Gang. Die griechischstämmige Eleni lachte. »Nein, ich arbeite hier nicht ständig, ich helfe meinem Bruder nur mit den Geschenken für die Party heute Abend. Ich kann gut dekorieren. Das mache ich sonst bei Selfridges.«

Sofort dachte Sarah an Philip und seine schwangere Frau. »Tatsächlich, ein guter Job, nehme ich an. Aber seit wann gibt es auf einer Party Geschenke? Ich hatte den Klub anders in Erinnerung.«

Sie erreichten einen Durchgang, der von einem Vorhang verschlossen wurde.

Eleni blieb stehen und sagte mit gedämpfter Stimme: »Es gibt einige Trends, die er mitmacht, weil sie die reichen Leute anziehen. Sehr reiche und sehr berühmte Leute. Die lieben es, wenn sie etwas geschenkt bekommen, wissen Sie. Also gibt es seit Kurzem diese Partys, auf denen die Gäste Willkommenspräsente erhalten. In Paris hat es angefangen. Die Damen sind besonders erpicht darauf. *Vanity cases*, Glitzerzeug, ein Lippenstift, Masken. Die Herren zahlen den Eintritt. Nichts ist umsonst.« Eleni lächelte kalt. »Lassen Sie sich nicht täuschen. Der Klub ist, was er ist.« Sie schlug den Vorhang zurück und ließ Sarah hindurchtreten.

»Charley, du hast Besuch!«

Die Bühne war noch dort, nur die Ausstattung war geändert worden. Dunkelblaue Vorhänge, schwarze Wände, goldene Säulen und Gemälde in goldenen Rahmen. Von der Decke hingen glitzernde Kristalllüster, und entlang der Wände gab es gepolsterte Bänke und Armlehnsessel vor den Tischen. In einem saß Charley, vor sich auf dem Tisch ein aufgeschlagenes Buch, in das er etwas notierte.

Als er den Kopf hob und ihre Blicke sich trafen, wurde Sarahs Kehle trocken. Nur für den Bruchteil einer Sekunde glommen der Hunger und die Sehnsucht in seinen Augen auf, bevor er sie hinter kühler Distanziertheit verbarg.

»Sarah – was verschafft mir diese Ehre? Danke, Eleni.«

Seine Schwester verschwand wortlos in den dunklen Tiefen des Raumes. Im Gegensatz zu ihrem letzten Besuch probte heute niemand auf der Bühne. Sie waren allein. Er drehte den Stift zwischen seinen Fingern und wartete.

Zaghaft machte sie einen Schritt auf ihn zu. Er war anders als die Männer, mit denen sie sonst mittlerweile zu tun hatte. Charley hielt sich an keinerlei Konventionen und befand es nicht für nötig, sich zu erheben, wenn eine Dame den Raum betrat. Er war rau und frech, und er konnte brutal und gnadenlos sein, doch sie wusste, dass er auch loyal und hilfsbereit war.

»Ich bin gerade aus Wien gekommen«, begann sie.

Er hob eine Augenbraue. »Und da führt dich dein Weg gleich zu mir? Wie schmeichelhaft.« Mit spöttischer Miene neigte er leicht den Kopf.

Sie umklammerte ihre Tasche und fasste sich ein Herz. »Du hast einiges verändert hier. Aber ich nehme nicht an, dass man ins *Bluebell* zum Tanztee kommt?«

Er grinste, und sie nahm erleichtert wahr, dass er sich ein wenig entspannte. Die Aggressivität wich aus seiner Haltung. »Ach, weißt du, Sarah, getanzt wird hier schon, nur servieren wir keinen Tee, und ich fürchte, Anstandsdamen gibt es auch keine. Zum Teufel ...« Er sprang auf und kam auf sie zu.

Sein dunkler Anzug war maßgeschneidert, die Weste glänzte seiden, nur das Halstuch stach senfgelb hervor. Eine Armlänge entfernt blieb er vor ihr stehen, selbstbewusst, wachsam und ein klein wenig unsicher. In einem Hinterzimmer begann eine Frau zu singen, und jemand spielte Gitarre.

Sein dichtes schwarzes Haar schimmerte an den Schläfen silbern, obwohl er kaum älter war als sie. Der Krieg, dachte sie und sah ihn mitfühlend an. Was wusste sie schon über ihn? Er hatte Ben gerettet, mehrmals, und er hatte es für sie getan. »Charley ...« Sie biss sich auf die Lippen. Wieder kam sie zu ihm, weil sie seine Hilfe wollte.

Er starrte sie an und schien mit sich zu kämpfen. »Was ist das nur mit dir, Sarah Rosewell? Warum kannst du mich einfach nicht in Frieden lassen?«

»Ich hätte nicht kommen sollen, es tut mir leid.« Sie wollte sich abwenden, doch er griff nach ihrer Hand.

»Bleib. Nun bist du hier, und ich will wissen, warum.« Sein Griff war warm und fest, duldete keinen Widerspruch, und sie folgte ihm zu seinem Tisch, ließ sich auf die Bank sinken, auf die er sie dirigierte.

Eine Flasche Gin stand auf dem Tisch. »Möchtest du?«

Sie schüttelte den Kopf. »Eine Tasse Tee wäre schön, aber nur, wenn es keine Mühe macht.«

Er grinste schief und griff hinter sich an die Wand. In einer der Stuckleisten schien ein Klingelknopf verborgen, denn Augenblicke später kam eine junge Frau im Trikot einer Tänzerin aus dem Dunkel neben der Bühne herein. Als sie Sarah sah, erstarb ihr verführerisches Lächeln.

»Tee für zwei!«, sagte Charley, und die Tänzerin verschwand.

Sarah fuhr sich durch die kinnlangen Haare. Diesmal war es anders. Sie hatte sich verändert und brachte Charley den Respekt entgegen, den er sich mit seinem Verhalten ihr gegenüber längst verdient hatte. Er schien das zu spüren, denn seine Miene war nicht länger abweisend und der zynische Zug um seinen Mund, mit dem er sie zuvor bedacht hatte, verschwunden.

»Ben geht es einigermaßen. Er kommt seit zwei Monaten regelmäßig zur Arbeit. Für seine Verhältnisse ist das stabil. Seinetwegen bist du also nicht hier.«

»Nein. Ich komme wegen Edmund Coltham. Der Zeitungsartikel. Er war hier bei dir im Klub und hat sich mit dem indischen Polospieler angelegt.«

Charley verzog keine Miene. »Das ist richtig.«

»Deine Aussage hat ihn vor dem Gefängnis bewahrt.«

»Auch das ist richtig.«

»Warum verteidigst du diesen schrecklichen Mann?!«, brach es aus ihr heraus.

»Da weißt du mehr als ich. In meinem Klub sind erst einmal alle Gäste gleich. Wer sich nicht benehmen kann, fliegt raus. Shah hat Coltham provoziert. Das habe ich zufällig mitbekommen. Da Coltham schon betrunken war, musste ich ihn in Schutz nehmen, denn er war der Schwächere.«

Sarah schnaufte abfällig. »Dieser Mann ist zu allem fähig, und wenn Shah ihn beleidigt hat, sicher aus gutem Grund! Ich hatte während meiner Zeit bei Varnham's mit ihm zu tun. Du erinnerst dich an den Verkauf des Coltham-Diamanten?«

»Sicher, wer nicht.«

»Nun, als ich noch während des Krieges in Scarborough die Sammlung von Lord Coltham begutachten und katalogisieren sollte, ist mir sein widerwärtiger Sohn zu nahe getreten. Er konnte nicht ertragen, abgewiesen zu werden.« Sie schauderte. »Aber das war nicht das Schlimmste. Später habe ich selbst einen Fehler gemacht, einen dummen Fehler.«

Charleys Blick ruhte auf ihr, und so erzählte sie bereits zum zweiten Mal am heutigen Tage die gesamte Geschichte. Charley hörte regungslos zu. Als die Tänzerin mit dem Tee zu ihnen kam, gebot er Sarah, mit ihrer Erzählung zu warten. Erst als sie wieder allein waren, sagte er: »Bitte, nur weiter.«

»Lineker war also tot, genau zur richtigen Zeit, und Lord Coltham hat mir unmissverständlich zu verstehen gegeben, dass er das Herumschnüffeln in seiner Vergangenheit nicht duldet. Und dann kam zur Jahreswende dieser Drohbrief aus London, und zuletzt wurde ich in Wien überfallen, von einem Engländer.«

»Und kurz zuvor hatte sich Shah mit seinen Ansprüchen an Coltham gemeldet. Verstehe.«

Sie sah ihn Hilfe suchend an. »Nicht wahr? Du denkst doch auch, dass es da einen unmittelbaren Zusammenhang gibt? So ein Brief wäre nicht Munros Art. Und er hätte sich kaum die Mühe gemacht, mir einen Mann nach Wien hinterherzuschicken, viel zu kostspielig.«

Charley berührte nachdenklich den Rand seiner Teetasse, aus der er noch nicht getrunken hatte. »Wenn das mein Problem wäre, würde ich mir zuerst diesen Munro vorknöpfen. Ich kenne diese Art mieser kleiner Gauner. Wenn man die etwas härter anpackt, brechen sie ein.« Er sah sie an. »Aber es ist nicht mein Problem.«

»Nein. Ich erinnere mich noch sehr deutlich an unsere letzte Begegnung und bin auch nicht hier, um dich um etwas zu bitten. Ich möchte nur wissen, was du von Edmund Coltham hältst, denn ich will nicht, dass Varnham's durch meinen Fehler Schaden nimmt.«

»Du bist so schrecklich anständig, Sarah.« Doch er lächelte. »Um dein Auktionshaus würde ich mir weniger Sorgen machen, es geht um *deinen* Ruf. Und jemanden wie Coltham zum Feind zu haben ist sicher nicht wünschenswert, zumal du nicht aus ihren Kreisen stammst. Ich habe nichts zu verlieren, du schon.«

Mit zitternden Händen hob sie ihre Teetasse an die Lippen.

»Hast du Angst, deinen Freund, den blaublütigen Fotografen, zu verlieren?« Sein Lächeln gefror.

Leise erwiderte Sarah: »Nein, das ist vorbei, auch wenn es dich nichts angeht.«

Er drehte den Siegelring an seiner linken Hand. »Was wirst du also tun?«

»Ich weiß es nicht, aber danke, dass du mir zugehört hast. Ich muss gehen.« Sie zwängte sich hinter dem Tisch hervor und zog ihre Jacke glatt.

Charley war ebenfalls aufgestanden, nahm ihre Hand und zog

sie mit einer fließenden Bewegung zu sich. »So schön und so adrett, Miss Rosewell. Ist es nicht anstrengend, wenn man immer darauf bedacht sein muss, seine Herkunft zu verbergen?«

Sie wollte sich losmachen, doch er hielt sie fest. »Das muss ich gar nicht. Du hast ein falsches Bild von mir. Aber ich kann mir keinen Fehler erlauben, das ist es. Ich weiß genau, wo ich stehe. Ohne Ausbildung, ohne eine einflussreiche Familie, nur Lady Sudbury steht zu mir, aber auch sie möchte ich nicht enttäuschen oder in einen Skandal mit hineinziehen.«

Nur wenige Zentimeter trennten sie voneinander. Der Hauch eines erdigen Rasierwassers, von Zigarre und etwas anderem, anziehend Gefährlichem umgab ihn. Sein Griff lockerte sich, doch sie verharrte an ihrem Platz. Ein anerkennendes Aufleuchten glitt über sein Gesicht, das ihr vertraut und gleichzeitig so fremd war.

»Du bist eine Seiltänzerin, Sarah, balancierst zwischen zwei Welten, immer Gefahr laufend, abzustürzen. Aber jeder hat seine Dämonen, nicht wahr?« Er trat von ihr zurück.

Plötzlich fühlte sie sich allein und sah zu ihm auf. »Und was sind deine Dämonen, Charley?«

Er runzelte die Stirn. »Sie würden dich erschrecken, Sarah. Wie lange bist du noch in London?«

»Noch eine Woche. Mein Zug geht am kommenden Sonntag.«

»Sollte ich zufällig etwas hören, wo erreiche ich dich?«

»In Dakers House. Danke, Charley, für alles. Ich …«

Er winkte ab. »Lass. Wir sind, was wir sind.«

Es klopfte, und Eleni betrat den Raum. »Die Lieferung ist gekommen, aber es fehlt einiges. Was machen wir jetzt?«

»Verdammt, muss ich alles selbst machen? Welche Firma war das noch gleich?«

»Kelsey & Scott. Sie sind eigentlich sehr zuverlässig«, meinte Eleni unglücklich.

»›Eigentlich‹ nützt mir nichts. Ich schicke gleich jemanden vorbei.« Er wandte sich wieder Sarah zu, während seine Schwester davonging.

»Soll ich dir einen Wagen rufen?«

Dankbar nickte Sarah. »Ja, bitte.«

Auf dem Weg durch den Flur spürte sie seine Nähe, und als sie später im Wagen saß und durch das abendliche London fuhr, wanderten ihre Gedanken immer wieder zurück zu diesem Mann, der sie heute einmal mehr überrascht hatte.

10

Am Tag nach ihrem Wiedersehen mit Charley stand Sarah vor dem *Tearoom* und wartete auf Muriel, mit der sie zum Lunch verabredet war. Manche Dinge verändern sich nicht, dachte Sarah und betrachtete die Blumendekoration neben dem Eingang des kleinen Restaurants, das bei Geschäftsleuten und flanierenden Kunden der umliegenden Geschäfte gleichermaßen beliebt war. Es regnete leicht, und Sarah hatte ihren Regenschirm aufgespannt.

»Tut mir leid, ich wurde noch von Mrs Evans aufgehalten!«, rief Muriel leicht außer Atem und schüttelte ihren Regenschirm, bevor sie ihn zusammenklappte.

Gemeinsam betraten sie das Restaurant, in dem Sarah einen Tisch reserviert hatte. »Ich freue mich, dass du Zeit für mich hattest, Muriel, und hoffe, dass du keine Schwierigkeiten wegen unseres Treffens bekommst.«

Die junge Frau grinste. »Ach, woher denn! Direktor Rowland hält noch immer große Stücke auf dich. Dein Weggang hat ihn persönlich mehr getroffen, als er zugibt, glaube ich. Es wurmt ihn, dass du bei Hofmann's solchen Erfolg hast.«

Ein Kellner wies ihnen einen Tisch am Fenster zu und empfahl ihnen die Tagesgerichte. »Geröstete Kartoffelküchlein, Würstchen und Rührei, dazu Chutney oder gebratenen Hering anstelle der Würstchen.«

»Hering für mich, bitte, und Tee«, entschied Sarah, und Muriel schloss sich an.

»Erzählst du mir, warum du damals weggegangen bist?«, fragte Muriel und legte ihre Handschuhe auf den leeren Stuhl neben sich.

Sarah holte tief Luft. »Ich konnte nicht anders. Wäre ich geblieben, hätte ich Varnham's eventuell geschadet, durch eine persönliche Fehlentscheidung, die ich getroffen hatte. Das wollte ich in jedem Fall vermeiden.«

»Oh, das wusste ich nicht. Wir dachten alle, dass man dir dort ein besseres Angebot gemacht hätte.«

Während Sarah über ihre Antwort nachdachte, füllte sich das Restaurant nach und nach, und es roch nach Fisch und Kartoffeln. Sarahs Magen knurrte leise, denn sie hatte kaum gefrühstückt, weil sie Lady Sudbury zu einem Juwelier begleitet hatte.

»Tatsächlich war das auch so, aber das war wie gesagt nicht der Grund für meine Entscheidung. Es ist mir nicht leichtgefallen, Muriel, das musst du mir glauben. Aber wie ist es dir ergangen?«

Muriel hielt ihr die Hand hin, an der ein Ring mit einem Amethyst, eingefasst von Brillanten, zu sehen war. »Ich bin verlobt!«

Sarah reagierte gebührend erfreut, und Muriel erzählte glücklich von ihrem Verlobten, einem Bankangestellten, den sie im Auktionshaus kennengelernt hatte. Inzwischen wurden Tee und Essen aufgetragen, und schräg gegenüber von ihnen nahmen zwei Damen Platz, von denen die eine mit penetranter Stimme sprach. Etwas im Tonfall dieser Stimme kam Sarah vertraut vor, und sie schaute unauffällig hinüber.

»Ach, Flossie, jetzt reg dich nicht auf, von diesen Hochstaplern gibt es reichlich. Das verläuft sich wieder«, versuchte die andere Dame, ihre Freundin zu beruhigen.

Doch Flossie, die niemand anderes als die Frau von Edmund

Coltham war, hatte einen hochroten Kopf vor Aufregung und stocherte in ihrem Essen herum. »Das wird es nicht, nicht in diesem Fall, und das macht mich verrückt! Mein Schwiegervater hat Dreck am Stecken, das wissen wir mittlerweile alle, da muss ich kein Geheimnis mehr draus machen. Edmund hat alles versucht, aber die Lawine rollt bereits den Berg herunter.« Die verzweifelte Flossie barg ihr rundes Gesicht in den Händen, an denen kostbare Ringe blitzten.

Muriel war Sarahs Blick gefolgt und flüsterte: »Du kennst die Damen?«

»Verzeihung, ja. Ich wollte nicht unhöflich sein, und du hast gleich wieder meine volle Aufmerksamkeit.« Sarah zwinkerte ihr zu und spießte ein Stück Hering auf, der sehr gut schmeckte.

Die fremde Dame beugte sich vor und sagte: »Hat Edmund den Inder deshalb im Klub verprügelt?«

»Oh, das war schrecklich! Aber dieser Mistkerl, dieser Betrüger, hat meinen Eddie bis aufs Blut gereizt! Er musste sich doch verteidigen! Man kann sich doch von so einem dahergelaufenen Eingeborenen nicht vor aller Welt demütigen lassen!«

Die andere scheint das Gespräch zu genießen, auch wenn sie Anteilnahme heuchelt, dachte Sarah. Nichts machte der Gesellschaft mehr Freude, als jemanden aus ihren Reihen fallen zu sehen. Dann wurde hämisch gefeixt und nachgetreten. Flossie Coltham hätte Sarah vielleicht sogar leidgetan, wenn sie sich nicht an deren Arroganz im Haus der Colthams in Scarborough erinnert hätte.

»Aber nein, wo kämen wir da hin! Ich möchte nicht in deiner Haut stecken, Flossie, ganz und gar nicht. Seit wann werden solche Kreaturen überhaupt vor Gericht zugelassen? Impertinent.«

Muriel hob die Augenbrauen. »Über wen sprechen sie?«

»Den Polospieler, der behauptet, ein unehelicher Sohn von

Lord Coltham zu sein. Die etwas korpulentere Dame ist die Frau von Colthams Sohn.«

»Oh, natürlich! Der Skandal!« Interessiert sah Muriel nun zu den Damen, die das bemerkten und ihre Stimmen senkten, sodass sie das Gespräch nicht weiter verfolgen konnten.

Sarah hoffte, dass Flossie sie nicht erkannt hatte – sie ging aber nicht davon aus, immerhin war ihre Frisur gänzlich neu, und es war eine erhebliche Zeit verstrichen, seit sie sich begegnet waren.

»Du weißt mehr darüber, nicht wahr?«, sagte Muriel, und es klang eher wie eine Feststellung denn wie eine Frage, weshalb Sarah zunächst nicht reagierte. Muriel trank ihren Tee aus. »Deshalb bin ich zufrieden mit meiner Arbeit als Katalogisiererin. Ich möchte gar keine Verantwortung übernehmen.« Sie schaute verträumt auf ihren Ring. »Und wenn ich verheiratet bin, bekomme ich Kinder und kümmere mich nur noch um sie und meinen Mann. Wünschst du dir das nicht auch, irgendwann?«

Diese Frage war nichts Neues für Sarah, doch sie versetzte ihr einen Stich, jedes Mal. Tapfer lächelte sie. Sie hatte sich damit abgefunden, dass ihr das Glück der Mutterschaft seit ihrem schweren Unfall verwehrt bleiben würde. Und nun wurde Philip Vater. Nein, es war schwer zu ertragen. »Ich liebe meine Arbeit. Es war immer mein Ziel, unabhängig zu sein.«

»Ich finde es interessant, im Auktionshaus zu arbeiten, aber ganz unter uns, ich habe ich immer gehofft, dort einen Mann zu finden«, Muriel kicherte.

Die Kellnerin kam an ihren Tisch, um nach weiteren Wünschen zu fragen.

»Danke, die Rechnung bitte«, sagte Sarah. Aus den Augenwinkeln bemerkte sie, wie Flossie sie anstarrte.

»Ach, das hätte ich ja beinahe vergessen. Mr Cross hat mir aufgetragen, dir zu sagen, dass er Mr Munro gefunden hat.«

Alarmiert sah Sarah sie an. »Ja, und weiter? Was hat er gesagt?«

»Das weiß ich nicht, hat Mr Cross nicht gesagt. Nur, dass Mr Munro ziemlich übel zugerichtet war. Muss sich wohl geprügelt haben.« Sie standen auf. »Ist das wichtig?«

Sie konnte nicht wissen, wie wichtig diese Information für Sarah war und was sie hinter Munros Verletzungen vermutete. »Nein, nein, danke, Muriel. Wollte Cross mich noch sprechen?«

Muriel hob die Schultern. »Ich denke nicht, jedenfalls hat er das nicht gesagt. Aber du kommst vor deiner Abreise sicher noch im Auktionshaus vorbei, nehme ich an?«

»Natürlich. Wir sollten aufbrechen«, meinte Sarah.

Muriel schaute auf ihre Uhr. »Oh ja, ich bin schon spät dran. Es war ganz reizend, dass wir uns wiedergesehen haben. Wien, da würde ich auch gern einmal hinfahren. Aber unsere Hochzeitsreise machen wir nach Cornwall. St Ives soll ganz zauberhaft sein.«

Muriel plauderte weiter über ihre Pläne und ihren Zukünftigen und ging voraus. So entging ihr, dass Sarah blitzschnell von Flossie Coltham am Handgelenk gepackt wurde, als sie an deren Tisch vorbeiging.

»Sie sind das, Sie und Ihre Neugier …«, zischte Flossie und ließ sie genauso schnell wieder los.

Sarah ignorierte die wütende Ehefrau, deren Mann um das Erbe seiner Familie kämpfte. Für die Colthams stand viel auf dem Spiel, das sah Sarah ein, doch Schuld an deren Unglück war nicht sie, sondern Lord Coltham selbst. Dennoch war es natürlich einfacher, die Schuld bei anderen zu suchen. Gedankenverloren ließ Sarah die unglückliche Frau zurück.

Für den Nachmittag war Sarah mit Lady Sudbury im *Hospital for Women* am Soho Square verabredet. Das ausschließlich durch Spenden finanzierte Krankenhaus nahm nur Patientinnen auf. Im Hinblick auf den Festakt, bei dem Lady Sudbury einen neuen Krankenhaustrakt einweihen sollte, hatte Sarah ein elegantes Nachmittagskleid in einem Mintton gewählt. Manchmal ertappte sie sich dabei, dass sie nach dem Skarabäus tastete, den sie ständig getragen hatte. Vielleicht war der Verlust des Schmuckstücks, das Philip ihr geschenkt hatte, ein Symbol für das Ende ihrer Beziehung gewesen.

Sarah bezahlte den Fahrer des Automobiltaxis und ging über den belebten Gehweg auf das Krankenhaus zu, dessen apricotfarbene Fassade von Pilastern und einem Sandsteinfries gegliedert wurde. Auf dem Fries stand in großen Lettern HOSPITAL FOR WOMEN und darunter SUPPORTED BY VOLUNTARY CONTRIBUTIONS. Einmal mehr wurde Sarah von großer Liebe und Bewunderung für ihre Mentorin erfüllt, die sich unermüdlich für Wohltätigkeitsorganisationen einsetzte.

Im weitläufigen Eingangsbereich war Lady Sudbury inmitten von Ärzten und anderen Honoratioren unübersehbar in ihrem dunkelblauen Kleid, den kunstvoll aufgesteckten Haaren und dem kostbaren Schmuck. Dabei war ihr Stil zwar modern, doch niemals gewagt. Sarah eilte durch die Halle, in der der typische Krankenhausgeruch von Karbol hing.

Lady Sudbury unterhielt sich mit einer Dame in ihrem Alter, an deren Seite ein junger Mann in dandyhafter Pose und eine mondäne junge Frau mit gelangweilter Miene standen.

»Sarah, Sie kommen gerade zur richtigen Zeit. Darf ich Ihnen

Mrs Astley Cooper vorstellen?«, begrüßte Lady Sudbury sie und nahm ihren Arm.

Sarah kannte die Dame dem Namen nach aus den Gazetten der Magazine und Klatschspalten, denn Mrs Astley Cooper führte einen Literarischen Salon auf Hambleton Hall in Rutland.

»Es ist mir eine Freude«, sagte Sarah.

Die High-Society-Lady bedachte sie mit einem knappen Lächeln, das kaum mehr als ein Zucken ihrer Mundwinkel war. »Sind Sie nicht mit dem Earl of Kildare verlobt?«

»Nein, ich arbeite für das Auktionshaus Hofmann's in Wien und davor für Varnham's«, erwiderte Sarah und bemerkte den amüsierten Blick des jungen Mannes.

»Ach, in Wien? Sprechen Sie Deutsch?« Sarah entging nicht der leicht kritische Unterton.

»Ja, gewisse Sprachkenntnisse sind vonnöten, wenn ich in Wien mit den Klienten spreche. Allerdings ist unsere Klientel recht international. Das machte es immer sehr interessant.«

»Ich fand die Stadt immer recht trist«, bemerkte die junge Frau und holte ein Zigarillo hervor, was Mrs Astley Cooper mit einem bösen Blick quittierte.

»Oh, Poppy, das ist wieder typisch für dich«, meinte der junge Mann. »Was dich nicht amüsiert, lehnst du ab.«

Poppy verzog das Gesicht. »Ich langweile mich eben nicht gern. Dafür ist das Leben zu kurz, und wir sind nur ein Mal jung, nicht wahr?« Sie steckte sich den Zigarillo demonstrativ zwischen die Lippen.

»Wie wäre es, wenn Sie und Poppy schon einen Tisch im Savoy reservieren? Wir sehen uns dann dort.« Der bestimmte Ton von Mrs Astley Cooper duldete keinen Widerspruch, und die beiden verschwanden.

»Sie kennen Charles Scott Moncrieff?«, fragte Mrs Astley Cooper Sarah und fuhr fort: »Ein talentierter junger Mann. Er übersetzt das Werk von Proust und arbeitet für Lord Northcliff.«

Northcliff war ein Pressebaron, ihm gehörte die *Times*. Sarah schüttelte den Kopf und war froh, als Lady Sudbury sich einschaltete: »Als stellvertretende Direktorin eines berühmten Auktionshauses hat Sarah kaum Zeit, sich gesellschaftlichen Vergnügungen zu widmen. Sie kennt sich in der Kunstwelt aus wie kaum eine Zweite, nicht wahr, meine Liebe?«

Errötend nickte Sarah. »Ich liebe meine Arbeit. Wir hatten erst kürzlich wieder ein Fabergé-Ei unter den Einlieferungen.«

»Tatsächlich?« Doch Mrs Astley Cooper sah zu einem Arzt, der das Podium betrat. »Gleich ist es wohl so weit. Gwendoline, ich hoffe, Sie haben eine amüsante Anekdote beizutragen. Professor Burkley ist schrecklich langweilig und redet, bis man ihn gewaltsam vom Pult holt.«

Nach dem Festakt fuhren Lady Sudbury und Sarah gemeinsam zurück. Mylady musste sich ausruhen, bevor sie später ins Theater gehen würde, wo sie Freunde traf, die näher mit Lord Coltham bekannt waren. Auf Sarah warteten zwei Nachrichten, die sie mit auf ihr Zimmer nahm.

In einem Umschlag befand sich ein Telegramm von Lehner, der sie bat, so schnell wie möglich nach Wien zurückzukehren, da ein wichtiger Klient mit ihr sprechen wolle. Bei dem Klienten handele es sich um einen Bekannten des Russen Dawydow, der ihr damals bei Varnham's seinen größten Schatz, ein wertvolles Fabergé-Ei, anvertraut hatte. Bevor sie Lehner anrief, öffnete sie den zweiten Brief, der auf schlichtem Papier in energischer Handschrift verfasst war.

»Sarah, es gibt Neuigkeiten. Heute Abend im *Bluebell*. Ich erwarte dich. Charley.«

Er verschwendete keine Zeit mit Höflichkeiten, dachte sie stirnrunzelnd. Aber wenn er Neues herausgefunden hatte, dann meinte er es auch so. Sarah sah auf die Uhr. Es war zu knapp, um noch in Philips Wohnung zu fahren und ihre Sachen abzuholen. Das musste bis morgen warten. Sie lief hinunter ins Erdgeschoss, wo sich im Büro ein Telefon befand. Der Butler erklärte, dass seine Lordschaft außer Haus sei und sie telefonieren dürfe.

Es brauchte zwei Versuche, bis die Leitung nach Wien stand und Lehner ans Telefon kam.

»Wie geht es Ihnen, Miss Rosewell? Wir vermissen Sie! Konnten Sie Ihre Angelegenheiten klären?«, sagte der Leiter von Hofmann's, und sie wusste, dass er es ehrlich meinte.

»Danke, Herr Lehner! Es tut mir sehr leid, dass ich so plötzlich diesen Urlaub einreichen musste. Es scheint sich alles zu klären, ja, ich bin zufrieden.« Das entsprach nicht ganz der Wahrheit, aber sie musste ihn nicht unnötig beunruhigen. Stattdessen kam sie schnell zum eigentlichen Inhalt des Gesprächs: »Ist es tatsächlich der Dawydow aus meiner Zeit bei Varnham's?«

»Ebender hat einen Landsmann empfohlen. Ein gewisser Smirnow sprach bei uns vor und wollte ausschließlich mit Ihnen sprechen. Ich musste ihn regelrecht überreden, mir zumindest zu verraten, was er zu veräußern hat.« Im Hintergrund waren Geräusche zu vernehmen, und Lehner sagte: »Einen Moment bitte.«

Es dauerte nicht lang, und er meldete sich wieder. »Entschuldigen Sie, ja, wo war ich stehen geblieben. Smirnow. Außergewöhnlich, was der Mann anzubieten hat. Da wäre eine venezianische Schatulle aus Kristall, versilbert, um 1700, wobei ich sagen muss, dass der Mann sehr schwer zu verstehen ist! Dann sprach er von einem Medaillon aus Gold, mit Diamanten, das einer Geliebten des vorletzten Zaren gehört haben soll.«

Sarah hörte mit wachsender Begeisterung zu. »Mein Gott, das hört sich nach sehr guten Objekten an.«

»Wie gesagt, gesehen habe ich sie nicht, aber was ich heraushören konnte, lässt darauf schließen, dass es sich schon um wertvolle Kunstwerke handelt. Smirnow selbst ist schwer einzuordnen. Könnte ein verarmter Aristokrat auf der Flucht vor den Bolschewiki sein. Moskau ist ja nun die neue Hauptstadt, und die Rote Armee will wohl bald den neuen Staat ausrufen.«

»Schwere Zeiten in Russland«, meinte Sarah.

»Wie überall. Dieser Krieg hat die ganze Welt verändert, und ich weiß nicht, ob das schon das Ende war«, orakelte Lehner. »Ich wollte Sie unbedingt ins Bild setzen. Wann geht Ihr Zug?«

»Samstag. Aber ich werde mich um eine Verbindung für den Freitag bemühen.«

»Sehr gut. Ich mache einen Termin mit dem Klienten aus und erwarte Sie am Montag zurück.«

Eine knappe Woche blieb ihr noch. Nun, Munro schien keinen Ärger mehr zu machen, und sie wusste, wem sie das zu verdanken hatte. In ihrem Zimmer breitete sie die Kleider aus, die sie mitgebracht hatte, und überlegte, welches wohl passend für einen Besuch im *Bluebell* sein könnte. Nicht zu aufreizend, aber auch nicht zu bieder, elegant und ein wenig frech, dachte Sarah. Für einen kurzen Moment dachte sie an Philip, den einzigen Mann, für den sie sich bis dahin schön gemacht hatte, und verdrängte die Sehnsucht nach den unbeschwerten Zeiten.

Entschlossen griff sie nach einem Kleid aus schwarzer Spitze und Satin, hielt es vor dem Spiegel an ihren Körper und glaubte, Charleys brennenden Blick in ihrem Nacken zu spüren.

11

Sarah hielt den Atem an. Im Vergleich zu dem, was die Damen hier trugen, war ihr Kleid bieder, und das war es nun wirklich nicht! Schulterfrei, aus zarter schwarzer Spitze, die hauchdünn über ein Unterkleid aus Satin fiel, gehalten von einem golddurchwirkten Gürtel. Eine lange Kette aus schwarzen Glasperlen betonte ihren schlanken Hals, goldene Armreife ihre Handgelenke. Der Klub war bereits überfüllt, alle Tische besetzt, die Gäste drängten sich in Gängen und Nebenräumen. Auf der Bühne spielte eine Tangokapelle, und ein Paar tanzte sehr elegant und sehr erotisch den verruchten argentinischen Tanz.

Weder Charley noch seine Schwester waren zu sehen, doch man hatte sie sofort eingelassen und ihr gesagt, sie solle an Charleys Tisch warten. Sarah schob sich durch die sich blendend amüsierenden Gäste, einige Damen hielten lange Zigarettenspitzen wie ein Theaterrequisit, andere schoben sich mit winzigen Silberlöffeln weißes Puder aus ziselierten Pillendosen in die Nasenlöcher. Das schien überhaupt bei vielen Gästen *en vogue* zu sein, stellte Sarah irritiert fest, denn sie verabscheute den Konsum von Kokain. Die Modedroge zerstörte die Menschen, genau wie das Morphium, von dem viele Soldaten im Krieg abhängig geworden waren, davon war sie überzeugt. Ob Ben heute hier war? Bevor sie

London verließ, musste sie ihren Bruder sehen und ihm, wenn möglich, den Platz auf dem Landgut von Lady Sudbury vermitteln.

»Ach, sieh mal, wer da ist!«, sagte eine junge Frau mit stark geschminkten Augen. »Wo haben wir das Gesicht gesehen, Scottie?«

Die näselnde Stimme und die gelangweilte Miene ließen keinen Zweifel darüber, dass sich hinter der aufwendig zurechtgemachten Fassade Poppy Baring, ein Society-Sternchen, versteckte. Ihr Begleiter war der Literat Scott Moncrieff, der ein Zigarettenetui aus seiner Smokingjacke fingerte.

Da Sarah sich nicht angesprochen fühlte, ignorierte sie die beiden und steuerte weiter auf den einzigen freien Tisch im Raum zu. Es war jener Tisch, an dem Charley bei ihrem Besuch in sein Buch geschrieben hatte. Heute stand nur eine Ginflasche auf dem Tisch, doch niemand machte auch nur den Versuch, sich in den Sessel oder auf die Bank zu setzen. Auch Sarah zögerte, doch da sie von hinten geschubst wurde, stolperte sie mehr oder weniger in die gepolsterte Bank und blieb dort sitzen.

Die Musik war mitreißend, die Luft von Rauch und schwerem Parfüm geschwängert und das von Gelächter aufgeheizte Stimmengewirr elektrisierend. Sarah beobachtete die Menschen, die aus allen Schichten und Altersgruppen zu kommen schienen. Aristokraten, Geschäftsmänner, Künstler, Gauner, Damen und solche, die vorgaben, eine zu sein, Tänzerinnen und junge Frauen und Männer auf der Suche nach dem wilden, freien Leben, das ihnen der Krieg genommen hatte und das sie weder in diesem noch in einem anderen Klub finden würden. Sarah legte ihre kleine Tasche neben sich auf die Bank. War sie schon so alt oder einfach nur zynisch?

Eine Bedienung kam in einem glitzernden Trikot mit einem Tablett an ihren Tisch. »Der Champagner geht aufs Haus, Miss. Charley ist gleich bei Ihnen.«

Sie stellte ein Glas vor der überraschten Sarah ab und tänzelte mit bewundernswerter Leichtigkeit durch die Menge, ohne etwas aus den anderen Gläsern auf ihrem Tablett zu verschütten. Sarah kostete den Champagner, der ausgezeichnet war, und ließ sich von dem prickelnden Getränk und der aufgeheizten Atmosphäre des Klubs ein klein wenig berauschen. Während sie an die weichen Polster gelehnt die Szene beobachtete und der Rhythmus der Musik in ihrem Körper widerhallte, verloren die Anspannung der vergangenen Tage und die Enttäuschung über Philip ihre lähmende Wirkung. Seit Langem fühlte sie sich wieder richtig lebendig. Sie leerte das Glas. Zum ersten Mal in ihrem Leben spürte sie eine wilde Entschlossenheit, sich an diesem Abend nicht von gesellschaftlichen Zwängen und der omnipräsenten Bürde der Verantwortung davon abhalten zu lassen, ausgelassen zu sein.

Die Tangotänzer hatten die Bühne verlassen, und zu den Musikern hatten sich weitere gesellt, auch ein Saxophonspieler war dabei. Eine wellenartige Bewegung schwappte durch die Gäste, die sich nun zur Swingmusik bewegten. Sie überlegte, wann sie das letzte Mal getanzt hatte, als Charles Scott Moncrieff, der Literat, zu ihr an den Tisch trat und sich verneigte.

»Darf ich um diesen Tanz bitten? Ich möchte mich für Poppy entschuldigen. Sie hat eine Menge Sorgen.«

»Den Eindruck hatte ich nicht, aber danke. Ich würde gern tanzen.« Sie reichte ihm ihre Hand und ließ sich auf die Tanzfläche führen.

Charles Scott Moncrieff war kein herausragender Tänzer, doch er führte sie souverän über die Tanzfläche, die aus glänzendem schwarzen Marmor bestand, wie Sarah festgestellt hatte.

»Beeindruckend«, entfuhr es ihr.

»Sie meinen aber nicht mein tänzerisches Können, oder?« Moncrieff grinste.

»Der Fußboden!«, sagte sie laut an seinem Ohr, um den Lärm zu übertönen.

»Der Klub wurde renoviert und ist seitdem ein Geheimtipp in der Society. Vorher war das hier nur ein verrufenes Loch«, erwiderte er.

»Lassen Sie das nicht Charley hören!«

»Sie kennen Charley Randall, den Besitzer?«

»Äh, ja.«

Moncrieff drehte sie vor der Bühne, wo sie etwas mehr Platz hatten.

»Sie sind eine erstaunliche Frau, Miss Rosewell, wenn Sie mir erlauben. Ich kenne keine Frau mit so viel Leidenschaft für ihren Beruf. Poppy beispielsweise steckt ihre Energie in die Jagd nach dem passenden betuchten Ehemann!« Er lachte, und Sarah fiel höflich mit ein, wobei sie nach Poppy suchte und die mondäne Frau bei einem älteren Gentleman stehen sah.

»Das wäre mir zu wenig!«, sagte Sarah und entdeckte ein bekanntes Gesicht.

Der Mann hatte sie ebenfalls erkannt, winkte und kam zu ihnen. »Sarah! Na, das ist ja eine Freude! Wissen Sie noch, wer ich bin?«

Moncrieff war stehen geblieben, und zu dritt traten sie neben eine Säule, wo sie sich unterhalten konnten. Der schlanke Mann mit dem halblangen Haar war Philips Cousin, ein Schauspieler und Tänzer, den sie in Philips Studio kennengelernt hatte.

»Neil Sansbury, darf ich Ihnen Charles Scott Moncrieff vorstellen?« Sarah bemerkte auf den ersten Blick eine gewisse Anziehungskraft zwischen den beiden Männern.

Neil fuhr sich durchs Haar, und Moncrieff legte ihm eine Hand auf die Schulter. »Sind Sie vom Theater? Sie haben diese Ausstrahlung.«

Neil, dem es deutlich besser zu gehen schien als bei ihrer letzten Begegnung, strahlte. »Ich bin Tänzer. Nicht mehr aktiv, wegen einer Verletzung, aber das hat mich zum Theater gebracht, und ich liebe die Bühne. Verzeihung, ich würde mich nur gern kurz mit Sarah unterhalten. Darf ich sie entführen? Und: Hätten Sie später noch eine Minute?«

Moncrieff nickte. »Sicher, wir sehen uns.«

Nachdem der Literat gegangen war, sagte Neil: »Sarah, was ist denn nur mit Ihnen und Philip? Er ist vollkommen am Boden zerstört. Ich war heute in seinem Studio und konnte nicht glauben, als er sagte, Sie wollten ihn nicht mehr sehen. Bei Ihnen beiden war ich mir so sicher, dass es etwas ganz Großes ist, das Sie verbindet.«

»Nicht, Neil. Ich möchte nicht darüber sprechen. Seine Frau erwartet ein Kind. Mehr gibt es nicht zu sagen.«

»Tja, wenn das so ist, tut mir leid. Aber er liebt Sie wirklich!«, sagte Neil und nahm ihren Arm.

»Hier steckst du, Sarah!« Eine Hand legte sich besitzergreifend um ihre Hüfte.

»Charley, wir sprachen gerade darüber, wie exklusiv dein Klub geworden ist.«

Neil sah von ihr zu Charley und sagte: »Ah, ich muss mich entschuldigen. Es war mir eine Freude, Sarah. Mr Randall, mein Kompliment für Ihren Klub.«

Was er auch denken mochte, sollte er es doch Philip erzählen. Er hatte ihr Vertrauen verletzt, nicht sie.

Charley verzog keine Miene. Groß, dunkel und geheimnisvoll wirkte er in seinem Smoking, der ihm gut zu Gesicht stand. Doch Sarah schaute hinter die Fassade und sah den wütenden Straßenjungen, hungrig nach Anerkennung, ein gereizter Tiger, dem man sich nicht in den Weg stellen sollte.

»Wer war das?« Er musterte sie und fuhr direkt fort. »Du siehst heute anders aus. Und ich meine nicht das Kleid.«

»Das war Neil Sansbury, ein Schauspieler, eigentlich ein Tänzer, den seine Krankheit schwer getroffen hat.« Als sie keine Reaktion sah, fuhr sie fort. »Du wolltest mir etwas mitteilen? Hier?«

Die Musiker spielten einen schnellen Schlager, und die Leute begannen, zu klatschen und ausgelassen zu tanzen. Es wurde schwierig, das eigene Wort zu verstehen.

Charley neigte den Kopf, um an ihrem Ohr zu sprechen. »Du hast recht, gehen wir in meine Räume. Aber ich konnte heute Abend nicht weg. Falls eine Razzia kommt, muss ich da sein.«

Erschrocken riss sie die Augen auf. »Ich will auf keinen Fall in eine Razzia geraten!«

Mit gerunzelter Stirn schob er sie vor sich zwischen den Feiernden hindurch, grüßte hier und dort und gab einem Kellner Anweisungen. Schließlich erreichten sie die Bühne und verließen den Klub durch eine kaum sichtbare Tür hinter einer Säule. Kaum war die Tür hinter ihnen ins Schloss gefallen, erstarb der Lärm. Sie befanden sich hinter der Bühne, wo Kulissen gelagert und Scheinwerfer aufgebaut waren. Tänzerinnen warteten auf ihren Auftritt. Sarah hielt beim Anblick der knappen Kostüme den Atem an. Auf wenig Stoff waren Tausende glitzernde Steine vernäht und mit weißen Federn kombiniert worden.

»Extraordinär!«, murmelte Sarah.

»Danke, das ist die Absicht. Hier entlang!« Er führte sie durch einen schmalen Gang, eine Treppe hinauf in den ersten Stock.

Das Ambiente war hier gediegener, dicke Teppiche schluckten ihre Schritte und die Geräusche aus dem Erdgeschoss, und an den Wänden hingen Plakate bekannter Filmgrößen und Musiker. Rudolph Valentino, Gloria Swanson und Eddie Lang blickten Sarah im Vorbeigehen aus vergoldeten Rahmen an.

»Ich muss gestehen, dass ich dem Film weniger abgewinnen kann als dem Theater«, meinte Sarah, die erst einige Male in den Filmpalästen gewesen und jedes Mal enttäuscht gewesen war.

»Wirklich? Ich finde die ganze Branche faszinierend. Bitte!« Er öffnete eine Tür und ließ sie hindurchgehen.

Sie betrat einen Salon, dessen Fenster zur Straße hinausgingen. Das Licht der Straßenlaterne und eine entfernte Leuchtreklame spendeten flirrendes Licht. Auf einem prunkvollen Konsoltisch standen Flaschen und Gläser, in einer Vitrine entdeckte Sarah Bücher und eine Sammlung kostbarer Lackdosen. Sessel und ein Tisch mit Boulle-Marketerie und Ormoulu-Beschlägen erregten ihre Aufmerksamkeit sowie ein Chaiselongue neben einer sitzenden bronzenen Sphinx, deren Brüste so prominent wie ihre Flügel waren.

Mindestens zwei der Möbelstücke hatte sie bei Varnham's versteigern lassen. Sie drehte sich um. Charley stand am Fenster und beobachtete sie.

»Ich wusste nicht, dass du diese Sachen ersteigert hast. Dein Name tauchte nie in den Käuferlisten auf«, sagte sie leise.

Er erwiderte ihren Blick. »Was möchtest du trinken? Gin oder noch ein Glas Champagner?« Er ging zu dem Konsoltisch, dessen Marmorplatte auf einem vergoldeten Unterbau ruhte, den Sarah dem italienischen Barock zuordnete.

»Nichts, danke. Du hast dir etwas aufgebaut, Charley. Ich bin beeindruckt.«

Er kam mit einem Glas in der Hand auf sie zu. »Was hast du erwartet? Dass ich in einem schäbigen Hinterzimmer hause?«

»Ich habe ehrlich gesagt nicht darüber nachgedacht. Aber ich freue mich für dich. Du scheinst deinen Platz gefunden zu haben.« Sie ging um die Sphinx herum und berührte die kühle glatte Bronze.

Charley trank einen Schluck und stellte das Glas ab. »Ich trinke nie viel, weil ich einen kühlen Kopf bewahren muss. Sobald die Polizei auftaucht, sagen meine Spitzel mir Bescheid, und wir bringen diejenigen, die nicht erwischt werden dürfen, durch eine Hintertür raus. Ein Service des Hauses.«

Sie hielt seinem Blick stand, trat jedoch um die Bronze herum, als er sich ihr näherte. Es schien ihr wie ein Tanz, den sie hier vollführten, darauf bedacht, einander einzuschätzen, sich anzunähern und gleichzeitig auszuweichen.

»Gäste wie Edmund Coltham?«

Im Halbdunkel blitzten seine Zähne auf, als er grinste. »Er ist nur ein kleiner Fisch. Ich habe Prinzen und Eisenbahnmagnaten in meinem Klub begrüßt, Diven und Huren, Gräfinnen und Künstlerinnen.«

Er machte einen weiteren Schritt auf sie zu, und sie wich zur Seite aus, stieß gegen das Chaiselongue und stolperte, suchte nach Halt und fand ihn an einem Flügel der Sphinx.

»Einstmals schöne Frauen, die mich mit ihren von Drogen zerfressenen Gesichtern anflehten, ihnen mehr zu geben. Ich bin kein Engel, aber auch kein Teufel. Ich gebe den Menschen, wonach sie sich sehnen, und ich urteile nicht.«

Ihr Atem ging schneller, als er vor ihr stand und den ersten Knopf seines Smokinghemdes öffnete. »Diese verfluchten Kragen erwürgen mich.«

»Was wolltest du mir sagen, Charley?«

»Erinnerst du dich an unsere letzte Begegnung hier im Klub?«

Sie erwiderte seinen Blick. »Ja.«

Er berührte ihre Wange, strich über ihren Hals, und die Wärme seiner Finger schoss durch ihren Körper. Doch er ließ die Hand sinken und sah sie an. »Du hast also erwartet, dass ich etwas von dir verlange für meine Hilfe?«

»Das hast du damals unmissverständlich klargemacht.«

Seine Haltung veränderte sich. »Solche Angst hast du vor Coltham? Verdammt, Sarah, das ist nicht richtig! Er sollte dich nicht so in die Enge treiben, dass du dich herablässt, hierherzukommen.«

»Nein, Charley, so ist es nicht. Das solltest du nicht sagen. Ich respektiere dich, und du hast mir und meiner Familie schon so häufig geholfen. Dafür bin ich dir ewig dankbar.« Jetzt war sie es, die auf ihn zutrat und seine Hand berührte.

»Oh, Sarah, du weißt ja nicht, wie gern ich das getan habe«, seine Stimme war weich und glitt wie Samt über ihre Haut.

»Doch, Charley, das weiß ich.« Sie spürte, wie auch sein Atem schneller ging, und lehnte sich an ihn. »Und ich bin aus freien Stücken hier.«

Sie hob den Blick und wusste, dass er bekommen würde, was er von ihr wollte. Doch sie fragte sich, ob sie beide wirklich wussten, auf was sie sich einließen. Als er sie an sich drückte, durch ihre Haare fuhr und sie küsste, antwortete ihr Körper, und alle Fragen und Zweifel erstarben.

12

Wie sie in Charleys Schlafzimmer gekommen waren, konnte Sarah nur anhand der überall verstreuten Kleidungsstücke nachvollziehen. Er hatte eine Wildheit in ihr entfesselt, die seiner in keiner Weise nachstand. Was zwischen ihnen geschehen war, konnte sie nicht in Worte fassen, spürte ihn noch in jeder Faser ihres Fleisches. Es schien, als verbände sie eine animalische, instinktive Kraft, die auf einer lebenslangen Vertrautheit beruhte. Wenn sie jemals eine Vorstellung von Liebe, basierend auf bodenlosem Vertrauen, gehabt hatte, dann war es das, was sie mit Charley geteilt hatte.

Sein Körper war schlank, kräftig, behaart und voller Narben. Sie lag neben ihm, stützte sich auf ihren Ellbogen und fuhr mit den Fingerspitzen die zackigen Umrisse einer Narbe auf seiner Brust entlang. Es gab runde Narben und kleine, wulstige, die von Schnitten herrühren konnten. Ein langer Schnitt zog sich von seinem Hals bis zur Schulter. Mit hinter dem Kopf verschränkten Händen beobachtete er sie, selbstsicher, lauernd, zärtlich.

»Was ist passiert?« Sanft umkreiste sie die hellen Erhebungen, die anzeigten, wo die Haut einst zerrissen worden war.

»Ein Schrapnell. Sarah, ich will nicht über den Krieg sprechen. Das ist vorbei.«

»Du hast Ben das Leben gerettet, so oft.« Sie küsste die Narbe. »Dafür danke ich dir.«

»Ich weiß nicht, ob es richtig war. Hast du ihn gesehen? Er ist am Leben, ja, aber er leidet, jeden Tag. Ohne die Drogen könnte er nicht existieren.« Er drehte sich zu ihr und legte seine Hand auf die Rundung ihrer Hüfte. »Ich habe es deinetwegen getan. Weil ich weiß, wie sehr du deine Familie liebst.«

Seine dunklen Augen schimmerten feucht, nur kurz, dann blickte er sie fest und mit der ihm eigenen Intensität an. Sie schluckte.

»Charley, das ist ... Niemand würde das für mich tun, was du für mich getan hast.«

Ein Lächeln glitt über sein Gesicht. »Ich kann nicht anders, Sarah. Seit ich dich das erste Mal in unserer Straße mit deinen Brüdern sah, wusste ich, dass ich dich beschützen muss. Du bist etwas ganz Besonderes. Wenn du durch unsere schmutzigen Gassen gelaufen bist, hast du Sonne in sie gebracht. Dann war mir klar, dass die Welt nicht so schlecht sein kann, wie sie scheint.«

»Oh, Charley ...« Sie strich über seine Wange, sein starkes Kinn, den Hals, an dem Adern und Muskeln deutlich zu sehen waren. »Ich bin nicht perfekt. Ich wollte nur immer raus aus der Armut, weg von Vater und ein unabhängiges Leben führen. Dafür habe ich meine Geschwister allein gelassen.«

»Jeder hat einen Traum. Dafür sollte man sich nicht schämen. Du kämpfst für das, was du erreichen willst, genau wie ich.« Er schwieg, und sein Blick wurde hart. »Nur sind unsere Ziele eben sehr verschieden.«

»Dein Klub läuft, du bist ein erfolgreicher Geschäftsmann. Vielleicht könntest du die Branche wechseln und ...«, sie zögerte.

»Ehrbar werden? Ist es das, was du meinst?« Er streichelte ihren Oberschenkel und zog sie zu sich.

Nein, ehrbar fühlte sich nicht an, was er vorhatte, und sie seufzte, als er sich zu bewegen begann. Mit geschlossenen Augen folgte sie seinem Rhythmus und murmelte: »Du wolltest mir etwas erzählen. War das nicht der Grund meines Hierseins?«

Er lachte an ihrem Hals und presste sie gegen sich. »Ich habe mit Ravi Shah gesprochen.«

Eine Welle der Lust überrollte sie, und sie klammerte sich an ihn. »Was hat er gesagt?«

»Lord Coltham ist schuld am Tod seines Vaters, und er hat sich an seiner Mutter vergangen.«

Sie öffnete den Mund, den er mit seinen Lippen verschloss, denn für Worte war nicht der richtige Augenblick.

Es war dunkel im Zimmer, als Sarah aus einem kurzen erschöpften Schlaf erwachte. Sie spürte jede Faser ihres Körpers und rekelte wohlig ihre Glieder. Unten im Klub war noch immer Musik zu hören. Ihr Mund war trocken, und sie schwang ihre Beine über die Bettkante, um nach einer Wasserkaraffe zu suchen.

»Willst du mich schon verlassen?«, fragte Charley, der offensichtlich einen leichten Schlaf hatte.

»Eigentlich habe ich Durst.« Sie war sich ihrer Nacktheit bewusst, als sie um das Bett herumtappte.

»Auf der Anrichte links steht das Wasser, obwohl ich dich noch etwas suchen lassen sollte ...«

Sie drehte sich um und sah, wie er sich ein Kissen in den Rücken schob und sie beobachtete. Das Licht der Straßenlaterne ließ ihren Körper silbrig schimmern. Sarah ergriff die Karaffe und ein Glas und ging langsam zum Bett zurück. Sie schenkte Wasser ein und reichte es zuerst ihm. Anschließend kroch sie wieder unter die Decke, denn die kühle Nachtluft ließ sie frösteln.

»Erzähl mir genau, was Shah gesagt hat«, bat sie Charley. »Lord Colthams Version seines Indienaufenthaltes klingt etwas anders. Er hat mir gegenüber behauptet, er habe ein Verhältnis mit der Maharani gehabt. Ein einvernehmliches. Dass daraus ein Kind entsprungen ist, hat er nicht erwähnt.« Sie nahm das Glas aus seinen Händen und trank in langen Zügen den Rest aus.

Charley fuhr sich durch die Haare und sah kurz auf eine Taschenuhr, die neben dem Bett auf einem kleinen Tisch lag. »Lord Coltham ist ein Lügner, Sarah. Und nicht nur das, er ist auch für den Tod von mindestens zwei Menschen verantwortlich, den des Maharadschas und des Leutnants. Ich habe in Erfahrung gebracht, dass der edle Lord Coltham Lineker beseitigen ließ, um ihn mundtot zu machen. Ich habe meine Kontakte und Wege, Sarah, aber du wirst das niemals beweisen können, weil der Auftragsmörder niemals vor Gericht aussagen würde. Das ist meine Welt, ich habe Mittel und Wege, um gewisse Leute zum Sprechen zu bringen, aber offiziell nachweisen lässt sich das nicht, genauso wenig, wie man beweisen kann, dass der alte Coltham den Maharadscha von Mokalasar verraten und seinem machtgierigen Cousin ausgeliefert hat. Aber dieser Shah hat ein Dokument, in dem seine Mutter aufgezeichnet hat, dass Lord Coltham sie in der Nacht des Aufruhrs, in der ihr Mann getötet wurde, vergewaltigt hat. Zwei Zeugen haben unterzeichnet, Dienerinnen der Maharani.«

»Meine Güte, ich habe dem Lord seine Geschichte von der verliebten Maharani geglaubt. Wie dumm von mir. Natürlich ist das höchst unwahrscheinlich. Eine Maharani würde sich doch nie mit einem britischen Offizier einlassen!« Sie saß neben Charley und versuchte, sich das Leiden der so grausam gedemütigten Frau vorzustellen. »Warum kommt Ravi Shah erst jetzt damit nach London? Er muss doch schon älter sein!«

»Seine Mutter starb kurz nach seiner Geburt, und er wurde von einer Bauernfamilie aufgezogen, wo man ihn untergebracht hatte. Es war seinen Adoptiveltern wohl aufgetragen worden, ihm nichts von seiner Herkunft zu verraten, um ihn vor den Feinden der Familie zu schützen. Die Familie seines Cousins ist noch immer an der Macht und würde sich seiner entledigen. Nun ist der Anwalt verstorben, bei dem die Dokumente aufbewahrt wurden, und der Nachfolger hat Ravi Shah kontaktiert. Shah hätte vielleicht gar nicht nach Coltham gesucht, doch da er nun einmal Polospieler ist und herumkommt, hat er die Gelegenheit genutzt. Außerdem wurmt es ihn, dass Coltham den kostbaren Diamanten als Geschenk des Maharadscha erhalten hat. Der Diamant war nämlich tatsächlich ein Geschenk, und Shah kann darauf keinen Anspruch geltend machen. Auf den Besitz der Colthams schon.«

»Deshalb war Flossie, Edmund Colthams Frau, dermaßen außer sich vor Wut, als ich sie in einem Restaurant getroffen habe. Stell dir vor, sie hat sich sogar noch an mich erinnert. Dabei ist es Jahre her, dass ich ihr in Scarborough auf dem Sitz der Colthams begegnet bin. Und Lord Coltham hat seinem Landsitz einen indischen Namen gegeben – zu allem Überfluss das Wort für ›Geschenk‹. Das zeugt von einer fast abnormalen Kaltblütigkeit, finde ich.« Nachdenklich stellte sie das Glas ab und ließ sich in ihr Kissen sinken. »Aber hätte ein solches Dokument Bestand vor einem englischen Gericht? Leben die Zeuginnen noch? Die müssen ja auch schon alt sein.«

»Da liegt wohl das Problem. Das meinte auch Shah. Er hofft auf Zeugen aus der Zeit des Lords in Indien.«

Sarah schnaufte. »Von den Offizieren wird keiner gegen Coltham aussagen. Und von den indischen Dienern der damaligen

Zeit werden viele nicht lesen und schreiben können und gar nicht wissen, was die Zeitungen berichten. Da ist er fein raus.«

»Egal, wie das Gericht entscheidet, Shah will so viel Wirbel wie nur möglich veranstalten, Interviews geben und Coltham das Leben schwer machen.« Er unterbrach sich und horchte auf.

»Aber wenn …«

»Psst!«, unterbrach er sie, sprang aus dem Bett und rannte zum Fenster. »Zieh dich an!«

Sarah lief durch die Räume, um ihre Unterwäsche, Strümpfe, Schuhe und ihr Kleid zu suchen. »Polizei?«

Er kam mit grimmiger Miene und bereits in Hose und Hemd zu ihr. »Ja. Ich habe es geahnt. Mein Informant sagte morgen, aber meine Nase sagte heute.«

Rasch schlüpfte er in Strümpfe, Schuhe und Smokingjacke und kam zu ihr. »Hattest du einen Mantel dabei?«

»Der hängt unten in der Garderobe.«

»Den schicke ich dir nach. Nimm meinen Mantel.« Er holte einen Mantel mit Pelzkragen aus einem Schrank und legte ihn ihr um.

Unten veränderte sich die Geräuschkulisse, und jemand klopfte laut an die Tür des Salons. »Charley! Rozzers im Anmarsch! Wie immer?«

»Ja! Bin gleich unten!«, rief Charley und nahm Sarah an der Hand. »Komm mit.«

»Ihr habt einen Notfallplan?«, fragte sie und folgte ihm durch eine hinter einem Bücherregal im Schlafzimmer verborgene Tür in ein enges Treppenhaus.

»Hat sich bewährt. Sarah, es tut mir leid, aber …« Gemeinsam stolperten sie die Stufen hinunter und blieben vor einer mit einem Querbalken verriegelten Tür stehen.

Charley öffnete und pfiff leise in die Dunkelheit. Dann drehte er sich zu ihr um und küsste sie fest. »Will bringt dich, wohin du willst.«

Ein Automobil fuhr vor, und Charley öffnete die Wagentür, um sie hineinzuschieben. Er sagte etwas zu Will, die Tür wurde zugeschlagen, und der Fahrer trat auf das Gaspedal. Nachdem sie zwei Straßenzüge hinter sich gelassen hatten, verlangsamte der Fahrer das Tempo und sah sich um. »Wohin soll ich Sie bringen, Miss?«

Sarah hatte sich in Charleys Mantel gekuschelt und bei dem halsbrecherischen Fahrstil die Augen geschlossen.

»Dakers House, Hanover Square. Sind Sie sein Chauffeur?«

Der Mann lachte. »Mädchen für alles, Miss.«

Unter seiner Mütze zeichnete sich das Profil eines Boxers ab. Seine Nase war mindestens einmal gebrochen. Ob er sich um Munro gekümmert hatte? Doch Sarah war zu müde, um darüber nachzudenken, und schlief in den Lederpolstern ein.

Als sie Dakers House erreichten, weckte der Fahrer sie. »Wir sind da, Miss.« Will stieg aus, öffnete die Wagentür und half ihr beim Aussteigen.

Auf dem Gehweg war niemand zu sehen. Nach Mitternacht lagen alle rechtschaffenen Leute am Hanover Square in ihren Betten. Sarah wollte den Mantel von den Schultern nehmen und ihn dem Chauffeur geben, doch der schüttelte den Kopf. »Behalten Sie ihn bitte, Miss. Soll ich Sie zur Tür begleiten?«

Sarah schaute zum beleuchteten Eingang des mehrstöckigen Stadthauses. »Danke, das ist nicht notwendig. Gute Nacht, Will.«

»Gute Nacht, Miss.« Der Mann tippte an seine Mütze und schloss die Wagentür, blieb jedoch stehen. »Ich warte, bis Sie im Haus sind. So lautet die Anweisung.«

Dass Charley daran gedacht hatte, obwohl ihm die Polizei im Nacken saß, berührte Sarah. Sie zog den Mantel, der ihr viel zu groß war, um die Schultern, ging hinauf zum Haus und drückte die Klingel. Es dauerte etwas länger als gewöhnlich, bis der Butler die Tür öffnete und sie mit stoischer Miene eintreten ließ.

»Guten Abend, Miss Rosewell.«

Sarah drehte sich noch einmal um und sah den Wagen langsam davonrollen. »Guten Abend, bitte verzeihen Sie meine späte Rückkehr. Das war so nicht geplant.«

»Darf ich?« Der Butler wollte ihr den Mantel abnehmen, doch sie winkte ab.

»Mir ist kalt, ich nehme ihn mit aufs Zimmer.«

»Haben Sie noch einen Wunsch?«

»Nein, danke. Gute Nacht, Parks.«

Der Butler nickte knapp, verschloss die Tür und entfernte sich. Es war sehr still im Haus, als sie leise die Treppe hinaufstieg. In ihrem Zimmer hängte sie den Mantel auf und strich über den Pelzkragen. »Ach, Charley, was machen wir nur …«, murmelte sie und streifte ihr Kleid ab.

Als sie vor dem Spiegel stand, sah sie in ein Gesicht mit geröteten Wangen und leicht geschwollenen Lippen. Ihre Augen strahlten, obwohl sie müde war. Heute war so viel geschehen. Sie spritzte sich kaltes Wasser ins Gesicht und beschloss, das Denken auf morgen zu verschieben.

Sarah schlief länger als beabsichtigt und nahm ein Bad, bevor sie sich ankleidete und in den Frühstückssalon ging. Das Büfett war noch aufgebaut, und eine zierliche, leicht gebeugte Gestalt saß allein an dem großen ovalen Tisch.

»Guten Morgen, Mylady«, begrüßte Sarah die Mutter von Lord Sudbury.

Lady Alexandra Crescentia hob eine Brille an ihre Augen und blinzelte mit missmutiger Miene hindurch. »Wer sind Sie?«, krächzte die alte Dame.

Daisy kam mit einem Tablett herein und strahlte Sarah fröhlich an. »Guten Morgen, Miss Sarah. Was darf ich Ihnen bringen? Kaffee oder Tee?«

»Einen Mokka bitte«, bat Sarah. Sie hätte müde sein müssen, fühlte sich jedoch erstaunlich munter, und selbst die herablassende Miene der alten Dame konnte ihre gute Laune nicht schmälern.

Lord Sudburys Mutter muss mittlerweile über neunzig Jahre alt sein, dachte Sarah und bewunderte die zähe Konstitution der aus der ehemaligen Donaumonarchie stammenden Aristokratin.

»Wer ist sie?«, wiederholte die Alte, dieses Mal an Daisy gewandt, und löffelte ein weiches Ei aus.

»Das ist Miss Sarah Rosewell, Mylady«, erklärte Daisy lauter als üblicherweise.

»Welche Familie?«, krächzte die Alte. Ihr gestärkter weißer Kragen reichte ihr bis unters Kinn. An ihren krummen Fingern funkelten kostbare Ringe, und eine schön geschnitzte Kamee schmückte ihre Bluse.

»Rosewell«, sagte Sarah jetzt ebenfalls lauter und amüsierte sich, denn offensichtlich kramte die ältere Dame in ihrem Gedächtnis nach der passenden Aristokratenfamilie zu diesem Namen.

Es klopfte kurz, und der Butler trug eine Vase mit gelben Kamelien herein, die er auf den Tisch stellte. Dann reichte er Sarah einen Umschlag. »Das wurde soeben für Sie abgegeben.«

»Danke«, sagte sie erstaunt und öffnete die Karte. Gelbe Kamelien!

»Da hat jemand Sehnsucht nach Ihnen«, kicherte Daisy, denn wie jede Frau kannte sie die Sprache der Blumen.

Die vertraute Handschrift versetzte ihr einen Stich.

Liebste Sarah,

ich hatte gehofft, dass Du Dich melden würdest, nun mache ich den ersten Schritt. Bitte komm heute in meinem Studio vorbei. Ich muss Dich sehen und Dir alles erklären!
In Liebe,

Phil

Rasch steckte sie die Karte zurück in den Umschlag und ließ diesen in ihrer Tasche verschwinden.

»Oh, niemand, den Sie sehen wollen?«, fragte Daisy und brachte ihr eine Tasse Mokka.

»Ein Klient, nichts weiter«, meinte Sarah. Von Liebe schrieb er, dabei wurde er bald Vater. Sie stürzte den starken Kaffee hinunter und nahm sich eine Scheibe Toast aus dem silbernen Ständer.

Die Tür öffnete sich erneut, und diesmal trug der Butler eine Vase mit einem prachtvollen Strauß roter Rosen herein. Sarah errötete, als er den Umschlag reichte.

»Danke«, flüsterte sie und fuhr mit zitternden Fingern in das Kuvert. Die Karte war aus handgeschöpftem Papier und hatte ein Wasserzeichen, das sie später genauer betrachten würde. Auf der Karte stand nichts außer den Initialen ›CR‹.

Oh, er ist diskret, dachte Sarah, und ein Lächeln umspielte ihren Mund. Sie hatte vergessen, dass sie nicht allein war, und schob, als ihr der Umstand wieder bewusst wurde, auch diese Karte rasch wieder in den Umschlag zurück.

»War das auch ein Klient?«, kam es vom anderen Ende des Tisches, und Sarah sah erstaunt in die wachen Augen der alten Dame, die sie quer über die Tafel hinweg genau beobachtete.

»Ein Freund, Mylady, nur ein sehr lieber alter Freund.«

»Zu meiner Zeit haben alte Freunde eher Orchideen oder Nelken geschickt«, konstatierte Lady Crescentia kühl. »Die Gesellschaft verkommt, keine Manieren, kein Anstand mehr. Wo soll das noch hinführen? Rufen Sie das Mädchen. Ich will in die Bibliothek. Bücher sind mir die beste Gesellschaft«, befahl die alte Dame und sah dabei Daisy an.

Sarah ließen die Sticheleien unbeeindruckt. Ihr Herz floss über vor Emotionen. Nach dem Frühstück ging sie in ihr Zimmer und schrieb an Philip.

Lieber Philip,

es tut mir leid, aber ich kann Dich jetzt nicht sehen. Bitte versteh mich. Dich mit Deiner schwangeren Frau zu sehen, war einfach zu schmerzhaft. Ich danke Dir für alles. Gib mir Zeit, mit dieser neuen Situation zurechtzukommen, und irgendwann sehen wir uns wieder und sprechen über die wunderbare Zeit, die wir miteinander geteilt haben.
Immer

Deine Sarah

PS: Ich werde meine Sachen aus Deinem Studio abholen lassen und Dir den Schlüssel zurückgeben.

Nur eine einzelne Träne fiel ihr beim Schreiben auf das Papier und verwischte die letzten Buchstaben.

13

Sarah brachte den Brief an Philip selbst zur Post. Nachdem sie das Porto bezahlt und das Postamt verlassen hatte, fühlte sie sich nicht wirklich besser. Im Gegenteil. Er war immer ehrlich zu ihr gewesen, hatte ihr nie etwas versprochen. Da wäre sie ihm zumindest eine Aussprache schuldig gewesen. Aber sie konnte nicht. Der Anblick seiner schwangeren Frau war wie ein Dolchstoß gewesen. In diesem einen Moment war ihr ganzes bisheriges Leben an ihr vorübergezogen. Die Tragik des Unfalls, durch den sie unfruchtbar geworden war, die Entscheidung für einen verheirateten Mann. Im Grunde machte sie ihm keinen Vorwurf. Es war sein gutes Recht, Vater zu werden, immerhin war er mit Gladys verheiratet, und wenn sie Kinder wollte, nun, dann konnte er ihr diesen Wunsch schwerlich abschlagen. Nur so, wie er seine Ehe ihr gegenüber dargestellt hatte, war sie von getrennten Leben ausgegangen. Das war der springende Punkt. Damit hatte sie sich gedanklich arrangiert.

Sie lief die Dean Street entlang, um zum Soho Square zu gelangen, wo sie mit ihren Schwestern Rose und Bessie in einem kleinen Café verabredet war. Emily hatte von Mrs Weaver nicht freibekommen, und Annie ging es während dieser Schwangerschaft nicht besonders gut, doch Sarah wollte sie vor ihrer Abreise noch einmal sehen. Ein Kriegsveteran humpelte an ihr vorbei, die Orden an seiner zerlumpten Jacke, die zerschossene Gesichtshälfte kaum unter der Mütze verborgen, und erinnerte an den Krieg, den sie alle so schnell zu vergessen suchten.

Sarah gab dem Mann eine Münze und ging weiter. Sie war Ende zwanzig und beruflich erfolgreich. Sie hatte für ihre Position im Kunsthandel hart gekämpft, bildete sich weiter, wo immer sie konnte, las kunstgeschichtliche Bücher, frischte ihre Fremdsprachenkenntnisse auf und informierte sich täglich über die Entwicklungen auf dem Kunstmarkt. Mit Philip hatte sie einen Partner, einen Geliebten und einen Vertrauten an ihrer Seite gehabt. Er war der ruhende Pol in ihrem Leben gewesen, auch wenn sie oft räumlich getrennt gewesen waren. Sie schniefte und presste sich ein Taschentuch gegen die Nase. Und nun die Nacht mit Charley, die sie so sehr genossen hatte, die ihr eine andere Seite von sich offenbart hatte. Mit Charley hatte sie sich frei und ungehemmt gefühlt, ihm musste sie nichts vormachen, sich nicht besser machen, als sie war. Vor einiger Zeit noch wäre es nicht vorstellbar für sie gewesen, sich einem anderen Mann hinzugeben. Sie hatte sich verändert, war sich ihres Körpers, ihrer Eigenständigkeit bewusster geworden. Vor einem Schaufenster blieb sie stehen und betrachtete ihr Spiegelbild.

Unter dem Hut, der gemäß der Mode bis tief über die Ohren reichte, schauten ihre Haare hervor, die ein ovales Gesicht mit großen Augen rahmten. Ihre Lippen hatten heute Nacht Dinge getan, die sie niemandem erzählen konnte. Sie grinste und warf sich eine Kusshand zu. Das Leben war schrecklich kompliziert!

Ihre Schwestern saßen bereits beim Tee im *Couco*, das von einer Französin und ihrem Mann geführt wurde. Das Wiedersehen der Rosewell-Schwestern fiel tränenreich und herzlich aus. Nachdem sie sich umarmt und geküsst hatten, setzte sich Sarah zu ihren Schwestern an den Tisch und sagte: »Ich bin so glücklich, euch zu sehen. Ihr seht großartig aus, und ihr seid natürlich meine Gäste.«

Bessie ließ einen Löffel Zucker in ihre Teetasse rieseln. »Du musst nicht so gönnerhaft sein, Sasa, wir kommen schon klar.«

Die stark geschminkten Augen ihrer Schwester konnten die dunklen Schatten nicht verbergen. Ihr hübsches Gesicht wirkte blass, doch ihre ganze Haltung drückte Anspannung und beleidigten Stolz aus.

»Lass, Bessie. Sasa hat uns immer unterstützt. Ma hat dein Geld für uns zurückgelegt, danke, Sasa«, sagte Rose, ihre jüngste Schwester, die immer still und sanft gewesen war.

»Ich erwarte keinen Dank«, erwiderte Sarah. »Wenn ihr Hilfe braucht, bin ich für euch da.«

Rose lächelte. »Nein, nein, es geht uns gut. Schau doch, diesen Hut habe ich selbst gemacht. Er war mein erstes eigenes Stück.«

»Oh, der ist wunderschön, Rose!« Sarah bewunderte den raffiniert geschnittenen Hut auf der Frisur ihrer Schwester.

»Ich hätte nicht gedacht, dass mir diese Arbeit so viel Freude machen könnte«, meinte Rose.

»Du hockst Stunden in dem muffigen Loch, stichelst an Filz und Federn herum und bekommst grad so viel, dass es zum Überleben reicht! Wie kannst du damit zufrieden sein?!«, mokierte sich Bessie.

»Und was machst du, Bessie? Ich bin gar nicht im Bilde. Verdienst du mehr?«, wollte Sarah wissen, denn Rose zog sich bedrückt in ihrem Stuhl zurück.

Provozierend langsam holte Bessie ein Zigarettenetui aus ihrer Tasche, nahm eine Zigarette heraus, hielt das Etui ihren Schwestern hin, die beide den Kopf schüttelten, und sagte, während sie an den Nachbartischen nach einem Herrn Ausschau hielt, der ihr Feuer geben würde: »Ich habe einen anderen Weg gefunden. Man lädt mich ein und bezahlt manchmal sogar meine Garderobe, damit ich gut aussehe auf den Partys, zu denen ich eingeladen werde. Ist das nicht fabelhaft? Das Leben kann so einfach sein, wenn man die richtigen Leute kennt.«

Rose verzog das Gesicht. »Was du machst, ist nicht gut. Die Männer nutzen dich aus, und ...«

Verärgert fauchte Bessie: »Wenigstens sehen mich die Männer. Ich will nicht so ein Mauerblümchen sein und darauf warten, dass mich einer pflückt und dann im Haus einsperrt. Danke, nein!«

»Bessie, es will dir doch niemand etwas verbieten. Aber was für eine Zukunft hast du denn damit? Jugend und Schönheit vergehen so schnell.« Sarah sah das zynische Lächeln ihrer Schwester und schwieg.

»Ja, spar dir deine mütterlichen Worte«, meinte Bessie. »Vom hohen Ross herunter kann man leicht den Zeigefinger heben. Wir haben ja nicht alle das Glück, eine reiche Lady zu finden, die uns aushält. Wobei ich mich manchmal frage, warum sie das überhaupt gemacht hat.«

»Das frage ich mich heute noch, Bessie, und ich bin Lady Sudbury unendlich dankbar dafür, dass sie etwas in mir gesehen hat. Wenn ich dir helfen kann, sag es mir. Soll ich dir einen Ausbildungsplatz besorgen? Was würde dich interessieren?«

»Mir geht es gut, lass mich einfach zufrieden. Ich habe dich übrigens im *Bluebell* gesehen«, sagte Bessie triumphierend. »Was hast du denn da so spät getrieben?«

»Ich war mit Bekannten dort. Zu meinem Beruf gehört das Pflegen von Kontakten«, erklärte Sarah etwas ungelenk.

»Erinnerst du dich noch an Charley? Dem gehört der Klub«, sagte Bessie und beobachtete ihre Schwester.

»Charley, aber ja«, antwortete Sarah und war froh, als die Bedienung an ihren Tisch trat.

»Was darf ich Ihnen bringen?«

Am Nebentisch nahmen zwei Herren Platz, von denen einer die Sonderausgabe des *Daily Mirror* auf den Tisch legte. Als er die Zeitung aufschlug, erhaschte Sarah einen Blick auf die Schlagzeile und erstarrte.

Fluch des Coltham-Diamanten? Lord Coltham hat heute Nacht auf seinem Landsitz bei Scarborough den Freitod gewählt.

Mehr konnte Sarah nicht entziffern, ohne unhöflich zu starren. »Entschuldigt mich bitte kurz!«, sagte sie zu ihren Schwestern, stand auf und lief auf die Straße, wo sie einem Zeitungsjungen eine Ausgabe des Extrablattes abkaufte und sie sofort aufschlug. Tatsächlich, da stand es:

Mitglied im House of Lords, hochdekorierter Offizier und ehemaliger Besitzer des berühmten Coltham-Diamanten, Lord Reginald Coltham, hat sich in der Nacht mit seinem Armeerevolver durch einen Schuss in die Schläfe selbst getötet. Gefunden wurde er von einem Hausdiener, der zu dem noch in Desna Hall verbliebenen Personal gehörte. Seit geraumer Zeit schon halten sich Gerüchte über den finanziellen Niedergang der Familie Coltham.

Erste Spekulationen gab es nach dem Verkauf eines Großteils der Sammlung, einschließlich des berühmten Coltham-Diamanten, der in Indien in den Besitz seiner Lordschaft gelangte. Der verblichene Lord Coltham war als Offizier der Krone in der Indischen Kolonie tätig und dort mit dem Maharadscha von Mokalasar befreundet gewesen; der Lord ließ verlauten, dass der Diamant ein Geschenk des Maharadscha als Dank für die Rettung seines Sohnes war. Die Ver-

steigerung des kostbaren Diamanten bei Varnham's erregte großes Aufsehen, wurde jedoch von Gerüchten um die tatsächlichen Geschehnisse am Hof von Mokalasar überschattet. Nachgewiesen wurde keines der Gerüchte, doch seit einigen Wochen wurden durch das Auftauchen des indischen Polospielers Ravi Shah in London alte Wunden aufgerissen. Der Polospieler soll Ansprüche auf einen Teil des Vermögens des Verstorbenen angemeldet haben. Näheres ist der Redaktion nicht bekannt. Es wird über einen bevorstehenden Gerichtsprozess gesprochen.

Möglicherweise steht der Freitod von Lord Coltham mit den jüngsten Ereignissen in Zusammenhang. Sein Sohn Edmund, Erbe des Titels, hat seiner Trauer über den Tod des Vaters Ausdruck verliehen und verbittet sich jegliche Art von Spekulation über dessen Vergangenheit. Angesichts des hohen gesellschaftlichen Rangs des Verstorbenen, seiner Nähe zum Königshaus und seiner Verdienste für die Krone wird das öffentliche Interesse an diesem tragischen Todesfall wohl nicht so einfach zum Erliegen gebracht werden können.

Erschüttert faltete Sarah die Zeitung zusammen, mit dieser Wendung hatte sie nicht gerechnet. Wie würde Edmund reagieren, wenn Ravi Shah seine Ansprüche durchsetzen konnte? Sie dachte an das, was Charley ihr erzählt hatte, und ging mit einem unguten Gefühl zurück in das Café.

Vom Treffen mit ihren Schwestern fuhr Sarah zum Bahnhof Charing Cross, um ihre Zugfahrkarte für den Freitag zu buchen. Angesichts der jüngsten Ereignisse erschien ihr eine zeitige Abreise nur sinnvoll. Sie stand in der Warteschlange vor dem Fahrkartenschalter und hing ihren Gedanken nach, als sie ein vertrautes Gesicht in der Menge entdeckte.

»Ben!«, rief sie und winkte ihrem Bruder zu, der mit leicht schleppendem Gang und ausdruckslosem Blick von einem der Züge zu kommen schien.

Als er ihre Stimme vernahm, hob er den Kopf, und ein schwaches Lächeln huschte über seine unversehrte Gesichtshälfte. Er blieb stehen und wartete, bis sie ihre Karte erstanden hatte und zu ihm kam.

»Sasa, was machst du hier?«, begrüßte er sie und ließ zu, dass sie ihn umarmte, nahm jedoch sofort Abstand von ihr. »Ich bin schmutzig. Sieh mich nicht an.«

Doch sie konnte den Blick nicht von ihm wenden, ihrem einmal starken Bruder, der sie manches Mal vor ihrem gewalttätigen Vater beschützt hatte. Der Krieg hatte aus ihm ein Häuflein Elend gemacht, einen Schatten seiner selbst, der nur noch zu existieren schien. Seine Augen blickten leer und hoffnungslos, die Hände zitterten, und unter seiner speckigen Mütze standen struppige Haare hervor.

»Wann hast du das letzte Mal gegessen, Ben?«, sie hakte ihn unter, seinen Protest ignorierend.

»Weiß nicht. Sasa, lass mich.« Er packte ihren Arm und starrte sie verzweifelt an. Einige Leute beobachteten sie, und ein Herr mit Zylinder schien eingreifen zu wollen, doch sie winkte ab, und man ließ sie in Ruhe. Ben hatte nichts bemerkt und fuhr mit heiserer Stimme fort: »Es hat keinen Sinn, sich mit jemandem wie mir abzugeben. Das Einzige, was mich noch am Leben hält, sind Gin und Morphium. Die Schmerzen sind unerträglich. Es zerreißt mich, Sasa.«

Er presste die Hände gegen seine Ohren. »Ich höre die Schreie.

Immer. Sie sind hier drinnen und schreien. Und ich rieche das verbrannte Fleisch und höre das Heulen der Bomben.«

Sie schlang ihre Arme um den gezeichneten Bruder und drückte ihn an sich. Das schien ihn ein wenig zu beruhigen, denn er weinte leise und lehnte sich an sie. »Komm, wir gehen einen Kaffee trinken, und du isst etwas, ja?«, murmelte sie in sein Ohr.

Vor dem Bahnhof gab es einen Pub, in den sie gingen. Ben trank zwar seinen Kaffee, flehte sie jedoch an, ihm einen Gin zu bestellen, damit das Zittern aufhörte. Die Bahnhofsgaststätte wurde von den unterschiedlichsten Gästen aufgesucht, von abgerissenen Gestalten genauso wie von gut gekleideten Reisenden und Geschäftsleuten. Ein Mädchen trug einen Korb mit einem Hundewelpen, und eine ältere Dame redete auf eine junge Frau ein, die ihre Gesellschafterin zu sein schien.

Nachdem er ein Glas Gin getrunken hatte, war Ben in der Lage, eine Fleischpastete zu essen. Sarah beobachtete den kranken Bruder und sagte sanft: »Ben, wenn du so weitermachst, endest du als Kadaver in der Gosse. Willst du das?«

»Ich will nur, dass die Schmerzen aufhören, Sasa. Das ist alles, woran ich denke.« Mit seinen verdreckten Fingern, deren Nägel schwarz waren, holte er eine Zigarette aus seinem zerschlissenen Anzug und zündete sie an.

»Arbeitest du nicht mehr für Charley?«

»Manchmal. Er hatte viel Geduld mit mir, aber ich kann's verstehen. Ich habe ihn oft versetzt.« Er zuckte mit den Schultern.

»Ben, es gibt noch eine Möglichkeit. Lady Sudbury bietet dir eine Arbeit auf ihrem Landsitz in Kent an. Du könntest dort als Gärtner arbeiten, hättest Kost und Logis frei, und man würde dich medizinisch versorgen.«

Ein Hoffnungsschimmer trat in seine Augen. »Medizinisch

versorgen? Das hieße, sie würden mir Morphium gegen die Schmerzen geben?«

Sarah nickte, so in etwa hatte Lady Sudbury es gesagt. »Ja, ein Arzt würde sich um dich kümmern. Ben, was hältst du davon? Du kämst raus aus der Stadt, wärest an der frischen Luft. Vielleicht ginge es dir dann besser!«

Er zog an seiner Zigarette. »Vielleicht, ja, sicher. Wann könnte ich dorthin?«

»Ich spreche mit Lady Sudbury. Wo finde ich dich, Ben? Wohnst du noch im *Bluebell*?«

Er zögerte kurz, bevor er antwortete. »Im *Bluebell*, ja. Hinterlass dort eine Nachricht für mich.«

»Ben, ich meine es ernst. Ich reise am Freitag schon wieder ab und möchte dich gern versorgt wissen. Ich werde alles organisieren und dir einen Wagen schicken.«

»Danke, Sasa. Ich will versuchen, dich nicht zu enttäuschen.«

»Nicht für mich, Ben, tu es für dich.« Um aufsteigende Tränen zu verdrängen, räusperte sie sich und fragte: »Hast du Vater mal wieder gesehen? Seit Doras Tod kann ich ihn nicht mehr ertragen.«

Ihr Bruder schien kurz abgelenkt von zwei Männern in braunen Anzügen und Bowlerhüten. Als ein Bobby seine Runde drehte, verschwanden die Männer, und Ben sagte: »Ma ist die Einzige, die ich noch ab und an treffe. Sie ist so stolz auf dich, Sasa, und woher das Geld kommt, das sie mir gibt, weiß ich wohl.«

Er zuckte unkontrolliert zusammen und hielt sich den Magen.

»Brauchst du einen Arzt, Ben?«

Ihr Bruder schüttelte den Kopf, stand auf und brachte zwischen zusammengebissenen Zähnen hervor: »Im *Bluebell*. Und jetzt muss ich weg.«

Sie sah ihm nach. Ein gebrochener Mann, wie so viele, die der Krieg zurück ins Leben gespült hatte.

14

»Just Fancy« stand in großen bunten Lettern auf der Leuchtreklame über dem Eingang des *Vaudeville Theaters*. Lady Sudbury und Sarah betraten das Foyer des Musiktheaters, das sich im West End nicht weit vom *Savoy Hotel* entfernt befand.

»Die Revue hat sehr gute Kritiken erhalten, und sehen Sie, Sarah, Margaret Bannerman singt heute Abend. Die Besetzung verspricht einiges, meinen Sie nicht auch?« Lady Sudbury tippte mit einem kostbaren Fächer auf eins der Plakate im Foyer, das bereits mit Gästen gefüllt war.

»Just Fancy« war die neue Revue von Herman Darewski und Arthur Wimperis. Die Gästeschar, die sich im Foyer drängte, war bunt gemischt: Hier fanden sich Lords und Ladys genauso ein wie Verkäuferinnen, Bankangestellte oder Sekretärinnen. Eine Karte für einen der Stehplätze im dritten Rang konnten sich auch weniger Begüterte leisten, um für einen Abend dem tristen Alltag zu entfliehen.

»Ralph Lynn und Doré Plowden treten heute ebenfalls auf. Ach, das war eine fabelhafte Idee, Mylady. Und Sie sehen wundervoll in Ihrem neuen Kleid aus.« Sarah war erleichtert, dass sich Lady Sudbury so gut erholt hatte und seit ihrer Rückkehr nach London ihren zahlreichen Verpflichtungen in wohltätigen Vereinen wieder nachging.

Die blauen Augen der Lady strahlten, genau wie die Diamanten an ihren Ohrgehängen und das Collier, dessen großer Saphir ihre Augenfarbe widerspiegelte. »Sie schmeicheln mir, aber ich danke Ihnen, meine Liebe. Neben Ihnen kann ich nur durch meinen glitzernden Schmuck bestehen, den Sie gar nicht nötig haben. Ach, die Blüte der Jugend.«

Sarah lächelte verlegen. Die Blicke einiger Herren entgingen ihr nicht, und sie zog den bestickten Umhang etwas weiter über ihre unbedeckten Schultern. Sie hatte mit Lady Sudbury über ihren Bruder gesprochen, und diese hatte versichert, dass es einen Platz für Ben in Kent gab. Er musste sich nur dorthin begeben und die Stelle antreten. Sarah hoffte sehr, dass Ben Wort halten und das Angebot annehmen würde.

»Sehen Sie, meine Liebe, dort steht Roger Fry. Ich lese seine Kunstkritiken sehr gern. Wahrscheinlich spitzt er schon seinen Bleistift, um die Revue in der Luft zu zerreißen. Und wenn das nicht ... Kommen Sie, ich stelle Sie lieben Freunden vor.«

Roger Fry hatte sich einen Namen als Kunstkritiker und Maler gemacht, das *Burlington Magazine* mitbegründet und die berüchtigten Post-Impressionisten in den *Grafton Galleries* ausgestellt. Außerdem gehörte er neben Virginia Woolf und Duncan Grant zur Bloomsbury Group. Sarah schätzte die Verbindungen von Lady Sudbury, die ihr schon manche Tür geöffnet hatten. Gute Kontakte waren für ihre Arbeit im Auktionshaus von großer Bedeutung.

Doch es war nicht der Kunstkritiker, den Mylady ihr vorstellen wollte, sondern zwei elegante Herren in maßgeschneiderten Smokings. Der größere der beiden begrüßte Lady Sudbury, indem er ihre Hand nahm und sie an seine Lippen drückte. Er hatte ein ausgeprägtes Profil und melancholische Augen.

»Meine liebe Gwen, Sie sind so schön, dass mir die Worte fehlen, und das soll etwas heißen.«

Sie lachten, und es war ihnen anzumerken, dass sie vertraut miteinander waren.

»Siegfried, das ist Sarah Rosewell. Wenn Sie Rat in Sachen Verkauf oder Kauf von Kunstwerken benötigen, wenden Sie sich nur an sie«, stellte Lady Sudbury Sarah vor.

»Es freut mich sehr.« Sarah musste nicht lange überlegen, denn Lady Sudbury hatte ihr viel von Siegfried Sassoon, dem Pazifisten und Poeten, erzählt und ihr früh seine Gedichte vorgelesen.

Sein Begleiter war der Schauspieler Ivor Novello. Jünger als Sassoon, stand er mit den Händen in den Taschen und gelangweilter Miene neben seinem Freund.

»Ganz meinerseits, Sarah«, erwiderte der Dichter. »Gwen hat mir von Ihrem Talent erzählt. Und waren Sie es nicht, die bei Varnham's an der Versteigerung des Coltham-Diamanten beteiligt war?«

»Danke, ja, das war in der Tat eine sehr aufregende Auktion.« Immer wieder dieser verfluchte Diamant, dachte Sarah. Sie war froh, wenn die Geschichte endlich ein Ende finden würde. »Gehen Sie gern zu Auktionen?«

Sassoon nickte. »Hin und wieder, aber es ist keine echte Passion. Einige meiner Bekannten sind da wesentlich versierter. Moncrieff, glaube ich, ersteigert gern, nur des Nervenkitzels wegen. Es ist eine Art Spiel, nicht wahr? Man darf weder zu hoch pokern noch den Einsatz allzu gering halten, sonst kann man nicht gewinnen.«

»Genau so ist es, das haben Sie sehr treffend formuliert. Mylady, haben wir Mr Moncrieff nicht bei der Festivität im Hospital getroffen?«, wandte sich Sarah an Lady Sudbury.

»Bitte? Moncrieff? Ja, das haben wir. Ah, da ist Rowland. Siegfried, Darling, sei uns nicht böse, wir müssen unbedingt noch jemanden begrüßen.«

Der Dichter lächelte verständnisvoll und zog mit seinem Bekannten weiter, während Lady Sudbury mit Sarah auf Rowland und dessen Frau zusteuerte.

»Ich wusste, dass Rowland heute Abend kommt. Sprechen Sie mit ihm, Sarah. Er hält so viel von Ihnen«, flüsterte Lady Sudbury ihr zu und konzentrierte sich nach der Begrüßung des Leiters von Varnham's ganz auf dessen Frau.

Rowland deutete einen Handkuss an. »Sie sehen bezaubernd aus, Miss Rosewell. Wie ist es Ihnen in den vergangenen Tagen ergangen? Mr Cross hat mir von Mr Munros, nun ja, Missgeschick berichtet. Und nun diese Tragödie um Lord Coltham.« Er hatte seine Stimme gesenkt, sodass niemand in ihrer Nähe sie hören konnte.

»Furchtbar. Die arme Familie. Was wird Edmund Coltham nur unternehmen, um die Klage des angeblichen illegitimen Sohnes abzuwenden? Finanziell steht es ohnehin nicht gut um die Familie, wenn ich das richtig verstanden habe.« Vorsichtig umriss sie ihre Gedanken.

Rowland trat noch näher und sagte leise: »Aus sicherer Quelle weiß ich, dass Edmund Coltham den Familiensitz in Scarborough verkaufen muss, genau wie das Stadthaus. Sein Vater hatte mehr Schulden, als bekannt war. Die Versteigerung damals konnte ihm nur einen Aufschub gewähren.«

»Mein Gott, der Diamant hat ihm ein Vermögen eingebracht!«, entfuhr es Sarah.

Der Auktionator räusperte sich und strich über seinen Schnurrbart. »Seine Lordschaft hat auch ein Vermögen verspielt und verlebt. Zu meinem Bedauern habe ich gehört, dass Edmund Coltham unsere Konkurrenz mit der Veräußerung des Nachlasses beauftragen will. Er macht unser Haus für den Untergang seiner Familie verantwortlich, auch wenn er das nicht öffentlich äußert. Sollte er das tun, werde ich ihn verklagen.«

Sarah umklammerte zitternd ihre Tasche. »Und alles, weil ich ...«, begann sie, doch Rowland sah sie durchdringend an.

»Nein, das muss jetzt ein Ende haben. Sie tragen keine Schuld! Lord Coltham hätte sich allein für seine Taten verantworten müssen. Ich stehe da ganz hinter Ihnen, Miss Rosewell. Und ich möchte, dass Sie das wissen und bei zukünftigen beruflichen Entscheidungen in Betracht ziehen.«

Eine Welle der Erleichterung durchflutete sie. »Sie ahnen nicht, was mir das bedeutet, Sir«, flüsterte sie.

»Es hat mich enttäuscht, dass Sie mir nicht genug vertraut haben, aber ich verstehe, dass Sie Angst hatten. So, und nun wollen wir diese Revue sehen. Meine Frau liegt mir seit Wochen damit in den Ohren«, sagte Rowland und nickte ihr freundlich zu.

Es hatte bereits zum dritten Mal im Theater geklingelt, und die Leute strömten ihren Plätzen zu.

Als sie in einer der Logen neben Lady Sudbury saß, flüsterte diese ihr zu: »Sie wirken erleichtert, sehe ich das richtig?«

»Ach, Mylady, ich kann Ihnen gar nicht genug danken. Ich war schrecklich dumm. Hätte ich nur gleich mit dem Direktor gesprochen.«

»Dann hätten Sie sich viele schlaflose Nächte erspart. Lassen Sie sich das eine Lehre sein, meine Liebe.« Lady Sudbury tätschelte ihre Hand, zuckte jedoch zusammen, als die Musik einsetzte. »Ob ich mir das bis zum Ende ansehe, weiß ich nicht ...«

Die Revue bestand aus einer Reihe von Liedern, von denen einige durchaus eingängig waren, doch Sarahs Gedanken schweiften ständig ab. Lord Colthams Freitod hatte sie erschüttert. Trotzdem blieb offen, wer für den Überfall in Wien und den Drohbrief verantwortlich war. Vielleicht werde ich es nie erfahren, und das wäre nicht einmal das Schlimmste, dachte sie.

Am nächsten Morgen fuhr Mr Chester, Lady Sudburys Fahrer, mit Sarah nach Marylebone. Ihr Magen krampfte sich zusammen, als sie die vertraute Straße und das Mietshaus sah, in dem sich Philips Studio befand. Nein, sie konnte ihm nicht gegenübertreten. Und womöglich war seine Frau dort, denn die beiden schienen sich ja nähergekommen zu sein.

»Fahren Sie weiter!«, sagte sie zu dem Chauffeur. »Setzen Sie mich bitte am *Bluebell Club* ab, und dann holen Sie die Sachen aus dem Apartment. Hier ist der Schlüssel, falls Mr Maynard nicht dort ist.«

Mr Chester war ein Kriegsveteran, wie Lady Sudbury ihr erklärt hatte. Er hatte sich auf Automobile spezialisiert und verstand sich auf das Fahren ebenso wie auf Motoren. »Soll ich Sie am Klub abholen, sobald ich die Sachen eingeladen habe?«

»Das ist sehr freundlich, allerdings weiß ich nicht, wie lange es dauert. Sollte mein Bruder nicht dort sein, muss ich ihn suchen. Nein, ich werde mir ein Taxi nehmen. Danke, Mr Chester.«

Der Fahrer bog in die Straße, die zum Klub führte, und sagte: »Geben Sie auf sich acht, Miss. Im Gegensatz zu früher hat sich die Gegend hier verbessert, aber allein sollten Sie trotzdem nicht hier herumspazieren.«

Ohne die Leuchtreklamen wirkte die schmale Straße tagsüber schäbig und das Gebäude trist. Eine Gruppe Jungen kam aus dem gegenüberliegenden Haus und rannte davon. Nicht weit vom Eingang des *Bluebell* entfernt hatte sich eine Frau an die Hauswand gelehnt und schien auf jemanden zu warten. Als der Fahrer das Automobil, dessen Motor laut in der engen Straßenflucht ratterte, anhielt, löste sich die Frau von der Wand und kam langsam auf sie zu. Plötzlich ging die Tür des Klubs auf und ein kräftiger Mann goss einen Eimer Schmutzwasser auf die Straße. Als er die Frau sah, ging er auf sie zu und rief: »Verschwinde, Ellie! Wie oft muss ich das noch sagen. Du hast hier Verbot, verstanden?!«

»Ach, du kannst mich mal ...« Es folgte eine Reihe unflätiger Beschimpfungen, doch die Frau trollte sich.

Sarah stieg aus und legte sich Charleys Mantel, den sie ihm zurückgeben wollte, über den Arm. »Danke, Mr Chester.«

»Ich kann auch warten, Miss.«

»Nein, nein, alles in Ordnung.«

»Wie Sie meinen.« Trotzdem fuhr er nicht sofort davon, sondern wartete, bis sie den Eingang erreicht hatte.

Der bullige Mann, einer von Charleys Ordnern, erkannte sie. »Wollen Sie zu Charley?«

»Ja. Wissen Sie, ob Ben Rosewell auch da ist?«

Der breitschultrige Mann kratzte sich den kahlen Schädel, der eine tiefe Narbe an einer Seite aufwies. »Kann sein, habe ihn lange nicht gesehen. Ziemlich fertig, der Kerl, wenn Sie mich fragen.«

»Er ist mein Bruder«, sagte Sarah.

Die Miene des Ordners drückte Bedauern aus. »Kommen Sie rein, und sehen Sie selbst.«

Sarah hörte, wie der Wagen davonfuhr, als sie durch die Tür trat, und ging durch die ihr inzwischen bekannten Flure des Klubs in den großen Saal, in dem heute fünf Tänzerinnen eine Nummer auf der Bühne einstudierten.

»Warten Sie hier, ich sehe nach, wo Charley ist.« Der große Mann pfiff den Tänzerinnen zu und ging hinter die Bühne.

Eine Frau kniete neben einem Eimer auf dem Boden und

wischte die Fliesen, auf denen sich klebrige Getränkereste, Konfetti und Zigarettenkippen befanden. Die Luft war abgestanden, und vom Glamour der rauschenden Partynächte war nichts mehr zu spüren.

»Sarah!« Charley trat aus dem Halbdunkel neben der Bühne und steckte seine goldene Taschenuhr zurück in seine Weste.

Die rot-schwarz gestreifte Weste schaute unter seiner maßgeschneiderten Anzugjacke hervor und kratzte am Bild des Gentlemans, was sicher genau Charleys Absicht war, wie Sarah sich dachte. Ihr Herz schlug schneller, als er näher kam, sie leicht an den Schultern festhielt und auf die Wange küsste.

»Du siehst wunderschön aus, Sarah«, murmelte er, nahm ihr den Mantel ab und legte ihn auf einen Stuhl. »Du willst ihn nicht behalten?«

Lächelnd schüttelte sie den Kopf. »Er ist mir zu groß, Charley, und steht dir viel besser.«

»Das würde ich nicht sagen.« In seinen dunklen Augen blitzte es amüsiert auf. Er senkte die Stimme. »Vor allem, wenn du sonst nichts tragen würdest.«

Sie räusperte sich und senkte den Blick. »Danke für die Rosen. Du hast mich in Erklärungsnot gebracht.«

Er grinste. »Es war mir ein Vergnügen. Möchtest du etwas trinken? Sollen wir nach oben gehen? Es könnte noch ein wenig dauern, bis wir Ben … reisefertig gemacht haben.«

Alarmiert sah sie ihn an. »Warum? Was ist passiert?«

Er nahm ihre Hand. »Mach dir keine Sorgen, er wird seine neue Stelle antreten. Hast du Hunger? Du bist früh. Ich hatte dich erst am Nachmittag erwartet.«

»Ich war in der Gegend und wollte den Fahrer nicht unnötig lange aufhalten. Du kannst Ben auch in ein Taxi setzen, und ich mache mich gleich auf den Weg.«

Er drückte ihre Hand und führte sie durch eine Hintertür in das Treppenhaus, durch das man in den ersten Stock gelangte. Kaum war die Tür hinter ihnen ins Schloss gefallen, nahm er sie in die Arme und küsste sie. Ihr Körper reagierte auf ihn mit solcher Intensität, dass es sie selbst erschreckte.

»Charley, ich bin gekommen, um mich zu verabschieden«, sagte sie außer Atem und legte ihre Wange an seine Brust, um seinen Herzschlag zu spüren.

Er hielt sie eng umschlungen, während die Musik und die Schritte der Tänzerinnen von der Bühne zu ihnen herüberklangen. »Du musst gehen, auch wenn ich dich hierbehalten möchte. Das hier ist meine Welt, aber es kann niemals deine sein. Das sehe ich ein, meine wunderschöne Sarah.« Er strich über ihr Haar. »Als Junge habe ich immer davon geträumt, mit dir vor den Altar zu treten. Ich wollte eine ehrbare Frau aus dir machen.« Sein bitteres Lachen traf sie tief. »Ausgerechnet ich.«

»Sprich nicht so, Charley. Ich bedaure nichts und vor allem nicht die Nacht mit dir.«

Seine Arme schlossen sich enger um sie, und sie bog den Kopf zurück, um in seine Augen sehen zu können. »Das ist kein Abschied für immer«, flüsterte sie, und Tränen rollten ihr über die Wangen.

Seine Augen schimmerten ebenfalls feucht, und als sie sich küssten, schmeckten seine Lippen salzig.

»Nein«, sagte er und ließ sie los. »Das könnte ich nicht ertragen.«

So wie er es sagte, klang es wie ein Schwur.

Charley ging mit ihr in seine Wohnung, wo er ihr Tee aus einem Samowar anbot. Er stellte ein Tablett mit zwei Gläsern in silbernen Teeglashaltern auf einen Tisch und setzte sich neben sie auf das Chaiselongue. Auf einem Stuhl lag das Buch, das sie bei ihrem letzten Besuch im Klub gesehen hatte.

»Du hast gearbeitet?«, sagte sie, obwohl sie ihn so viele andere Dinge fragen wollte, aber wusste, dass sie es nicht tun würde.

Er berührte ihre Hand, als er ihr das Teeglas reichte. »Papierkram, nichts weiter. Viel wichtiger – hast du noch Sorge wegen des Briefes? Hat sich jemand deswegen bei dir gemeldet?«

Sie schüttelte den Kopf. »Nein, Charley. Ist das nicht schrecklich mit Lord Coltham? Egal, was für ein Mensch er war, aber er muss keinen Ausweg mehr gesehen haben.«

»Mit ihm solltest du kein Mitleid haben. Er hatte es auch nicht mit denen, die er ins Verderben geschickt hat. Eiskalt, rücksichtslos und ohne Gnade, das war Lord Coltham.« Charley setzte sich so, dass er sie ansehen konnte. Seine schlanken Hände lagen auf einem Oberschenkel, an seinen Manschettenknöpfen blitzten Diamanten.

»Woher weißt du das so genau?«, fragte sie leise.

»Von Ravi Shah. Ich glaube ihm, Sarah. Er war kurz vor Colthams Tod bei ihm.« Das Licht fiel gefiltert durch die dichten Vorhänge und warf flirrende Schatten in das Zimmer und auf sein Gesicht. »Sarah, es ist nicht deine Schuld. Vergiss das endlich. Der Diamant hat Coltham im Grunde nie gehört. Er hat ihn sich unrechtmäßig angeeignet, und das ist nun wirklich noch sehr milde ausgedrückt. Shah hat dem Gericht seine Dokumente vorgelegt. Ob er damit durchkommt, ist fraglich, aber du solltest dir deswegen keine Sorgen mehr machen, hörst du?!« Er nahm ihre zitternden Hände zwischen seine, und seine Wärme durchströmte sie.

»Ich wünschte, ich könnte dir glauben«, sagte sie leise.

Er zog sie zu sich und hielt sie in seinen Armen. »Weißt du denn nicht, dass ich dein Schutzengel bin, Sarah?«

Es klopfte an der Tür. »Charley, wir sind so weit. Ben sitzt unten«, rief ein Mann.

Er ließ sie widerstrebend los. »Danke, Tom, wir kommen gleich!« Dann stand er auf und reichte ihr seine Hand, um ihr aufzuhelfen. »Na, komm, dein Bruder wartet. Du solltest ihn mitnehmen, bevor er wieder abstürzt.«

Schweren Herzens stand sie auf, und er trat zurück. Nur eine Armlänge trennte sie. »Ich muss gehen, Charley.«

»Das musst du. Aber gib mir Nachricht, falls ihr einen ausgestopften Tiger im Angebot habt. Der würde sich hervorragend im Klub machen.«

Sie sah den Schalk in seinem Blick und gab ihm einen kumpelhaften Stoß. »Ist notiert. Kommst du ihn dann in Wien abholen?«

Es sollte scherzhaft klingen, war jedoch durchaus ernst gemeint.

Er nahm ihre Hand und ging mit ihr zur Tür. »Das hier ist meine Welt, Sarah. Wenn der König das Revier verlässt, fallen die Hyänen ein, zerfleischen sich gegenseitig, und der Nächste wartet schon, um den Thron zu besteigen.«

Als sie ihren Bruder wie ein Häuflein Elend in einem der Klubsessel entdeckte, zog sich ihr Magen zusammen. Konnte er es schaffen? Die Arbeit auf dem Land war vielleicht seine einzige Chance.

»Hey, Ben. Bereit?«, sagte Sarah laut und etwas zu fröhlich.

Seine Haare waren noch feucht, der Anzug sauber, und er roch nach Seife. Die vernarbte Gesichtshälfte war gerötet, und er schob sich die Mütze automatisch tiefer in die Stirn. In einer Hand hielt er eine erloschene Zigarette, an der er abwesend zog. »Ging mir nie besser.«

Sie fühlte Charleys Blick noch in ihrem Nacken, als sie schon lange im Wagen saßen und zu Lady Sudburys Haus fuhren.

15

Wien 1921

Das Sonnenlicht brachte die verschiedenen Facetten der prachtvollen Steine zum Funkeln. Auf dunkelblauem Samt lagen die sieben Teile des fürstlichen Diadems.

»Tragisch, wenn man so schönen Familienschmuck verkaufen muss, nicht, Frau Rosewell?«, sagte Christine Vogl und seufzte.

Sarah nahm die Schleife, das Herzstück des Diadems, in die Hand und hielt sie ins Licht. »Allein die Schleife als Brosche wäre ein Vermögen wert. Ach, wissen Sie, Frau Vogl, letztlich ist es ein Gegenstand, ein sehr schöner, zugegeben, aber eben nur etwas, was man nicht essen kann und was einem die Miete nicht bezahlt. Ich glaube, die Frau von Hayek hat das auch recht pragmatisch gesehen, als sie den Schmuck eingeliefert hat.«

Die junge Frau neben ihr war seit Sarahs Rückkehr aus London vor einem Jahr ihre persönliche Assistentin. Gemeinsam mit Lehner hatte Sarah einige Umstrukturierungen im Auktionshaus angeregt. Einige Abteilungen waren bereits eingerichtet, andere mussten noch mit den passenden Experten besetzt werden. Es hatte sich herausgestellt, dass die Einlieferungen so vielfältig und teils hochwertig waren, dass es unabdingbar war, mehr fähige Experten im Haus zu beschäftigen. Die bisherige Praxis, zum Großteil mit externen Sachverständigen zusammenzuarbeiten, war zunehmend umständlicher und vor allem zu kostenintensiv geworden.

An den Veränderungen hatten die Auswirkungen des Krieges ihren Anteil, denn viel Schmuck stammte aus den privaten Beständen böhmischer und russischer Familien. Vor allem Letztere flohen vor den Bolschewiki und hofften auf einen Neubeginn in Wien. Doch die Stadt an der Donau hatte selbst noch schwer am Krieg zu tragen und erholte sich nur langsam. Die sozialdemokratische Regierung bemühte sich zwar nach wie vor redlich um sozialen Wohnungsbau, um der Wohnungsnot und dem Elend in den Armutsbezirken Abhilfe zu schaffen, aber auch das brauchte Zeit.

Christine Vogl selbst entstammte einer alten Aristokratenfamilie, derer zu Hohensterzing, allerdings war das Tragen des Titels seit dem Krieg verboten. Für die Arbeit im Auktionshaus waren Mitarbeiter mit Verbindungen in höhere Kreise jedoch von großem Wert. Mangelnde Fachkenntnisse ließen sich bei manchem Bewerber für eine Stelle im Auktionshaus durch entsprechende Kontakte wettmachen.

Die Assistentin war Lehners Entscheidung gewesen, der mit Alfons Vogl zu Hohensterzing bekannt war, und Sarah war anfangs nicht begeistert von dem Neuzugang gewesen. Mittlerweile jedoch hatte sie sich an Christines flatterhafte und oft irritierend diffuse Art gewöhnt; die junge Frau bewegte sich dafür in jeder Gesellschaft mit gewandter und äußerst charmanter Manier und hatte dem Auktionshaus schon manchen Kunden beschert.

»Schauen S', die Frau von Hayek würde sich das niemals anmerken lassen. Ihr Gatte hat in der kaiserlich-königlichen Donaumonarchie zu den höchsten Würdenträgern gehört«, sagte Christine und betrachtete die Steine der navetteförmigen symmetrischen Stege mit der Lupe. »So was Herrliches! Was meinen S', wie sie als Herzogin damit auf den Festen bewundert worden ist.«

»Das mag schon sein. Und sicher hätte ihre Tochter dieses Diadem auf ihrer Hochzeit tragen sollen. Was mir wirklich nahegeht, ist der Tod des Verlobten. Der Verlust eines geliebten Menschen wiegt so viel schwerer, als sich von ein paar Diamanten trennen zu müssen.« Sarah notierte, dass auch das Form-Etui mit den zum Umbau der Einzelteile zum Diadem benötigten Karkassen und Werkzeugen im Original vorhanden war.

»Für den Katalogeintrag ist es von großer Wichtigkeit, zu betonen, dass dieses Diadem auch in seine Einzelteile zerlegt und jedes für sich als Brosche oder Anhänger getragen werden kann.«

Ihre Assistentin hielt sich eines der schmalen Stücke an ihr dunkles Haar. Christines ovales Gesicht mit den hohen Wangenknochen und der geraden Nase entsprach dem Schönheitsideal der römischen Antike, wie Sarah fand, während Christine verkündete: »Ich würde mir Haarschmuck daraus anfertigen lassen und Ohrgehänge. Diademe sind nicht mehr *en vogue*, jedenfalls nicht in der Republik.«

»Die leidige Politik. Aber vergessen wir unsere amerikanischen Kunden nicht. Die gieren förmlich nach allem, was aus königlichem oder zumindest aristokratischem Besitz stammt.« Sarah sah auf die Uhr. »Ich bin gleich zum Mittagessen verabredet. Machen Sie das hier fertig, Christine? Vergessen Sie nicht, sich die Expertise vom Juwelier geben zu lassen. Kunden, die so viel Geld ausgeben, lassen sich nicht von funkelnden Steinen und einer märchenhaften Legende blenden, auch die Fakten müssen stimmen.«

»Ja, Frau Rosewell.« Christine seufzte. »Sie sind immer so schrecklich genau. Mein Onkel Eduard sagt immer ...«

»Was auch immer Ihr werter Herr Onkel sagt, bei Hofmann's

verlassen sich die Kunden auf unsere Expertise und eine faire Markteinschätzung. Bei Diamanten von insgesamt vierzig Karat dürften wir da keine Probleme haben. Haben Sie schon den K.-u.-k.-Hofjuwelier herausgefunden?«

»Das muss der Kammerjuwelier Köchert gewesen sein, den hat meine Tante auch recht gern bemüht«, sagte Christine und untersuchte das unbeschädigte Etui. »Wissen S', ich denke, dass die Herzogin …«

»Sagen Sie bitte nicht Herzogin. Wir verhandeln mit Frau Hayek«, korrigierte Sarah sie.

»Also, die Frau von Hayek hat vielleicht noch ein Kärtchen oder einen Brief, in dem das Diadem beschrieben wird. Es ist ihr ja irgendwann geschenkt worden. Was meinen Sie?«

»Sehr gut, kümmern Sie sich darum, Christine.«

Die junge Frau verließ das Büro, Sarah legte die Schmuckstücke in das Etui und auf ein Tablett, auf dem ein Paar Chandelier-Ohrgehänge lagen, die sie ebenfalls in den Tresor bringen wollte. Für einen Moment lehnte sie sich in ihrem Stuhl zurück, und als das Stück Papier in ihrer Tasche raschelte, dachte sie an den Blauen Diamanten, welcher der Familie Coltham am Ende nur Unglück gebracht hatte. Sie zog den Brief aus ihrer Tasche, den sie heute von Lady Sudbury erhalten hatte.

Meine liebe Sarah,

verzeihen Sie, dass meine Antwort so lange auf sich warten ließ, aber Sie wissen ja, wie es hier zugeht. Eigentlich lastet mich das neue Waisenhaus zur Gänze aus. Ich bin ganz hingerissen von den neuen Lehrmethoden der Signora Montessori und möchte sie in einer angegliederten Schule unterrichten lassen. Was wir den Kindern für eine neue Welt eröffnen können! Die, aus der sie kommen, ist

düster und grausam genug.
Nun hat man mich für eins der Komitees für die British-Empire-Ausstellung verpflichtet. Die findet zwar erst in drei Jahren statt, aber die Planungen laufen bereits auf Hochtouren. Meine Gefühle dazu sind gemischt. Alles wird furchtbar teuer werden, und ob es wirklich notwendig ist, ganze Dörfer aus Westafrika oder einen Teil der Stadtmauer von Kairo hier aufzubauen, bezweifle ich. Nun ja, wir werden sehen.
Sie wollten wissen, wie es Ihrem Bruder geht. Er hat sich eingelebt, so viel kann ich sagen. Mein Obergärtner ist mit seiner Arbeit zufrieden, und die ärztliche Betreuung zeitigt Wirkung. Ihr Bruder ist sehr viel ruhiger und weniger aggressiv geworden.
Ich hoffe, Sie sind nicht wieder durch Drohbriefe oder dergleichen belästigt worden. Und wenn dem so wäre, sollten Sie mich sofort unterrichten, so, wie wir es abgesprochen haben. Seit dem Tod von Lord Coltham ist es sehr still um die Familie geworden. Wie Sie wahrscheinlich wissen, musste Edmund Coltham, der nun das Familienoberhaupt ist, den Stammsitz in Scarborough und das Stadthaus in London verkaufen. Eine große Schmach für eine derart noble Familie, deren Vorfahren für Heinrich VIII. gekämpft haben. Noch größer dürfte die Schande für den stolzen Edmund sein, nun unter das Dach seiner Schwiegereltern kriechen zu müssen. Die Familie seiner Frau, die Cunningtons, besitzen eine der größten Wollspinnereien in Leeds. Edmund arbeitet tatsächlich im Büro der Spinnerei, darauf hat sein Schwiegervater bestanden. Und der alte Cunnington soll ein harter Mann sein, einer, der durch Arbeit und nicht durch ein ererbtes Vermögen zu Wohlstand gekommen ist. Die Ehe seiner Tochter mit Coltham hat ihn ein Vermögen gekostet, eine Fehlinvestition, wie er in der Öffentlichkeit verlauten lässt.
Meine Liebe, können Sie sich vorstellen, wie diese erniedrigende Situation an Edmund nagen muss? Und da wir nicht wissen, ob er hin-

ter dem Drohbrief an Sie steckte, sein seliger Vater oder gar jemand anderes, bleiben Sie weiterhin auf der Hut! Gekränkte Eitelkeit, der Verlust von Ansehen und Vermögen und fehlgeleitete Rachegelüste sind schlechte Ratgeber. Ich will nichts heraufbeschwören, doch ich denke oft an Sie. Ich wünsche Ihnen noch immer, dass Sie einen guten Mann finden. Einen, der Ihnen Ihre Freiheit lässt, Sie auf Händen trägt und Sie beschützt. Ich sehe Sie lächeln.
In der Hoffnung, dass wir uns bald wiedersehen –
Ihre Freundin

Gwendoline Sudbury.

Ach, Mylady, dachte Sarah wehmütig, denn sie vermisste ihre Freundin schmerzlich. Seit sie sich von Philip getrennt hatte, war sie von Zeit zu Zeit einsam. Dieses Gefühl hatte sie vorher nicht gekannt, denn trotz der räumlichen Entfernungen, die sie häufig hatten hinnehmen müssen, waren sie sich nah gewesen, hatte ein Anruf genügt, um Heimweh oder Sehnsucht zu lindern. Aber Philip war Vater geworden. Allein der Gedanke an ihn und seine Frau, die ihr Kind wiegte, während er sie umsorgte und Fotografien von seinem Glück machte, schmerzte sie tief. Dass sie niemals Mutter werden konnte, hatte sie akzeptiert, dabei aber nicht ahnen können, wie es sich anfühlen würde, wenn der Mann, den sie liebte, ein Kind mit einer anderen Frau hatte.

Sarah schüttelte den Kopf. In Lehners Büro klingelte das Telefon, und jemand schob einen Rollwagen mit eingelieferten Kunstwerken vorbei. Es war Einlieferungstag, so wie auch gestern schon. Auch das war eine Neuerung im Auktionshaus, die Sarah von Varnham's kannte und hier etabliert hatte. An festgesetzten Tagen konnte jeder, der etwas veräußern wollte, ins Auktionshaus kommen und sich die Meinung eines Experten einholen. Diesen Service boten sie kostenlos an, und er machte sich bezahlt.

Sarah stand auf und griff nach ihrer Handtasche. Sie war auf einen Kaffee mit ihrer Freundin Hannah verabredet. Ohne Hannah wäre sie in den ersten Tagen nach ihrer Rückkehr aus London wohl verzweifelt. Die Nacht, die sie mit Charley verbracht hatte, und die Trennung von Philip hatten sie nachhaltiger berührt, als sie selbst erwartet hatte.

Die Sonne brannte von einem wolkenlosen Augusthimmel. Das macht das Leben so viel leichter, dachte Sarah, als sie auf die Straße trat und die Wärme durch den Stoff ihres Kleides hindurch spürte. Die Menschen mussten sich nach dem langen nasskalten Winter zumindest nicht mehr um Heizmaterial sorgen und konnten Erholung in den Parks der Stadt suchen. Auch das Umland von Wien bot einiges, wie Sarah festgestellt hatte: Mit der Straßenbahn gelangte man zügig in den Wienerwald, nach Dornbach und Neuwaldegg. Sarah und Hannah waren durch den Schwarzenbergpark gewandert und in der Meierei eingekehrt, und als Nächstes wollten sie nach Kaltenleutgeben, um die traditionelle Wasserheilanstalt zu besuchen.

Ihre Freundin wartete bereits in einem kleinen Café abseits des Trubels auf sie. Die Wiener nannten die Zeit nach dem Mittagessen, wenn sich die Kaffeehäuser langsam füllten und vor allem die Damen Gesellschaften abhielten mit viel Gebäck, Eis und Schlagobers, die Jausenstunde. Sarah ging zwischen den voll besetzten Tischen hindurch und begrüßte ihre Freundin, die in eine Zeitung vertieft war.

»Ich dachte schon, du schaffst es heute nicht. Du bist so schrecklich fleißig, Sarah!« Hannah nahm ihre Tasche von einem Stuhl.

Seufzend ließ Sarah sich nieder und fächelte sich Luft zu. »Ist das warm heute! Ja, es ist immer irgendetwas im Büro. Wir haben ein zauberhaftes Diadem hereinbekommen. Darum musste ich mich noch kümmern.«

Der Kellner kam beflissen und erkundigte sich nach ihren Wünschen.

»Wir nehmen zwei Kapuziner, bitte«, sagte Hannah mit Blick auf Sarah, die zustimmend nickte. »Und für mich die Powidldatschgerl.«

»Apfelstrudel für mich bitte, und viel Schlagobers, danke«, sagte Sarah.

Vor dem Café trabte ein Fiaker vorbei, dabei wurden Pferde im Wiener Straßenbild immer seltener. Sarah folgte den schönen Tieren mit den Augen.

»Du siehst mir viel zu traurig aus, Sarah. Als deine Freundin darf ich das sagen«, meinte Hannah sanft.

Sarah zuckte vage mit den Schultern. »Ich vermisse Philip, trotz allem.«

»Und warum sprichst du nicht endlich mit ihm? Das Kind ist da, vielleicht ist alles ganz anders, als du denkst. Seine Frau hat nun, was sie wollte.« Hannah hielt sich einen Finger an die Lippen, und ihre Miene wurde traurig. »Ich sollte so nicht sprechen.«

»Du hast ja recht, Hannah. Ja, ich sollte mit ihm sprechen oder zumindest seine Briefe beantworten.« Philip war wieder auf Reisen und schrieb ihr aus Frankreich, Italien und seit zwei Monaten selbst aus Indien. »Seine letzte Karte kam aus Nepal, und er will weiter nach Tibet!«

»Nepal? Wo ist denn das?«

Sarah hatte Philips Reiseroute auf einer Karte verfolgt. »Im Nordosten Indiens im Himalaja-Gebirge. Mein Gott, die Berge dort sind unglaublich hoch, bis zu achttausend Meter!«

»Weiter weg von seiner Frau und dem Kind konnte er wohl nicht reisen ...«, bemerkte Hannah trocken.

Sarah biss sich auf die Lippen. So hatte sie das noch nicht gesehen. »Ich werde ihm schreiben. Tibet, was für eine Strapaze muss es sein, dort in die Wildnis zu reisen.«

Der Markör servierte Kaffee und Kuchen, und die Freundinnen kosteten schweigend die ersten Bissen.

»Ich vermisse England, aber wenn ich wieder in London bin, werde ich das Essen hier vermissen«, sagte Hannah und leckte sich die Lippen.

»Habt ihr Pläne für die Zukunft? Also, habt ihr noch mal darüber gesprochen, wie lange es euch noch in Wien hält?«

»Levis Familie möchte, dass wir das Geschäft hier weiterführen.« Hannah hob die Schultern. »Wir haben uns ein kleines Ferienhaus in der Brühl angesehen. Wenn wir dann mit unserem Kind ins Grüne fahren können ...«

»Du bist guter Hoffnung?«, fragte Sarah zaghaft.

»Nein, das nicht, aber ich weiß, dass wir ein Kind haben werden. Ich weiß es, Sarah«, flüsterte Hannah.

Sarah griff nach ihrer Hand. Es tat ihr weh, die Freundin so leiden zu sehen, und so wechselte sie das Thema. »Ein ehemaliger Kunde aus London hat sich bei Hofmann's gemeldet. Redloff, ein Amerikaner aus Boston. Das war vielleicht eine Überraschung.«

Hannah machte große Augen. »Du musst ja großen Eindruck auf ihn gemacht haben.«

»Morgen kommt er ins Auktionshaus und will etwas mit mir besprechen. Lehner reibt sich die Hände.« Sarah lachte. »Das neue Geld aus Übersee – aber das schätzt Levi sicher auch.«

»Levi kauft tatsächlich viel für Kunden aus Übersee auf Bestellung ein und verschifft es dann nach New York. Ach, du liebe Zeit, das erinnert mich daran, dass meine Mutter nächste Woche zu

Besuch kommt.« Sie verdrehte die Augen. »Wenn ich sage ›meine Mutter‹, schließt das meine Tante und eine Cousine mit ein. Gruens oder Hirschels reisen selten allein.«

Sie plauderten noch eine Weile über das Besuchsprogramm für Hannahs Mutter und verabschiedeten sich schließlich herzlich voneinander. Das Zusammensein mit ihrer Freundin bedeutete Sarah viel und zeigte ihr, wie wichtig Familie und Freunde waren.

Am Abend saß sie allein in ihrer kleinen Wohnung, hörte die Glocken der Universitätskirche und betrachtete die Postkarten, die Philip ihr geschickt hatte. Sie hatte sich Tee aufgebrüht und naschte etwas Konfekt, das sie aus einer Confiserie mitgebracht hatte. Die Fenster standen weit offen, um wenigstens einen Luftzug in die stickigen Räume zu bekommen. Ein Ferienhaus in der Brühl war eine verlockende Idee, nur konnte sie sich das nicht leisten, doch sie freute sich für Hannah und Levi.

Philips letzte Karte war mit einem kaum leserlichen Stempel versehen. Kathmandu entzifferte sie mühsam und schaute auf die Weltkarte, die sie sich in einer Buchhandlung gekauft hatte. Die schwarz-weiße Postkarte zeigte einen Mann in nepalesischer Tracht, der stolz vor einem Bergmassiv posierte.

Liebe Sarah,

Kathmandu ist ein Wunder von einer Stadt. So viele Menschen leben hier dicht gedrängt in Armut, und doch ist alles sehr friedlich und gesittet. Mr Finnegan ist besessen davon, einen der Gipfel zu besteigen. Ich begleite ihn und die Expedition, die von George Mallory ge-

leitet wird. Der Dalai-Lama hat die Erlaubnis zur Vermessung der Region Khumbu am Mount Everest erteilt. Nun sollen Aufstiegsrouten gefunden werden.
Immer

Dein Phil

Aufstiegsrouten in diese monströsen Bergriesen! Er wollte doch hoffentlich nicht dort mit hinaufklettern, er war doch kein Bergsteiger! Es schien fast, als suchte er die Gefahr. Sarah zog sich einen Briefbogen heran und schraubte ihren Füllfederhalter auf. Wie früher hatte Phil auf einigen Karten die Adresse eines Hotels vermerkt. Auf dieser war es ein Hotel in Kathmandu.

Lieber Phil,

es tut mir leid, dass ich damals aus London abgereist bin, ohne mit Dir zu sprechen. Ich konnte es nicht. Und ich weiß noch immer nicht, wie ich mit der neuen Situation umgehen soll, aber Du sollst wissen, dass ich Deine Reisen mit großer Anteilnahme verfolge und mich über jedes Lebenszeichen von Dir freue. Wer ist der Dalai-Lama?
Die Geschäfte im Auktionshaus laufen sehr gut. Kürzlich wurde das Hochzeitsdiadem eines K.-u.-k.-Hofjuweliers eingeliefert, und davon abgesehen gab es eine seltene Augsburger Menage und ein Paar Louis-XV-Vasen. Unser Fotograf wurde der Schönheit dieser Raritäten nicht gerecht. Solltest Du auf dem Rückweg von Tibet durch Wien reisen, finden wir sicher einen Auftrag für Dich.
Bitte gib auf Dich acht!

Sarah

Beim Schreiben des letzten Absatzes zögerte sie. Sie wollte einen leichten Ton anschlagen, eine freundschaftliche Art finden, die es ihnen erleichtern würde, miteinander umzugehen. Oh, Sarah, mach dir doch nichts vor, dachte sie seufzend, denn, wie sie reagieren würde, wenn sie sich irgendwann gegenüberstehen sollten, konnte sie nun wirklich beim besten Willen nicht sagen.

16

John Redloff erzählte mit Charme und Esprit von seiner Schiffsreise über den stürmischen Atlantik, und Christine Vogl hing gebannt an seinen Lippen. Der Amerikaner schien ganz in seinem Element, als Sarah ihn auf der Empore vor den Exponaten der kommenden Auktion mit ihrer Assistentin entdeckte.

»Mr Redloff, ich sehe, man kümmert sich bereits um Sie«, sagte Sarah. »Danke, Christine. In meinem Büro steht eine gerade eingelieferte Napoleon-III.-Tischuhr, die Sie bitte bearbeiten können. Wenn Sie alles allein schaffen und die Beschreibung korrekt ist, habe ich noch ein interessantes Objekt für Sie.«

»Danke, Frau Rosewell!« Christine eilte davon.

Der hochgewachsene Amerikaner, der mittlerweile um die fünfzig Jahre sein durfte, wandte sich mit einem breiten Lächeln Sarah zu. Es war lange her, dass sie ihn gesehen hatte, doch er hatte noch immer etwas an sich, das auf sie wirkte. Sie versuchte, es sich als Anziehung zu erklären, doch es waren keine romantischen Gefühle, die sie für ihn hegte. Es war mehr eine unbegründete Vertrautheit. Nun, er hatte ein einnehmendes Wesen und schien auf viele Menschen diese Wirkung auszuüben.

»Miss Rosewell!« Er trug einen maßgeschneiderten dunklen Anzug, eine seidene Krawatte und neigte sich vor, um ihre Hand zu küssen. »Was für eine Freude, Sie wiederzusehen!«

»Ganz meinerseits, Mr Redloff. Was führt Sie zu uns, und wie kann ich Ihnen helfen?«

»Geschäfte erfordern meine Anwesenheit in Wien und Prag. Und da ich Hotels hasse, habe ich eine Wohnung in der Wollzeile gekauft.«

Sie standen vor Vitrinen mit chinesischen Vasen, Silber aus Böhmen und England sowie diverser Kleinkunst, und Sarah folgte seiner Erklärung aufmerksam. Die Wollzeile war eine sehr gute Adresse, wie sie wusste, und Wohnungen dort sehr begehrt.

»Und jetzt fehlt mir die passende Einrichtung«, fügte er hinzu. »Diese Vasen sind hübsch, aber passen sie zu den Möbeln? Und welche Teppiche passen zu den Vorhängen, und mit welcher Sammlung könnte ich meine Geschäftskunden beeindrucken? Oder doch lieber moderne Kunst?«

»Mr Redloff, was Sie benötigen, ist der Rat einer Gattin oder eines professionellen Einrichters. Ich arbeite für ein Auktionshaus.« Sie war ein wenig enttäuscht von seinem Ansinnen, das ihr doch allzu unkonventionell erschien.

Der erfolgreiche Geschäftsmann faltete bittend die Hände. »Sie haben einen unbestechlichen Sinn für schöne Dinge, und Sie wissen, welche Künstler oder Objekte eine Investition lohnen. Damit sind Sie qualifiziert, und ich würde Sie sehr großzügig bezahlen.«

»Also, das ist ein ungewöhnliches Anliegen. Wie soll ich das mit meiner Position hier vereinbaren? Nein, Mr Redloff, ich habe auch gar keine Zeit, um mich einer solchen Aufgabe zu widmen. Ich kann Ihnen aber sicher jemanden empfehlen«, sagte Sarah. »Die Wiener Werkstätten beispielsweise erstellen Konzepte für komplette Häuser.«

Doch der Geschäftsmann war hartes Verhandeln gewohnt und gab nicht so leicht auf. »Ich bin willens, eine erhebliche Summe in die Investition von Kunstwerken zu stecken, die ich in Ihrem Auktionshaus erstehen werde. Die Voraussetzung ist eine Beratung Ihrerseits, und dafür ist es notwendig, dass Sie sich die Räume ansehen. Wenn es Ihr Terminplan erlaubt ...«

Direktor Lehner kam die Treppe herauf, sichtlich erfreut über den Besucher. »Mr Redloff! Wir haben Sie schon erwartet!«

Die beiden Männer schüttelten sich die Hände, als wären sie gut miteinander bekannt. Sarah nahm die Vertrautheit zwischen den beiden überrascht zur Kenntnis.

»Haben Sie schon etwas mit Miss Rosewell vereinbart?« Lehner sah erwartungsvoll von ihr zu Redloff.

»Sie wissen von Mr Redloffs Anliegen? Es erschien mir sehr ungewöhnlich und auch zeitaufwendig. Ich weiß wirklich nicht, ob es nicht eine bessere Möglichkeit gäbe«, sträubte sich Sarah.

»Aber, meine Liebe, für solch einen Auftrag stelle ich Sie gern frei.« Lehner nickte. »Vielleicht ist das ein ganz neuer Aufgabenbereich, den wir als Auktionshaus anbieten sollten, Kunstberatung oder Interiordekor oder ... Lassen Sie uns später darüber sprechen! Also, Miss Rosewell, Sie haben freie Hand! Und vergessen Sie meine Einladung nicht, Mr Redloff.« Lehner ging beschwingt davon.

Perplex verschränkte Sarah die Arme vor dem Körper. »Sie haben das alles schon besprochen und mich nur der Form halber gefragt?«

»Bitte, seien Sie mir nicht böse. Ich hatte befürchtet, dass Sie genau so reagieren würden, wie Sie reagiert haben.«

Er überragte sie um mindestens einen Kopf und spielte mit seinem Gehstock, dessen Knauf aus einem silbernen Vogelkopf bestand.

»Morgen Nachmittag?«

Sarah nickte knapp und rang sich ein Lächeln ab.

Redloff erwiderte es. »Schön, dann freue ich mich auf morgen, Miss Rosewell.« Er warf einen Blick über ihre Schulter und deutete mit kaum verhohlenem Amüsement nach vorn, wo sich eine Frau mit einem grüngoldenen Kästchen näherte. Verblüffend geräuschlos für seine Größe zog er sich nach einem kurzen, an Sarah gewandten Nicken zurück.

»Frau Rosewell, was machen wir denn nur mit dieser Schatulle?«, rief Ilse Wenger, eine junge Kriegswitwe, die seit einigen Wochen für Hofmann's arbeitete.

Leicht irritiert sagte Sarah: »Ja, Frau Wenger, was gibt es denn?« Sie verscheuchte die Gedanken an den Amerikaner, den sie nicht recht einordnen konnte.

Die kleine Frau mit dem streng aufgesteckten hellbraunen Haar hielt ihr mit verzweifelter Miene die Damastschatulle entgegen, die ringsherum mit einer fein ziselierten vergoldeten Kante eingefasst war. Ein hübsches Stück, nur leicht verzogen, solide französische Handwerkskunst.

»Schauen S' dort hinein, bittschön!« Frau Wenger öffnete die Schatulle. Die Verkleidung wirkte neu, zu neu für den Gesamtzustand der Schatulle.

»Da wurde nachgebessert, schlecht restauriert, leider. Und?«

»Der Kunde behauptet, dass er nichts an der Schatulle verändert habe, sondern alles original sei. Aber so können wir seine Preisvorstellung natürlich nicht halten.« In ihrem schwarzen hochgeschlossenen Kleid, das nur durch eine silberne Brosche etwas aufgeheitert wurde, wirkte sie wie eine traurige kleine Krähe. Lehner hatte bestimmt, dass die jungen Sekretärinnen und Katalogisiererinnen zwar Schwarz-Weiß trugen, sich jedoch schminken durften und überhaupt auf ein gepflegtes Äußeres zu achten hatten.

»Ist er noch hier?«

»Ja, er wartet im Einlieferungszimmer«, antwortete die andere Frau.

»Gehen wir gemeinsam zu ihm!«

Der Raum für Einlieferungen außerhalb der festgesetzten Tage befand sich im Erdgeschoss gleich neben dem Durchgang zum Lager. Auf einem langen Tisch konnten die Objekte abgestellt und begutachtet werden. Ein untersetzter Herr mit Schnauzer stand mit hinter dem Rücken verschränkten Händen, in denen er seine Handschuhe hielt, vor einem Regal und betrachtete die Handbibliothek, die einige Standardwerke des Kunsthandwerks beinhaltete. Als er die Damen hörte, drehte er sich um und musterte Sarah mit kaum verhohlener Ablehnung.

»Ich dachte, Sie holen einen Experten. Ich will mit einem Experten sprechen!«, empfing er sie, nun in militärischer Haltung und ebensolchem Ton.

Sarah kannte diese Art Kunde und lächelte, doch ihre Stimme war fest und ihr Tonfall bestimmt. »Mit wem habe ich das Vergnügen? Frau Wenger, stellen Sie die Schatulle bitte hier ab, danke.«

»Major a. D. Tellheim. Hören Sie, diese Kiste ist aus dem Besitz meiner Familie und das Doppelte von dem wert, was mir eben gesagt wurde.«

Ein pensionierter Offizier, der noch immer lieber Befehle erteilte, als sich eine andere Meinung anzuhören. »Herr Tellheim, wir erstellen keine Fantasieexpertisen, und wenn wir ein Stück entgegennehmen, um es in einer unserer Auktionen zu verkaufen, dann bieten wir es zu einem fairen und realistischen Preis an. Es steht Ihnen frei, ein Limit festzulegen, unter dem Sie sich nicht von Ihrem Stück trennen wollen. Aber ganz sicher gehen wir nicht mit einem überteuerten Preis in die Auktion. Was wissen Sie denn über Ihre Schatulle?«

Etwas weniger forsch erwiderte der Major a. D.: »Nun, sie

stammt aus Frankreich. Meine Großmutter war Hugenottin und hat sie mitgebracht. Die Beschläge sind aus Gold und der Stoff reinster Damast. Und Sie wurde in Paris von einem königlichen Hoflieferanten hergestellt.«

Sarah hob die Schatulle an und betrachtete sie von allen Seiten. »Es gibt keinen Stempel, keine Signatur und keine Prägung. Die Beschläge sind aus feuervergoldetem Zink, und der Damast hat zwar eine stilisierte Lilie als Muster, muss aber nicht zwingend für den Königshof gefertigt worden sein. Entscheidend aber ist, dass man den Stoff innen kürzlich erneuert hat.« Sie tastete den Innenraum ab. »Unebenheiten, die auf Beschädigungen des Holzkorpus hinweisen. Das mindert den Wert erheblich. Da hat meine Kollegin vollkommen recht.«

Mit jedem ihrer Worte verfinsterte sich die Miene des Mannes. »Das muss ich mir von Ihnen nicht bieten lassen. Ich bin mit Professor Czermak befreundet. Der hat mich zu Ihnen geschickt, aber das war wohl ein Irrtum. Sie hören von mir!« Wütend riss er im Gehen die Schatulle an sich und schritt an ihnen vorbei.

»Richten Sie dem Professor doch einen Gruß von mir aus. Auf Wiedersehen, Herr Tellheim.«

Ein verärgertes Schnaufen war die einzige Antwort.

Ilse Wenger stand mit hängenden Schultern bedrückt neben Sarah. »Das ist nicht gut. Ich hätte das besser machen müssen. Jetzt haben Sie meinetwegen einen Kunden verloren und bekommen auch noch Ärger mit dem Professor.«

»Ach, woher denn? Sie haben das richtig gesehen. So, gehen Sie in die Küche, und lassen Sie sich einen Tee geben. Kaffee, Pardon.« Sarah lachte und tätschelte Ilse Wenger aufmunternd die Schulter, wobei sie sie sanft in Richtung der Mitarbeiterräume schob. »Tee hilft uns Engländern in jeder Lebenslage.«

Sarah verbrachte den Rest des Tages mit Telefonaten und der Planung weiterer Auktionen, wobei sie sich im Auktionshaus auf den Herbst konzentrieren wollten. In den Sommermonaten fuhren viele Kunden in die Sommerfrische und hatten erst in den kühleren Monaten wieder Zeit und Muße, sich der Akquisition von Kunst zu widmen. Für Einlieferer, die gern schnell ein Ergebnis erzielen wollten, war das enttäuschend, und im Zweifelsfall blieben dann nur das Pfandhaus oder Kunsthändler.

Als Sarah nach Geschäftsschluss durch die Gassen zwischen Graben und Hofburg spazierte, kam sie auch in die Nähe von Levi Hirschels Geschäft und überlegte, ob sie kurz vorbeischauen sollte. Plötzlich wurde die Tür geöffnet, und sie hörte eine aufgebrachte männliche Stimme.

»Da bietet man euch Juden was von Qualität an, und ihr wollt uns übers Ohr hauen. Verfluchte Brut, aber das lasse ich mir nicht gefallen, nicht von einem Jud!« Mit den erzürnt ausgestoßenen Worten wurde deren Urheber sichtbar, der mit einem Paket unter dem Arm aus dem Laden stürmte.

»Ja, der Herr Major, guten Abend!«, sagte Sarah, schaute besorgt zum Laden und rief: »Levi, ist alles in Ordnung?«

Der Major a. D. hielt kurz inne und starrte sie böse an. »Na, das hätte ich mir denken können. Sie stecken mit dem Pack unter einer Decke.« Er spuckte aus und ging mit erhobenem Haupt davon.

Levi war inzwischen zur Ladentür gekommen und stand dort mit blasser Miene. »Sarah! Komm rein, ich schließe jetzt zu.«

Die Passanten waren achtlos weitergegangen. Niemand hatte sich die Mühe gemacht, nachzusehen, ob der aufgebrachte Major nicht vielleicht Schaden verursacht hatte. Sarah registrierte die immer offener werdende antisemitische Haltung mit großem Unbehagen und hoffte doch, dass sich bald etwas ändern würde.

Sie sprang die Stufen hinauf. »Levi, geht es dir gut? Er hat dir doch nichts getan?«

Hannahs Mann schüttelte den Kopf, und die Farbe kehrte in seine Wangen zurück. In seinem Laden standen exquisite Stücke zum Verkauf, weshalb es Sarah nicht wunderte, dass er die schlecht restaurierte Schatulle nicht hatte ankaufen wollen.

»Der Schmock wollte mir erzählen, was seine Schatulle wert ist, obwohl sie ganz offensichtlich beschädigt und falsch restauriert worden ist!«, fluchte er und sah sie entrüstet durch seine Brille hindurch an.

»Bei uns hat er es gerade eben auch schon versucht und ist ebenfalls abgeblitzt. Na komm, reg dich nicht weiter auf. Was ich aber viel schlimmer finde, ist, dass er dich beschimpft hat. Wir sollten das der Polizei melden. Ich bin Zeugin, er ist dir gegenüber ausfallend und beleidigend geworden.«

Levi legte den Kopf schief und hob die Schultern. »Gar nichts werde ich tun. So geht es uns Juden doch seit ewigen Zeiten. Wir sind immer der Sündenbock.« Er zuckte mit den Schultern, als wolle er das unangenehme Schauspiel abschütteln. »Schau mal hier, was ich gestern hereinbekommen habe. Ist das nicht ein Prachtstück?« Stolz führte er sie in den hinteren Teil seines Ladens, wo ein rechteckiger Spiegel über einer Kommode hing.

Sarah hielt ergriffen einen Moment den Atem an. »Der ist wunderschön, Levi! Was ist das?« Sie trat näher. »Perlmutteinlegearbeit, und die geometrischen Elemente sind mit Edelsteinen gefüllt? Und das hier …?«

In den Ecken des breiten, sehr kunstvoll gestalteten Rahmens befanden sich kreisförmig eingelassene Bildnisse mit mythologischen Motiven.

»Knochenschnitzerei, aber sehr fein. Das sind die vier Kontinente. Napoleonisch, auf jeden Fall Frankreich. Gefällt er dir?«

»Unbedingt! Vielleicht habe ich sogar einen Käufer für dich.« Sie dachte an Redloff, dem dieses ausgefallene Stück gefallen könnte. »Würdest du es mir bis übermorgen reservieren?«

»Gern, Sarah. Und mach dir wegen des Kerls eben keine Gedanken. Wir sind das gewöhnt.«

»Das ist nicht richtig, Levi. Aber ich werde nichts tun, wenn du es nicht wünschst.«

Redloffs Wohnung befand sich im ersten Stock eines prachtvollen Palais. Eingerichtet war bisher nur das Schlafzimmer, und es gab einen Schreibtisch sowie eine bunt zusammengewürfelte Mischung an Salonmöbeln. Der Amerikaner hatte nicht übertrieben: Hier wurde dringend ein Konzept für die Einrichtung benötigt.

»Nun, was halten Sie von den Räumen?«, fragte Redloff.

Sie befanden sich im Salon, der hohe stuckierte Decken und hellgrün tapezierte Wände hatte. Die Fensterfront sah zur Straße hinaus, wo reges Treiben herrschte. Im Erdgeschoss gab es einen Schuhmacher, der handgenähte Schuhe anbot, nebenan wurden Delikatessen verkauft, und auch ein Modesalon und ein Kaffeehaus fanden sich ganz in der Nähe. Schräg gegenüber schienen sich hinter der eleganten Fassade eines alten Palais leere Räume zu befinden.

»Daraus lässt sich einiges machen. Sagen Sie, was ist dort drüben los? Zieht jemand aus oder ein? Ist das nicht das *Palais Paar*?«

Der Amerikaner nickte. »Hat mich sehr interessiert. Ein schönes Gebäude, die Familie kann angeblich die neuen Steuern nicht bezahlen, diese Wohnbausteuer, die von den Sozialdemokraten eingeführt wurde. Tja, es hat alles seine Vor- und Nachteile. In Amerika ist alles möglich, wenn du die Ärmel hochkrempelst, aber wenn du fällst, fällst du tief.«

»Der Krieg hat die Welt und die Menschen verändert«, meinte Sarah.

John Redloff schaute sie nachdenklich an. »Und die Veränderungen werden noch viel tiefgreifender sein, meine liebe Miss Rosewell. Ich fürchte, da kommt noch einiges auf uns zu.«

»Sie meinen wirtschaftlich?« Sie holte ein Notizbuch hervor und klappte es auf.

»Auch, und das eine geht nicht ohne das andere einher. Die Gesellschaft hat sich verändert, und einiges macht mir große Sorge.«

Sie sprachen miteinander wie alte Bekannte, dachte Sarah.

»Mögen Sie einen Kaffee?« Redloff bot ihr einen der Sessel an.

»Gern, danke«, antwortete Sarah und setzte sich. Da es sehr warm war, trug sie keinen Mantel und hielt nur ihre Tasche auf dem Schoß fest.

»Für einen Bourbon ist es noch zu früh, nicht wahr?« Er lachte und rief zur Tür: »Berta, den Kaffee bitte!«

Redloff holte ein Zigarettenetui hervor und hielt es ihr hin, doch Sarah schüttelte den Kopf. »Sie werden sich fragen, was mich umtreibt, warum ich mir Wohnungen in Wien und London, darauf komme ich auch noch zu sprechen, kaufe. Es hängt mit meiner Lebenssituation zusammen.« Er zog an seiner Zigarette und ließ den Blick in eine unbestimmte Ferne schweifen. »Obwohl ich mich mit meinem Vater nie verstanden habe, bin ich ihm für eine Sache dankbar.« Der Amerikaner aschte in eine kleine Silberschale. »Es stört Sie nicht, wenn ich ein wenig erzähle?« Sarah verneinte durch eine Kopfbewegung und schenkte ihm ein Lächeln.

Redloff fuhr fort: »Er hat mir beigebracht, dass man für seine Träume kämpfen muss. Thomas Redloff war ein irischer Auswanderer, der als Holzfäller begonnen hat. Dann hat er mit Holz gehandelt und sich in Boston niedergelassen. Er war ein harter Mann, für den Gewalt kein Fremdwort war. Meine Mutter war seine zweite Frau, die er nur ihres Geldes und ihrer Verbindungen in die Bostoner Gesellschaft wegen geheiratet hat. Sie ist an der Grausamkeit zerbrochen, zu der er bisweilen fähig war, und viel zu jung gestorben. Das habe ich ihm nie verziehen. Und ich habe mir geschworen, niemals so zu werden wie er.«

Erstaunt hörte Sarah zu. Nie hätte sie eine solch tragische Familiengeschichte hinter der charmanten Fassade vermutet. »Das könnten Sie gar nicht«, entfuhr es ihr.

Bedächtig sagte er: »Es hat lange gedauert, bis ich der Mann wurde, der ich heute bin. Hassen ist leicht, Vergeben nicht.«

»Ja«, murmelte sie.

Gedankenverloren paffte Redloff an seiner Zigarette, dann wandte er sich mit neuem Schwung an sie. »Haben Sie denn schon eine Idee für diese Räume? Und wenn Sie nach London reisen, könnten Sie auch für meine dortige Wohnung ein paar Stücke erwerben.«

»Sir, ich kann das tun, aber ich ...«

Klapperndes Geschirr kündigte den Kaffee an. Eine ältere schwarze Frau trug ein Tablett herein. »Wie trinken Sie Ihren Mokka, Ma'am?«, fragte die Frau mit breitem Südstaatenakzent.

»Schwarz, danke.«

»Für mich wie immer viel Zucker, Berta.«

»Ja, Sir«, sagte die Frau, deren Haare von einem bunten Turban verdeckt wurden. Auch ihr Kleid war aus farbenfrohem Stoff, und sie machte nicht den Eindruck, als wäre sie eine gewöhnliche Haushälterin.

»Berta war die Zofe meiner verstorbenen Frau. Wir haben viel zusammen durchgestanden, nicht wahr, Berta?«, sagte Redloff lächelnd.

Die etwas korpulente Frau nickte. »Das kann man so sagen, Sir. Haben Sie sonst noch einen Wunsch? Ich muss mich um die Wäsche kümmern. Sonst machen die mir alles kaputt. Da muss man aufpassen und am besten dabeistehen!«, empörte sich Berta und machte sich mit wiegendem Gang davon.

»Sie ist ein Schatz und hat mich vor der Verzweiflung und Schlimmerem bewahrt«, erklärte Redloff, als er Sarahs erstauntes Gesicht sah. »Ich habe zwei Söhne, unsere Tochter ist mit vier Jahren in einem See ertrunken. Meine Frau gab sich die Schuld daran, weil sie mit ihr allein war und nicht aufgepasst hat. Sie ist daran zerbrochen, genau wie unsere Ehe.«

»Das tut mir leid, Sir. Wie furchtbar muss das für Sie gewesen sein«, sagte Sarah mitfühlend.

»Seither lebe ich nur noch für mein Unternehmen und reise durch die Welt. Nun, ich beklage mich nicht. Es gibt andere, die sehr viel mehr verloren haben. Aber genug von mir. Vielleicht verstehen Sie mich nun ein wenig besser. Ich möchte mir Domizile schaffen, in denen ich mich ein wenig zu Hause fühle, in denen ich Freunde und Geschäftspartner empfangen kann.«

»Ich werde mir Mühe geben, passende Objekte zu finden. Einen schönen Spiegel habe ich gerade gestern entdeckt. Geben Sie mir ein wenig Zeit, und ich stelle eine Liste zusammen. Dann entscheiden Sie, was infrage kommt. Es wird eine Mischung aus Stücken sein, die bei uns zur Auktion kommen, und solchen, die ich im Kunsthandel finde. Wollen Sie selbst bieten, solange Sie in

Wien sind? Oder haben Sie einen Stellvertreter? Andernfalls können wir für Sie bieten. Sie bestimmen das Limit.«

Redloff ließ ihr bei allen Entscheidungen einen großen Handlungsspielraum und gewährte ihr einen Vorschuss für unvorhersehbare Auslagen. Einzige Bedingung war, dass sie den Auftrag innerhalb der nächsten sechs Monate ausführte. Das war mehr als großzügig, und doch blieb ein Rest von Skepsis, was der Mann tatsächlich bezweckte.

Als sie später am Tag die Halle des Auktionshauses betrat und einen Moment verharrte, um die Säulen, das weite Treppenhaus aus hellem Stein und die roten Teppiche, die allem einen gewissen Glanz verliehen, zu betrachten, schätzte sie sich glücklich, an einem solchen Ort arbeiten zu dürfen. Und doch konnte man nie sicher sein, was sich hinter der glänzendsten Fassade verbarg.

»Frau Rosewell!« Christine kam winkend auf sie zugelaufen. »Ein Telegramm für Sie!«

Sarah horchte auf und ging ihrer Assistentin entgegen. Als sie deren bedrücktes Gesicht sah, ahnte sie nichts Gutes.

»Ich dachte es sei geschäftlich … tut mir leid.« Christine reichte ihr den geöffneten Umschlag. »Vielleicht wollen Sie sich lieber setzen?«

Hastig zog Sarah das Telegramm hervor und überflog die wenigen Zeilen.

MUM HATTE EINEN UNFALL. KOMM SOFORT! ROSE

»Oh nein!«, schluchzte Sarah und drückte das Telegramm an ihre Brust.

»Kann ich helfen? Soll ich einen Zug buchen?«, erbot sich Christine und legte ihre Hand auf Sarahs Schulter.

Sarah nickte und überlegte fieberhaft, wie der Hutmacherladen hieß, in dem Rose arbeitete. Oder Mrs Weaver! Im Modesalon gab es ein Telefon!

Sie wollte sich gerade mit dem Londoner Salon verbinden lassen, als Direktor Lehner in ihr Büro trat. »Ich habe es soeben erfahren. Miss Rosewell, nehmen Sie sich Zeit. Dr. Schachner wird Ihre Klienten übernehmen, und Fräulein Vogl kann Frau Bruckner um Hilfe bitten, sollte es zu Problemen kommen.«

»Danke, das ist sehr freundlich von Ihnen, Herr Lehner. Meine Mutter, ich würde nicht fahren, wenn es nicht ernst wäre. Aber wenn meine Schwester schreibt, muss es ...« Die Stimme versagte ihr.

Der Leiter des Auktionshauses stand vor ihrem Schreibtisch und sah sie ernst an. »Es muss schwer für Sie sein, so weit weg von der Heimat. Sind Sie eigentlich glücklich hier in Wien? Sie leisten hervorragende Arbeit, aber es ist nun schon das zweite Mal, dass familiäre Gründe Sie kurzfristig abberufen.«

So, wie er sich ausdrückte, klang es weniger mitfühlend als vielmehr kritisch. Sarah spürte zum ersten Mal einen mahnenden Unterton. »Ich bin sehr glücklich hier, Herr Lehner. Es tut mir schrecklich leid, dass ich jetzt abreisen muss, aber wenn meine Mutter womöglich stirbt – das könnte ich mir nicht verzeihen!« Sie drängte die Tränen zurück.

»Niemand hindert Sie daran, zu fahren, Miss Rosewell, und ich am allerwenigsten. Wo logieren Sie in London?«

»Bei Lady Sudbury am Hanover Square«, gab sie prompt zurück, denn er sollte nicht vergessen, dass sie über weitreichende

Kontakte verfügte. »Mr Redloff hat angedeutet, dass er auch eine Wohnung in London besitzt, die er auszustatten gedenkt. Vielleicht kann ich meinen Aufenthalt mit diesem Auftrag verbinden. Im Zug kann ich ebenfalls Verschiedenes erledigen und notfalls von unterwegs telegrafieren.«

Der Direktor strich über seinen Schnurrbart, wobei seine goldenen Manschettenknöpfe zu sehen waren. Lehner war der Leiter des erfolgreichsten Wiener Auktionshauses, und er hatte sie zu seiner Stellvertreterin ernannt. De facto jedoch hatte sie keine geschäftsführende Gewalt und fragte sich manchmal, ob er sie mit diesem Posten nicht nur hatte locken wollen. Er besprach sich bei wichtigen Entscheidungen stets auch mit Dr. Schachner, der nun ihre Kunden übernehmen würde. Inzwischen hatte sie eine Reihe von Stammkunden, die ihretwegen kamen, doch das konnte sich ändern, wenn sie zu oft abwesend war.

»Tun Sie das, Miss Rosewell. Und wenn Sie zurückkommen, sollten wir uns einmal zusammensetzen. Gute Reise!«

17

Der Zug ratterte gleichmäßig über die Schienen und ließ sie in einen unruhigen Schlaf fallen. Durch ihre Träume geisterten Bilder ihrer Kindheit. Die kleine Dora stand vor ihr und dahinter der betrunkene Vater, dem sie ihren ersten Goldsouverän gegeben hatte. Ihre Mutter kam dazu und stellte sich zwischen sie und den Vater. Sie war so blass und durchscheinend. Sarah schreckte auf und wischte sich eine Träne von der Wange. Noch in Wien hatte sie mit ihrer Schwester Emily telefoniert, die bei Mrs Weaver nähte. Nur wenige Augenblicke hatte man ihnen erlaubt, doch die hatten genügt, um zu erfahren, dass ihre Mutter im Sterben lag.

»Sie sind ja ganz blass! Dürfen wir Ihnen eine Tasse Tee anbieten?«, bot eine der beiden Damen an, die in ihrem Abteil saßen.

»Lass doch, Violet. Sie hat Kummer, das siehst du doch«, sagte die andere. Eine der Schwestern war verwitwet, wie Sarah bereits erfahren hatte, und sie kamen von einem längeren Aufenthalt in Italien und Griechenland zurück.

Sarah brachte ein entschuldigendes Lächeln zustande und vertiefte sich wieder in ihre Unterlagen. Zumindest den Auftrag für Redloff konnte sie bearbeiten, und da Hofmann's keine Dependance in London hatte, würde sie Varnham's einbinden.

Immer wieder musste Sarah ihre Gedanken von ihrem privaten Kummer abbringen und war erleichtert, als sie in Dover endlich die Fähre verlassen und in den Zug nach London steigen konnte. Als sie diesmal in London auf dem Bahnhof von Piccadilly ankam, war sie allein. Lady Sudbury war bei einer Freundin in Cornwall, hatte ihr jedoch das Gästezimmer in Dakers House herrichten lassen. Etwas verlassen stand Sarah auf dem Bahnsteig und sah sich nach einem Träger um, der ihren Koffer zu einem Taxi bringen konnte, als sie eine vertraute Gestalt erblickte.

»Ben!«, flüsterte sie und konnte nicht glauben, dass ihr Bruder auf sie wartete.

Er sah besser aus, viel besser als bei ihrer letzten Begegnung. Sein Anzug war sauber und gebügelt, sein Haar geschnitten, und er wirkte kräftiger. Die Narben an Gesicht und Hals waren glatter geworden.

Leicht hinkend kam er auf sie zu, sie ließ ihren Koffer fallen und umarmte ihn. »Ben«, schluchzte sie, und ihr Bruder drückte sie fest an sich.

Er roch nach Tabak, aber nicht nach Alkohol, und als er sie ansah und zu sprechen begann, wirkte er klar und beinahe wie der alte Ben, ihr Bruder, der sie manches Mal vor dem prügelnden Vater beschützt hatte. »Hattest du eine gute Reise, Sasa? Ich nehme deinen Koffer. Möchtest du etwas essen, oder sollen wir gleich ein Taxi rufen?«

»Nein, ich habe im Zug gegessen. Wie geht es Mum? Warst du bei ihr? Was ist passiert? Emily konnte nicht viel sagen. Mrs Weaver ist noch immer die alte Sklaventreiberin.«

Ihr Bruder packte energisch den schweren Koffer, und es schien ihm nichts auszumachen. Der Bahnsteig quoll über vor Reisenden, ein Junge verkaufte Zeitungen und ein Mann mit einem Bauchladen Pasteten. Es roch nach Heimat, dachte Sarah ein wenig wehmütig.

»Das war eine seltsame Sache, so wie ich das verstanden habe.

Rose hat mich in Kent benachrichtigt. Ich kann dir gar nicht genug danken, Sasa, dir und Lady Sudbury. Die Gartenarbeit hat mir das Leben gerettet. Das wollte ich dir schon lange sagen.«

Langsam strebten sie dem Ausgang zu. Ein Bahnhofsvorsteher kontrollierte die Karten am Tor. Erst als sie hindurch waren, blieb Ben vor einem Kiosk stehen und setzte den Koffer ab. »Emily hat es mir so erzählt. Kurz vor Ladenschluss kam Mrs Weaver mit einem eiligen Auftrag. Ein Kleid sollte an eine Adresse in der Newman Street geliefert werden. Es wurde ausdrücklich darum gebeten, dass Mum das Kleid überbringt, weil sie als Näherin notfalls noch eine Änderung vornehmen könnte. In dem Haus in der Newman Street wohnte jedoch niemand mit dem Namen. Als Mum aus dem Haus kam, wurde sie angerempelt und stolperte auf die Straße, direkt vor einen Bus. Sie hat mehrere Brüche, aber schlimmer ist eine Wunde, die sich entzündet hat. Das hat der Arzt im Krankenhaus gesagt. Die Sepsis ist nach innen gezogen.«

Sarah hielt eine Hand vor ihren Mund und schüttelte den Kopf. »So ein Unglück, so ein verfluchtes Unglück. Das hat sie nicht verdient. Für eine dumme Bestellung, die auch noch falsch war! Wo liegt sie?«

»In einem Hospital in der Queen Anne Street«, sagte ihr Bruder und packte den Koffer.

»Lass uns direkt dorthin fahren, Ben, alles andere hat Zeit.« Auf dem Weg zum Haltestand der Automobiltaxis kaufte Sarah dennoch einen Blumenstrauß.

Die Luft in der sommerlichen Stadt war staubig, und von der Themse drang fauliger Gestank herauf. Sarah nahm Hinweise auf Suppenküchen für die Armen wahr, und gleichzeitig flanierten Damen mit flatternden Seidenkleidern und Herren in leichten Sommeranzügen durch die Straßen. Das Leben ging weiter, bahnte sich seinen Weg und schwemmte an den Rand, wer nicht mithalten konnte. In der eleganten Regent Street überwogen diejenigen, die Glück gehabt hatten. Nur in den dunklen Ecken hinter den glänzenden Geschäftsfassaden huschten die elenden Schatten umher.

Sarah umklammerte die Blumen und warf ihrem Bruder hin und wieder einen Blick zu. Dort, wo sich sein Ohr befunden hatte, gab es nur noch vernarbtes wulstiges Gewebe, doch von der Wange bis zur Schläfe wirkte die Haut etwas glatter.

Er bemerkte ihren Blick. »Der Arzt von Lady Sudbury hat mir eine Salbe gegeben. Nur das Ohr wächst nicht wieder nach.« Er grinste. »Ich komme zurecht, Sasa, wirklich. Erzähl mir lieber von Wien. Du bist die einzige Rosewell, die es zu etwas gebracht hat und die Welt sieht.«

Bevor sie antworten konnte, gab der Fahrer ein Zeichen. Als das Taxi vor dem Hospital hielt, legte Ben seine Hand auf ihren Arm. »Geh du allein hinein, und verabschiede dich von ihr. Ich habe noch etwas zu erledigen. Du erreichst mich im *Bluebell*. Ich habe schon mit Charley gesprochen.«

»Grüß Charley von mir«, sagte sie leise.

Ben musterte sie einen Moment. »Du und Charley. Früher habe ich immer gedacht, dass aus euch mal ein Paar wird. Aber als du dann zu Lady Sudbury gegangen bist, hat sich alles geändert. Bist du glücklich, Sasa?«

»Ich? Ja, natürlich, mir geht es gut. Lass uns später weiterreden, Ben. Fahrer, warten Sie bitte hier auf mich.«

»Das mache ich, wenn Sie mir zwei Shilling sofort zahlen«, gab der Fahrer zurück.

Sie holte das Geld aus ihrer Börse und drückte es dem Mann in die Hand. »Sie haben mein Gepäck. Das dürfte mehr wert sein als zwei Shilling.«

»Davon gehe ich aus, Ma'am. Aber wie ich Ihrem Gespräch entnehmen konnte, sind Sie mit Charley Randall bekannt.«

Sie hob die Augenbrauen. »Und wenn es so wäre?«

»Dann müssen Sie sich keine Sorgen um Ihr Gepäck machen. Niemand, der bei Verstand ist, legt sich mit Mr Randall an.« Der Fahrer stieg aus und half ihr beim Aussteigen. »Sie finden mich hier an der Ecke, Ma'am.«

Ihr Bruder brachte sie bis vor die Tür des Hospitals. »Sag Mum, dass ich sie liebe. Ich war gestern bei ihr.«

Mit bangem Herzen betrat Sarah das Hospital und ließ sich von einer Schwester zu dem Saal führen, in dem ihre Mutter, durch einen Vorhang von einem Dutzend Patientinnen abgetrennt, lag. Es roch nach Urin, Ether und Karbolseife.

»Schön, dass Sie da sind, Ma'am«, flüsterte die Schwester. »Wenn es dem Ende zugeht, ist es immer gut, wenn ein Angehöriger dabei ist. Dann gehen die armen Seelen ruhiger aus der Welt.«

»Es gibt also keine Hoffnung?« Sarah atmete tief ein und aus, um nicht die Fassung zu verlieren.

Die Schwester schüttelte den Kopf. »Wir haben getan, was wir konnten.«

»Schwester?«, rief die heisere Stimme von Dorothy Rosewell.

»Ja, Mrs Rosewell, und ich habe hier lieben Besuch für Sie.« Die Schwester zog den Vorhang zurück, der der Patientin ein wenig Privatsphäre vermittelte.

Der Blumenstrauß in Sarahs Händen zitterte, als sie ihre Mutter erblickte. Der schmächtige Körper hob sich kaum unter dem Laken ab, die Wangen waren fiebrig gerötet, ein Bein und ein Arm bandagiert, und der Atem ihrer Mutter ging rasselnd. Doch als sie Sarah erkannte, weiteten sich ihre Augen, und in den geschwächten Körper schien neues Leben zu fließen. Dorothy hob die Finger einer Hand, und Sarah legte die Blumen auf einen Hocker und setzte sich zu ihr aufs Bett.

»Halten Sie die Schmerzen aus, Mrs Rosewell?«, erkundigte sich die Schwester.

Sarahs Mutter hatte nur Augen für die Tochter, deren Hand sie umklammerte. »Ja, es geht, danke, Schwester.«

»Gut, dann lasse ich Sie allein und stelle die Blumen ins Wasser.«

Als der Vorhang sie vor den Blicken der anderen verbarg, strich Sarah ihrer Mutter über die Stirn und küsste sie auf die heißen Wangen. »Du hast Fieber. Möchtest du etwas trinken?«

Die Lippen ihrer Mutter waren trocken, und Sarah nahm das Wasserglas und hielt es der Kranken an die Lippen. Dorothy trank nur einen kleinen Schluck, schloss die Augen und atmete schwer. Es dauerte eine Weile, bis sie sprechen konnte.

»Sasa, dass du gekommen bist, oh, dass ich dich noch einmal sehen kann ...«

»Mum«, schluchzte Sarah und streichelte den gesunden Arm ihrer Mutter, denn sie wusste nicht, wo sie Dorothy Schmerzen bereitete.

»Hör mir zu, Sasa, ich muss dir etwas sagen. Es liegt mir schon so viele Jahre auf der Seele. So lange trage ich es mit mir herum.« Dorothy Rosewell hustete und rang nach Atem.

»Mum, nicht, streng dich nicht unnötig an«, bat Sarah und benetzte eins ihrer Taschentücher, um damit die fiebrige Stirn ihrer Mutter zu kühlen.

»Sasa, dein Vater, du musst es wissen, damals in Yorkshire, ich war so jung. Mollington Park war ein großes Haus. Die Familie Lindsey hatte immer viele Besucher.« Dorothy sah ihre Tochter bittend an. »Ich war so jung, Sasa, und er war ein netter Mann.«

Dorothy sank zurück und schloss die Augen.

»Mum, ich kann dich verstehen.« Sie drückte ihre Lippen auf die Stirn ihrer Mutter und murmelte: »Ich kann dich so gut verstehen.«

»Du bist ihm ähnlich, Sasa. Seine Augen. Er kam aus Übersee und hat mich nicht wie ein Dienstmädchen behandelt.« Ihre Mutter lächelte. »Er hat mich behandelt wie eine Frau. Dafür habe ich ihn geliebt. Sasa, er hat mir einen Ring geschenkt.« Dorothy griff erneut nach der Hand ihrer Tochter, die sie beruhigend hielt. »In meinem Mantel. Der Saum, Sasa, da habe ich ihn eingenäht. Dein Ring, von deinem Vater. Er hieß John Redloff.«

»Nein!«, entfuhr es Sarah. »Das ist doch nicht möglich!« Ungläubig betrachtete sie die Sterbende, deren Blick in eine ferne Vergangenheit glitt. »Mum, ich kenne Mr Redloff! Ich kenne ihn!«

Sarah weinte, als sie merkte, dass ihre Mutter sie nicht mehr hörte. »Mum, Mum, ich liebe dich, geh nicht, lass mich nicht allein!«, flehte Sarah und drückte die zarte Hand an ihre Lippen.

Sie bemerkte nicht, wie der Vorhang aufgezogen wurde und jemand sie sanft an den Schultern nahm.

»Sie schläft, meine Liebe. Sie schläft. Lassen wir sie ruhen.« Die Schwester brachte Sarah in den Gang vor dem Krankensaal. »Für heute war es genug für Ihre Mutter. Kommen Sie morgen wieder.«

»Aber wenn es dann zu spät ist?«, schluchzte Sarah.

Die Schwester sah sie mitfühlend an. »Irgendwann müssen Sie loslassen, das ist das Schwerste, die, die wir lieben, gehen zu lassen, wenn es an der Zeit ist. So ruhig wie sie eben dalag, war sie all die Tage nicht, die sie bei uns ist.«

»Ich sollte bei ihr bleiben«, protestierte Sarah.

»Es ist schon spät, und Sie sehen müde aus. Ruhen Sie sich aus, und kommen Sie morgen früh wieder.« Die Schwester duldete keinen Widerspruch, und Sarah sah ein, dass es besser so war, denn plötzlich fühlte sie die Anstrengungen der vergangenen Tage und sehnte sich nach einem Augenblick des Ausruhens.

Mrs Casper empfing sie in Dakers House mit kühler Höflichkeit, während Daisy vor Freude über das Wiedersehen ganz aus dem Häuschen war. Das junge Dienstmädchen brachte Sarah Tee und Sandwiches aufs Zimmer, denn es war spät, und Sarah wollte nur noch einen leichten Imbiss vor dem Schlafengehen zu sich nehmen.

»Miss Sarah, das ist aber eine schöne Überraschung, Sie wieder hier zu sehen. Wir haben nicht so viele jüngere Gäste zu Besuch, wissen Sie.« Daisy stellte das Tablett auf den Tisch am Fenster. »Ich habe Ihnen auch ein paar Kekse dazugelegt. Die sind sehr gut, und so was gibt's doch sicher nicht in Wien.«

»Danke, Daisy. Du bist sehr lieb, und ich freue mich auch, dich zu sehen, auch wenn der Anlass meines Besuches hier in London traurig ist.« Seufzend sank Sarah in einen Sessel und nahm die Teetasse, die Daisy ihr reichte, entgegen.

»Darf ich fragen, was geschehen ist?«

»Meine Mutter hatte einen Unfall. Ich komme gerade aus dem Hospital.« Sarah stellte die Tasse ab, ohne zu trinken.

»Oh, das tut mir sehr leid! Sie wird doch wieder gesund?«, fragte Daisy vorsichtig.

Sarah starrte gedankenverloren aus dem Fenster.

Die Beerdigung von Dorothy Rosewell fand an einem trüben Augustmorgen in St Anne's statt. Der Himmel hatte sich dem Anlass gemäß in tristes Grau gehüllt und bedeckte die Trauergäste an der Old Crompton Street mit einem Schleier aus feinem Nieselregen. Die Trauergemeinde war groß, und Sarah erkannte unter vielen Fremden einige der Näherinnen aus dem Modesalon von Mrs Weaver. Ihr Vater stand neben Annie, deren Mann und Emily direkt vor dem offenen Grab, während Sarah zwischen Ben, Rose und Bessie stand.

Während der Pfarrer die letzten Worte sprach und der Verstorbenen seinen Segen gab, konnte Sarah nicht umhin, ihren Vater anzusehen, wie er sich als trauernder Witwer gebärdete. Dabei war er noch gestern Abend auf der Rennbahn gewesen, um das Geld, das sie ihrer Mutter für die Geschwister gegeben hatte, zu verspielen. Sie hatte das Geld für die Beerdigung ausgelegt, von dem sie wusste, dass ihr Vater es nie zurückbezahlen würde. Voller Zorn ballte sie ihre Hände zu Fäusten, als sie eine Berührung an ihrer Schulter verspürte. Eine vertraute Stimme flüsterte:

»Sarah, ich bin zu spät, verzeih mir.«

Sie drehte sich um und fand sich Charley gegenüber, der ihre Hand nahm und fest drückte. Er war ganz in Schwarz gekleidet und trug einen eleganten Hut.

»Charley«, flüsterte sie und hakte sich bei ihm unter. Es tat gut, seine Nähe zu spüren.

Ihre Schwester Annie warf ihr einen missbilligenden Blick zu, den Sarah ignorierte. Seit ihrer Heirat war Annie verändert, und ihr Verhältnis zu Sarah hatte sich nie wieder verbessert, nicht, dass sie viel Gelegenheit gehabt hätten, miteinander zu sprechen. Sarah bedauerte die Entfremdung, die wohl zwangsläufig hatte erfolgen müssen.

Charley nickte Ben und den Geschwistern zu, die ihn genau wie Sarah aus Kindertagen kannten. Als der Pfarrer die erste Handvoll Sand auf den Sarg geworfen hatte, trat zuerst ihr Vater an die offene Grube. Er schluchzte hörbar und warf sich theatralisch auf die Knie. Annie trat neben ihn, um ihm wieder auf die Beine zu helfen.

»Er hätte Schauspieler werden sollen«, zischte Sarah, sodass nur Charley es hören konnte.

»Nicht, Sarah. Verschwende deine Kraft nicht darauf, ihn zu hassen. Das ist er nicht wert«, flüsterte Charley und legte seine Hand beruhigend auf ihre.

Sarah holte tief Luft und hoffte, dass man ihre Mimik unter dem Schleier, der an ihrem Hut befestigt war und ihr Gesicht halb bedeckte, nicht erkennen konnte. Bessie und Rose hielten sich an den Händen und traten gemeinsam vor, um der Mutter die letzte Ehre zu erweisen. Als die Reihe an ihr war, ging sie mit ihrem Bruder, gefolgt von Charley, zum Grab. Es fiel ihr unendlich schwer, den Sand zu greifen und auf den Sarg fallen zu lassen. Ben schien ähnlich zu empfinden, denn seine Hand zitterte, als er den Sand durch die Finger rieseln ließ.

Nun musste sie an ihrem Vater vorbeigehen, den sie heute Morgen erst in der Kirche getroffen hatte. Sie straffte die Schultern, presste die Lippen zusammen und nickte ihm zu. Charley hatte recht, er verdiente es nicht, dass sie ihm hier die Genugtuung gab, ihren Zorn über sein schändliches Verhalten öffentlich zu zeigen.

Harold Rosewell streckte die Hand nach ihr aus und sagte weinerlich und gleichzeitig gehässig: »Sie hätte dich gebraucht. Du hättest nicht gehen dürfen.«

Wie vom Donner gerührt, blieb Sarah stehen und starrte den Mann an, für den sie nichts als Verachtung übrighatte. »Wage es nicht, du ...«

Charley, der dichter hinter ihr stand, sagte: »Mein tief empfundenes Beileid, Mr Rosewell.« Dann nahm er Sarahs Hand und zog sie mit sich.

Bebend vor Wut und Trauer, stand sie an Charleys Seite und konnte nicht glauben, dass ihr Vater das eben gesagt hatte. Sie war so in ihren Zorn vertieft, dass sie den Unbekannten nicht hatte kommen sehen, doch plötzlich stand er vor ihr, den Hut tief ins Gesicht gezogen, sodass sie ihn nicht erkennen konnte, und sagte: »Ich möchte Ihnen mein Beileid aussprechen, auch im Namen meines Auftraggebers, der diese Nachricht für Sie hat.« Der Fremde drückte der überraschten Sarah einen Umschlag in die Hand und verließ mit großen Schritten den Friedhof.

»Wer war das, Sarah?«, flüsterte Charley alarmiert.

»Ich weiß es nicht«, krächzte sie, und ihr Mund wurde trocken. Sie öffnete den Umschlag und zog eine kleine Karte hervor. Eine Karte, die jener mit der Drohung zum Verwechseln ähnlich sah, wie sie mit kaltem Grauen feststellte. Ihr Herzschlag setzte kurz aus. »*He that dies pays all debts*. Wer stirbt, zahlt alle Schulden«, sprach sie die Worte leise aus, die dort in der ihr bereits bekannten Handschrift standen.

Unruhig beobachtete Charley sie. »Was ist, Sarah? Soll ich den Kerl verfolgen?«

Angstvoll sah sie ihn an. »Es hört nicht auf. Warum nur?« Sie reichte ihm die von Regentropfen benetzte Karte. Ihre Knie wurden weich, und Furcht schnürte ihr den Magen zusammen.

»Verdammt!« Charley sah zu ihrem Bruder. »Ben, komm her, kümmere dich um sie. Ich muss weg!« Mit finsterer Miene eilte Charley davon, vorbei an verdutzten Trauergästen und unter den kritischen Blicken von Annie.

Als sie schließlich nacheinander den Friedhof verließen, um in einem Gasthof den Leichenschmaus einzunehmen, zog Annie ihre Schwester unsanft zur Seite. »Was war das eben, Sarah? Musst du immer eine Szene machen?«

Rose kam dazu. »Es war doch gar nichts los, Annie. Die Einzige, die sich immer aufregt und gegen Sarah hetzt, bist du.«

»Ach ja? Na, von dir hätte ich auch nichts anderes erwartet, als dass du Partei für unsere Prinzessin ergreifst. Hutmacherin! Pah, hältst dich ja auch schon für was Besonderes.« Annie war rundlich geworden und hatte einen abfälligen Zug um den Mund entwickelt.

»Wir sollten uns heute nicht streiten. Bitte, wenn ihr es möchtet, gehe ich. Wir sind hier, um Mums zu gedenken. Sie war eine gute Mutter und hat so viel für uns getan«, sagte Sarah und war dankbar für die Hilfe von Rose.

»Annies Ehe ist nicht glücklich, Sasa, aber das würde unsere Mrs hier nicht zugeben, da hackt sie lieber auf anderen herum. Dass Sarah alles bezahlt hat, ist aber in Ordnung, ja? Und dass Dad unser Geld versoffen und verspielt hat, auch?« So aufgebracht hatte Sarah die stille Rose selten erlebt.

Doch Annie war heute richtig in Rage. »Du warst immer Mutters Liebling, Sarah, immer!« Ihre Augen quollen vor Tränen über.

»Nein, Annie, so ist das nicht gewesen. Sie hat mich nur in Schutz genommen«, sagte Sarah und war froh, als auch Bessie dazukam.

Wie alle trug Bessie ein schwarzes Kleid, das jedoch einen langen Schlitz hatte und zu viel Arm zeigte. Sie steckte sich eine Zigarette in eine Zigarettenspitze und ließ sich von Ben Feuer geben.

»Und wenn ich dich sehe, wird mir übel. Wie du dich aufführst! Vollkommen verhurt!«, keifte Annie, deren Mann etwas abseits mit anderen Männern sprach, jedoch zu ihnen hinsah.

Bessie zog provozierend an ihrer Zigarette und blies den Rauch in den grauen Himmel. Zumindest regnete es nicht mehr. »Ich wette, du weißt nicht einmal, was das bedeutet, Annie. Und es ist mir egal, was du oder sonst jemand von mir denkt. Mum hat mich verstanden.«

»Mum hat sich deinetwegen geschämt!«, rief Annie.

»Hör auf, es reicht, Annie«, herrschte Sarah sie an. »Mum hat uns alle geliebt, gleichermaßen. Dich genauso wie die kleine Dora. Gott hab sie selig.«

»Wovor soll Mum dich denn überhaupt in Schutz genommen haben? Vor ihm?« Annie nickte in die Richtung ihres Vaters. »Er kämpft doch auch nur ums Überleben und für ein wenig Glück, so wie wir alle.«

»Das meinst du doch nicht ernst, Annie«, erwiderte Sarah. »Er hat uns geschlagen, die Jungs besonders, und die kleine Dora ist seinetwegen gestorben. Hast du das vergessen? Und überhaupt ...«

Annie trat dicht an sie heran. »Männer sind so, Sarah. Ein Ehemann hat Rechte. Das kannst du nicht wissen, weil du nicht verheiratet bist. Eine Frau muss sich fügen, das wirst du auch noch lernen. Aber du machst ja jedem schöne Augen. Legst du dich auch zu ihm, dem schönen Charley?«

Bessie trat neben Sarah und sagte bedrohlich leise: »Es wird hässlich, wenn unsere selbst ernannte Moralpredigerin sich aufbläst wie ein dicker Karpfen. Komm, Sarah, lass uns gehen. Das müssen wir uns nicht antun.«

»Nehmt mich mit!« Rose stellte sich neben Sarah, und Ben warf nur einen kurzen Blick auf die wartenden Trauergäste und kam ebenfalls zu ihnen.

»Um die Ecke ist ein Pub, in dem wir Mum näher sind als hier«, kam es lakonisch von ihrem Bruder.

18

Nach dem gemeinsamen Essen standen die Geschwister vor dem Gasthaus, um sich zu verabschieden. Schließlich umarmte Bessie Sarah und sagte: »Pass auf dich auf, Schwesterherz. Jetzt gibt es nur noch uns.«

Mit Mum ist das Herzstück der Familie gestorben, dachte Sarah und erinnerte sich schaudernd an die seltsame Begegnung auf dem Friedhof. Mit einem Blick auf ihre Geschwister schüttelte sie den Gedanken ab und sagte: »Du kannst immer zu mir kommen, Bessie, egal, was ist! Und lass nicht zu, dass man dir wehtut, hörst du?!«

Bessie machte sich von ihr los, sah sie mit einem schiefen Grinsen an und ging davon. Mit schwerem Herzen wandte Sarah sich Rose zu. Einen Tag vor der Beerdigung hatte Sarah ihre Schwester darum gebeten, ihr den Mantel der Mutter zu geben, was Rose ihr zugesagt hatte.

»Ich habe dir Mums Mantel nach Dakers House bringen lassen, Sarah. Es war nicht ganz einfach, weil Dad schon angefangen hat, ihre Sachen zu packen, um sie zu verkaufen.« Die junge Frau schüttelte den Kopf und drückte sich ein Taschentuch vor Mund und Nase. »Wie kann man nur so herzlos sein?«

»Er wird seine Strafe schon bekommen«, sagte Sarah. »Jetzt ist er allein und hat niemanden mehr, den er traktieren kann. Emily ist doch auch ausgezogen, oder?«

Rose nickte. »Sie hat eine Kammer über dem Modesalon bezogen. Ich glaube, das bekommt ihr gut. Vielleicht besuchen wir dich mal in Wien, Sarah.«

Eine letzte Umarmung, und dann standen nur noch Sarah und Ben auf dem Gehsteig. Die Straßen waren belebter, der Verkehr hatte sich durch die Automobile verändert, es war lauter und schneller geworden. Das hatte Sarah schmerzhaft vor einigen Jahren am eigenen Leib erfahren müssen. Heute war sie an die ratternden Transporter und röhrenden Automobile gewöhnt und sprang zur Seite, wenn sie eins zu nah kommen sah.

»Was machen wir, Ben? Gehst du ins *Bluebell*? Dann begleite ich dich und sage Charley Adieu.«

Wenn man Ben mit Hut und von der unversehrten Seite betrachtete, wirkte er mittlerweile wie einer der jungen Büroangestellten, die von ihrer Mittagspause zurück in ihre Geschäfte eilten. Er hielt ihr seinen Arm hin.

»Na, komm, ertränken wir unseren Kummer in Gin.«

»Champagner?«, konterte Sarah. »Das hätte Mum besser gefallen.«

»Alles, was dir gefällt. Mir ist es gleich, wenn es mich nur vergessen lässt«, sagte Ben düster.

»Immer noch so schlimm?«

Sie schlenderten langsam in dem Tempo, das mit Bens Hinken machbar war, durch die Gassen von Soho.

»An die Schmerzen habe ich mich mittlerweile gewöhnt. Aber die Bilder, Sasa, die Bilder und die Schreie bekomme ich einfach nicht aus meinem Kopf.« Er zündete sich eine Zigarette an, und diesmal lehnte Sarah nicht ab, sondern nahm ebenfalls eine.

»Ach, Ben«, sie lehnte sich kurz an ihn. Was sollte sie sagen?

Es gab keine passenden Worte des Trostes, denn niemand konnte ihn von seinen Dämonen befreien. Außer vielleicht die Zeit.

»Aber die Arbeit im Garten von Lady Sudburys Haus hilft mir. Da sind noch andere, denen es ähnlich geht wie mir. Wir reden über den Krieg. Wenn man die Dinge beim Namen nennt, verlieren sie ein wenig von ihrem Schrecken, und das Grauen scheint fassbarer und ist damit irgendwie besser im Zaum zu halten. Das klingt seltsam für dich, oder?«

»Nein, gar nicht. Ich bin so froh, dass es dir dort besser geht.«

Eine Weile gingen sie einträchtig schweigend nebeneinanderher. Die Wolken brachen auf, und die Nachmittagssonne ließ die Stadt freundlicher aussehen. Sie hielten sich im Schatten einer Platanenallee, bis sie in den Bezirk mit den Theatern und Klubs kamen.

Kurz bevor sie in die Gasse zum *Bluebell* einbogen, fragte Ben: »Hat Mum dir eigentlich gesagt, wer dein richtiger Vater ist?«

Überrascht warf sie ihm einen Seitenblick zu. »Du wusstest es?«

»So oft, wie Vater dich einen Bastard genannt hat, musste ich nicht viel nachdenken und nur dein Geburtsdatum und den Hochzeitstag unserer Eltern gegenrechnen. Es stand immer unausgesprochen im Raum. Aber es stimmt doch, oder nicht?«

»Sie hat es mir gesagt, Ben, aber ich weiß noch nicht, wie ich damit umgehen soll«, sagte sie verhalten.

»Warum? Wer ist es? Kennst du ihn etwa? Jemand aus London?« Ben stand mit ihr an der Straßenecke, an der sie vor Jahren von Bertha Morris, Varnham's Sekretärin, verfolgt worden waren. Ein tragischer Unfall hatte zum Tod der Frau geführt, der Sarah lange belastet hatte.

Sarah zog ihren Bruder weiter. »Ich mag hier nicht sein. Die Frau, weißt du noch? Davon habe ich Albträume.«

In der engen Gasse, in der sich der Klub befand, parkte ein dunkelblaues Automobil, das Charley gehörte. Vor einigen Fenstern hatte man Wäscheleinen aufgespannt, Klaviermusik und Gesang tönten aus dem Klub, und ein Stockwerk höher übte jemand Saxofon.

»Du willst mir nicht sagen, wer es ist?«, beharrte Ben.

»Für dich ändert es doch nichts, und im Moment will ich auch für mich keine Veränderungen.«

Ihr Bruder schob sich den Hut ein wenig aus der Stirn, denn die Sonne gewann an Kraft. »In Ordnung, aber wenn es irgendein lumpiger Aristokrat ist, wüsste ich es gern, vielleicht bist du ja eine Hoheit. Passen würde es zu dir, Sasa.« Ein schiefes Grinsen nahm seinen Worten die Härte.

»Ach, hör schon auf. Schau, da ist Charley!« Sie warf die Zigarette zu Boden, trat sie aus und winkte dem dunkelhaarigen Mann zu, der mit einem kleineren Glatzkopf aus dem Klub auf die Straße getreten war.

Charley wechselte schnell einige Worte mit dem muskulösen Glatzköpfigen, der sich eine Mütze aufsetzte und sich eilig entfernte. Auch als Sarah und ihr Bruder die Straße überquerten und schließlich vor ihm standen, erhellte sich Charleys düstere Miene nicht.

»Was ist passiert, Charley?« Sarah sah, wie die Muskeln an seinem Kiefer zuckten.

»Nicht hier draußen. Kommt rein.«

Sie folgten ihm durch die langen Flure in den Klubraum mit der Bühne und von dort in seine privaten Räume.

»Möchtet ihr etwas trinken?« Charley ging zu seiner Bar und goss sich einen Whisky ein.

»Sarah wollte Champagner, für mich einen Gin, bitte.« Ben

ließ sich in einen Sessel sinken und streckte sein lädiertes Bein aus.

»Ich mache euch einen Cocktail, einen French 75, den hat mein neuer Barkeeper aus Paris mitgebracht.« Charley begann, mit Flaschen und Gläsern zu hantieren, und Sarah trat neben ihn, um ihm dabei zuzusehen.

Er trug kein Jackett und hatte den Hemdkragen geöffnet. Die Fenster des Salons standen weit offen, um einen Luftzug hereinzulassen. Ein Jahr war es her, dass sie hier mit Charley eine Nacht verbracht hatte. Sie bereute es nicht und fragte sich, ob sie tatsächlich immer die richtigen Entscheidungen in ihrem Leben getroffen hatte. Wie ihre Mutter, dachte sie und spielte mit einem silbernen Becher, den er von einem Glas genommen hatte.

»Weißt du, was French 75 bedeutet? Ben weiß es, nicht wahr?«

Ihr Bruder schnaufte. »Das war eine französische Kanone. Hoffentlich ist der Cocktail gut, die verdammten Kanonen haben mir nicht geholfen.«

»Wart's ab!« Charley mixte Gin, Zitronensaft und Zuckersirup, goss die Mischung in zwei Gläser und füllte sie mit Champagner auf. Dann reichte er erst Sarah ein Glas, und eins gab er Ben.

Als alle ein Glas in der Hand hielten, sagte Sarah: »Mum, wo immer du auch bist, du bist immer bei uns, denn die wir lieben, bleiben in unseren Herzen und unserer Erinnerung lebendig. Gott mit dir!«

»Gott mit dir«, sagten auch Ben und Charley.

Ben blieb in seinem Sessel und zündete sich eine Zigarette an, während Charley Sarah zur Seite nahm. »Ich habe den Kerl von der Trauerfeier erwischt, Sarah.«

Der Cocktail schmeckte so gut, dass sie einen zweiten Schluck nahm, doch bei Charleys ernster Miene überlief sie ein Frösteln. »Und?«

»Ein gekaufter Bote. Der hat das nicht zum ersten Mal gemacht, und meine Überredungskünste sind eigentlich unwiderstehlich«, er grinste bedrohlich. »Aber er wusste nichts. Er wurde dafür bezahlt, dir genau das zu sagen und den Brief zu übergeben. Verdammt, Sarah, da treibt jemand ein beschissenes Spiel mit dir.«

Sarah leerte ihr Glas in einem Zug. »Denkst du, dass meine Mutter nicht zufällig verunglückt ist? Könnte das der Sinn der Botschaft sein?«

Sie sprachen so leise, dass Ben sie nicht hören konnte, wenn er nicht gerade lauschte. Doch ihr Bruder rauchte mit geschlossenen Augen und trank seinen Cocktail.

»In die Richtung will ich gar nicht denken, aber ich halte grundsätzlich alles für möglich, weil ich die Menschen kenne, Sarah. Für mich sieht das nach Rache aus, nach perfider, lange geplanter Rache.«

Sie zitterte und hielt ihm das Glas hin. »Bitte, noch einen.«

Charley folgte ihrem Wunsch und drückte ihr das Glas in die Hand. »Nur noch diesen Drink, dann bringe ich dich nach Hause.«

Sie blinzelte, um nicht zu weinen. »Ich habe kein Zuhause, Charley.«

Charley nahm sie an den Schultern und sah ihr in die Augen. »Heute ist ein furchtbarer Tag, Sarah. Du hast deine Mutter verloren, und irgendeine miese Ratte bedroht dich. Wobei wir beide wissen, wer dafür infrage kommt.«

Sie nahm einen großen Schluck. »Coltham«, flüsterte sie heiser und stellte das Glas ab.

»Aber der ist in Leeds. Das habe ich bereits geprüft. Wir können ihm gar nichts nachweisen. Nur abwarten. Und du musst dich vorsehen, Sarah. In Wien bist du sicherer als hier. Wann fährst du?«

»Morgen«, sagte sie unglücklich, denn ihr war elend und nur noch zum Heulen zumute.

»Ich habe Kontakte und werde mich umhören, Sarah. Überlässt du mir die Karte?«

»Natürlich.«

Er strich über ihre Wange, und Sarah konnte ihre Emotionen nicht länger zurückhalten. Sie trat auf ihn zu und weinte an seiner Schulter. All ihre Stärke schien ihr abhandengekommen zu sein, und sie weinte, weil sie sich verloren und allein fühlte.

»Sarah, du darfst nicht verzweifeln. Du bist so weit gekommen. Lass dich nicht von deinem Weg abbringen. Das hätte deine Mutter nicht gewollt. Sie war so stolz auf dich«, sprach Charley sanft auf sie ein und nahm ihre Hände in seine.

»Ich weiß nicht, ob ich überhaupt zurück nach Wien will, ob ich noch im Auktionshaus arbeiten will. Vielleicht sollte ich hier neu anfangen. Wir könnten ...«

Er zog sie an sich, drückte sie kurz und ließ sie dann los. »Es kann kein Wir geben, Sarah. Ich würde dich langfristig unglücklich machen. Du bist traurig und verängstigt wegen dieser Karte. Aber dem gehen wir auf den Grund. Du wirst diesem Menschen doch nicht den Gefallen tun und dich kleinkriegen lassen?!«

Sarah wurde schlecht bei seinen Worten. Er wollte sie gar nicht! Wie hatte sie nur so dumm sein können, zu glauben, dass er sie liebte? Sarah wandte sich um und schnäuzte sich die Nase. Nachdem sie sich gefasst hatte, ging sie zu ihrem Bruder, der in seinem Sessel eingeschlafen war.

»Ben«, sie rüttelte ihn leicht. »Ich gehe jetzt.«

Müde blinzelte er sie an, stemmte sich umständlich hoch und umarmte sie. »Ich liebe dich, Sasa. Und ich wünsche dir, dass du dein Glück findest. Du hast es verdient.«

»Sag doch so etwas nicht, du ...«

Ihr Bruder ließ die Arme sinken. »Ich bin, was ich bin, und komme zurecht. Gute Reise, Schwester.«

Während sie mit Charley durch den Flur ging, sah sie die schmale Gestalt ihres Bruders im Gegenlicht stehen. Er wirkte so verloren, genau wie sie selbst.

»Charley«, sagte sie, als sie die Treppe erreichten.

Er blieb stehen, und in seinen Augen standen die widersprüchlichsten Gefühle. Gerade als er auf sie zugehen wollte, fiel eine Tür zu, und eine attraktive brünette Frau kam auf sie zu. Sie trug einen bestickten Morgenmantel, der ihre Rundungen umschmeichelte. Sarah glaubte, in ihr die Sängerin von vor einem Jahr wiederzuerkennen.

Mit weichem französischen Akzent sagte sie: »Du hast mir bei der Probe gefehlt, Charley.« Sie deutete auf Sarah. »Wer ist das? Ersatz für Nelly?«

»Wir sehen uns nachher, Monique. Zieh das neue Kleid für die Show heute Abend doch schon mal an«, erwiderte Charley mit einem Lächeln, und Monique ging mit wiegenden Hüften davon.

Sarah fühlte sich, als hätte man sie mit Eiswasser übergossen. Was habe ich erwartet, dachte sie und spürte den Stich, den ihr diese Begegnung gegeben hatte, tief in ihrem Innern. Natürlich hatte Charley Frauen!

»Mein Wagen steht unten, Sarah, Will wird dich ...«, sagte er und ging zur Treppe.

»Mach dir keine Umstände meinetwegen. Du wirst hier gebraucht, und ich habe dich viel zu sehr in Beschlag genommen«, gab sie ein wenig schnippischer als beabsichtigt zurück.

Er ging vor ihr, blieb stehen, sodass sie gegen ihn stieß, drehte sich um und zog sie an sich. Sein Kuss war rau und besitzergreifend, und sie erwiderte ihn. Doch er löste sich von ihr, nahm ihr Gesicht in seine Hände und sagte fest: »Es wäre nicht richtig, Sarah. Du hast deine Mutter verloren, und ich werde das nicht ausnutzen. In Wien wartet dein Leben auf dich, und meins ist hier.« Er drückte sie an sich. »Du bedeutest mir so viel mehr, als du jemals wissen kannst, Sarah Rosewell, und genau deshalb schicke ich dich jetzt weg.«

Die Tränen liefen ihr über die Wangen, als er ihre Hand packte und sie mit sich durch die Gänge zum Auto zog, in dem bereits der Fahrer wartete. Mit undurchdringlicher Miene öffnete Charley die Tür. Bevor sie einstieg, berührte sie seine Wange und flüsterte: »Adieu, Charley!«

Er sagte nichts, doch sie sah, dass er mit den Tränen kämpfte.

19

Wien, September 1921

Sarah betrachtete den Ring an ihrem Finger. Er hatte eine außergewöhnliche Form: Ineinander verschlungene Blätter wanden sich und hielten einen je nach Lichteinfall grün bis honigfarben schimmernden Edelstein. Es handelte sich um einen seltenen Chrysoberyll, der durch einen Smaragdschliff sein Feuer facettenreich entfalten konnte. Ein ungewöhnlicher Stein, bei dem Sarah an die Augenfarbe ihrer Mutter denken musste und sich fragte, ob Redloff damals aus ebendiesem Grund den Ring verschenkt hatte. Ein kostbares Schmuckstück, das ihrer Mutter sehr viel bedeutet haben musste. Sie hätte den Ring verkaufen können, doch sie hatte ihn all die Jahre gehütet und ihn erst in der Stunde ihres Todes an ihre Tochter weitergereicht.

Der Mantel ihrer Mutter hing in Sarahs Wohnung in der Sonnenfelsgasse, und sie überlegte, wie sie ihn umarbeiten lassen könnte. Aus gutem dunkelblauen Wollstoff genäht, konnte ihr der Mantel mit kleinen Änderungen noch lange gute Dienste leisten. Außerdem erinnerte er sie beim Tragen an ihre Mutter, die niemals einen guten Stoff verschwendet hätte. Ein wehmütiges Lächeln umspielte Sarahs Lippen. Doch für Sentimentalitäten war keine Zeit. Die nächste Auktion stand kurz bevor, und es wuselte bei Hofmann's wie in einem Bienenstock.

Die Missstimmung zwischen ihr und Lehner vor ihrer Abreise nach London schien vergessen, was auch daran liegen mochte, dass Sarahs russischer Kunde, Herr Smirnow, weitere wertvolle Stücke eingeliefert hatte. Der werte Herr Smirnow hatte gleich einen Termin mit ihr, und Sarah überprüfte kurz den Sitz ihrer Frisur und zog den Lippenstift nach. Ein gepflegtes Auftreten war genauso wichtig wie fachliche Kompetenz. Ihre Assistentin klopfte und kam herein.

»Der Herr Smirnow wäre dann da, Frau Rosewell.«

»Danke, Christine. Haben Sie ihm schon einen Tee und ein geistiges Getränk angeboten?« Sarah nahm die Akte des Kunden sowie ihren Füllfederhalter und ging zur Tür.

»Was meinen S', ein Glas Wein?«

»Oder etwas Stärkeres. Bei seinem letzten Besuch hat der Herr eine halbe Flasche Cognac geleert, ein Fabergé-Ei und einen Lapislazuli-Tisch eingeliefert und sich dann gut gelaunt verabschiedet. Wir wollen doch, dass unsere Kunden sich wohlfühlen.«

Leicht verunsichert nickte Christine Vogl. »Natürlich. Ich sehe nach, was wir anbieten können.«

»Was hat er denn mitgebracht?«

Sie gingen gemeinsam in Richtung des Empfangszimmers.

»Einen Kabinettschrank, eine Lampe und ein Vasenpaar. Die schienen mir nicht besonders attraktiv zu sein. Ich beeile mich!«

Sarah betrat kurz darauf das Empfangszimmer für die Kunden und begrüßte den Russen mit einem Lächeln. »Mein verehrter Herr Smirnow! Wie immer ist es ein Vergnügen, Sie bei uns begrüßen zu dürfen. Was haben Sie uns denn Schönes mitgebracht?«

Der leicht untersetzte Mann, der sie mit seinen dichten grauen

Haaren und den Koteletten an einen Bären erinnerte, etwas tapsig, aber gefährlich, verneigte sich und gab ihr einen Handkuss.

»Werteste Frau Rosewell«, antwortete er mit schwerem russischen Akzent. »Sie werden mit jedem Mal schöner. Glauben Sie mir, wenn ich Ihnen sage, dass ich meine Möbel nur herbringe, um Sie zu sehen?«

Der alte Charmeur kann es nicht lassen, dachte Sarah. »Auch wenn es mir schmeicheln würde, aber nein, ich bin davon überzeugt, dass Sie uns wieder ein paar hochwertige Kostbarkeiten anbieten möchten, weil Ihr Heim überquillt und Sie Platz für neue Schätze benötigen.«

Der Russe lachte tief und legte eine Hand auf seinen Bauch, der unter einer senfgelben Weste leicht spannte. »Ich weiß schon, warum ich gern mit Ihnen Geschäfte mache. So ist es, so ist es. Wie schätzen Sie diese Stücke hier ein? Besonders die Vasen sollten Sie interessieren.«

Sie ging zu dem Chinoiserie-Kabinettschrank und klappte die Türen auf. »Verschiedene Nadelhölzer, 1760er, Lackmalerei mit schönen Landschaftsszenen.« Sarah betrachtete die Beschläge. »Bronze, nicht vergoldet, aber die vielen Schubladen sind hübsch, das geschweifte Gestell gefällig.« Sie nannte einen Schätzpreis. »Darunter sollten Sie nicht gehen.«

Smirnow nickte. »Höher, als ich dachte. Und nun die Vasen. Sie stammen aus Italien, 1750. Mehr weiß ich nicht.« Der Russe zündete sich eine Zigarre an und beobachtete sie.

»Wissen Sie etwas über die Vorbesitzer der Vasen?«, fragte sie.

Der Mann paffte an seiner Zigarre und schien überlegen zu müssen. »Wann sie in unseren Besitz kamen, kann ich nicht sagen. Sie standen schon lange in unserem Haus in St. Petersburg. Hätte ich sie stehen lassen, hätten die Bolschewiki sie zerschlagen, diese verdammten Hurensöhne.«

»Eigentlich meinte ich, wem sie davor gehört haben. Wurden sie vielleicht in Italien gekauft? Es handelt sich um ein seltenes Prunkvasenpaar, mein lieber Herr Smirnow. Majolika, so nennt man bemalte farbige und zinnglasierte Keramik. Wissen Sie, woher der Begriff stammt? Auf Mallorca wurden in früher Zeit Fayencen hergestellt und nach Italien ausgeführt.« Sarah bewunderte das aufwendig gemalte Motiv. »Schauen Sie, hier! Haben Sie das gesehen?«

Smirnow trat näher. »Da steht was Lateinisches. Sagt mir nichts.«

»*Gerusalemme Liberata*, also das befreite Jerusalem. Das ist ein Werk von Torquato Tasso, einem italienischen Dichter. Ach, das ist aber wirklich wundervoll! Dass ich das sehen darf!« Begeistert betrachtete sie die bunten Szenen, die nach dem Roman des Dichters gestaltet worden waren.

»Ist das gut für die Vasen?« Der Russe runzelte die Stirn, denn mit dem Dichter konnte er anscheinend nichts anfangen.

»Oh ja! Ich fasse zusammen: Wir haben eine Majolika-Technik, Motive aus einem Werk von Tasso, und wir wissen sogar, wann und wo die Vasen gefertigt wurden. Das steht hier unten auf dem Sockel. *Nel boteo del Papi l'anno 1670 in Ubrania*. Aus der Werkstatt Papi in Ubrania.«

Smirnow grinste breit. »Die sind also sehr alt, und der Hersteller ist bekannt. Sehr schön.«

Sarah sah ihn an. »Und diese geschlungenen Schlangenhenkel sind so ausgefallen. Allein deshalb wird sich schon ein Käufer finden. Die Stücke sind alle in gutem Zustand, und wir könnten sie mit in die kommende Auktion nehmen. Möchten Sie einen Katalogeintrag mit Bild? Ich empfehle das, wie Sie wissen.«

Der Mann wippte auf seinen Schuhspitzen. »Machen Sie das.

Wir sind letztes Mal gut damit gefahren. Warum nicht auch dieses Mal?«

Es klopfte, und Christine kam mit einem Tablett herein, auf dem zwei Mokkatassen und ein Likörglas standen. »Wir hatten nur Marillenlikör. Mögen S' den, Herr Smirnow?«

Die Assistentin stellte das Tablett auf den Präsentationstisch.

Der Russe ging mit seiner Zigarre zum Tisch, nahm das Glas, sagte: »*Za Zdarovje*!«, leerte es in einem Zug und stellte es lautstark ab.

Sarah zwinkerte Christine zu, die den Raum verließ, während sie sagte: »Auf Ihr Wohl und auf einen erfolgreichen Verkauf!«

Die nächsten Auktionen konnten erhebliche Gewinne für Hofmann's einfahren, und das lag nicht zuletzt an Sarahs engagierter Kundenakquisition. Immer häufiger wurde sie zu privaten Soireen einflussreicher Wiener, erneut auch in Bertha Zuckerkandls Salon, eingeladen, zeigte sich mit Lehner, Christine Vogl und oft auch mit Hannah und ihren Künstlerfreunden in den Theatern. In der Staatsoper gab es gelegentlich intime Aufführungen mit internationalen Gaststars, zu denen auch Sarah durch ihre Kontakte Karten erhielt. Sie mochte die Künstler, die überspannten, leidenschaftlichen und manchmal leicht verrückten Schauspieler und Sänger, die Tänzer, die ihre Körper für die Suche nach dem perfekten Ausdruck ruinierten und es zelebrierten. Wenig Freude hatte sie an dem notwendigen Small Talk mit dem Herrn Professor und seiner Gattin, dem Herrn Geheimrat und den verarmten Aristokraten, die sich keine Blöße geben wollten, oder den Industriellen, die mit Geld nur so um sich warfen. Sie traf Louis und Alfons Rothschild, Hugo von Hofmannsthal, die Kohlen-Gutmanns und Mr Fanto von den Petroleumgruben.

Eine Burgtheaterpremiere war eine sehr feine Angelegenheit, bei der man diskret mit den Fingerspitzen klatschte und ein neues Stück eher reserviert aufnahm. Sarah lernte, dass man bei diesen gesellschaftlichen Ereignissen nicht lachte, sondern lächelte. Am liebsten ging Sarah in das *Theater an der Wien*, in dem Operetten gespielt wurden, deren Musik fröhlich und beschwingt war. Dann gab es das *Johann-Strauß-Theater*, das *Kabarett Simplicissimus* in der Wollzeile und den *Pavillon*, in dem vorgelesen und musiziert wurde. Manchmal fragte sich Sarah, woher sie die Zeit nehmen sollte, um allen Einladungen nachzukommen.

Sie lernte, eine gesunde Balance für sich zu finden, und wenn sie zu erschöpft war, besuchte sie Hannah und Levi und fuhr mit ihnen für ein paar Tage in die Brühl. Die Hirschels hatten sich tatsächlich den Traum von einem Ferienhaus im Grünen erfüllt, und Hannah war überglücklich, weil sie schwanger war und sich dieses Mal sehr wohl dabei fühlte. Sarah wünschte der Freundin nichts mehr, als dass alles gut gehen würde!

Bewusst arbeitete Sarah bis in die späten Abendstunden und verplante auch die wenigen verbleibenden Stunden, denn wenn sie allein in ihrer kleinen Wohnung saß, überkam sie oft eine tiefe Traurigkeit. Dass John Redloff ihr leiblicher Vater war, hatte sie mit solcher Wucht getroffen, dass sie nicht wusste, wie sie mit dem neuen Wissen umgehen sollte. Vorerst zumindest würde sie nichts tun. Dann dachte sie an London, ihren Bruder, die Schwestern und viel zu oft an Charley. Er hatte sich seit ihrer Abreise nicht bei ihr gemeldet, nicht, dass sie das erwartet hätte. Sie wusste, dass er Nachricht geben würde, wenn es etwas Wichtiges gab. Und von diesem Standpunkt aus betrachtet, war sie froh, dass es keine Neuigkeiten aus London gab. Es kam vor, dass sie sich auf der Straße umsah, weil sie das Gefühl hatte, verfolgt zu werden, was natürlich Unfug war. Doch genau das hatte ihr Feind, wie sie bei sich den Menschen nannte, der sie mit seinen perfiden Bedrohungen bis ans Grab ihrer Mutter verfolgt hatte, erreicht: Sie hatte Angst. Und es gelang nur mit viel Arbeit und dauernder Beschäftigung, diese Angst zu vergessen. Wie ein Schatten, ein dunkles Tuch, das sich manchmal auf sie legte und sie nachts zu ersticken drohte, klebte die Angst an ihr.

Über Weihnachten und den Jahreswechsel war sie zu Lady Sudbury nach Nizza gefahren. Ihrer lungenkranken Freundin bekam das mediterrane Klima besser als der nasskalte englische Winter. Da im Januar jedoch schon wieder Auktionen anstanden, hatte das Wiedersehen mit Lady Sudbury nur eine knappe Woche gedauert. Vor allem seit dem Tod ihrer Mutter war Sarah die Verbindung zu Gwendoline Sudbury noch wichtiger. Es tat gut, ihren mütterlichen und stets gut gemeinten Rat zu hören und zu wissen, dass Lady Sudbury ihr zur Seite stehen würde, wenn es Schwierigkeiten geben sollte.

Es schneite. Dicke weiße Flocken schwebten lautlos vom grauen Wiener Himmel und legten sich auf die Dächer, die Bäume und die reglos in Ecken und Hauseingängen verharrenden Gestalten, die vor Kälte zitternd kaum ein Wort hervorbrachten. Manchmal hatten die Kriegsversehrten, Bettler und Kinder nicht einmal mehr die Kraft, ihren Arm vorzustrecken. Die vorbeilaufenden Menschen warfen dann ihre Münze direkt auf die am Boden hockenden Bedürftigen.

Von ihrem Bürofenster aus konnte Sarah einen blinden Kriegsveteranen sehen, der seit Wochen auf der anderen Straßenseite seinen Platz hatte. Am Ende des Tages kam ein kleines Mädchen, nahm den Mann bei der Hand und führte ihn weg. Ob es seine Tochter oder seine Enkelin war? Ihr Telefon klingelte.

»Auktionen Hofmann's, Sie sprechen mit Sarah Rosewell.«

»John Redloff hier«, meldete sich der Amerikaner.

Ihr Magen zog sich kurz zusammen, und sie räusperte sich, um sich zu fassen. Er war ihr leiblicher Vater. Sie konnte es einfach nicht glauben, aber ihre Mutter hatte es ihr auf dem Sterbebett anvertraut. Seit London hatte Sarah Redloff nicht gesehen, da er auf Reisen gewesen war.

»Mr Redloff, wie schön, dass Sie sich melden! Wie geht es Ihnen? Sind Sie wieder in Wien?« Sie versuchte, unbefangen zu klingen, doch das würde ihr nie wieder gelingen. Wann immer sie von nun an mit ihm sprach oder ihn sah, würde sie in seinem Gesicht nach Ähnlichkeiten mit ihr suchen. War das unsinnig? Prägte einen nicht vielmehr das Umfeld, in dem man aufwuchs?

»Ja, das bin ich. Und diesmal für ein paar Wochen, wenn alles gut geht. Ich wollte mich persönlich bei Ihnen für die hervorragende Arbeit bedanken, die Sie und Ihre Leute geleistet haben. Ich erkenne meine Wohnung nicht wieder! Aber lassen Sie uns das doch bei einem Dinner besprechen. Haben Sie heute Abend Zeit? Es wäre mir eine große Freude!«

Unwillkürlich berührte Sarah den Ring, den sie von ihrer Mutter erhalten hatte. Seinen Ring, den Ring, den ihr leiblicher Vater vor ihrer Geburt ihrer Mutter geschenkt hatte. Würde er ihn wiedererkennen? Sollte sie es überhaupt darauf ankommen lassen?

»Sehr gern, Mr Redloff.«

»Ich reserviere im *Hotel Sacher* einen Tisch.«

20

Christine klopfte an Sarahs Tür und kam mit einem Stapel Briefe herein.

»Alles für Sie! Kann ich heute etwas früher gehen? Ich habe die Liste abgearbeitet, die Sie mir gegeben hatten. Nur bei den Stücken von Smirnow komme ich nicht weiter. Er hat überhaupt keine Unterlagen über die Vorbesitzer und auch keine Expertisen.«

Auf Sarahs Schreibtisch lag der neueste Auktionskatalog von Varnham's, denn sie behielten natürlich auch die Konkurrenz im Blick. Es ging um große Gewinne, und der Marktführer zog die Kunden an. Varnham's hatte vor Weihnachten eine spektakuläre Versteigerung im Londoner Stadthaus einer verstorbenen Sängerin abgehalten.

»Hat Herr Smirnow eigentlich noch einen Termin bei uns?«, wollte Sarah von ihrer Assistentin wissen.

»Nein, bisher nicht. Er kann bei der Februaraktion auch nicht dabei sein, weil er auf Geschäftsreise ist.«

Smirnow war im Im- und Exportgeschäft tätig, so viel wusste Sarah, doch genauer ließ er sich nicht über seine Unternehmungen aus. Von seinen Reisen kam er jedoch regelmäßig mit wertvollen Kunstwerken zurück.

»Sollte er wieder einliefern, werden wir uns eingehend mit

ihm unterhalten und die Herkunft seiner Stücke prüfen.« Sarah wollte nicht, dass der Hauch eines Zweifels an Stücken von Hofmann's hing, und nahm sich vor, die Sache auch mit Direktor Lehner zu besprechen. »Und wohin soll es heute Abend gehen?«

Die junge Frau schien ein wenig aufgeregt. »Ich habe eine Sitzung beim Professor Freud im Alsergrund!«

»Oh? Dem Psychoanalytiker? Was hätten Sie denn zu klären?«, meinte Sarah und sah auf die Uhr. Sie selbst musste sich noch für das Dinner mit Redloff umkleiden.

»Ach, eigentlich habe ich keine Probleme, aber ich möchte wissen, was es mit dieser Psychoanalyse auf sich hat, und vielleicht gibt es ja doch einen dunklen Punkt auf meiner Seele, ein Geheimnis, das gelüftet werden muss.« Sie lächelte geziert. »Ich finde das schrecklich faszinierend. Wollen Sie sich nicht auch einmal bei dem Professor auf die Couch legen?« Christine stand in der Tür und unterbrach sich, um an Oskar, einen der ganz jungen Mitarbeiter, gewandt zu sagen: »Die Rückläufer müssen noch ins Magazin gebracht werden, nicht vergessen!«

»Nein, nein, bin schon auf dem Weg, Christine!«, hörte Sarah ihn antworten.

»Bei dem Porzellan hatte ich von Anfang an kein gutes Gefühl. Das ist momentan nicht gefragt, tut mir leid für die Kundin, aber vielleicht versuchen wir es damit im Sommer noch einmal, wenn sie das möchte. Denken Sie bitte daran, ihr das mitzuteilen, ja?«, bat Sarah.

»Ist gut. Bis morgen, Frau Rosewell.«

»Lassen Sie sich nicht zu sehr in Ihren Kopf schauen, Christine. Erzählen Sie mir morgen, wie es war!« Sarah hielt nicht allzu viel von dieser Art der Untersuchung, zumindest nicht für sich selbst. Möglicherweise war das ein guter Ansatz, um traumatisierten Menschen zu helfen. Ihr Bruder fiel ihr ein, und sie schüttelte langsam den Kopf. Die wenigsten Kriegsveteranen konnten sich eine Sitzung bei dem berühmten Professor leisten.

Wie alle Mitarbeiter des Auktionshauses hatte auch Sarah eine Abendgarderobe zum Wechseln bereitliegen. Es kam häufig vor, dass Festivitäten im Haus stattfanden und einfach keine Zeit blieb, um zum Wechsel der Garderobe nach Hause zu fahren.

Rasch sah sie die Briefe durch, die mit der späten Post gekommen waren. Das meiste konnte sie morgen erledigen. Der Stempel eines zerknitterten Umschlags erregte ihre Aufmerksamkeit. Bombay! Sie zog den dicht beschriebenen Briefbogen heraus. Es war lange her, dass sie von Philip gehört hatte. Praktisch wusste sie nicht einmal, ob er ihren Brief erhalten hatte, den sie ihm nach Kathmandu geschickt hatte.

Meine liebe Sarah,

ich hoffe, dass dieser Brief Dich bei guter Gesundheit findet. Auf Reisen vergeht die Zeit so schnell, dass ich manchmal auf den Kalender schaue und mich frage, was ich eigentlich so lange hier unten getan habe. Nun, ich habe die Expedition verlassen und bin seit vier Monaten allein auf dem indischen Kontinent unterwegs, der mich fasziniert wie kaum eine Region zuvor. Wenn Du mich sehen könntest, würdest Du nicht glauben, dass tatsächlich ich es bin, der hier in der landestypischen Kleidung an einem winzigen Tisch in einer Kaschemme am Hafen von Bombay sitzt und schreibt. Ich warte auf ein Schiff, das mich mit zurück nach England nimmt. Meine Ausrüstung habe ich in einem kleinen Hotel gelagert. Der Inhaber ist ein Engländer, verheiratet mit einer Einheimischen. Beide haben sich von ihren Familien losgesagt, denn eine Heirat zwischen einem Engländer und einer Einheimischen ist noch immer eine Katastrophe für die Gesellschaft.

Für ihre Leute wie für seine. Und das macht es so unsäglich, ach, was sage ich, der ich selbst mich den Wünschen der Familie gebeugt und unser Glück dafür geopfert habe. Das ist mir hier erst richtig bewusst geworden, Sarah. Wenn ich heute noch einmal vor die Entscheidung gestellt werden würde – ich hätte mich für Dich entschieden!

Sie schluckte und saß wie vom Donner gerührt in ihrem Schreibtischstuhl.

In Tibet habe ich die außergewöhnlichsten Menschen getroffen: Mönche, die eine solche Selbstbeherrschung besitzen, dass sie wochenlang bei Kälte und Wind in den Bergen meditieren und gesund und mit neuen Energien wieder herunterkommen. Ich habe es versucht, das Meditieren, aber mir fehlt die innere Ruhe. Die Mönche haben mich gelehrt, dass man sich von allen Gedanken lösen soll, dass man sich nur so von Gier, Hass und Habsucht, die alles Leiden verursachen, befreien kann. Alle Dinge sollen wertfrei betrachtet werden, und man soll sich selbst nur noch als Teil des Universums verstehen. Durch diese völlige Lossagung kann man laut ihnen den Weg der Erleuchtung beschreiten, um den Kreislauf von Leben, Tod und Wiedergeburt durchbrechen zu können.
Ich konnte es nicht – auch weil ich an Dich denken muss, immerzu. Sarah, erst jetzt weiß ich, wie sehr ich Dich verletzt haben muss. Ich will Dich nicht bitten, mir zu verzeihen, das wäre vermessen, aber denk an mich, an uns, und frage Dich, ob in Deinem Herzen noch ein Funken für den Mann ist, der Dich mehr liebt als sein Leben.

Wie war das nur möglich? Das klang gar nicht nach dem Philip, der sich leichtfüßig und möglichst ohne großen Widerstand durchs Leben schlug.

Hier in Bombay habe ich einen außergewöhnlichen Mann kennengelernt. Er nennt sich Gandhi und kämpft für die Unabhängigkeit Indiens. Seine Mittel, uns Briten zum Abzug zu bewegen, sind friedlich. Ich kann ihn verstehen, Sarah. Unsere Regierung verursacht Spannungen, die sich auch in der Spaltung der Gesellschaft zeigen: Hindus und Muslime koexistieren, arbeiten aber nicht gemeinsam für ein freies Indien. Wir Briten herrschen über einen ganzen Kontinent, erdrücken die Inder mit Steuern und erheben nicht einmal Schutzzölle auf Importwaren. Dieser Gandhi, ein Hindu, hat es schlau angefangen, indem er seine Leute auffordert, nicht länger mit den Besatzern – denn so versteht er uns – zusammenzuarbeiten. Sie weben ihre eigene Kleidung, um nicht mehr importieren zu müssen. Er selbst trägt nur einen Lendenschurz wie die Ärmsten, und wenn er auftritt, streiken alle, vom Bauern bis zum Regierungsangestellten. Sarah, ich wünschte, Du wärest hier, um zu sehen, was geschehen kann, wenn ein Mensch von solch hypnotischer Kraft sich für Veränderungen einsetzt. Es braucht keinen Krieg, nein, er schafft es ganz ohne Gewalt, dass die Menschen zuhören und ihm folgen.

Mein Gott, wie konnten wir nur so blindlings in diesen grausamen Krieg rennen! Wie geht es Deinem Bruder? Hast Du Deine Familie gesehen? Warst Du wieder einmal in London? Hast Du Heimweh? Und sehnst Du Dich ein ganz klein wenig nach mir? Ach, Sarah, ich wünsche mir nichts sehnlicher, als dass wir uns wiedersehen. Bitte erlaube mir, Dir zu erklären, dass ich mich geändert habe. Es war richtig, dass Du Dich von mir losgesagt hast, ganz richtig, und ich brauchte diesen Schlag ins Gesicht, um mich endlich der Wahrheit zu stellen.

Die Tinte wurde schwächer und seine Schrift krakeliger.

Ich melde mich aus Genua! Immer Dein Phil

Tief bewegt strich Sarah das zerknitterte Papier glatt und überflog die Zeilen erneut. Er meinte, was er sagte, davon war sie überzeugt. Sie kannte ihn lange genug, um die tiefe Ernsthaftigkeit seiner Worte zu sehen. Wann hatte er den Brief abgeschickt? Das Datum auf dem Briefkopf war ein wenig verwischt, aber sie konnte November und das vergangene Jahr entziffern. Drei Monate war der Brief unterwegs gewesen. Und er? War er noch am selben Tag abgereist? Und wohin war er gefahren? Seufzend legte sie den Brief zu den anderen in eine chinesische Lackschatulle, die Hannah ihr geschenkt hatte.

Die Turmuhr der Universitätskirche schlug achtmal, und Sarah musste sich nun sehr beeilen, um nicht viel zu spät zu kommen.

In einem Kleid aus mitternachtsblauem Samt und im Mantel ihrer Mutter, den sie mit einem Pelzkragen umsäumt hatte, betrat sie bald darauf das Foyer des *Hotel Sacher*. Mit Hannah war sie schon einige Male im Café des Hauses gewesen, doch die Eleganz des Hotels war beeindruckend – dunkles Holz und opulente Vorhänge, Kristalllüster, edle Prunkvasen und Spiegel in barocken Goldrahmen, Marmorpaneele und diskrete Hotelangestellte, die jedem Gast das Gefühl gaben, willkommen und umsorgt zu sein. Mit formvollendeter Höflichkeit geleitete man sie ins Restaurant, wo Redloff zwar keines der legendären Separees, aber doch einen abgeschirmten Tisch reserviert hatte.

Mit ganz neuem Interesse betrachtete Sarah den Amerikaner und suchte nach Ähnlichkeiten zwischen ihr selbst und dem Mann. Die Augen, hatte ihre Mutter gesagt.

»Meine liebe Miss Rosewell«, er gab ihr einen Wangenkuss, wartete, bis sie sich gesetzt hatte, und ließ sich ihr gegenüber nieder.

Der Kellner öffnete einen teuren Champagner, der in einem

silbernen Kühler bereitgestanden hatte, und füllte zwei Gläser. »Wohl bekomms!«

Mit einer Verbeugung entfernte er sich.

Sarah stieß mit Redloff an und hielt ihre Hand so, dass er nicht umhinkonnte, den Ring ihrer Mutter zu sehen. Sie hatte in schlaflosen Nächten hin und her überlegt, wie sie herausfinden konnte, ob ihre Mutter die Wahrheit gesagt hatte. Nicht, dass sie zweifelte, aber dass ausgerechnet Redloff ihr Vater sein sollte, war so ungeheuerlich! Sie wollte und konnte ihn einfach nicht direkt darauf ansprechen. Was musste er von ihr halten? Und deshalb hatte sie beschlossen, es darauf ankommen zu lassen. Wenn er den Ring erkannte und sich erinnerte, würde er etwas sagen, davon war sie überzeugt. Wenn nicht, würde sie sich damit abfinden. Redloff schien ein wenig irritiert, schaute mehrfach hin, nestelte nervös an seinen Manschettenknöpfen und sah sie an, wenn er glaubte, sie bemerke es nicht. Doch er sagte nichts zu dem Schmuckstück, sprach stattdessen von seinem Apartment und ihrer Arbeit.

»Ihre Empfehlungen waren allesamt hervorragend, mein Kompliment. Ich habe Sie weiterempfohlen und bin mir sicher, dass man Sie anfragen wird. Sollten Sie einmal eine andere Tätigkeit anstreben, könnten Sie sich mit einem Geschäft selbstständig machen.« Redloff hob den Blick, als sich eine ältere Dame mit einem kleinen Hund und Zigarre näherte.

Ein Raunen ging durch die Gäste, denn niemand anderes als Anna Sacher persönlich gab sich die Ehre. Die stattliche Frau nickte hier und dort den Gästen zu, blieb an einem Tisch stehen und ging weiter, bis sie bei ihnen ankam.

»Alles zu Ihrer Zufriedenheit?«, erkundigte sich die Hotelbesitzerin, unter deren Leitung das *Sacher* zum führenden Haus Wiens geworden war.

Redloff wollte sich erheben, doch die Hotelchefin bedeutete

ihm, Platz zu behalten. »Danke, Verehrteste, es ist schwer, ein Haus von Rang wie dieses zu finden, und ich bin in der Welt herumgekommen.«

Ein zufriedenes Lächeln erhellte das Gesicht der alten Dame, sie nickte und ging weiter.

Sarah flüsterte: »Sie ist eine Erscheinung, das muss ich schon sagen. So viel Selbstbewusstsein!«

»Das haben Sie doch auch, Miss Rosewell, jedenfalls haben Sie allen Grund dazu. Sie können stolz auf Ihre Arbeit sein«, ermunterte Redloff sie.

Sarah lächelte verlegen und beobachtete, wie er elegant das Besteck führte. »Danke, das ist sehr freundlich. Ich liebe meine Arbeit wirklich sehr. Es ist das Privileg meiner Klasse, dass wir immerhin arbeiten dürfen. Wissen Sie, wenn ich mit einem silbernen Löffel im Mund geboren worden wäre, dann wäre ich auf eine Schule für höhere Töchter gegangen und hätte geheiratet und mich schrecklich gelangweilt.« Sie lachte.

»Das kann ich mir nicht vorstellen. Eine Frau mit Ihrem Verstand und mit Ihrer Energie hätte sich nicht mit Sticken oder Teepartys begnügt.« Er lächelte nachdenklich, schien etwas sagen zu wollen, trank stattdessen jedoch einen Schluck Wein.

Nachdem sie das Dessert verspeist hatten, saßen sie bei Mokka und einem Cognac zusammen. Als Redloff sich eine Zigarette anzündete, sagte er plötzlich: »Woher haben Sie den Ring, Miss Rosewell?«

Unschuldig hob sie den Blick. »Welchen meinen Sie?« Sie trug drei Ringe.

»Den mit dem grünen Stein.« Er streckte seine Hand aus, und sie gab ihm ihre Fingerspitzen, damit er den Ring besser betrachten konnte. »Ein ungewöhnliches Stück«, sagte er.

»Der Stein ist selten, ein Chrysoberyll. Bei uns im Auktionshaus ist mir noch kein ähnliches Stück untergekommen.« Sie sah ihn an, und ihre Augen schimmerten feucht. »Meine Mutter hat ihn mir kurz vor ihrem Tod geschenkt. Sie ist im vergangenen August überraschend gestorben.«

Er zuckte zusammen und starrte sie sekundenlang an. »Mein herzliches Beileid, Miss Rosewell.«

Sie nahm ihre Hand zurück und wischte sich die Augen. »Dorothy Rosewell war eine besondere Frau, und ein solches Ende hatte sie einfach nicht verdient.«

»Dorothy …«, murmelte Redloff heiser, und die Zigarette verglühte, ohne dass er daran zog. »Wie ist sie gestorben?«

»Sie hatte einen Unfall. Die Umstände waren seltsam.« Sarah erzählte von der falschen Adresse.

Der Geschäftsmann runzelte die Stirn. »Sie müssen einen triftigen Grund haben, um mehr hinter dieser Verwechslung zu vermuten.«

Seufzend spielte Sarah mit dem Mokkalöffel. Sie konnte nicht einfach jedem von ihrem Verdacht erzählen. »Habe ich, aber ich habe keine Beweise, und solange sich das nicht ändert, kann ich nichts unternehmen.«

»Ich verstehe. Mit Verdächtigungen sollte man grundsätzlich vorsichtig umgehen. Aber wenn ich Ihnen auf irgendeine Weise helfen kann, lassen Sie es mich wissen.« Er leerte seinen Cognacschwenker. »Hat Ihre Mutter noch etwas zu diesem Ring gesagt?«

Auf diese Frage war sie vorbereitet. »Nur, dass er ihr sehr teuer war. Sie hat ihn viele Jahre besessen und sich auch in Zeiten der Not nicht davon getrennt.«

Der sonst so beherrschte Redloff war sichtlich ergriffen. »Dann muss er ihr wirklich etwas bedeutet haben.«

»Und sie hat ihn nie erwähnt, nicht einmal mir gegenüber, dabei standen wir uns sehr nahe.« Bald gingen ihr die Zweideutigkeiten aus, dachte Sarah, die jedoch nicht willens war, ihn direkt auf die Vaterschaft anzusprechen.

»Nein?« Er drückte die Zigarette auf einem Teller aus und bat den Kellner mit einer Geste um die Rechnung. »Miss Rosewell, ich danke Ihnen für Ihre Gesellschaft, die mir wie immer ein großes Vergnügen war. Lassen Sie mich Ihnen noch eine Taxe bestellen, damit ich sicher sein kann, dass Sie wohlbehalten nach Hause gelangen.«

Als wenig später das Automobil vor dem Hotel hielt und der Fahrer ihr die Tür öffnete, nahm Redloff ihre Hand und sah sie prüfend an, so als suche er in ihrem Gesicht nach etwas.

»Gute Nacht, Miss Rosewell!«

»Gute Nacht, Mr Redloff.«

21

Die große Frühjahrsauktion stand kurz bevor. Alle Vorbereitungen liefen auf Hochtouren. Alle Mitarbeiter von Hofmann's waren seit Wochen ständig im Einsatz, aber niemand beklagte sich, weil sie stolz darauf waren, am Erfolg des renommierten Auktionshauses teilzuhaben. Im vergangenen Jahr war unter Sarahs Leitung die gesamte Einrichtung eines Salzburger Schlosses zum Aufruf gekommen, und auch der Nachlass einer kürzlich verstorbenen Nobelpreisträgerin war bei Hofmann's veräußert worden. Mittlerweile galt Hofmann's endgültig als das prestigeträchtigste Auktionshaus auf dem europäischen Kontinent. Nur die beiden großen britischen Auktionshäuser liefen Hofmann's den Rang ab, was vor allem an deren immer wichtiger werdenden Dependancen in Übersee lag. Doch Lehner konnte sich zu diesem Schritt noch nicht durchringen. Es gab Gespräche mit Redloff, der die Eröffnung einer Zweigstelle in den Vereinigten Staaten für den richtigen Schritt hielt und eine passende Immobilie vermitteln könnte, doch Lehner war das Risiko zu groß.

Seit jenem Abendessen im *Hotel Sacher* hatte sich Redloffs Verhalten ihr gegenüber nicht grundlegend verändert, nur fragte er vielleicht noch häufiger nach ihrem Rat in Kunstdingen und lud sie an jedem zweiten Sonntag zum Essen ein. Ihre Gespräche wurden auf eine freundschaftliche Art vertrauter, und es schien Sarah manchmal so, als wollte er sie kennenlernen, sie prüfen, bevor er eine Frage stellte, die den Status quo ihrer Beziehung verändern könnte. Sarah ihrerseits ließ den Dingen ihren Lauf, schätzte den Amerikaner jedoch mehr und mehr. Sie mochte seine offene, humorvolle Art, seine liberalen Ansichten und seinen scharfen Verstand, vor allem, wenn es um Geschäfte ging. Darüber hinaus war Redloff ein Genussmensch, der sich an einer feinen Tasse Kaffee genauso erfreuen konnte wie an einem chinesischen Lackkabinett oder einem edlen Cognac.

Manchmal dachte sie, dass Lady Sudbury mit einem solchen weltoffenen Mann sicher hätte glücklich werden können. Stattdessen verbrachte ihre Freundin ihr Leben an der Seite eines blasierten Aristokraten, der sich nur für seinen Klub und die Politik interessierte. Aber es war nicht an ihr, über das Leben anderer zu urteilen, hatte sie selbst doch noch nicht einmal Ordnung in ihr eigenes gebracht.

Heute klingelte das Telefon ohne Unterlass.

»Hofmann's, Sarah Rosewell am Apparat«, meldete sie sich automatisch und blätterte in einem Stapel von Losen, die zur Auktion kommen sollten. Die Reihenfolge gefiel ihr noch nicht. Sie plante jede Auktion taktisch, um das Interesse der Kunden zu halten und nach Möglichkeit zu steigern. Das ging am einfachsten, indem man die Highlights geschickt platzierte.

»Sarah«, erklang die vertraute und so lange nicht gehörte Stimme von Philip Maynard.

Sarah erstarrte. Die Verbindung war gut, er schien auf dem Kontinent zu sein. Sie umklammerte den Hörer ein wenig fester und spielte mit der anderen Hand nervös mit ihrem Füllfederhalter. »Das ist ja eine Überraschung. Bist du wieder in Europa? Ich habe deinen letzten Brief erhalten und bin schrecklich beeindruckt!«

Sein warmes Lachen versetzte ihr einen sehnsüchtigen Stich. »Ist das so? Dann darf ich dich zu einem Abendessen einladen und dich mit ein paar abenteuerlichen Geschichten noch ein wenig mehr beeindrucken?«

»Du bist in Wien?«

»Gestern angekommen. Ich bin in Genua von Bord gegangen und mit dem Zug weitergefahren.«

»Wo logierst du? Wieder im *Grand Hotel*?«

»Etwas bescheidener. Die *Villa Teresa* ist klein, hat nur fünf Zimmer und liegt in der Nähe des Stadtparks. Die Reise hat mich mehr gekostet, als ich verdient habe, aber das war es wert. Ach, Sarah, ich muss dir so viel erzählen. Ich hoffe, du erlaubst es mir?«

Er klang nicht fordernd, sondern bittend. »Ich würde mich freuen, Phil.«

»Passt es dir heute Abend?«

Sie sagte zu, ungeachtet der Stapel an Arbeit, die noch auf ihrem Schreibtisch warteten. Genau zwei Jahre war es her, seit sie sich in London gesehen hatten. Sie konnte kaum glauben, wie viel Zeit vergangen war.

Als Sarah sich im Auktionshaus umgekleidet hatte, betrachtete sie sich kritisch im Spiegel. Sie war fast dreißig Jahre alt, und nach dem Tod ihrer Mutter waren die Linien um Augen und Mund tiefer geworden. Sarah legte Lippenstift auf, betonte ihre Augen mit etwas Kajal und fand sich in ihrem violett-blauen Kleid im modisch lockeren Schnitt recht passabel.

Hannah hatte sie bei ihrem letzten gemeinsamen Bummel durch die Stadt zu dem Abendkleid überredet. Mit einem leichten

Mantel verließ Sarah ihr Büro und sah nur bei Lehner noch Licht. Sie klopfte und schaute zu ihm hinein.

»Bis morgen, Herr Lehner«, sagte sie und war schon dabei, sich abzuwenden, als ihr noch etwas einfiel. »Bleiben wir bei unserer Entscheidung, Smirnows Einlieferungen so zu akzeptieren? Ich hege nach wie vor Zweifel an der Herkunft einiger Stücke.«

Der Leiter des Auktionshauses saß vor seinem Schreibtisch, eine Zigarre in der Hand. »Wir wissen, dass die Stücke kein Diebesgut sind. Alles andere geht uns nichts an.« Er lächelte sie an. »Lassen Sie uns nicht päpstlicher sein als der Papst. Ich weiß, dass Sie gern alles bis ins kleinste Detail kontrollieren und überprüfen, aber das ist nicht immer möglich.« Er machte eine Pause. »Und nicht immer notwendig. Sie sehen bezaubernd aus, wie immer, meine liebe Miss Rosewell. Ich wünsche Ihnen einen schönen Abend!«

»Ich Ihnen auch, Herr Lehner!«

Sie ging durch das stille Auktionshaus, nahm die Vitrinen und Regale mit all den Kunstwerken wahr und verspürte eine tiefe Zufriedenheit. Das hier war ihre Welt geworden. Hier kannte sie sich aus, und man schätzte ihren Rat. Sie hatte viel gelernt, seit sie Lady Sudbury bei Mrs Weaver getroffen hatte.

Gleich neben der *Villa Teresa* befand sich ein kleines Restaurant, das von einem Böhmen geführt wurde. Sarah konnte sich stets für neue Einflüsse in der Küche begeistern und fand, dass jede Region eine Besonderheit zu bieten hatte, die man zumindest probiert haben sollte. Wobei das Essen nicht den Hauptanteil an ihrer Aufregung trug. Mit bebendem Herzen entstieg sie der Droschke, von denen es in Wien noch immer viele gab. Sie hörte, wie der Kutscher mit der Zunge schnalzte und das Pferd davontrabte, doch ihre ganze Aufmerksamkeit galt dem Mann, der vor dem Eingang des Restaurants wartete.

Die Straßenlaternen beleuchteten die Straße, und eine Leuchtreklame warf bunte Lichtreflexe auf den Gehweg. Es konnte an den schlechten Lichtverhältnissen liegen, doch Sarah erschrak, als sie Philip sah. Er war hager, und seine Augen blickten ernst, obwohl er lächelte, als er sie erblickte. Die Linien um Mund und Augen hatten sich tief eingegraben, und sie fragte sich, was aus dem lebenslustigen Fotografen geworden war, in den sie sich vor Jahren verliebt hatte.

»Sarah!« Er machte einen Schritt auf sie zu, zögerte jedoch, als wüsste er nicht, wie er sie begrüßen sollte.

Sie nahm ihm die Entscheidung ab, indem sie ihn einfach umarmte. Er drückte sie an sich und gab ihr einen Kuss auf die Wange.

»Du bist noch schöner geworden, Sarah, und das ist eigentlich nicht möglich«, sagte er, und sie war froh, dass sein charmantes Ich noch vorhanden war.

»Und du hast viel erlebt«, sagte sie und sah ihn mitfühlend an.

Er grinste. »Die Reise steckt mir noch in den Knochen, das gibt sich noch. Mir geht es gut, und ich muss dir so viel erzählen, Sarah.«

Philip ließ sie zuerst das Restaurant betreten und sagte hinter ihr: »Ich hoffe, du hast Hunger, denn die Portionen hier sind groß.«

Sie freute sich, dass er zumindest einen guten Appetit hatte, denn er sah aus, als könne er jede kräftige Mahlzeit gebrauchen. Als sie ihm schließlich an einem kleinen Tisch gegenübersaß, musste sie ihren ersten Eindruck korrigieren: Schmaler war er geworden, aber nicht weniger lebensfroh. Philip holte einen großen Umschlag aus seiner Manteltasche und legte ihn auf den Tisch. Seine Augen leuchteten, und alle Müdigkeit war verflogen.

»Die sind für dich. Ich möchte wissen, was du davon hältst.«

Er schob ihr das Mitbringsel zu, und als ihre Blicke sich trafen, stellte sich die alte Vertrautheit wieder ein.

Sie öffnete den Umschlag und ließ ein Dutzend Fotografien auf die weiße Tischdecke gleiten. Die schwarz-weißen Abzüge zeigten Menschen in Tibet, Nepal und Indien. Es waren alte und junge Gesichter von Menschen in einfachen Gewändern, die ihrer täglichen Arbeit nachgingen. Ein Junge schien unter einem vollgepackten Rucksack beinahe zu verschwinden, doch er lachte und zeigte auf die Berge hinter sich. Sarahs geschultes Auge erkannte nach wenigen Sekunden, was allen Bildern gemein war – Respekt und Mitgefühl für die abgelichteten Modelle. Der Eseltreiber wirkte genauso würdevoll wie ein Maharadscha und die Wasserträgerin so stolz wie eine Prinzessin. Philips frühere Arbeiten waren ästhetisch schöne, glatte Abbildungen einer künstlichen Wirklichkeit. Das hier war das Leben.

»Du hast dich verändert, Phil. Deine Fotografien atmen. Sie sind so lebendig, dass ich mir vorstellen kann, wie die Menschen gleich zu sprechen beginnen. Der Junge würde mir erzählen, wie schwer der Rucksack ist, aber dass es ihm nichts ausmacht, weil er den steilen Weg schon tausendmal gegangen ist und der Verkauf der Sachen seine Familie ernährt.« Sie hielt inne und seufzte. »Die Bilder sind wunderschön und etwas ganz Besonderes.«

Der Kellner kam an ihren Tisch und stellte eine Karaffe mit Wasser und zwei Gläser vor sie hin. »Was darf ich den Herrschaften bringen? Empfehlen kann ich die Kulajda, unsere Kartoffelsuppe mit pochiertem Ei, Pilzen und saurer Sahne, danach vielleicht den Schweinsbraten mit Knödeln und Kraut oder den Prager Schinken und zum Dessert Powidldatschgerl.«

Philip sah Sarah an, die nickte und ihm die Wahl überließ. »Einmal von allem, bitte, das hört sich sehr gut an.«

Der Kellner schien nichts anderes erwartet zu haben. »Und zu trinken? Bei Wasser soll's sicher nicht bleiben?«

»Für mich ein Bier, und was möchtest du, Sarah?«

»Für mich auch, danke.«

Der Kellner lächelte, dass sein Schnurrbart wackelte. »Gute Wahl, Gnädigste! Wir brauen seit fünfhundert Jahren das beste Bier der Welt.«

Als sie wieder allein waren, sagte Philip: »Zwei Jahre sind eine lange Zeit. Wie ist es dir ergangen, Sarah? Ich sehe einen Ring an deiner Hand. Bist du verlobt?«

Sie drehte den Ring ihrer Mutter ein wenig und lächelte traurig. »Meine Mutter ist im vergangenen August gestorben. Dieser Ring ist alles, was mir von ihr geblieben ist.« Sie hielt inne. »Nein, das ist natürlich nicht wahr. Sagen wir: das einzig Materielle.«

»Oh, Sarah, mein herzliches Beileid. Ich wünschte, ich hätte es gewusst.« Seine Haut war gebräunt und setzte sich von einem nicht mehr weißen Hemdkragen ab. Überhaupt bedurfte sein Anzug dringend einer Reinigung und hatte abgewetzte Ellbogen. Auch seine Stiefel sahen so aus, als hätten sie das Himalaja-Gebirge und Indien durchwandert, wie Sarah feststellte.

»Und was hättest du dann getan? Wärst du aus Kathmandu zurückgekehrt, um mir die Hand zu halten?« Sie sagte das nicht sarkastisch, sondern als Feststellung. »Und hättest du Frau und Kind zur Beerdigung mitgebracht? Wie geht es deiner Familie? Sind sie wohlauf? Vermissen sie dich nicht?«

Er runzelte die Stirn. »Darüber möchte ich mit dir sprechen. Es war ein Fehler, dass ich Gladys' Wunsch nach einem Kind nachgegeben habe.«

»Ein Fehler, den du bereust?«

»Wie kann ich bereuen, dass ich einen Sohn habe? Aber ich

hätte Gladys niemals heiraten sollen, mich niemals dem Willen der Familie beugen dürfen.«

Der Kellner brachte das Bier, und sie hob das Glas. »Auf alte und neue Lieben!«

Philip erwiderte, indem er ihren Blick suchte: »Auf die einzig wahre Liebe!«

Das Bier war ein wenig zu warm, doch der herbe Geschmack erfrischend. »Gibt es sie denn, die einzig wahre Liebe?«

Er sah sie fest an. »Für mich schon.«

Sarah räusperte sich. »Erzähl mir, wo du diesen Jungen fotografiert hast. Sind die Berge da hinten wirklich so hoch, oder täuscht das?«

Trotz des schnellen Themenwechsels begann Philip, voller Begeisterung von seinen Reisen zu erzählen, und sie erkannte, dass er die Welt aus einem neuen Blickwinkel betrachtete. Er hatte die Rolle des kühlen Beobachters verlassen. Die Kamera schien nun eine Verbindung zwischen ihm und seinen Motiven darzustellen, eine Möglichkeit, sich den Menschen anzunähern, die ihm erlaubten, das Objektiv auf sie zu richten.

»Das Leben dort oben auf dem Dach der Welt ist karg, einfach und sehr hart, aber die Menschen sind so freundlich, zufrieden und gastfreundlich! Der Junge läuft auf schmalen Pfaden durch die Berge, eine Tour dauert drei Wochen, im Winter ist es so gefährlich, dass sich die Familie von ihm verabschiedet. Aber sie tun das seit Generationen. Dabei hilft ihnen ihr Glaube. Du weißt, dass ich nicht religiös bin. Aber wenn ich es wäre, dann würde ich den Buddhismus wählen.«

»Warum bist du kein Buddhist geworden?«, fragte Sarah, während sie den letzten Löffel Kartoffelsuppe verspeiste.

»Der Grundgedanke des Loslassens erscheint mir immer noch zu schwer. Ich habe zwar gelernt, Dinge hinter mir zu lassen, aber ich kann nicht loslassen, was ich liebe. Ich liebe dich, Sarah. Deshalb bin ich zurückgekehrt. Ich werde mich von Gladys scheiden lassen.«

Vollkommen perplex hob sie den Blick. »*Jetzt* willst du dich scheiden lassen? Ihr habt einen Sohn, und du willst dich von deiner Frau trennen? Und was ist mit deiner Familie? Sie wird unter den Konsequenzen leiden müssen. Das wolltest du doch immer verhindern. Ich will nicht der Grund dafür sein!«

Er schüttelte vehement den Kopf. »Das bist du auch nicht, Sarah. Ich habe das entschieden, ohne zu wissen, ob du mir überhaupt eine neue Chance geben wirst. Ich will neu anfangen. Du hast mir gezeigt, was es bedeutet, für seine Ziele zu kämpfen. Ich habe mich all die Jahre hinter Konventionen und Verpflichtungen versteckt. Es ist nun mal leichter, sich hinter Verpflichtungen zu verstecken, als sich gegen sie zu stellen.«

»Aber was wird aus eurem Haus? Dem Stammsitz der Familie? Solltest du nicht den Titel erben? Du brichst mit einer jahrhundertealten Tradition! Sie werden dich verstoßen! Früher hätten sie dich wahrscheinlich einkerkern lassen, bis du wieder zur Besinnung gekommen wärest.« Sie grinste.

Er lachte. »Man hätte sich perfide Foltermethoden ausgedacht, um mich zurück in den Schoß der werten Familie zu holen. Nein, Sarah, ich habe mich entschieden. Ich glaube, nach meinem letzten Brief ahnen meine Eltern schon Fürchterliches.«

»Oh Phil, hast du das gut überlegt? Mit der Familie zu brechen ist eine schwerwiegende Entscheidung. Es ist deine Familie, deine Eltern, dein Heim, deine Herkunft.«

»Macht mich denn nur das aus?« Philip Maynard fuhr sich durch die etwas zu langen Haare, die zusammen mit seiner leicht abgerissenen Kleidung das Bild des Weltenbummlers vervollständigten.

»Nein. Es ist die Kamera, Phil«, sie lächelte verschmitzt. »Ich habe mich damals in dich verliebt, weil du diesen faszinierenden Kasten bedienen konntest.«

Er verzog schmerzhaft das Gesicht. »Oh, das tut weh. Ich habe es geahnt. Nun, immerhin ist das jetzt mein Broterwerb. Ich werde auf alles verzichten, Titel, Erbe, das Geld meiner Frau. Allein das fühlt sich an, als würde ich endlich den Mühlstein loswerden, der an meinen Hals gekettet wurde.«

»Gekettet wurde?«, fragte sie und hob eine Augenbraue.

»Ich habe es zugelassen, wie ich mein Leben lang alles getan habe, was von mir erwartet wurde. Ein erwachsener Mann, der plötzlich alles infrage stellt.« Er leerte sein Bierglas. »Bin ich eine lächerliche Figur?«

Als er das sagte und sie mit fragenden Augen ansah, fühlte sie sich ihm so nahe wie damals in Scarborough. »Im Gegenteil, ganz im Gegenteil«, sagte sie leise.

Sie beendeten das Essen mit dem Dessert, und als Phil die Rechnung verlangte, brachte der Kellner ihnen noch ein Gläschen mit einem klaren Getränk an den Tisch. »*Na zdraví*! Zum Wohle! Ein Gruß von Jaro Horák, unserem Chef!«

Sarah probierte. »Was ist das?«

»Sliwowitz, Gnädigste. Zwetschgenwasser, das brennen wir in unserer Heimat alle selbst.«

»Erst die Pflaumen im Dessert und nun im Glas«, meinte Phil augenzwinkernd.

Als sie wenig später auf die Straße traten, nahm Philip ihren Arm und führte sie ein Stück in Richtung des Parks. »Ich wollte dich nicht überfallen, Sarah, ich musste dir einfach sagen, was ich beschlossen habe und wie ich fühle. Was du damit anfängst, überlasse ich dir. Aber du sollst wissen, dass ich dich heiraten möchte, Sarah Rosewell.« Er zögerte, blieb stehen und nahm ihre Hand.

»Morgen reise ich nach London weiter und werde alles in die Wege leiten. Wann ich wieder in Wien sein werde, kann ich nicht sagen, aber ich habe noch immer mein Studio in Marylebone. Da kannst du mich erreichen.« Er machte eine Pause. »Wenn du das möchtest.«

»Oh Phil, das kommt so überraschend, ich weiß gar nicht ...« Hilflos und in einem Tumult aus Gefühlen stand sie vor ihm.

Er lächelte und strich über ihre Haare. »Sag jetzt nichts, Sarah. Denk über alles nach, und entscheide, was dein Herz dir sagt. Meine Gefühle für dich haben sich nie geändert. Aber ich habe mich geändert. Ich möchte ein besserer Mann sein.«

Sie schluckte, und ihre Augen füllten sich mit Tränen. »Hättest du das nur früher ...«

Er zog sie an sich und flüsterte: »Es ist noch nicht zu spät. Sarah, gib uns eine Chance.« Dann küsste er sie mit einer verzweifelten Leidenschaft, die ihr den Atem nahm.

»Verzeih«, murmelte er und ließ sie los.

22

»Zum Ersten, zum Zweiten, und es bietet niemand mehr?«, fragte Direktor Lehner in den Saal. Ein letzter Blick in die Runde, die Augen der Zuschauer hingen gebannt am erhobenen Hammer des Auktionators. Ein Herr, der in der dritten Reihe neben Redloff saß, schüttelte den Kopf, und als niemand den ohnehin exorbitanten Preis überbot, fiel der Hammer.

»Und zum Dritten! Der Zuschlag geht an die Dame in der ersten Reihe!« Lehner schenkte einer Dame in elegantem Flieder ein Lächeln, und die Menge applaudierte höflich, denn das Bietergefecht hatte die angesetzte Taxe für die japanischen Wandschirme verdreifacht.

»Hätte ich das Geld, ich hätte sie auch ersteigert. Sieh dir den goldenen Untergrund an und die wunderschön gemalten Blumen. Die sind so luftig und leicht, als könne ein Windhauch ihre Blätter hinwegwehen«, sagte Hannah und sah den Wandschirmen nach, die von Mitarbeitern des Auktionshauses aus dem Saal getragen wurden. »Aber sie sind überteuert, nicht wahr?«, wandte sich Hannah an die neben ihr stehende Sarah.

»Der Preis ist hoch, aber durchaus angemessen.« Sarah nickte der Kundin, einer bekannten Wiener Sopranistin, zu. »Die Wandschirme sind nicht nur schön, sondern auch praktisch, sechsteilig faltbar. Und sie stammen aus der Edo-Periode, sind also sehr gefragt. Sogar den Künstler konnten wir feststellen: Tawaraya Sotatsu. Er war der Hofkünstler der Familie Maeda in der Ishikawa-Präfektur. Das liegt bei Kyoto.«

Hannah war beeindruckt und ließ sich unter leichtem Ächzen wieder auf ihren Stuhl sinken, denn sie war mittlerweile hochschwanger. »Kyoto muss sehr eindrucksvoll sein. Das war die alte Kaiserstadt. Levi hat ein Buch über Japan, weil er ein Samuraischwert eingekauft hat.«

»Ein Schwert?«, fragte Sarah interessiert, wurde jedoch von der nahenden Sopranistin abgelenkt.

Die eindrucksvolle Gestalt der Sängerin kam auf dem Weg zur Warenausgabe an ihr vorbei. Jeder Käufer war dazu verpflichtet, den Kaufpreis, also das Meistgebot zuzüglich der Käufergebühr, sofort nach dem Zuschlag bar zu bezahlen. Der ausladende Busen der Sängerin wogte unter zarten Lagen von fliederfarbener Seide. »Ah, Sie hatten ja so recht, Frau Rosewell! Die Wandschirme sind herrlich! Ich werde vor ihnen die Madame Butterfly üben.«

Die Operndiva machte eine Bewegung mit ihren Händen, schloss kurz die Augen, holte Luft und begann, die sehnsuchtsvolle Arie zu singen: »*Un bel di, vedremo, levarsi un fil di fumo …*«

Augenblicklich war es so still im Saal, dass man eine Stecknadel hätte fallen hören können. Die klare Stimme erhob sich erst zart und dann mit Leidenschaft, und als die Diva sich unterbrach, selbstvergessen und ganz in ihrer Musik gefangen, hatte jeder im Saal verstanden, warum die japanischen Schirme in die Räume der Sängerin gehörten. Tosender Applaus brandete auf, die Dame warf eine Kusshand in den Raum und ging erhobenen Hauptes in Begleitung ihres Gatten davon.

Hannah berührte Sarahs Arm. »Ich hatte eben eine Gänsehaut, du auch?«

»Ja«, murmelte Sarah und war glücklich, dass die Wandschirme nun in die richtigen Hände kamen. Manchmal war eine Auktion eben viel mehr als nur der Verkauf eines Gegenstandes.

Direktor Lehner rief bereits das nächste Lot auf, ein Marmorputto aus Italien. Die meisterliche kleine Figur fand sofort Interessenten.

»Wie fühlst du dich, Hannah? Ist das nicht zu anstrengend für dich, hier so lange zu sitzen?« Sorgenvoll betrachtete Sarah ihre Freundin, die ein wenig blass um die Nase aussah und ihre Hände auf ihren runden Bauch gelegt hatte. Doch Hannah strahlte sie glücklich an.

»Es könnte mir gar nicht besser gehen. Hier bei meiner besten und liebsten Freundin zu sitzen und lauter schöne Dinge zu sehen, die einen neuen Besitzer finden. Ich finde Auktionen immer noch so unglaublich spannend«, flüsterte sie, weil es still im Saal wurde, als Lehner nach dem letzten Aufruf in die Runde sah.

Nachdem der erste Teil der Auktion beendet war, nahm Sarah ihre Freundin mit in ihr Büro, wo sie ihr eine Tasse Tee, Brot und Käse anbot. In ihrer Schwangerschaft hatte Hannah einen Appetit für Käse entwickelt, weshalb Sarah immer ein Stück vorrätig hatte, wenn sie wusste, dass ihre Freundin kam.

Seufzend sank Hannah in einen der Art-déco-Sessel und streckte ihre Beine aus. »Niemand hat mir gesagt, wie schwer so ein Kind ist! Und meine Beine werden so dick, fürchterlich! Hunger habe ich auch ständig.« Sie lachte. »Levi verwöhnt mich aber auch mit jeder Leckerei. Wie soll ich das bloß wieder abnehmen, wenn das Kind erst da ist.«

»Ach, Hannah, das ist doch nicht wichtig. Du bist wunderschön. Ich freue mich so für euch.« Sarah setzte sich zu ihr und schenkte Tee ein.

Hannah lächelte und nahm sich dankend ein Stück Käse. »Oh, der ist gut! Woher hast du den?«

»Aus dem koscheren Laden an der Franziskanerkirche. Die haben sehr gute Ware, finde ich. Ich kaufe da auch sehr gern ein. Vor allem das Gebäck ist sündhaft gut. Sehr süß, aber himmlisch!« Sarah nahm sich ein Stück Brot und merkte beim Kauen, wie hungrig sie eigentlich war.

Seit den frühen Morgenstunden war sie bereits im Auktionshaus, um die Vorbereitungen anzuleiten. Ihr Einsatz hatte sich gelohnt. Die Auktion verlief reibungslos. Sarah hatte sich ihre Assistentin und den jungen Oskar zu Hilfe genommen, um die Abläufe besser zu strukturieren. Dieser Aufwand kam nun zum Tragen. Jeder Mitarbeiter wusste genau, was er zu tun hatte. Es gab keine Kompetenzstreitigkeiten, weil jeder Experte seine Sparte betreute und einen oder mehrere Assistenten zur Seite gestellt bekommen hatte. Die Zahlungsvorgänge waren ebenfalls in eine Hand gelegt worden. Lehner hatte zwar die Kontrolle und konnte in letzter Instanz entscheiden, doch die Rechnungsabteilung wurde seit einigen Monaten von einem erfahrenen Finanzbuchhalter geleitet. Herr Kutschera hatte sich als Bereicherung für das Unternehmen erwiesen.

»Du hast dir solche Mühe meinetwegen gemacht. Das ist doch nicht nötig. Ich weiß doch, wie viel Arbeit du hast. Machst du eigentlich auch mal etwas anderes? Du lebst ja nur für dieses Auktionshaus.« Hannah gab ein weiteres Stück Zucker in ihren Tee.

»Du weißt ja das Neueste noch gar nicht, Hannah. Philip ist in der Stadt. Das heißt, er war hier, musste schon wieder abreisen, aber wir haben miteinander gesprochen.«

»Was? Oh! Erzähl mir alles! Wie geht es ihm? Woher kommt er? War er nicht in China? Und vor allem, wie war euer Wiedersehen?« Gespannt sah Hannah sie an.

»Er hat sich verändert, Hannah. So sehr, dass ich gar nicht recht weiß, ob ich ihn noch kenne.« Sie erzählte Hannah von Philips Reise, seinen Erfahrungen mit den tibetischen Mönchen und dem indischen Freiheitskämpfer. Zwischendurch schaute Christine herein und wollte wissen, ob Hofmann's einen Schrank auch nach Salzburg liefern würde. Sarah nickte den Transport ab, empfahl aber eine gesonderte Versicherung.

Zu Hannah sagte sie, als Christine gegangen war: »Und jetzt kommt es. Er will sich von seiner Frau trennen!«

»Was? Richtig trennen, also die Scheidung einreichen, oder wieder nur getrennt von Tisch und Bett? Wobei wir ja wissen, wie ernst er das gemeint hat«, sagte Hannah mit gerunzelter Stirn.

»Phil will sich tatsächlich scheiden lassen. Ich war sehr skeptisch, aber so, wie er es gesagt hat, glaube ich ihm. Mein Gott, nach zwei Jahren kommt er zurück, und dann will er mich heiraten. Warum erst jetzt? Hätte er sich doch nur früher dazu durchgerungen.« Sarah betrachtete ihre Hände und spielte mit dem Ring ihrer Mutter.

»Das ist alles sehr viel auf einmal, hm?«, fragte Hannah mitfühlend. Die werdende Mutter trug ein dunkelblaues Kleid mit bunter Blumenstickerei. Ihre großen dunklen Augen ruhten auf der Freundin, als sie sich vorbeugte und Sarahs Hand streichelte. »Was sagt dein Herz, Sarah? Was empfindest du noch für ihn? Ich sehe dich noch bei Varnham's, so jung und schrecklich verliebt in den charmanten Fotografen.«

Sarah seufzte tief und schüttelte den Kopf. »Ich habe ihn so sehr geliebt. Mit ihm konnte ich über alles reden, er versteht mich, meine Arbeit. Wenn wir gemeinsam an einem Auftrag gearbeitet haben, war das für mich das Schönste. Diese Nähe, weißt du, das Vertrauen …« Sie machte eine Pause.

»Und dann hat er dich enttäuscht. Obwohl, versteh mich nicht falsch, Sarah … aber du wusstest immer, dass er verheiratet ist. Da hat er dir nichts vorgemacht«, gab ihre Freundin zu bedenken.

»Nein, das mache ich ihm auch nicht zum Vorwurf. Ich hätte mir nur gewünscht, dass er mir vom Wunsch seiner Frau erzählt hätte. Er weiß doch, dass ich keine Kinder bekommen kann. Das hat mich so verletzt, Hannah.« Unglücklich schaute Sarah auf. »Dafür kann er nichts, niemand kann etwas dafür, und, ach, ich weiß nicht, vielleicht war es mir einfach nicht mehr genug, die Heimlichkeiten, die seltenen Treffen. Vielleicht war das nur der Auslöser.«

Hannahs weiche dunkle Locken fielen ihr ins Gesicht. Seit sie schwanger war, konnte sie es nicht mehr ertragen, die Haare zu flechten oder aufzustecken. So hielt nur ein Band die Locken lose am Hinterkopf, was Hannah noch weiblicher und schöner machte.

»Du hast mir noch nicht gesagt, ob du ihn noch liebst«, sagte sie vorsichtig.

Auf den Fluren liefen die Mitarbeiter des Auktionshauses hin und her, um die Stücke für den zweiten Teil der Nachmittagsauktion bereitzustellen.

Sarah knetete ihre Finger. »Ich habe ihn vermisst. Und es war schön, ihn zu sehen, aber …« Sie dachte an Charley und fragte sich, wie es wäre, wenn sie ihn wiedersehen würde. Die Nacht mit Charley hatte sie verändert, weil er ihr etwas gegeben hatte, das sie vorher nicht gekannt hatte.

»Aber?«, hakte Hannah nach.

Sarah hörte den Gong, der die Besucher zurück in den Saal rief. »Aber ich muss zurück. Du kannst gern noch hierbleiben und aufessen.« Sie legte ihrer Freundin sanft die Hand auf den Bauch. »Macht's gut, ihr zwei. Ich werde ihn oder sie ganz fürchterlich verwöhnen, damit musst du leben!«

Hannah lachte. »Na, geh schon!«

Die Auktion wurde mit einer großen Gewinnmarge für das Auktionshaus abgeschlossen, und Lehner drückte Sarah am Abend in seinem Büro die Hand, so wie er es sonst nur mit seinen männlichen Mitarbeitern tat. Sarah war stolz auf diese Anerkennung, die sie sich durch ihren unermüdlichen Einsatz verdient hatte.

»Danke, Herr Lehner. Und ich möchte unbedingt die Arbeit von Frau Vogl und auch von Oskar hervorheben. Die beiden haben mir sehr geholfen und sich verdient gemacht.«

Der Direktor ging zu seinem Schreibtisch und öffnete einen Humidor. »Ich würde Ihnen eine Zigarre anbieten, Miss Rosewell.« Sie sprachen englisch, wenn sie allein waren. »Ich hatte erwartet, dass Sie unser Haus schmücken würden, doch ich muss ehrlich gestehen, dass ich Sie unterschätzt habe. Sie haben das Zeug zu einer leitenden Position.«

Sarah errötete zwar leicht, doch sie war selbstbewusst genug, die Anerkennung als gerechtfertigt anzunehmen. »Das ist sehr freundlich von Ihnen, Herr Lehner. Ihr Vertrauen in mich bedeutet mir viel, und ich finde, wir haben in der Tat viel für Hofmann's erreicht. Wir haben das Haus in den vergangenen Monaten ein wenig in die Moderne geführt, wenn ich das so sagen darf.«

Der Direktor paffte an seiner Zigarre und lehnte sich an den Schreibtisch. Er trug seinen Schnauzer jetzt schmaler, was ihn jugendlicher wirken ließ und besser zu seinem nonchalanten Naturell passte, wie Sarah fand. Heute war er besonders guter Stimmung, aber das schien nicht nur mit dem Ausgang der Auktion zusammenzuhängen.

»Sie dürfen, meine Liebe, denn dem kann ich nur beipflichten. Ich muss gestehen, dass ich zwischenzeitlich dachte, Sie wären den Anforderungen nicht gewachsen, aber Sie haben mich eines Besseren belehrt.«

Er spielte wohl auf die Zeit an, in der sie wegen des Unfalls ihrer Mutter Wien so plötzlich hatte verlassen müssen. Sicher hätte er es lieber gesehen, wenn sie nicht oder später gefahren wäre, doch das hätte Sarah sich nie verziehen, und sie bereute nichts.

»Ich werde Sie in der nächsten Woche zu einem Gespräch bitten. Hofmann's geht in eine neue Phase, und es warten neue verantwortungsvolle Aufgaben auf Sie. Aber nun will ich Sie nicht länger aufhalten. Ich wünsche Ihnen ein schönes Wochenende. Sie haben es sich verdient.« Er ging zum Telefon und nahm den Hörer ab. »Verbinden Sie mich mit der Park Avenue Ecke Lexington in New York.«

Mitte der folgenden Woche bat Direktor Lehner sie in sein Büro. Gespannt, was er ihr zu offerieren hatte, setzte Sarah sich in einen der angebotenen Sessel.

»Ich habe lange überlegt, ob das der richtige Schritt sein würde. Sie ahnen sicher schon, um welche Veränderungen es geht?« Lehner nahm ihr gegenüber in einem Sessel Platz. Auf dem mit Intarsien geschmückten Tischchen stand ein Tablett mit silbernem Mokkageschirr. »Möchten Sie eine Tasse?«

Sarah nickte. Allein der Duft des herben Kaffees war ein Genuss.

Lehner, der heute einen grau gestreiften Anzug trug, goss etwas Mokka in zwei der winzigen Tassen. »Bitte, meine Liebe. Ich will Sie auch gar nicht länger auf die Folter spannen. Es geht natürlich um die Erweiterung unseres Hauses. Seit einiger Zeit bin ich, sind wir, mit dem Besitzer eines Hauses in der Upper East Side im Gespräch. Die Verhandlungen sind nun so weit gediehen, dass wir zur Vertragsunterzeichnung kommen könnten. Ich müsste dafür nach New York reisen, und da kommen Sie ins Spiel. Ich möchte, dass Sie mich in meiner Abwesenheit gemeinsam mit Dr. Schachner vertreten. Eine neue direktive Doppelspitze bei Hofmann's. Sie und Schachner würden die Geschicke des Auktionshauses leiten. Das bedeutet eine große Verantwortung. Ich bin dann nicht mehr da, um die endgültigen Entscheidungen zu treffen. Trauen Sie sich das zu?«

Perplex nickte Sarah. »Äh, ja, Herr Lehner, ja, wenn Sie denken, dass die Mitarbeiter des Hauses mich akzeptieren werden?«

Er lächelte. »Das werden sie, verlassen Sie sich darauf. Man hat sich ja schon daran gewöhnt, dass Sie mich vertreten. Gut, und ich habe mehr vor. Ich möchte die neue Zweigstelle von Hofmann's in New York selbst mit aufbauen. Das liegt mir am Herzen, und meine Frau wollte schon immer nach Übersee. Zumindest für einige Jahre.«

Sarah stockte der Atem. Wollte er ihr tatsächlich die Leitung des Stammhauses in Wien für längere Zeit anvertrauen? Würde man eine Frau als Direktorin akzeptieren?

Lehner schien ihre Zweifel zu ahnen, denn er sagte: »Ich halte Sie für fähig, dieses Haus zu führen. Ich würde Ihnen sogar die alleinige Leitung übertragen, aber damit würden wir wohl ein wenig zu weit gehen. Sie können hervorragend mit den Mitarbeitern umgehen und haben die nötige Fachkompetenz. Und seit wir mit Herrn Kutschera Hilfe in der Buchhaltung haben, sehe ich eigentlich keine Probleme. Nur eine Sache macht mir Sorgen. Verzeihen Sie meine Offenheit. Sie sind eine Frau und ledig.«

Sarah sah ihn an. »Das bin ich schon, seit Sie mich eingestellt haben.«

Lehner räusperte sich, offensichtlich auf der Suche nach den angemessenen Worten. Dabei zupfte er an seinen Manschettenknöpfen. »Sicher, sicher, für mich ist das auch kein Problem, aber für viele andere männliche Mitarbeiter und auch Kunden ist es das durchaus. Es geht um gesellschaftliche Akzeptanz und den Ruf eines seriösen Unternehmens. Indem ich Sie in die Geschäftsleitung berief, habe ich bereits mit gewissen Konventionen gebrochen. Lassen Sie mich deutlicher werden: Es wäre von Vorteil, wenn nicht unabdingbar, dass Sie einen Ehegatten vorweisen könnten. So haben sich die Anteilseigner, denn Sie wissen, dass mir nur ein Drittel des Hauses gehört, auf unserer internen Sitzung geäußert.« Er räusperte sich erneut. »Wäre das denn gar unmöglich? Sie sind doch eine attraktive Frau und haben sicher zahlreiche Verehrer.«

Als hätte das Schicksal ihr einen Wink geben wollen, dachte Sarah. »Lassen sich mich darüber nachdenken, Herr Lehner.«

»Bitte, tun Sie das, und sehen Sie mir dieses Anerbieten nach, denn ich habe die ungeschriebenen Regeln nicht gemacht. Und Sie müssen mir anrechnen, dass ich Sie ungeachtet der Tatsache, dass Sie eine Frau sind, zu meiner Stellvertreterin ernannt habe.«

»Das war sehr ... nobel von Ihnen, und ich verstehe Ihr Anliegen. Aber ich brauche Zeit, um zu einer Entscheidung zu gelangen. Wie lange habe ich?«

»Einen Monat.«

Einen Monat, um den Rest des Lebens zu planen.

23

Mitte Mai brachte Hannah ein gesundes Mädchen zur Welt. Die Freude bei Familie Hirschel war unbeschreiblich. Nach Jahren vergeblichen Hoffens und vor allem nach der letzten Fehlgeburt hatten Hannah und Levi fast nicht mehr an das Wunder geglaubt. Nun war es da und sollte den Namen Rebecca tragen.

Sarah war ganz vernarrt in das winzige Wesen mit der runzligen Nase, den großen Augen und den kleinen Fingern, die ihren festhielten. »Oh, du hübsche kleine Maus«, flüsterte Sarah und wiegte das Bündel in ihrem Arm.

Sie befand sich mit der kleinen Schar ausgesuchter Gäste in der Wohnung der Hirschels, wo die Geburt der Tochter gefeiert wurde. Zuvor war man, wie an jedem Schabbat, in der Synagoge gewesen, wo die Tora verlesen und eine festliche Prozession begangen wurde. An diesen Zeremonien hatte Sarah als Nichtjüdin nicht teilgenommen und sich stattdessen in Hannahs Wohnung zusammen mit dem Dienstmädchen um das Essen gekümmert.

Nun waren alle zurück, und Hannah hatte ihrer Freundin ihr Kind in die Arme gelegt. Glücklich betrachtete Hannah die beiden. »Steht dir gut, Sarah. Du wärst eine wundervolle Mutter, und sollte mir jemals etwas zustoßen – das musst du versprechen, hörst du?! –, dann nimmst du mein Kind zu dir.«

Sarah schaute sich nach den anderen um, die jedoch angeregt

im Salon plauderten. »Was würde denn Levi dazu sagen? Ihr habt doch eine große Familie.«

Doch Hannah meinte es ernst, legte der Freundin beschwörend die Hand auf den Arm und sagte: »Ich meine, wenn einmal ein Unglück geschieht, ein Unfall. Du weißt doch selbst, wie schnell so was passiert. Dann soll Rebecca bei dir ein neues Zuhause finden, dann weiß ich, dass ein starkes, unabhängiges Mädchen aus ihr wird.«

Als Sarah erneut widersprechen wollte, legte Hannah ihr einen Finger auf die Lippen. »Versprich es mir einfach. Das ist das Einzige, worum ich dich bitte.«

»Da ihr beide jung und vital seid, verspreche ich es dir! Aber ich weiß, dass unsere kleine Rebecca hier mit großartigen Eltern aufwachsen wird, und ich werde sie als Tante verwöhnen.« Das Baby gluckste und schmatzte und war eingeschlafen. Es war in ein feines Spitzentuch gehüllt, das auch Hannah schon als Kind gehört hatte.

Es gab viele Traditionen und Zeremonien, die den Alltag der Hirschels bestimmten, manchmal erschienen sie Sarah umständlich oder etwas altmodisch, doch sie machten das Leben der jüdischen Familie aus. Und da Levi kein strenges Familienoberhaupt war, fand sogar Sarah Gefallen an den Regeln, den Lesungen, dem Segen bei Tisch, der alle das Essen noch mehr wertschätzen ließ.

Die kleine Feier fand im Kreis von Freunden und Familie statt. Rabbi Yehuda Moshe war mitgekommen, um noch einmal seinen Segen zu geben, dann waren die Nachbarn, Shlomo und Jalda Lubawitsch, Levis Tante Chavah sowie Levis guter Freund Tamás Herceg zugegen. Hannahs Eltern hatten aufgrund der schwachen Konstitution ihrer Mutter nicht kommen können, wollten jedoch so bald wie möglich den Besuch nachholen.

Das Dienstmädchen, eine Frau mittleren Alters, die alle Dinge im Haushalt mit einer Leichtigkeit erledigte, die Sarah erstaunte, kam mit einem Tablett zu ihnen. Darauf lag ein noch warmer, duftender Hefezopf. »Schauen S' Frau Hirschel, das Challa ist fertig und alles andere auch. Wenn S' mögen, können wir servieren.«

»Danke, Estha, was würde ich nur ohne Sie anfangen?«, sagte Hannah lächelnd.

Estha schien sich ihrer Fähigkeiten durchaus bewusst und erwiderte: »Das weiß ich auch nicht.«

Rebecca schmatzte im Schlaf, und Estha, die selbst drei größere Kinder hatte und mit einem Packer verheiratet war, der in der Spezereiwarenhandlung Kattus arbeitete, sah das Kind liebevoll an. »Die sind so herzig, solange sie klein sind. Meine Jüngste schaut sich schon nach den Buben um. Wir müssen unbedingt einen Mann für sie finden.«

»Ja, wie alt ist denn Ihre Tochter?«, wollte Sarah wissen.

»Schon fünfzehn! Sollen wir denn nun anfangen? Ich muss pünktlich fort heute«, drängte das Dienstmädchen.

Hannah nickte. »Ich sage den anderen Bescheid.«

Als Estha mit dem traditionellen Schabbat-Brot verschwunden war, sagte Sarah leise: »Sie ist tüchtig, aber ziemlich frech.«

Ihre Freundin verdrehte die Augen. »Was soll ich machen? Das letzte Mädchen war jünger und sehr nett, konnte aber nicht kochen, und die Hausarbeit musste ich auch noch mitmachen. Ich nehme jetzt die Kleine und lege sie in ihre Wiege. Und nochmals vielen Dank für das wundervolle Geschenk, Sarah. Meine Tochter wird die Kette immer tragen.«

Als Geschenk hatte Sarah eine goldene Kette mit einem Anhänger ausgesucht, der die Form eines Schmetterlings hatte. Rebeccas Geburtsstein als Maigeborene war der Smaragd, und ein solcher Stein schmückte die Mitte des Anhängers. Umgeben wurde er von kleinen bunten Edelsteinen. »Ich freue mich so für euch, Hannah.«

Niemand als Sarah wusste besser, wie sehr Hannah sich dieses Kind gewünscht hatte. Als sie bald darauf im Esszimmer um den großen Tisch saßen, wurden die Schabbat-Kerzen entzündet, der Rabbi brach das Brot und erteilte seinen Segen. Levi schenkte den Wein ein, und Estha trug nacheinander die verschiedenen Gänge auf, begonnen wurde mit einer Suppe.

Levis Tante war seit einigen Jahren Witwe und der Grund, warum Levi und Hannah nach Wien gekommen waren. Sie hatten das Geschäft ihres verstorbenen Mannes übernommen. Chavah Hirschel war eine füllige Frau mit herrischen Gesichtszügen. Sarah konnte ihr nur wenig Sympathie entgegenbringen, was auf Gegenseitigkeit beruhte.

An beinahe jedem Finger glitzerten Ringe, und um ihren Hals trug Chavah ein auffallend schönes Collier. Für eine kleine Familienfeier wirkte sie ein wenig überladen, störte sich jedoch nicht daran. Etwas spitz sagte sie: »Wie laufen die Geschäfte, Levi? Mein seliger Mann hat dir ja ein florierendes Geschäft übergeben.«

Sarah fand diese unterschwellig kritische Frage mehr als unangemessen, immerhin feierten sie die Geburt von Levis und Hannahs Tochter. »Verzeihen Sie, aber ich kann meinen Blick nicht von Ihrem wundervollen Collier wenden. Ist das etwa ein Stück von Philippe Wolfers?«

Levi, der seinen Löffel hatte sinken lassen, um nach der passenden Antwort zu suchen, war erleichtert und warf Sarah einen dankbaren Blick zu. Chavah ging sofort auf den Themenwechsel ein und berührte stolz das prachtvolle Collier im Stil des Art nouveau.

»Sie müssen es ja wissen, schließlich ist das Ihr Metier, nicht wahr? Es handelt sich in der Tat um eins von Wolfers' Meisterwerken. Oh, ich erinnere mich noch gut an die Reise, die ich mit meinem Mann unternommen habe. Wir waren gerade aus Paris von einer großen Kunstausstellung gekommen und besuchten Freunde in Brüssel. Es traf sich, dass wir unseren Hochzeitstag feierten.« Die alternde Matrone blinzelte theatralisch und fuhr nach einem Seufzer fort: »Da überraschte mich mein Mann mit einem Besuch im Atelier von Philippe Wolfers in La Hulpe. Ich war schon immer eine Bewunderin seiner Kunst, und natürlich war meine Freude unbeschreiblich, als Wolfers mir dieses Collier vorlegte. Alle seine Stücke sind Unikate!«

Sarah nickte. »Er geht so weit, dass er die Modelle nach der Ausfertigung des Schmuckstückes zerstört.«

»Ach, das wusste ich nicht«, sagte Hannah und gab Estha, die abzuräumen begann, ihren Teller.

Tamás, der ungarische Schriftsteller, dessen letzter Roman bei den Kritikern durchgefallen war und der nun auf der Suche nach einem neuen Verleger war, murmelte: »Tand und Oberflächlichkeiten«, und leerte sein Weinglas.

Wie alle Stücke des belgischen Juweliers war auch dieses sehr filigran und komplex in seiner Struktur. Ein Rankwerk aus zarten Blüten und Blättern, gefüllt mit einer Emailletechnik, die Plique-à-jour genannt wurde, weil sie glasartig durchscheinend war, wurde von einem ebenfalls rankenden Goldrahmen gefasst, der mit kleinen Rubinen bestückt war. Am fülligen Hals der Matrone hatte man Angst, dass das zierliche Schmuckstück zerbrechen könnte.

Levis Tante lächelte versonnen und berührte die Blattranken. »Damals war ich jung und mein Hals biegsam wie eine Weide. Vielleicht vererbe ich das Collier deiner Tochter, Hannah.« Ihr

Blick fiel auf den Neffen. »Wenn sie mehr nach dir als nach ihm kommt.«

»Also wirklich, Chavah, du schaffst es immer wieder, Levi vor den Kopf zu stoßen«, sagte Hannah.

Der Rabbi, ein behäbig wirkender älterer Herr, widmete sich ganz dem Essen und überhörte die Familiensticheleien. Als er den Kopf hob, warf er einen Blick in die Runde: »Sie haben eine gute Köchin, das muss ich sagen. Was gibt es denn als Nächstes?«

Wie aufs Stichwort erschien Estha mit einer Platte mit einem eintopfartigen Gericht: Schalet, bestehend aus Fleisch, Kartoffeln und Bohnen. Das für den Schabbat typische Gericht war sehr würzig, und Sarah liebte es und freute sich immer, wenn es bei ihren Besuchen serviert wurde. Der Schalet war auch deshalb so beliebt, weil er am Tag zuvor gekocht und warm gehalten werden konnte, denn am Schabbat durfte kein Feuer entzündet werden.

Shlomo und seine Frau Jalda häuften sich große Portionen auf ihre Teller und nickten zustimmend, als sie kosteten. »Sehr gut, Hannah, Sie müssen uns das Rezept geben!«

»Das Lob gebührt einzig unserer Estha«, sagte Hannah, und Estha errötete erfreut.

Nach dem Essen begleitete Sarah ihre Freundin in das Kinderzimmer, wo Hannah ihre Tochter stillte. Ein wenig verlegen deckte Hannah ein Tuch über ihr Kind, doch Sarah schüttelte den Kopf. »Du musst nichts verstecken, Hannah. Ich habe nie etwas Wundervolleres gesehen.«

»Ach, Sarah, ich könnte vor Glück platzen und bin doch traurig, weil ich weiß, dass dir dieses Glück nicht vergönnt ist.«

Sarah schlug die Beine übereinander. »Ich habe mich damit abgefunden. Aber ich brauche deinen Rat. Ich hatte dir erzählt, dass Philip sich von seiner Frau trennen und mich heiraten will.«

Hannah nickte. »Und du warst im Zweifel, was du tun sollst.«

Seufzend erwiderte Sarah: »Hm, ja, und nun kommt von anderer Seite ein ganz überraschender Anstoß. Direktor Lehner bietet mir an, das Haus für eine gewisse Zeit gemeinsam mit Dr. Schachner zu führen. Lehner will die Zweigstelle in New York selbst aufbauen. Allerdings wäre die Voraussetzung, dass ich eine ... ehrbare Ehefrau bin. Was sagst du nun?«

»Oh, das ist eine ganz neue Situation!«, sagte Hannah. »Willst du die Position denn? Was für eine Frage, natürlich willst du! Dafür hast du so hart gearbeitet. Jetzt musst du dir die Frage beantworten, die du mir letztens nicht beantworten konntest. Liebst du Philip noch, und kannst du dir ein Leben mit ihm vorstellen?«

»Meine Gefühle für ihn sind noch immer vorhanden, nur anders. Die Leichtigkeit und die Unbeschwertheit sind fort. Ich möchte ihm so gern glauben, und ich möchte auch nicht immer allein bleiben«, sagte Sarah unglücklich.

Während die kleine Rebecca schmatzend trank und Hannah ihr den Rücken streichelte, sagte sie: »Es gibt viele Gründe, eine Ehe einzugehen, und Philip ist ein guter Mann. Willst du denn immer allein bleiben? Euch verbindet so viel, und ich glaube, du liebst ihn noch. Vielleicht sollte es so sein. Ohne diesen Anstoß von außen hättest du dich vielleicht gegen ihn entschieden, aber so?«

Sarah knetete ihre Hände, bis die Fingerknöchel weiß hervortraten, dann sah sie ihre Freundin an. »Du hast recht. Ich habe mich in letzter Zeit wirklich oft einsam gefühlt und das Zusammensein mit einem Mann vermisst. Und weil ich weiß, dass es mit Charley keine Zukunft gibt ...«

Hannah unterbrach sie: »Daran hast du tatsächlich gedacht? Nein, Sarah, das würde nicht gut gehen. Und das weißt du auch.«

»Charley hat ja auch sehr deutlich gemacht, dass es Frauen in seinem Leben gibt und ich nicht die Einzige wäre, du hast völlig recht. Nein, ich werde mit Philip sprechen.«

Erleichtert sagte Hannah: »Das habe ich gehofft, Sarah. Und du tust das Richtige, glaub mir.«

»Und es gibt noch etwas, das ich dir sagen will. Mein leiblicher Vater. Meine Mutter hat es mir vor ihrem Tod verraten.« Sarah hielt ihrer Freundin die Hand mit dem Ring hin. »Diesen Ring hat er meiner Mutter geschenkt, bevor sie erfuhr, dass sie schwanger ist, und von ihrer Arbeitgeberin aus dem Haus gejagt wurde.«

Mit großen Augen starrte Hannah auf den Ring. »Und wer ist es? Meine Güte, du erlebst ja Sachen!«

»John Redloff.«

»Nein? Der Redloff? Das ist ja unglaublich, nein, natürlich glaube ich dir, es ist nur so schön, dass du ihn bereits kennst. Oder nicht? Ich hatte immer den Eindruck, dass du ihn schätzt und dass er dich mag. Hast du es ihm gesagt?«

»Aber nein! Allerdings hat er den Ring gesehen, und ich meine, er hat ihn erkannt. Aber ich werde das Thema nicht direkt zur Sprache bringen.«

Hannah klopfte ihrer Tochter den Rücken. »Du bist satt, nicht wahr?« An Sarah gewandt, sagte sie: »Das muss ein Schock für Redloff gewesen sein. Ich halte ihn für einen Ehrenmann und denke, er wird dich noch darauf ansprechen. Wie aufregend!«

Sarah brachte ein halbes Lächeln zustande. »Ein bisschen viel auf einmal.«

24

Seit Lehner ihr das Angebot gemacht hatte, kam es immer häufiger vor, dass der Direktor sie allein zu wichtigen Kunden schickte, die sonst mit ihm gesprochen hätten. So kam es, dass Sarah in Begleitung von Rudi Moser, dem Experten für Möbel und italienische Kunst, in ein herrschaftliches Anwesen vor den Toren Wiens fuhr.

Rudi Moser besaß einen eigenen Wagen, sein ganzer Stolz, ein vor dem Krieg gebauter hellgrüner Sphinx. Sarah war froh, dass Lehner sie mit Moser zu diesem Kunden geschickt hatte, denn ihr Begleiter war umgänglich, unterhaltsam und im Umgang mit Kunden erfahren. Moser war ein Mittvierziger mit hellem Haar, einem schmalen ebenen Gesicht und blauen Augen unter langen Wimpern. Von dem eher arroganten Doktor Schachner, ebenfalls Experte bei Hofmann's, wurde Moser gern mit hässlichen Sticheleien, was sein gepflegtes Äußeres betraf, bedacht. Die Art der Bemerkungen legte nahe, dass Schachner Moser für homosexuell hielt, was nicht in den konservativen Wertekanon des älteren Experten passte. Und ausgerechnet mit Schachner soll ich mir die Leitung teilen, dachte sie schaudernd. Aber geschenkt wurde einem eben nichts.

Sie hatten die Stadt verlassen und bewegten sich in Richtung Grinzing. Das Anwesen von Sebastian Lodron befand sich an der

Himmelstraße. »Und Sie wollten nicht in das Geschäft Ihres Vaters einsteigen?«, fragte Sarah.

Moser war der Sohn eines Antiquitätenhändlers aus Salzburg.

»Na, schönen Dank! Mein älterer Bruder Rudolf ist dafür sehr viel besser geeignet. Ich kam nie mit meinem Vater aus. Er ist ein herrischer Charakter, so richtig alte Schule, Militär und dergleichen, wenn Sie verstehen.« Er warf ihr einen vielsagenden Blick zu und fuhr fort: »Der Laden heißt jetzt Moser & Sohn. Nicht einmal Söhne, ha! Aber mir soll's wurscht sein. Ich habe das Geschäft von der Pike auf gelernt, vor allem mein Großvater hat mir viel beigebracht. Er war es auch, der mir diesen Wagen geschenkt hat.« Er klopfte auf das Lenkrad. »Leider ist der alte Herr kurz vor dem Krieg verstorben. Ein feiner Mann war er, der Victor Moser. Gebildet, ach, was der nicht wusste, das gab's nicht!«

Sarah lernte Rudi Moser von einer ganz neuen Seite kennen und war angenehm überrascht. Im Auktionshaus herrschte stets eine betriebsame, oft hektische Atmosphäre, und für private Gespräche war kaum Zeit.

»Ich habe meine Großeltern gar nicht gekannt, sind früh gestorben«, erwiderte sie.

»Tja, mit der Familie ist das nicht immer einfach, nicht wahr? Vor allem, wenn man nicht deren Wunschvorstellungen entspricht.« Rudi grinste breit.

»Was wissen wir eigentlich über Herrn Lodron? Außer, dass er eine Versteigerung in seinem Haus vornehmen möchte«, sagte Sarah und lenkte damit das Gespräch wieder auf ihren Auftrag.

»Soweit ich weiß, sind die Lodrons ein altes Adelsgeschlecht mit Linien in Trient, Salzburg und Paris. Sebastian soll ein Spross der Trienter Linie sein, und wir dürfen viele italienische Kunstwerke erwarten, denke ich. Ich bin auf vielen Festivitäten Gast, aber dieser Herr ist mir noch nie untergekommen, was mich ein wenig wundert.«

Die Straße führte bergauf, und der Wald zu beiden Seiten wurde dichter.

Sarah sog die würzige ländliche Luft ein. »Wie schön, hier leben zu dürfen. Sehen Sie nur die hübschen Häuser!«

»Grinzing hat einen ganz eigenen Charakter und eine lange Geschichte. Hier wird Wein angebaut, schauen S'!«

Entlang einiger Hänge waren die charakteristischen Weinreben zu sehen.

»Sehr schön«, murmelte sie versonnen. Dann riss sie den Blick los und schloss an Mosers letzte Bemerkung an: »Ja, das wundert mich auch, wenn doch der Herr Lodron einer aristokratischen Familie entspringt. Bei uns kennt sich die Upperclass, und es ist wünschenswert, dazuzugehören. Nun, wir werden erfahren, was ihn umtreibt.«

»Sicher. Sagen 'S, Frau Rosewell, sind Sie eigentlich Jüdin?«

Erstaunt sah sie ihn an. »Warum fragen Sie?«

»Nun, wegen Ihres Namens, da fragt man Sie doch sicher des Öfteren.« Er umfuhr ein tiefes Schlagloch.

»Eigentlich nicht. Bin ich nicht, aber warum ist das wichtig?«

Rudi Moser sah sie kurz an, und Mitleid schwang in seinem Blick mit. »Für mich ist das gar nicht wichtig, aber für viele Aristokraten oder gewesene ist es das durchaus. Das haben Sie doch mitbekommen: Die sind oft konservativ, und es schmerzt diese Herrschaften immer noch sehr, dass sie ihre Titel abgeben mussten. Na ja, und die Sozialdemokraten haben viel Gegenwind aus den nationalistischen Kreisen, die immer lauter werden. Das muss Ihnen doch aufgefallen sein.«

Sie konnte ihn noch nicht ganz einschätzen und erwiderte verhalten: »Das ist es, in der Tat. Und wenn Sie sich fragen, ob ich diese Strömungen gutheiße, lautet die Antwort Nein.«

Ein erleichtertes Ausatmen entrang sich ihrem Begleiter. »Ich freue mich, dass wir da einer Meinung sind.« Er lächelte. »Dann wollen wir uns gemeinsam in die Höhle des Löwen wagen.«

Wusste er doch mehr als sie? Bei seiner letzten Bemerkung war ihr ein wenig unbehaglich zumute.

Das Anwesen ihres Kunden lag verborgen hinter Eichen, Buchen und riesigen alten Weiden, deren Zweige traurig vor einem Portal herabhingen, auf dessen Überdach einige Schindeln fehlten. In seiner Blütezeit musste das zweistöckige Haus beeindruckend gewesen sein. Heute jedoch blätterte die weiße Farbe von der Fassade, und bei näherem Hinsehen wirkten die hellgrünen Fensterläden morsch und brüchig. Der Wagen hielt knatternd auf dem von Gras überwucherten Kiesboden.

Sarah nahm ihre Mappe mit Vertragsunterlagen und Notizbuch und stieg aus. Moser hatte Preislisten und einen Katalog zur Ansicht mitgebracht, denn Lodron hatte nur telefonisch um den Termin gebeten. Sie schaute sich um. »Das sieht aber sehr verlassen hier aus. Ich sehe auch keinen Wagen.«

Rudi Moser warf die Wagentür zu. »Ich schaue mal eben hintenrum.«

Jetzt war Sarah doppelt froh über die männliche Begleitung, denn ganz allein hier draußen hätte sie sich doch etwas ausgeliefert gefühlt. Es gab immer wieder Kunden, die einer Frau nicht den nötigen Respekt entgegenbrachten. Sie musste nur an Coltham denken und schauderte.

Moser kam nach wenigen Augenblicken um die Hausecke. »Dahinten steht ein ziemlich neuer Daimler. Es sollte also jemand zu Hause sein. Na, kommen Sie, versuchen wir unser Glück. Immerhin will der Herr Ex-Graf ja was von uns.«

Sarah grinste. »Geld. Und wenn er diesen alten Kasten renovieren will, hat er das bitter nötig.«

Sie stiegen die Stufen zum Haupteingang hinauf und betätigten den Türklopfer, einen schweren Messingring. Es dauerte nicht lange, und die Tür schwang quietschend nach innen auf.

»Haben die Herrschaften einen Termin?«, wurden sie kühl von einem Butler begrüßt.

Sarah und Moser wechselten einen überraschten Blick. »Den haben wir, sonst hätten wir den weiten Weg nicht auf uns genommen«, gab Sarah bestimmt zurück.

Rudi fügte hinzu: »Hofmann's, wir sind hier, um das Inventar zu begutachten.«

Der Butler verzog keine Miene. Er würde seine Rolle bis zum Ende spielen, dachte Sarah und fühlte sich an die loyalen Dienstboten englischer Aristokraten erinnert.

»Bitte folgen Sie mir«, sagte der Mann lakonisch und führte sie durch ein lichtes Vestibül mit einem repräsentativen Treppenhaus. Säulen trugen die Empore im ersten Stock, Stuckarbeiten schmückten Wände und die Decke. Sarah fielen sofort einige hohe Vasen, eine Bronze und verschiedene Gemälde von Qualität ins Auge.

Was draußen dem Verfall anheimgegeben war, glänzte drinnen dafür umso mehr. Sarah bemerkte jedoch, dass die Tapeten teilweise überstrichen worden waren und es nach Feuchtigkeit roch. Sie wurden in einen großen Salon geführt, der auf die hintere Terrasse zum einstigen Park hinausführte. Sarah warf einen Blick durch die Fenster: Die Grünanlagen machten den Anschein, seit Jahren nicht gepflegt worden zu sein, denn Hecken und Beete waren gänzlich außer Form, und das Gras wuchs durch die Ritzen der Steine auf der Terrasse.

»Herr Graf, die Herrschaften vom Auktionshaus sind da«,

kündigte der Butler sie an. »Darf ich Ihnen etwas zu trinken anbieten?«

Moser sagte: »Kaffee, danke.«

»Für mich auch«, schloss Sarah sich an und entdeckte endlich ihren Kunden, der am Fenster stand und sie regungslos beobachtete.

»Entschuldigen Sie meinen Butler, er kann nicht von den alten Gewohnheiten lassen. Nicht wahr, Belasy, wir sind doch nicht mehr adlig«, doch er sagte das ohne Nachdruck.

Sebastian Lodron überragte Sarah um mindestens einen Kopf, war etwa in Mosers Alter, trug einen schmalen Oberlippenbart, und seine dunklen Haare glänzten vor Pomade. In seinem schwarzen Jackett, den dunkelgrau gestreiften Hosen und mit der goldenen Taschenuhr verkörperte er den verblichenen Glanz der Donaumonarchie.

Der Butler nickte. »Bitte ergebenst um Verzeihung. Ich kümmere mich um den Kaffee.«

Nachdem der Butler gegangen war, sagte Lodron: »Ich danke Ihnen, dass Sie den Weg hier heraus auf sich genommen haben. Es ist doch besser, Sie schauen sich alles direkt an, bevor ich Ihnen unzulängliche Beschreibungen zukommen lasse.«

Sarah lächelte höflich. »Welche Stücke möchten Sie denn veräußern?«, erkundigte sie sich. »Und zu welchem Zeitpunkt sollte der Verkauf nach Möglichkeit abgeschlossen sein?«

Lodron machte eine nachlässige Handbewegung. »Alles, was Sie hier sehen, steht zum Verkauf. Für das Haus habe ich auch einen Käufer in Aussicht, aber ich lasse mich nicht gern übervorteilen. Der Mensch, ein grässlich reicher Parvenu, wollte das Haus samt Inventar für einen Spottpreis kaufen. Können Sie sich das vorstellen?« Entrüstet holte Lodron ein goldenes Zigarettenetui hervor, auf dem ein Wappen eingraviert und mit einem Edelstein verziert war. Wie auch immer es um die Finanzen ihres Gegenübers stand, es war noch nicht zum Äußersten gekommen. Er bot ihnen keine Zigarette an, sondern steckte sich eine in eine Zigarettenspitze, die er aus seiner Jackentasche holte, und redete weiter, während er rauchte. »Ich habe dieses Haus von meinem Cousin geerbt. Der arme Teufel kam an Körper und Seele vollkommen zerstört aus dem Krieg zurück und hat sich schließlich erschossen. Ehrenhaft bis zum Ende.«

»Mein Beileid. Ich kann das sehr gut verstehen, mein Bruder ist ebenfalls schwer verwundet aus dem Krieg zurückgekehrt. Er hat ein Ohr durch ein Schrapnell verloren, und er humpelt«, sagte Sarah.

Lodron sah sie genauer an. »Sie sind Engländerin, nicht wahr? Ihre Aussprache ist sehr gut. Ihre Landsleute haben große Opfer gebracht. Mein Cousin war Berufsoffizier, ich habe als Korrespondent für die italienische Presse gearbeitet. Eigentlich hätte er das Leben genießen sollen, nun habe ich das Privileg, das, was von unserem Familienbesitz übrig ist, zu veräußern. Kommen Sie, ich zeige Ihnen ein Schmuckstück, das mein Onkel aus Bombay mitgebracht hat.«

Ein interessanter Mann mit Geheimnissen, dachte Sarah und folgte ihm mit Moser zu einem Sekretär, auf dem eine Schmuckschatulle ruhte.

»Das ist doch Ihr Metier, meine Liebe«, sagte Rudi Moser und schaute sich unterdessen eine kleine Bronze an, einen im Kontrapost stehenden Frauenakt mit Füllhorn, der auf einem von Löwenfüßen getragenen Sockel stand. »Wenn das nicht …« Fasziniert trat Moser näher und studierte die Bronzefigur genauer. »Etwa ein Andrea Riccio? Das wäre ja, meine Güte, Renaissance!«

Lodron öffnete die Schatulle und bemerkte: »Das, ja, das ist ein Riccio. Ich mag diese dunklen schweren Bronzen nicht. Sehen Sie, das hier ist doch ein Prunkstück!«

Als er den Deckel aufklappte, blitzte eine Kaskade aus Licht von makellosen Diamanten aus einer ungewöhnlichen Brosche zwischen weißen Federn hervor. Voller Stolz leuchteten die Augen von Sebastian Lodron, und Sarah beeilte sich zu sagen: »Herrlich, was für ein Feuer! Eine Brosche? Sehr exquisit! Wie viele Karat mögen das sein? Wissen Sie es genau? Gibt es eine Expertise?«

Der Besitzer des ungewöhnlichen Schmuckstückes nahm es aus dem königsblauen Samtbett und reichte es Sarah. »Haben Sie so etwas schon mal gesehen? Das ist ein Turban-Ornament. Fragen Sie mich nicht, wann genau mein Onkel es erworben hat. Er hieß Nicola und war ein Abenteurer und Geschäftsmann, der Indien und Russland bereist hat. Jedenfalls hat dieses Ornament einmal den Turban eines Maharadschas geschmückt, so viel ist gewiss. Die Steine stammen aus indischen Minen, dafür gibt es Unterlagen.«

Im Kopf überschlug Sarah mögliche Preise. »Allein der Diamant in der Mitte muss vier oder mehr Karat haben, und dann erst der tropfenförmige Anhänger!« Sie holte eine Lupe aus ihrer Umhängetasche und besah sich die Steine genauer. »Keine Einschlüsse.«

Sie fanden noch eine ganze Reihe hochwertiger Stücke sowie zahlreiche Möbelstücke und Kunstwerke im mittleren bis unteren Segment. Als sie am Ende ihres Rundgangs durch das Anwesen wieder im Salon angelangt waren, warf Sarah einen Blick auf die Liste, die sie in Stichworten erstellt hatte.

»Wir könnten Ihnen eine exklusive Auktion hier vor Ort anbieten. Das ist immer etwas sehr Besonderes und zieht noch einmal mehr Kunden an. Wenn Sie wünschen, dass wir die Stücke in unser Haus bringen lassen, ist auch das möglich. Es fallen dann

Transport- und Aufbewahrungskosten an. Bei einem solchen Auftrag übernehmen wir die Kosten für den Katalog. Hochwertiges Bildmaterial inklusive.«

Lodron überlegte nicht lange. »Füllen wir den alten Kasten noch einmal mit Leben. Unterbreiten Sie mir ein detailliertes Angebot, und wir kommen ins Geschäft.«

Er reichte ihr und Moser zum Abschied die Hand. Sarah war bewusst, dass das nicht selbstverständlich war, und nahm es wohlwollend zur Kenntnis.

Als sie im Wagen saßen und durch den verwilderten Park fuhren, sagte Moser: »Da haben wir einen Großauftrag an Land gezogen, wenn ich das so salopp formulieren darf. Lehner wird sich freuen! Aber was für ein Banause, die Riccio-Bronze nicht zu schätzen. Solche Leute haben es einfach nicht verdient, Kunstwerke von solcher Bedeutung zu besitzen. Wenn ich das Geld hätte, stünde die Bronze mitten im Salon, damit jeder sie sehen und ich mich jeden Tag an ihr erfreuen könnte.«

»Nun, dafür haben wir das Glück, diese Dinge wenigstens anschauen und begutachten zu dürfen, bevor sie in einer privaten Sammlung verschwinden. Achtung, Schlagloch!« Doch es war zu spät, und der Wagen blieb mit einem hässlichen krachenden Geräusch liegen.

Aufgrund der Autopanne kamen sie erst spät zurück ins Büro, wo eine Nachricht von Lady Sudbury auf Sarah wartete. Sarah ließ sich sofort mit der Lady, die sich in Portofino aufhielt, verbinden.

»Oh, meine liebe Sarah«, sagte Lady Sudbury, nachdem sie sich über die neuesten Entwicklungen ausgetauscht hatten, »ich wollte Sie eigentlich bitten, mich zu besuchen. Es ist ganz zauberhaft hier im Mai, nicht zu heiß und doch angenehm, dass man bereits ein kühles Bad im Meer nehmen kann. Aber ich fürchte, nachdem Sie mir von Ihren Aufträgen berichtet haben, dass Sie wohl kaum Zeit finden werden.«

»Leider nein, aber ich würde mich schrecklich freuen, wenn Sie auf dem Rückweg in Wien vorbeikämen!« Sarah zögerte einen Moment. »Allerdings gibt es etwas, das ich mit Ihnen besprechen muss, und ich kann mit meiner Frage, was ich tun soll, nicht so lange warten. Ich befinde mich in einem Dilemma. Eine Herzensangelegenheit.« Sie seufzte, und Lady Sudbury ermunterte sie, fortzufahren, woraufhin Sarah von Lehners Angebot und der damit verbundenen Forderung nach einer Eheschließung berichtete.

»Und da überlegen Sie noch? Der Mann verlässt Frau und Kind für Sie! Was wollen Sie noch mehr?! Heiraten Sie ihn, und werden Sie endlich glücklich! Das habe ich mir immer für Sie gewünscht, Sarah. Eine Karriere ist schön und gut, aber auch das Herz braucht ein Zuhause.«

»Sie haben ja recht, aber ich bin mir meiner Gefühle für Philip nicht mehr so sicher wie vor zwei Jahren. Ich habe mich verändert«, gab Sarah zu bedenken.

»Natürlich haben Sie das, Sarah! Sie sind eine erfolgreiche Frau geworden, haben Ihren Weg gemacht und können stolz auf das sein, was Sie erreicht haben. Heute können Sie einem Mann gegenübertreten und wissen, dass Sie auch allein leben und für sich sorgen können. Und ich denke, dass Mr Maynard genau das an Ihnen schätzt. Wenn er das nicht täte, würde er nicht seine bequeme Existenz aufgeben und mit der Familie brechen. Dazu gehört eine Menge Mut. Ich wüsste nicht, welcher Mann dazu bereit wäre.« Lady Sudbury sprach in der Eingangshalle ihres Hotels, und man hörte Gelächter und Gläserklirren im Hintergrund.

»Erfolg und Unabhängigkeit können auch einsam machen, bedenken Sie das, wenn Sie sich entscheiden. Ich kann Ihnen nur meine Gedanken mitteilen, entscheiden müssen Sie allein, aber ich halte Sie für klug genug, das Richtige zu tun. So, und nun muss ich mich umziehen. Ich bin mit einem reizenden jungen Paar zum Essen verabredet. Er ist Engländer und sie eine russische Ballerina.« Lady Sudbury seufzte betont theatralisch. »Ich sonne mich gern im Licht der Jugend.«

Sarah dachte den ganzen Abend über an die Worte ihrer mütterlichen Freundin. Erst spät setzte sie sich hin und schrieb einen Brief an Philip:

Lieber Phil,

verzeih bitte mein langes Schweigen, aber Dein überraschender Besuch und Dein unerwarteter Entschluss, Dich von Deiner Frau zu trennen, haben mich überwältigt. Um ehrlich zu sein, habe ich nicht damit gerechnet, dass Du jemals einen so radikalen Schritt gehen würdest. Was ich Dir sagen möchte, kann ich nicht schreiben.
Ruf mich an, wenn Du diese Zeilen erhältst.
In Liebe,

Sarah

Sie schob den gefalteten Bogen in einen Umschlag, adressierte ihn an Philips Studio in London, ging zu Bett und wälzte sich die ganze Nacht schlaflos hin und her.

In den frühen Morgenstunden schlief sie endlich ein, nur, um kurz darauf verschwitzt aus einem Albtraum zu erwachen. Lange hatte sie nicht mehr von Bertha Morris, der so tragisch in ihrem Beisein verunglückten Sekretärin von Varnham's, geträumt, und ausgerechnet heute stand die Frau, die ihr damals mit so viel Missgunst begegnet war, wie ein mahnender Schatten in ihrem Zimmer. Sarah schwang die Beine über die Bettkante, trat an den Waschtisch und spritzte sich kaltes Wasser ins Gesicht. Von der Straße drangen die Geräusche der erwachenden Stadt herauf. In ihrem dünnen Nachthemd hockte sich Sarah in die Fensternische und lehnte die Stirn gegen die Scheibe. Nur ein kleines Stückchen vom Glück, dachte sie, warum sollte es nicht gelingen?

25

Die Presse überschlug sich mit spekulativen Artikeln über die Familie Lodron, als der Termin für die große Sonderauktion im Wienerwald feststand. Sebastian Lodron störte das nicht im Geringsten, vielmehr schien er die Aufmerksamkeit zu genießen und war plötzlich ein gern gesehener Gast bei privaten Partys und Abendessen in elitären Kreisen. Was die Neugier aus den Menschen macht, dachte Sarah, als sie die Zeitung zur Seite legte.

Die Auktion sollte im August stattfinden, mitten im Hochsommer, wo normalerweise jeder, der es sich leisten konnte, an einen See oder in die Berge flüchtete. Doch die exquisiten Stücke und der illustre Hintergrund von Lodron machten potenzielle Käufer neugierig. Der umfassende Katalog, den Sarah in Auftrag gegeben hatte, tat sein Übriges. Sie schrieb nicht mehr alle Artikel selbst, sondern delegierte und konzentrierte sich auf die Herzstücke. In diesem Fall waren das die Bronze von Andrea Riccio und das Turban-Ornament. Um den Artikel über die Bronze hatte sie Moser gebeten, der sich mit Künstlern der italienischen Renaissance hervorragend auskannte. Die von Lehner initiierte Zusammenarbeit hatte sie Moser nähergebracht, der sich ihr gegenüber zuvor eher reserviert verhalten hatte. Jetzt hatte sich ein gewisses gegenseitiges Vertrauen eingestellt, denn Moser wusste, dass Sarah ihn nicht aufgrund seiner sexuellen Orientierung verurteilte, und er schien sich nicht daran zu stören, dass sie als Frau nun einen Direktorenposten im Auktionshaus bekleidete.

Es war bereits spät, und Sarah klopfte an Lehners Bürotür, bevor sie das Haus verließ, um einer Einladung von Redloff zu folgen.

»Ja, Miss Rosewell, wir zwei sind immer die Ersten, die kommen, und die Letzten, die gehen, nicht wahr?« Lehner lächelte und sah von einem überquellenden Schreibtisch auf. »Meine Frau sagt, sie weiß schon gar nicht mehr, wie ich aussehe!« Er lachte. »Und viel besser wird es in New York auch nicht werden, aber da kann sie sich amüsieren. Sie hat Verwandte drüben, hatte ich das erwähnt?«

»Nein, aber das ist natürlich ein großer Vorteil. Da wird sie sich nicht so allein und fremd fühlen.«

»Haben Sie schon über meinen Vorschlag nachgedacht?« Lehner schob ein Blatt auf einen Stapel und klopfte auf einen anderen Stapel Dokumente. »Immer diese Bürokratie.«

»Das habe ich, und Sie erhalten von mir in spätestens zwei Wochen eine Antwort.«

»Gut, gut«, er nickte abwesend und schien mit den Gedanken wieder ganz bei seinen Unterlagen.

»Ich wünsche Ihnen noch einen schönen Abend, Herr Lehner!«

»Wie? Ach, ja, natürlich, wir sehen uns morgen!«

Als sie den Türgriff berührte, sagte er: »Ich hätte Sie ohne Weiteres zu meiner Nachfolgerin bestimmt, aber es gibt Gegenwind. Fühlen Sie sich dem gewachsen?«

»Ja, Sir, das tue ich!«, versicherte sie und nahm automatisch die Schultern zurück.

Er sah sie an, nickte, notierte sich etwas und war wieder in seiner Arbeit versunken.

Sarah entfernte sich und sah auf die Uhr. Sie war bereits zu spät, doch Redloff wusste, dass sie in diesen Tagen nicht immer pünktlich aus dem Büro kam. Er hatte sie zur *Schöner* eingeladen, einem Altwiener Lokal in der Siebensterngasse, das nach seiner beliebten Gastwirtin, Lina Schöner, benannt war. Neben dem *Sacher* hatte sich dieses Lokal zu einer der besten Adressen Wiens gemausert, und die Theaterwelt, Geschäftsleute und Berühmtheiten wie Franz Lehár und Emmerich Kálmán konnte man dort bei Filets sautés, Forelle, Hummer und Eiscremetorten antreffen. Redloff hatte ihr keinen Grund für diese Einladung genannt, doch sie nahm an, dass es um seine private Sammlung ging, für deren Erweiterung er sie gern um Rat fragte.

Das gelbe Haus in der Siebensterngasse war zweistöckig und die Fassade durch Fenster mit Rahmen aus weißem Stuck geschmückt. Schmiedeeiserne Lampen hingen neben dem rundbogigen Haupteingang, vor dem eine kleine Gruppe elegant gekleideter Gäste wartete. Sarah erkannte den Filmproduzenten Sascha Kolowrat-Krakowsky im Kreis einiger Schauspieler. Seine große Gestalt mit dem gewaltigen Bauch war nicht zu übersehen, und er erkannte sie ebenfalls, denn er war ein guter Kunde von Hofmann's, und grüßte sie freundlich.

Eilig drängte sich Sarah an den Wartenden vorbei und wurde im Lokal von einem Kellner in einen der kleinen Räume geführt, die das Lokal ausmachten. Alles war sehr gemütlich, bodenständig und gleichzeitig gediegen eingerichtet. John Redloff kam hinter seinem Tisch hervor und begrüßte sie mit einem Wangenkuss, dabei sah er sie ein wenig länger an als sonst und wartete, bis sie sich gesetzt hatte.

»Ich habe mir erlaubt, Champagner zu bestellen.« Er nickte dem Kellner zu, der ihnen einschenkte und sich entfernte.

In dem eher kleinen Raum standen zwei Tische, doch nur

ihrer war besetzt. Der sonst so selbstsichere und weltgewandte Redloff wirkte ein wenig nervös, als er sein Glas hob und sagte: »Meine liebe Miss Rosewell, Sarah, wenn Sie erlauben, und ich wäre entzückt, wenn Sie mich John nennen würden ...?« Er sah sie fragend an, und als sie lächelte, fuhr er fort: »Ich, nun, seit ich den Ring bei Ihnen gesehen habe, frage ich mich, was Sie mir noch dazu sagen können. Hat Ihre Mutter mit Ihnen über die Herkunft des Rings gesprochen?«

Sarah nahm einen Schluck, ließ den perlenden Champagner in ihren Magen gleiten und antwortete: »Ja, das hat sie. Allerdings erst kurz vor ihrem Tod. Ich wusste schon lange, dass ich nicht die leibliche Tochter von Harold Rosewell bin. Nur hat meine Mutter mir nie gesagt, wer mein Vater war, bis zu jenem Tag.« Sie holte tief Luft und sah Redloff an. Er hatte dieselben grünbraunen Augen wie sie. Genau das hatte ihre Mutter gesagt, und es stimmte.

»Dorothy Sullivan«, sagte er leise. »Sie sind ihr so ähnlich. Als ich Sie zum ersten Mal sah, fühlte ich mich sofort an Dorothy erinnert, habe aber nicht daran gedacht, dass ... Mein Gott, wenn ich das gewusst hätte!« Seine Augen füllten sich mit Tränen, und Sarahs Herz schlug schneller.

Sie hatte nichts erwartet, hätte nie etwas gefordert und war umso überwältigter, dass er sich anscheinend freute, eine uneheliche Tochter mit einem Dienstmädchen zu haben.

»Sie hat Sie geliebt, John«, es fiel ihr schwer, die vertraute Anrede zu benutzen, doch er war ihr Vater. Dieser Amerikaner war ihr leiblicher Vater, war der Mann, den ihre Mutter als junge Frau geliebt hatte. »Ihre Arbeitgeberin, Lady Lindsey, hat sie sofort entlassen und aus dem Haus gejagt, nachdem sie von der Schwangerschaft meiner Mutter erfahren hat. Meine Mutter ist dann nach London zu Verwandten und hat Harold Rosewell kurz vor meiner Geburt geheiratet.«

»War sie glücklich mit ihm?«

Sarah schüttelte den Kopf. »Es war kein einfaches Leben mit ihm, aber sie war eine liebevolle Mutter. Ich vermisse sie sehr.«

Redloff nahm ihre Hand und hielt sie sanft in seiner. »Dass wir uns finden sollten, ist Schicksal, Sarah. Sie sind eine bemerkenswerte junge Frau, und ich bin sehr stolz darauf, dass Sie meine Tochter sind.«

Sarah blinzelte und wischte sich eine Träne aus dem Augenwinkel. »Das hat meine Mutter auch immer gesagt. Mein Vater hat mich nie akzeptiert und mich ... Aber das ist Vergangenheit. Ich liebe meine Geschwister, sie sind meine Familie.«

»Und wenn Sie es zulassen, bin ich auch Ihre Familie.« Er stand auf, ohne ihre Hand loszulassen, und Sarah erhob sich ebenfalls, wobei ihre Knie zitterten und sie es dankbar zuließ, dass John Redloff sie in seine Arme schloss.

Als sie einander losließen und sich wieder setzten, fühlte Sarah sich befangen und sagte: »Aber ich möchte nicht, dass Sie denken, ich würde etwas erwarten. Bitte, glauben Sie mir, ich freue mich, dass ausgerechnet Sie es sind. Das bedeutet mir sehr viel. Sie würden es besser verstehen, wenn Sie Harold kennen würden. Aber niemand muss davon erfahren.«

Er sah sie nachdenklich an. »Ich verstehe, aber da es uns beide betrifft, müssen Sie mir zugestehen, mir ebenfalls Gedanken zu dieser neuen Situation zu machen. Es kommt schließlich nicht alle Tage vor, dass man eine Tochter geschenkt bekommt, und noch dazu eine so schöne und begabte.«

Sarah errötete und war erleichtert, als die Gastwirtin persönlich zu ihnen hereinschaute. Lina Schöner war eine dunkelhaarige Frau mittleren Alters mit einem fein geschnittenen Gesicht, aus dem sie dunkle Augen interessiert musterten. »Guten Abend die

Herrschaften! Ich hoffe, Sie fühlen sich wohl bei uns? Ist alles zu Ihrer Zufriedenheit?«

»Haben Sie Dank, dass Sie meine kurzfristige Reservierung möglich gemacht haben, Verehrteste. Bei Ihnen bin ich noch nie enttäuscht worden. Ah, da bringt man uns bereits die Vorspeise«, sagte Redloff mit Blick auf den Kellner, der mit einem Tablett hereinkam.

»Sehr schön«, bemerkte die Gastwirtin, kontrollierte kritisch das Tablett und sagte: »Der Champagner geht aufs Haus, Herr Redloff. Und die große Auktion in Grinzing habe ich mir schon vorgemerkt, werte Frau Rosewell. Sie haben da wieder ganz extraordinäre Schätzchen in Ihrem Katalog gelistet. Aber nun will ich Sie nicht weiter stören. Genießen Sie Ihren Abend bei uns.«

Während des Essens tauschten Sarah und Redloff sich über ihre so unterschiedlich verlaufenen Lebenswege aus, und Sarahs Verlegenheit verflog allmählich.

»Hätten Sie meine Mutter geheiratet, wenn Sie von der Schwangerschaft gewusst hätten?« Diese Frage war Sarah herausgerutscht, und sie bereute sie sofort, doch John Redloff war nicht verstimmt.

»Ich war damals verlobt, Sarah. Meine Reise nach England war eine letzte Flucht vor den großen Pflichten. Meine Eltern hatten bereits eine Frau für mich ausgesucht, denn natürlich musste eine Ehe gewinnbringend sein. Tja, ich bin nicht stolz darauf, aber in der Hinsicht habe ich mich den Wünschen meines Vaters gebeugt. Georgina Crawfords Vater besitzt eine der größten Reedereien in Boston. Die perfekte Verbindung für eine Kaufhausdynastie.« Er trank einen Schluck und fuhr fort. »Ich fuhr auf einem der Schiffe meines zukünftigen Schwiegervaters nach England, um neue Stoffe und andere Dinge einzukaufen, und blieb länger als geplant in Yorkshire. Ich verliebte mich in Ihre Mutter, und ich schätze mich glücklich, dass sie meine Gefühle erwiderte. Es war uns beiden klar, dass diese Beziehung keine Zukunft haben konnte. Aber ich wollte sie nicht unversorgt lassen. Ich verabschiedete mich nach London mit dem Versprechen, bei meiner Rückkehr gewisse Vorkehrungen zu treffen. Aber da war Dorothy verschwunden, und Lady Lindsey behauptete, dass Dorothy das Haus aufgrund eines Fehltritts verlassen hatte.«

»Wie grausam!«, entfuhr es Sarah, und die kunstvoll angerichtete Eiscreme schmolz, während sie sich unterhielten.

»Lady Lindsey war nur eine Bekannte, die ich durch Crawford kannte. Ich hatte keine Ahnung, wie hart sie mit ihren Dienstboten umging.« Er leerte sein Glas und sah Sarah voller Wärme an. »Wenn ich die Zeit zurückdrehen könnte, ich hätte Dorothy nicht gehen lassen.«

»Wir alle machen Fehler«, sagte Sarah und wusste, wovon sie sprach.

Mit bedauernder Miene nickte John Redloff. »Ich habe zwei Söhne mit Georgina, meiner Frau, bekommen. John jr. und Redvers. Meine Frau konnte keine weiteren Kinder bekommen. Wir hatten uns immer eine Tochter gewünscht. Zumindest für mich ist dieser Wunsch in Erfüllung gegangen.«

Sie sahen einander an und lächelten. Überhaupt ertappte sich Sarah immer wieder dabei, wie sie in seinem Gesicht, seinen Gesten, nach Ähnlichkeiten mit ihr selbst suchte und nie enttäuscht wurde.

Ein wenig nachdenklich, aber beschwingt und mit dem Gefühl, in John Redloff einen wahrhaftigen Freund gefunden zu haben, betrat Sarah später am Abend den Eingang ihres Mietshauses in der Sonnenfelsgasse. Kaum war die Tür hinter ihr ins Schloss gefallen, öffnete sich die Wohnungstür der Liebigs im Hochparterre.

Frau Liebig steckte ihren Kopf durch den Türspalt, und als sie Sarah erkannte, winkte sie. »Frau Rosewell, wir haben da ein Telegramm für Sie entgegengenommen. Wenn S' einen Augenblick warten, hol ich's gleich.«

Telegramme bedeuten meist nichts Gutes, dachte Sarah und hoffte, dass es nicht um ihren Bruder ging. »Guten Abend, Frau Liebig. Danke, das ist sehr freundlich!«

Wenige Sekunden darauf trat Frau Liebig im Morgenrock durch die Tür und reichte ihr einen verschlossenen Umschlag. »Bittschön, ich hoffe, dass es keine schlechten Nachrichten sind. Bei Telegrammen weiß man ja nie.«

»Da haben Sie recht, ich dachte gerade dasselbe.« Sarah steckte den Umschlag in ihre Tasche, und die Frau des Hausmeisters machte ein enttäuschtes Gesicht. Offenbar hatte sie gehofft, Sarah würde sofort nachsehen.

»Sie sind ja so beschäftigt, wir sehen Sie kaum«, versuchte Frau Liebig, sie zu locken, denn die Frau war von Natur aus neugierig.

»Es ist gerade Hochsaison im Auktionsbetrieb. Darüber freuen wir uns natürlich«, antwortete Sarah.

»Ja, ja, da kenne ich mich gar nicht aus, aber die Leut' kaufen und verkaufen dauernd etwas, im Großen wie im Kleinen. Wenn wir uns das leisten könnten, würden wir auch mal auf eine Auktion gehen. Da sieht man ja all die feinen Leute.« Die Frau des Hausmeisters strich über ihren zerschlissenen Morgenrock und scharrte mit den Pantoffeln.

Obwohl Sarah müde war, blieb sie freundlich und geduldig. »Auktionen gibt es in allen Preisklassen, und Sie müssen ja auch nichts ersteigern. Kommen Sie doch einfach mal mit Ihrem Mann vorbei, und schauen Sie zu. Vielleicht gefällt Ihnen sogar etwas, und Sie machen mit. Setzen Sie sich ein Limit, dann kann Ihnen nichts passieren.«

Die Augen der Hausmeistergattin leuchteten auf. »Ja, wenn das so ist, dann kommen wir auch mal vorbei. Da soll's ja eine ganz extravagante Auktion in Grinzing geben, im Haus vom Herrn von Lodron. Das habe ich in der Zeitung gelesen. Da könnten wir das gleich mit einem Ausflug verbinden.«

Ah, darauf hatte sie hinausgewollt, die listige Person. »Das ist nun gerade eine private Auktion, bei der die Anzahl der Teilnehmer begrenzt ist. Ohne Einladung hat man keinen Zutritt. Aber im Haupthaus von Hofmann's sind Sie immer willkommen. Ich lege Ihnen mal einen Terminplan in den Briefkasten, dann können Sie sich was aussuchen. Nochmals vielen Dank, und eine gute Nacht wünsche ich!«

»Na, typisch, ist also doch alles nur für die Reichen! Ja, gute Nacht!«, murmelte die Frau und ließ die Tür lautstark ins Schloss fallen.

Sarah überhörte die Kritik und eilte nach oben, wo sie in der Ruhe ihrer kleinen Wohnung endlich das Telegramm lesen konnte. Vielleicht war es auch von Philip! Immerhin erwartete sie seine Antwort.

Erwartungsvoll zog sie den Bogen aus dem Umschlag, entfaltete ihn und musste sich setzen. Das Telegramm war von Charley.

SEI GEWARNT! E COLTHAM AUF DEM WEG NACH WIEN. RUF MICH AN! CHARLEY

26

Am nächsten Morgen ging Sarah noch früher als gewöhnlich ins Auktionshaus und ließ von ihrem Büro aus ein Gespräch nach London ins *Bluebell* durchstellen. Charley war überraschend schnell am Telefon.

»Sarah?«

Als sie seine Stimme hörte, spürte sie ein Kribbeln in ihrem Magen. »Hallo, Charley, wie geht es dir?«

»Alles beim Alten, Sarah. Der Klub raubt mir den Schlaf und die schlechten Sängerinnen die Nerven. Du kannst dir nicht vorstellen, wer sich alles Sängerin nennt. Und dann die Finanzbehörde. Sie haben jetzt neue Spione eingestellt. Glauben, sie könnten uns überrumpeln. Aber dafür müssen sie schon früher aufstehen. Ich werde zu alt für dieses Leben.« Er lachte leise. »Und du? Wie geht es dir? Ihr habt Großes vor, habe ich gelesen.«

Er wusste von der Auktion? »Du bist gut informiert. Hast du an einem Stück Interesse?«

»Was dich betrifft, interessiert mich alles, das weißt du doch, Sarah. Nein, Spaß beiseite: Mir ist zu Ohren gekommen, dass Edmund Coltham auf dem Kontinent ist. Er macht eine Geschäftsreise, neue Kunden werben und dergleichen. Seine Frau begleitet ihn. Von daher mache ich mir keine allzu großen Sorgen, aber ich wollte dich warnen, damit du keinen Schock erleidest, wenn du ihm in Wien womöglich über den Weg läufst.«

Tatsächlich war Sarah erleichtert, als sie hörte, dass Coltham nicht allein reiste. »Vielleicht hat er sich besonnen und lässt die Vergangenheit ruhen. Jeder Mensch muss doch an die Zukunft denken, alles andere ist doch sinnlos.«

»Ich wünsche es dir, aber sei trotzdem aufmerksam. Die Drohungen hat es gegeben, und der Bote auf der Beerdigung war auch real. Ich möchte dir keine unnötige Angst machen, aber der Wunsch nach Rache kann einen Menschen auffressen. Solche Menschen sind unberechenbar und …« Er schien noch etwas sagen zu wollen, unterbrach sich jedoch und wechselte das Thema. »Du wirst dich freuen, zu hören, dass dein Bruder sich als Gärtner gut macht. Deine Lady hat ihm eine Dauerstellung angeboten, und Ben hat sogar ein Mädchen kennengelernt. Wenn mich nicht alles täuscht, will er vielleicht sogar heiraten. Ich wünsche es ihm.«

»Oh …« Sarah schluckte bewegt, auch weil ihr bewusst wurde, dass sie viel zu lange nichts von Ben gehört hatte. »Das sind wundervolle Neuigkeiten. Danke, Charley. Danke für alles.«

»Gern geschehen, Sarah.«

»Und was ist mit dir? Wann heiratest du? Hast du nie an Kinder gedacht?«

Es wurde einen Moment still. »Mein Leben ist nicht familientauglich.«

Im Hintergrund war plötzlich lautes Geschrei zu vernehmen. »Da hörst du es, immer was los.« Er rief nach hinten: »Ruhe, ich komme gleich und schau mir das an!« Zu Sarah sagte er: »Unsere Partys sind nach wie vor gefragt. Vor allem in der sogenannten feinen Gesellschaft. Gestern Nacht war eine Gruppe hier, alles Töchter und Söhne von Blaublütigen und dem neuen Geldadel. Eine

Pyjamaparty sollte es sein. So viel Kokain habe ich schon lange nicht mehr gesehen. Kann mir egal sein, solange sie zahlen, können sie sich meinetwegen zum Mond koksen.«

Und Charley mittendrin, dachte Sarah. »Ich will kein Moralapostel sein, aber ich halte nichts davon. Hier ist es nicht anders, aber ich bin viel zu beschäftigt, um mich exzessiv zu vergnügen. Dann würde ich es kaum noch am nächsten Morgen ins Büro schaffen.«

»Braves Mädchen. Obwohl man alles einmal ausprobiert haben sollte«, sagte er mit einem Ton, der verriet, dass er das ganz sicher getan hatte.

Das Auktionshaus erwachte langsam zum Leben. Sarah hörte die Sekretärinnen, die an ihren klappernden Absätzen unschwer zu erkennen waren. Gelächter mischte sich mit den hellen Frauenstimmen. Christine klopfte und schaute zu ihr herein.

»Guten Morgen, Frau Rosewell!« Als Christine sah, dass Sarah telefonierte, sagte sie leiser: »Darf ich Sie gleich wegen der Gästeliste sprechen?«

Sarah nickte. »Ich bin gleich bei Ihnen.«

»Sarah, wir werden beide anderweitig gebraucht. Pass auf dich auf!«, sagte Charley.

»Du auch, Charley, und wenn ich wieder in London bin ...«, begann sie, doch er unterbrach sie.

»Wir sehen uns, wenn wir uns sehen. Mach's gut, Sarah!« Die Verbindung brach ab.

Sarah musste sich einen Moment sammeln. So erging es ihr immer, wenn sie mit Charley gesprochen hatte. Entschlossen stand sie auf und ging herüber zu den Sekretärinnen, wo noch lautes Geschnatter herrschte, das jedoch erstarb, als sie das große Büro betrat. Christine kam sofort mit einem Notizblock zu ihr.

»Können wir diese Herrschaften noch unterbringen? Eigentlich ist das Haus voll. Aber wenn das Wetter gut ist, halten sich vielleicht nicht alle auf einmal drinnen auf.« Die aufgeweckte Assistentin tippte mit dem Bleistift auf einen Namen. »Der kommt extra aus Belgien, und das hier ist ein Schauspieler, der behauptet, dass Kolowrat-Krakowsky, der Regisseur, ihn auf die Liste gesetzt hätte.«

Sarah stieß hörbar die Luft aus. »Typisch, immer will der Mann eine Sonderbehandlung. Nein, der Schauspieler wird abgelehnt, der Geschäftsmann aus Belgien darf rein.«

Christine grinste. »Wird gemacht.«

Der Vormittag war prall angefüllt mit Telefonaten und der Organisation der Grinzinger Auktion. Als Sarah endlich etwas Luft hatte, sie goss sich gerade eine Tasse Tee ein und griff nach der Tageszeitung, da klingelte das Telefon erneut.

»Hofmann's, Sie sprechen mit Sarah Rosewell.«

»Hallo, Sarah, hast du einen Augenblick für mich, oder soll ich später anrufen?«

Philip!

»Ich habe Zeit für dich. Sei mir nicht böse, falls wir unterbrochen werden. Du weißt ja, wie es vor großen Auktionen zugeht. Philip, wie schön, dass du anrufst, ich habe so oft an dich gedacht«, begann sie zaghaft.

»Ach, Sarah, du kannst dir nicht vorstellen, wie glücklich ich war, als ich deinen Brief erhielt!« Seine Stimme klang rau. »Ich habe nicht mehr zu hoffen gewagt. Und überhaupt hättest du längst verheiratet sein können.«

»Lass uns nicht über die Vergangenheit sprechen. Wir haben

beide unsere Erfahrungen gemacht, und vielleicht sind wir jetzt an einem Punkt, an dem wir als Partner zueinanderpassen.« Sie beließ ihn bewusst im Unklaren darüber, ob sie einen anderen Mann gehabt hatte, denn es ging Philip nichts an, genauso wenig, wie sie ihn nie nach anderen Frauen gefragt hatte.

»Bevor wir uns sehen, sollst du wissen, dass ich die Scheidung eingereicht habe. Ich hätte das in jedem Fall getan, denn die Mutterschaft hat Gladys noch unleidlicher gemacht. Sie hat ihr Dasein vollkommen auf unseren Sohn fokussiert.«

»Du nimmst in Kauf, deinen Sohn kaum noch zu sehen?«

»Ich muss einen Preis für die Scheidung bezahlen, und eine Granville lässt dich bluten, das war mir schon vorher klar. Irgendwann ist mein Sohn alt genug, selbst zu entscheiden, ob er mich kennenlernen möchte. Dann werde ich für ihn da sein. Mein Sohn wird der Erbe meines Titels sein. Darauf kommt es Gladys und ihrer Familie an. Und weil sie möchte, dass ihr Sohn einmal das große Anwesen von Bohurst übernimmt, bleiben die finanziellen Einlagen der Granvilles bestehen. Das war das Wichtigste für meine Familie. Alles andere hat sie nie interessiert. Im Grunde bin ich jetzt ein freier Mann. Allerdings auch frei von Mitteln. Ich lebe von dem, was ich erarbeite.«

Sarah lachte. »Das klingt sehr attraktiv für mich. Ein Mann ohne Verpflichtungen, der ganz mir gehört.«

»Wenn du es wirklich willst, ja, dann gehöre ich ganz dir. Aber ich möchte dich, ganz, wie es sich gehört, um deine Hand bitten. Oh, Sarah, ich buche gleich morgen ein Zugticket. Erst wenn du meinen Ring trägst, weiß ich, dass ich dich nie wieder verlieren werde.«

Während sie ihm zuhörte, stieg ein Gefühl von Sehnsucht, Glück und Schuld in ihr auf. Musste sie ihm sagen, was Lehner von ihr erwartete? Wie würde er reagieren, wenn er davon erfuhr?

Kurz entschlossen sagte sie: »Ich möchte, dass du genau weißt, was mich dazu bewogen hat, jetzt diesen Schritt zu wagen. Ich liebe dich, Philip. Das habe ich immer. Aber ich will ganz ehrlich mit dir sein. Direktor Lehner hat mir angeboten, seine Nachfolge gemeinsam mit einem Kollegen anzutreten, wenn er im Herbst nach New York geht. Es gab nur eine Bedingung – ich sollte nach Möglichkeit verheiratet sein.«

Es war sehr still am anderen Ende der Leitung.

»Philip, ich hätte dich in jedem Fall geheiratet – möglicherweise nur nicht so überstürzt. Verstehst du das?«

Er räusperte sich. »Ich habe das verdient, nicht wahr? Aber es ändert für mich nichts. Du bist die Frau meines Lebens. Und wenn wir ein gemeinsames Leben beginnen und der Hauptgrund dafür die Liebe ist, dann ist mir alles andere egal. Ist es so, Sarah?«

»Ja, Phil, das ist es.« Sie log nicht. Sie liebte ihn. Und sie liebte Charley. Schloss sich das aus? Aber sie wollte endlich zu jemandem gehören, sich geborgen fühlen, über ihre Sorgen mit dem Menschen sprechen, der ihr nahestand und der sie kannte wie kein anderer. Mit Philip hatte sie genau diese Vertrautheit erlebt und hoffte, dass es ihnen gelingen würde, daran anzuknüpfen.

Wieder war es still, doch diesmal war es eine erleichterte, glückliche Stille, die sie teilten. »Wann ist deine große Auktion?«

»In zwei Wochen.«

»Halt mir einen Platz frei. Ich werde da sein.«

Am nächsten Tag unterrichtete Sarah Direktor Lehner über ihren Entschluss, sich zu verehelichen, was dieser erfreut zur Kenntnis nahm. Der Monat Bedenkzeit war längst verstrichen, doch Lehner hatte sie nicht gedrängt, und Sarah war ihrem Fürsprecher dankbar für dessen Geduld. Wenn sie auf ihre Karriere zurückblickte, so verdankte sie ihr Fortkommen drei wichtigen Menschen, die sie in entscheidenden Momenten gefördert hatten: Lady Sudbury, Direktor Rowland von Varnham's und Direktor Lehner. Nun war es an ihr, zu beweisen, dass sie dieses Vertrauen verdiente, und die kommende Auktion, die fast ausschließlich unter ihrer Regie vorbereitet worden war, eignete sich dazu besonders.

Sarah verbrachte die meiste Zeit vor Ort in Grinzing. Die Räume des Hauses, die für die Ausstellung und die Auktion vorgesehen waren, mussten geputzt und hergerichtet werden. Sebastian Lodron sah das zwar ein, war jedoch nicht willens oder in der Lage, Geld für die Renovierung vorzustrecken. So entschied Sarah nach Beratung mit Lehner, Moser und Dr. Schachner, dass Hofmann's die Summe vorstrecken und später mit dem Erlös verrechnen würde. All das musste genau im Vertrag mit einer Zusatzklausel festgelegt werden, da es sonst später zu bösen Überraschungen kommen konnte.

Davon abgesehen, wurden die Kunstwerke abgestaubt, die Bronzen auf Hochglanz poliert und in die bestmögliche Position gebracht. Der erste Eindruck war entscheidend. An zwei Tagen hatten Besucher nach Anmeldung die Möglichkeit, die Ausstellung zu besuchen. Die Liste war seit Wochen ausgebucht. Im Auktionshaus waren diese Besichtigungen kein Problem, denn es war immer genügend Personal vor Ort, um die Besucher zu begleiten und notfalls Fragen zu beantworten.

In einem privaten Anwesen war das jedoch schwieriger, vor allem, wenn kein Personal vorhanden war. Sebastian Lodron reiste mit seinem Butler, der auch sein Privatsekretär war. Für die wenigen Monate, die Lodron benötigte, um Haus und Inventar zu veräußern, hatte er kein weiteres Personal engagiert, wobei Sarah zunehmend den Eindruck hatte, dass Lodron eine eher undurchsichtige Gestalt war und mit dem Erlös wohl hauptsächlich seine Außenstände decken musste. Das Auktionshaus hatte sich jedoch abgesichert und die Dokumente prüfen lassen, die Lodron als Besitzer des Anwesens auswiesen.

An einem heißen Augustsonntag trat Sarah aus dem großen Salon auf die Terrasse hinaus, um frische Luft zu schnappen, denn drinnen war es so stickig, dass ihr die Kleidung am Leib klebte. Die Temperaturen kletterten seit Tagen immer höher und hatten heute die Dreißig-Grad-Marke geknackt. Mit einem Katalog wedelte sie sich Luft zu und zupfte am dünnen Stoff ihrer weißen Bluse. Ihr cremefarbener Rock war aus luftigem Leinen und von einer bunt bestickten Borte verziert. Seit sie so oft draußen in Grinzing zu tun hatte, hatte ihre Haut eine gesunde Bräune angenommen, sodass man glauben konnte, sie wäre gerade aus der Sommerfrische zurück.

Auf einem Tisch standen Glaskrüge mit Zitronenwasser. Sarah goss sich ein Glas ein und leerte es in einem Zug. Rudi Moser trat zu ihr nach draußen. Auch ihm klebten die Haare in der Stirn.

»Was ist das für eine widerliche Hitze! Da sollte man am Meer sein und nicht hier in diesem muffigen Kasten, umgeben von Urwald.« Er stöhnte, goss sich ebenfalls ein Glas ein und füllte ihres auf.

Von der Terrasse führten ein paar Stufen in einen Rosengarten, in dessen Mitte sich ein Brunnen befand, der jedoch ohne Wasser war. Sebastian Lodron spazierte rauchend und mit einer Hand in der Hosentasche durch den Garten und blieb stehen, als ein Wagen die Einfahrt heraufgefahren kam. Immerhin mischte sich der Aristokrat nicht in die Organisation ein. Er hatte sich lediglich ausgebeten, einige Gäste persönlich einladen zu dürfen.

Das Automobil rollte an ihnen vorbei in den Hof. Ein Mann stieg aus und sah sich suchend um, und Sarahs Herz schlug schneller. Sie tastete nach ihren Haaren, die auf Kinnlänge geschnitten ihren schlanken Hals betonten.

»Kennen Sie den Mann?«, fragte Moser, der sie beobachtete.

Sarah nickte und fuhr sich über die Lippen. »Wie sehe ich aus?«, fragte sie leise.

Moser grinste. »Sie sind eine Schönheit, Sarah, daran kann auch die Hitze nichts ändern.«

Sie lächelte. Inzwischen wusste sie, dass er heimlich mit einem Mann zusammenlebte, und schätzte sein objektives Urteil, was Kleidung anging. »Danke, Rudi. Der Herr dort ist ein sehr lieber Freund. Philip Maynard ist ein Fotograf, der vor Jahren öfter in Wien gearbeitet hat. Er war kürzlich im Himalaja.«

»Faszinierend!«, kommentierte Moser mit einem leisen Lächeln.

Sie winkte, als Philip in ihre Richtung schaute, und er steuerte sofort auf den Garten zu.

»Ein sehr lieber Freund«, wiederholte er und betonte das »sehr«.

Lodron ging dem Neuankömmling entgegen, und Sarah sah zu, wie die beiden Männer sich kurz unterhielten. Als Philip schließlich die Stufen zur Terrasse erreichte und sie seinen Blick traf, musste sie an sich halten, um nicht in seine Arme zu fliegen. Was auch immer gewesen war, sie wollte mit diesem Mann ihr Leben teilen. Mit jedem Schritt, den er näher kam, schlug ihr Herz lauter, sodass sie glaubte, jeder müsste es hören.

Philip Maynard trug einen hellen Sommeranzug, der von der Reise ein wenig zerknittert war. Doch er wirkte kräftiger und ausgeruhter als bei ihrer letzten Begegnung, und seine Augen leuchteten. »Hallo, Sarah«, sagte er und zu Moser: »Guten Tag, mein Name ist Philip Maynard.«

Rudi Moser reichte ihm die Hand und sagte auf Englisch: »Freut mich, Mr Maynard. Wir haben sicher noch Gelegenheit, uns zu unterhalten. Ich würde gern etwas über Ihre Reise hören.

Das Reisen liegt mir leider nicht, aber ich finde die Fremde durchaus anregend.«

»Es wäre mir eine Freude«, sagte Philip und nahm dankbar das Glas, das Sarah ihm eingeschenkt hatte.

Als sie allein auf der Terrasse standen, sich der Tatsache bewusst, dass sie durch die Fenster beobachtet werden konnten, trat Philip auf sie zu, nahm ihre Hand und küsste sie. Ein Schauer lief über ihre Haut. Sie war noch da, die Anziehung, die sie elektrisierte und ihren Körper lebendig machte. Sie legte seine Hand an ihre Wange und schloss die Augen. Als sie seine Lippen an ihrer Stirn spürte, öffnete sie ihre Augen und sah ihn an.

»Du bist da.«

»Wo ich immer sein wollte.«

27

Am Tag vor der Auktion stand Sarah mit Direktor Lehner im voll bestuhlten großen Salon von Lodrons Haus. Sie schauten zur Bühne, wo das Pult für den Auktionator stand und Rudi Moser, der die Versteigerung leiten sollte, die Position prüfte. Sarah hielt ihre Hand so, dass Lehner ihren Verlobungsring sehen konnte. Noch am Abend seiner Ankunft hatte Philip Sarah um ihre Hand gebeten und ihr den kostbaren Ring, einen funkelnden Rubin, eingebettet in zwei Reihen blitzender Saphire, an den Finger gesteckt.

Joseph Lehner nahm ihre Hand und schnalzte mit der Zunge. »Na, da schau her! Wenn das kein prachtvoller Verlobungsring ist! Ich nehme an, der Glückliche ist Ihr Landsmann, der Herr Maynard?«

Sarah nickte und errötete. An den Gedanken, bald Philips Namen zu tragen, musste sie sich noch gewöhnen, doch sie bereute ihre Entscheidung nicht. »Wir kennen uns schon sehr lange, und im Grunde haben Sie nur den Anstoß zu einer endgültigen Entscheidung gegeben.«

Lehner gab ihr einen Handkuss. »Ich gratuliere von Herzen, liebe Miss Rosewell, und bald Mrs Maynard, oder gar Lady?«

»Darüber habe ich noch gar nicht nachgedacht. Lady Bohurst, in der Tat.« Sie lächelte verlegen.

»Ich wusste, dass ich auf Sie zählen kann. Das werde ich gleich heute den Herren verkünden, dann hat die Spekulation um meine Nachfolge ein Ende. Nur Freunde werden Sie sich nicht machen, aber das ist Ihnen sicher bewusst. Unser Doktor Schachner sieht sich bereits als meinen alleinigen Nachfolger.« Lehner senkte seine Stimme zu einem Flüstern, denn Mitarbeiter des Auktionshauses eilten ohne Unterlass durch den Raum. »Und ich bin froh, dass ich Sie als meine Trumpfkarte vorweisen kann, denn der Doktor ist ein fähiger Experte, aber im Umgang mit seinen Mitarbeitern nicht beliebt. Manche mögen mich für zu progressiv halten, aber das hat unser Haus bisher nur weitergebracht.«

Tatsächlich stieß Joseph Lehner mit seinem Führungsstil, der die Hierarchien aufbrach und Frauen Aufstiegsmöglichkeiten bot, auf viel Kritik innerhalb – und außerhalb – des Hauses. Doch der Erfolg gab ihm recht, Zahlen waren nicht anfechtbar, und mit diesem Argument konnte ihm niemand in die Parade fahren.

»Ich halte es für den richtigen Schritt, jetzt eine Zweigstelle in New York zu eröffnen. Die Märkte erholen sich, und wir sehen ja, dass die Umsätze ständig steigen.«

»Schachner wird das auch noch einsehen«, sagte Lehner und zog an seinem Hemdkragen.

Auch heute war die Hitze fast unerträglich, und Sarah fächelte sich Luft mit einem Fächer zu, den sie von Hannah geschenkt bekommen hatte. Ihre Freundin würde morgen mit Levi zur Auktion kommen, denn solch ein Ereignis war auch für den erfahrenen Antiquitätenhändler nicht alltäglich. Es kam oft genug vor, dass Levi auf einer Auktion Stücke ersteigerte, die er später seinen Kunden anbot.

»Hoffentlich lässt die Hitze morgen etwas nach«, sagte Sarah. Ihr helles Musselinkleid war ärmellos, und dennoch spürte sie die Hitze. »Wir werden auf jeden Fall genug Wasser und Zitronenlimonade bereitstellen. Sollen wir den Champagner in der Pause oder erst nach der Auktion ausschenken?«

»In der Pause. Wir wollen nicht kleinlich erscheinen, und wahrscheinlich benötigen einige Damen eine prickelnde Erfrischung. Sehr bedauerlich, dass der Brunnen hier im Garten nicht funktioniert. Aber gut, wir haben genügend Mitarbeiter, die sich um alle Gäste kümmern können. Die Registrierung ist bereits erfolgt?«

Sie hatten die Gäste bereits mit der Anmeldung registriert, damit der Verkauf am Tag der Auktion schnell und problemlos abgewickelt werden konnte.

»Bis auf diejenigen, die Lodron eingeladen hat. Ich warte noch auf die Namen, aber aus irgendeinem Grund tut er sich schwer damit.« Sarah sah sich um. »Ich habe ihn heute auch noch nicht gesehen.«

»Wird schon werden!«, sagte Lehner zuversichtlich.

Da sie zwar verlobt, aber noch nicht verheiratet waren, konnte Sarah Philip nicht in ihrer Wohnung nächtigen lassen, denn dem Hausmeisterehepaar Liebig entging nichts. Und eines konnte sich Sarah nicht leisten – üble Nachrede. So hatte sich Philip erneut ein Zimmer in der *Villa Teresa* genommen und erwartete Sarah in der Lobby. Als sie durch die Tür trat und ihren zukünftigen Mann mit einer Zeitung in einem der Sessel entdeckte, musste sie lächeln. Viel hatte geschehen müssen, bis sie einander gefunden hatten.

»Guten Abend, gnädige Frau, wie kann ich Ihnen helfen?«, fragte der Portier sie.

Sarah wollte gerade antworten, doch war Philip schon aufgestanden und kam auf sie zu. »Das ist meine Frau, Lady Bohurst«, erklärte er ganz selbstverständlich und gab ihr einen Kuss auf die Wange. »Darling.«

Der Portier wendete sich diskret ab. »Sehr wohl.«

Sarah hakte sich bei Philip unter. »Hast du schon gegessen? Willst du noch ausgehen? Obwohl ich wohl kaum eine unterhaltsame Begleitung sein werde, nach diesem Tag. Ich bin froh, wenn die Auktion morgen vorüber ist.«

»Ich habe uns eine Kleinigkeit aufs Zimmer stellen lassen. Wenn es dir recht ist, denn ich habe mir schon gedacht, dass du erschöpft bist.«

Dankbar seufzte sie. »Mein umsichtiger Gatte.«

»Ich liebe es, wenn du das sagst.«

Er führte sie in den ersten Stock, wo er ein Zimmer mit Blick auf den Innenhof gemietet hatte. Durch das Grün der Bäume war es angenehm kühl in dem Raum, und Sarah schlüpfte aus ihren Schuhen und ließ sich in einen Sessel sinken. Philip mischte Wein und Wasser und reichte ihr ein Glas, wobei er die Gelegenheit nutzte und sie küsste. Es war der erste Abend, den sie ganz für sich hatten. Er hatte ihr den Heiratsantrag während eines Essens gemacht und sie danach in ihre Wohnung begleitet, war dann aber in sein Hotel gegangen. Sie war dankbar, dass er so rücksichtsvoll war.

»Wir haben uns so viel zu erzählen, Phil. Ich will alles über deine Reisen wissen, über die Menschen auf deinen Fotografien und was du erlebt hast!«, sagte sie und nippte an ihrem Glas.

Er reichte ihr einen Teller mit Käse, Obst und etwas Brot. »Wir haben alle Zeit der Welt. Du kannst mich fragen, was du willst, Sarah, aber iss zuerst etwas, du siehst müde aus. Möchtest du ein Bad nehmen? Bei der Hitze draußen in Grinzing ist das vielleicht eine willkommene Erfrischung.«

»Du weißt, was Frauen brauchen.«

Er grinste. »Es reicht, wenn ich weiß, was du möchtest.«

Als sie in dieser Nacht zusammen waren, lernten sie sich neu kennen. Es war eine Mischung aus Vertrautheit, Begehren und großer Zärtlichkeit. Sarah ließ ihren Körper reagieren und verbot sich, nachzudenken, denn das verkomplizierte nur alles. Und ihr Körper wusste ganz genau, was er wollte.

Gegen Morgen erwachte sie, spürte Philips Arm auf ihrem Bauch und griff nach der Uhr. »Oh nein!«, entfuhr es ihr.

Philip öffnete die Augen. »Musst du gehen?«

»Ja, ich muss mich noch umziehen und dann ins Büro und dann direkt nach Grinzing raus.«

»Ich habe einen Wagen.«

»Du bist mein Held!« Sie lachten, und er zog sie kurz an sich, um sie zu küssen, bevor er sie sanft aus dem Bett schubste.

»Na los, heute ist dein großer Tag!«

Um zehn Uhr durften die ersten Besucher Lodrons Haus betreten. Der Zeitplan sah vor, dass die Auktion um zwölf Uhr begann. Kurz vor der Pause würde das erste Highlight, die Bronze von Andrea Riccio, aufgerufen werden und im letzten Drittel des zweiten Teils das Turban-Ornament. Das Wetter meinte es gut mit ihnen, denn der Himmel war bewölkt, und Regen wurde erwartet. So waren die Temperaturen in den Räumen bei offenen Fenstern durchaus angenehm, und Sarah fühlte sich wohler mit Lehners Entscheidung, den Champagner schon vor der Pause auszuschenken.

Elegante Damen und Herren in Sommeranzügen flanierten

durch die Räume, tuschelten angeregt miteinander und machten sich Notizen in ihren jeweiligen Katalogen. Die Einlasskontrolle fand unten am großen Tor statt, und vor dem Betreten des Hauses mussten die Gäste ihre Einladungen abgeben.

Zur Feier des Tages hatte Sarah sich ein teures Kleid von einer gefragten Wiener Modeschöpferin schneidern lassen und genoss den luftigen Stoff des exquisiten pfirsichfarbenen Modells. Chiffon und silberdurchwirkte Spitze prägten das ärmellose Tunikakleid, das von einem Gürtel, der mit Federn verziert war, gehalten wurde. Sie trug eine lange Perlenkette und ihren Verlobungsring. Sie ließ den Blick schweifen und unterdrückte ein Seufzen, als ihr Blick auf einen Kollegen fiel: Doktor Schachner kam mit hochrotem Kopf auf sie zu. Er war beleibt, und Schweißperlen standen ihm auf der Stirn.

»Ich darf wohl gratulieren, Frau Rosewell«, sagte er mit missmutigem Blick auf ihren Ring.

»Danke!«, erwiderte Sarah mit strahlendem Lächeln. »Ich bin sehr glücklich, dass Mr Maynard und ich uns zu diesem Schritt entschlossen haben. Sie dürften ihn schon gesehen haben. Er macht Aufnahmen von den Gästen und dem Haus.«

Schachner baute sich vor ihr auf. »Das ist ja sehr nett, nur weiß ich zufälligerweise, dass der Herr Fotograf verheiratet ist. Was spielen Sie uns hier also vor?«

»Bevor Sie sich in obskure Anschuldigungen versteigen, sollten Sie sich besser informieren. Mr Maynard lebt in Scheidung, die in wenigen Tagen rechtskräftig sein wird. Es hat alles seine Richtigkeit. Wenn Sie mich entschuldigen würden, ich habe zu tun, und Sie doch sicher auch.«

Energisch ging sie davon. Doch das schale Gefühl eines neuen Widersachers blieb, denn natürlich setzte Schachner alles daran, sie in Misskredit zu bringen. Lehner hatte sie nicht ohne Grund gewarnt. Für heute wischte sie den Schatten zur Seite und freute sich über die Mitarbeiterinnen des Auktionshauses, die in den extra angefertigten neuen Kleidern attraktiv und dennoch geschäftsmäßig wirkten. Weiße Blusen mit luftigen Chiffonärmeln, Stickereien am Kragen und tief angesetzte Röcke in einem schimmernden Blaugrau waren der einheitliche Sommerlook, den Sarah mit Christine Vogl entworfen hatte.

Ihre Assistentin schwirrte lächelnd und immer freundlich zwischen den Besuchern hin und her, beantwortete Fragen und wies die begrenzten Sitzplätze an. Eben kam ein bekannter Wiener Geschäftsmann in Begleitung seiner Gattin herein, die trotz der Hitze ihre Pelzstola trug.

»Schau doch, Alfi, die Vasen dort, die kannst mir kaufen, die passen zu den Gardinen im Salon!«, sagte die Dame etwas zu laut, doch ihren Gatten schien das nicht zu stören. Er paffte eine Zigarre, hatte einen Daumen in seine Weste gehakt und schritt durch die Räume, als wäre er hier zu Hause. Lehner hatte den langjährigen Kunden erspäht und begrüßte ihn, woraufhin Sarah sich zum Pult des Auktionators begab, um mit Rudi Moser zu sprechen.

»Hoher Besuch, schauen Sie doch, Sarah. Standen die Herren Professoren auf unserer Liste?«, sagte Moser, der einen schwarzen Anzug trug, und sah zur Tür.

Sarah wandte sich um. Graf Lodron und Professor Czermak standen dort mit einem Herrn, den sie nicht kannte. »Wer ist der Herr neben Professor Czermak?«

Moser beugte sich vor und raunte ihr zu: »Seyß-Inquart. Gehören alle zum selben Klub.« Noch leiser fügte er hinzu: »Nationalisten und Antisemiten der dunkelsten Sorte sind das. Ich hoffe nur, dass die nie ans Ruder kommen.«

Nur mit ihr sprach Moser derart offen über die politischen

Kräfte in der Stadt, da er um ihre Einstellung wusste. Es war allgemein bekannt, dass Czermak einer der Mitbegründer der Deutschen Gemeinschaft war, deren Mitglieder, Professoren der Universität, Studenten, Offiziere und einflussreiche Geschäftsleute, antisozialistisch, antisemitisch und nationalistisch eingestellt waren.

»Die junge Republik ist stark, lassen Sie uns auf die demokratischen Werte vertrauen«, suchte Sarah ihn zu beruhigen, denn sie kannte seine Abneigung gegenüber diesen Leuten.

Moser grummelte etwas Unverständliches und sortierte seine Unterlagen. Hinter Lodron kam Bewegung unter den Besuchern auf, und laute Stimmen ertönten. Plötzlich rief jemand in ihrer Landessprache: »Ich bin ein persönlicher Freund des Grafen Lodron! Eine Unverschämtheit, lassen Sie mich durch!«

Das Blut gefror in ihren Adern, als sie die Stimme hörte.

»Was ist denn? Sie sehen ja aus, als hätten Sie einen Geist gesehen!« Rudi Moser kam um das Pult herum und nahm ihren Arm. »Alles in Ordnung? Brauchen Sie Wasser?«

»Nein«, flüsterte Sarah und machte sich los, um nachzusehen, ob sie sich nicht verhört hatte.

Philip kam ihr auf halbem Wege aus einem Nebenzimmer entgegen und hielt sie zurück. »Sarah, nicht. Lass Lehner das regeln. Leg dich nicht in der Öffentlichkeit mit ihm an. Er will dich doch nur provozieren.«

»Dann ist es tatsächlich Coltham?«

Philip hielt sie fest. »Unzweifelhaft, er hat seinen Namen durch das Foyer gerufen.«

Ihr Magen rebellierte, und ihre Knie drohten, unter ihr zusammenzusacken. »Phil, ich habe Angst!« Sie suchte seinen Blick und bemühte sich um Fassung.

»Du zitterst ja. Sarah, nicht, er kann dir gar nichts tun. Vielleicht ist er nur zufällig hier. Das alles ist doch schon so lange her! Komm, wir gehen nach hinten, und du trinkst einen Schluck und setzt dich hin.«

Eine laute Klingel erschallte. Der Aufruf, die Plätze einzunehmen.

»Zu spät. Bleib bei mir, Phil, ja?«

»Natürlich.« Mit gerunzelter Stirn sah er sich um und begleitete Sarah zum Tisch neben dem Pult des Auktionators. Dort nahmen Sarah, Lehner und Doktor Schachner Platz. In einem eigens dafür eingerichteten Zimmer nebenan befanden sich die Stücke, die zum Aufruf kommen sollten, und dort wurden die Käufer nach der Ersteigerung betreut. Sie mussten einen Kaufvertrag unterzeichnen und sofort bezahlen. Der Buchhalter Kutschera und ein junger Finanzbuchhalter, der vor einigen Wochen bei ihnen angefangen hatte, warteten dort bereits.

Der lang gestreckte Raum füllte sich mit Menschen. Die Sitzplätze waren rasch besetzt, und wer keinen Stuhl gefunden hatte, stand entlang der Wände. Professor Czermak, Seyß-Inquart und Lodron saßen weiter hinten, nahe dem Fenster, und dorthin gesellte sich auch Coltham mit seiner Frau. Sarah konnte ihren Blick nicht von dem Mann wenden, von dem sie annahm, dass er sie seit Jahren mit seinem Hass verfolgte. Er hatte sich verändert, seit sie ihn in Scarborough und London gesehen hatte. Edmund Coltham war erschreckend gealtert, wie sie feststellte. Sein schütteres graues Haar war so gekämmt, dass es quer über dem Schädel klebte, der schmale Schnauzer und ein Kinnbart konnten nicht von verlebten Zügen und tiefen Linien ablenken. Unter tief hängenden Lidern loderten hasserfüllte Augen, die Sarah fixierten.

Seine Frau verkörperte noch immer die beleibte Matrone, die sich mit Schmuck belud. Ihr kleiner Mund war dauerhaft in Bewegung. Für jeden in ihrer Umgebung eine Tortur, wie Sarah den genervten Mienen der Umstehenden entnahm.

Sarah wandte den Blick ab, und die Versteigerung begann. Mit Befriedigung nahm sie zur Kenntnis, dass Rudi Moser seine Sache ausgesprochen gut machte. Seine Kommentare waren fachlich auf höchstem Niveau, und er flocht hier und dort einen Scherz ein, was die Stimmung immer dann aufheiterte, wenn die Anspannung im Raum zu groß zu werden drohte.

Als der Hammer für die Riccio-Bronze bei dem dreifachen Schätzpreis fiel, ging ein Raunen durch die Menge. Den Zuschlag erhielt ein Bieter, der im Namen eines anonymen Kunden kaufte. Sarah begleitete den distinguiert wirkenden Mann in den Verkaufsraum.

»Herzlichen Glückwunsch, Herr ...?«

»Hartford. Ich bitte um absolute Diskretion. Mein Auftraggeber wünscht kein Aufsehen.« Der unscheinbare Mann in den Fünfzigern blätterte kommentarlos die geforderte Summe auf den Tisch. Und nachdem er alle erforderlichen Dokumente unterzeichnet hatte, sagte er nur: »Bitte senden Sie das Stück an diese Adresse.«

Es war die Adresse von Redloffs Apartment in Wien. Sarah sah den Einkäufer kurz überrascht an, doch der verzog keine Miene. »Sehr gern. Wir veranlassen alles Nötige. Haben Sie vielen Dank, Herr Hartford.«

Der Mann neigte leicht den Kopf, nahm Hut und Spazierstock und verabschiedete sich. Kutschera heftete die Verträge ab und sagte leise zu Sarah: »Herr Redloff ist zu einem unserer besten Kunden avanciert.«

Hinter ihr drängten weitere Kunden herein, um ihre Käufe abzuwickeln. »Diskretion, Herr Kutschera.«

Der Buchhalter warf ihr einen beleidigten Blick zu. »Selbstverständlich.« Zu einer Kundin sagte er laut: »Guten Tag, die Dame. Bitte geben Sie mir Ihre Nummer, dann geht es sofort weiter.«

Sarah verließ das Geschäftszimmer, um sich unter die Gäste zu mischen, wobei sie vorsichtig Ausschau nach Coltham hielt. Seine Frau stand mit einem Champagnerglas im Foyer und plauderte mit Lodron und einem Fabrikantenehepaar. Wo steckte Philip? Mit seiner neuen kleinen Kamera konnte er überall fotografieren und war nicht auf den unhandlichen Kasten mit Stativ angewiesen. Sie grüßte bekannte Gesichter und sah Hannah und Levi, die es doch noch geschafft hatten. Mit einem Kind ist alles anders, dachte Sarah und winkte den beiden zu.

Sie ging durch einen schmalen Korridor, vorbei an zwei kleinen Räumen, und wollte auf die seitliche Terrasse schauen, als jemand sich hinter sie drängte und sie gegen die Wand drückte. Eine Hand presste sich auf ihren Mund, und sie spürte den heißen Atem eines Mannes an ihrem Ohr.

»Es wird nicht aufhören, niemals!«, raunte Coltham ihr zu.

Sarah wehrte sich und wollte schreien, doch er war stärker als sie und presste sie hart gegen die Wand.

»Sei still, Miststück. Durch dich habe ich alles verloren …«

»Sarah! Wo steckst du?«, drang Hannahs Stimme zu ihnen, und plötzlich stand Sarah allein, zitternd und den Tränen nahe im Korridor.

Rasch fuhr sie sich über das Gesicht, wischte sich den Speichel ab, der ihr aus dem Mund gelaufen war, strich ihr Kleid glatt und drehte sich um. Er war fort, natürlich, und was sollte sie sagen? Niemand hatte sie beobachtet.

»Hier bist du!« Hannah und Levi kamen aus dem Foyer zu ihr,

und Philip trat von der anderen Seite in den kaum erleuchteten Durchgang. Kaum sah er sie, war er an ihrer Seite und nahm ihre zitternden Hände in seine.

»Was ist passiert, Sarah?« Voller Sorge musterte er sie, und auch Hannah kam zu ihr und schlug die Hand vor den Mund.

»Sarah, geht es dir nicht gut?«

Doch Sarah schüttelte den Kopf. »Alles in Ordnung. Ihr seid da.«

Philip und Hannah wechselten einen Blick, der das Gegenteil besagte. »Darüber sprechen wir noch«, sagte Philip. »Jetzt brauchst du etwas zu trinken und einen Stuhl.«

28

Als angehende Direktorin durfte sie sich keine Schwäche erlauben, sonst war sie tatsächlich nicht die Richtige für die verantwortungsvolle Position. Sarah fasste sich rasch wieder und wickelte den zweiten Teil der Auktion ohne weitere Zwischenfälle ab. Als eine französische Modeschöpferin das kostbare Turban-Ornament zugeschlagen bekam, fiel Sarahs Blick auf Coltham, der wieder am Fenster stand.

Erinnerte das Schmuckstück ihn an den Familiendiamanten und dessen dunkle Vergangenheit? Warum hatte Edmund Coltham sich derart auf sie fixiert, wenn er doch um die Schuld seines Vaters wissen musste? Die Klage des Polospielers Ravi Shah war zwar vor Gericht abgewiesen worden, was jedoch nicht heißen musste, dass Lord Coltham den Diamanten rechtmäßig erworben hatte. Damit war lediglich der Anspruch des Polospielers auf einen Teil von Colthams Vermögen oder sogar den Titel abgeschmettert worden. Ravi Shah hatte weder genügend Beweise dafür erbringen können, dass Coltham sein leiblicher Vater war, noch hatten die Berichte seiner indischen Zeugen über das angebliche Vergehen von Lord Coltham in Indien vor Gericht Bestand gehabt.

Flossie klatschte begeistert, als der extravagante Schmuck hinausgetragen wurde. Ihr Gatte warf ihr einen angewiderten

Blick zu. In seiner Miene spiegelte sich unterdrückte Wut, und Sarah hatte beobachtet, wie er dem Champagner zugesprochen hatte. Sie würde gleich einen der jungen Mitarbeiter auf den alkoholisierten Gast hinweisen. Falls es zu Unannehmlichkeiten kam, konnte man Coltham zumindest schnell vor die Tür setzen. Doch die Aufmerksamkeit des unliebsamen Besuchers wurde von Professor Czermak beansprucht, der mit seinen Begleitern zu ihm trat.

Zu weiteren Überlegungen kam Sarah nicht, da Hannah und Levi sich verabschieden wollten. Die Freundinnen umarmten einander, und Hannah sagte: »Gib auf dich acht, Sarah, du hast dich vielleicht in den letzten Wochen übernommen. Das war alles sehr anstrengend. Gönn dir etwas Ruhe.«

Philip kam mit der Kamera in der Hand dazu. »Kommt, lasst uns schnell noch ein Foto machen. Sarah, Hannah, Levi, einmal zusammenstellen, bitte.«

Die drei folgten Philips Vorschlag, und Levi stellte sich in die Mitte der Frauen und sagte: »Die schönsten Frauen Wiens an meiner Seite.«

»Du Charmeur!«, sagte Hannah lachend, und das Blitzlicht leuchtete grell auf.

»Das wird ein schöner Schnappschuss, ich mache euch einen Abzug«, sagte Philip.

»Wann heiratet ihr denn nun?«, wollte Levi wissen.

Sarah und Philip sahen sich an. »So schnell wie möglich«, sagte Philip und legte den Arm um Sarahs Schultern. »Vielleicht schon im September.«

»Und wisst ihr schon, wo ihr feiern wollt?«, fragte Hannah.

»Oh, das wird nur eine Feier im kleinen Rahmen. Ihr müsst natürlich kommen und Lady Sudbury, aber sonst weiß ich noch gar nicht …« Sarah sah ihren Verlobten an.

»Aber es wird eine Hochzeitsreise geben, das verspreche ich dir, Sarah.«

Sie errötete. Daran hatte sie noch gar nicht gedacht – so wie sie überhaupt noch keine Pläne gemacht hatte, denn das Auktionshaus hatte sie vollkommen beansprucht.

Die Besucher setzten sich nun alle in Bewegung, und vor dem Geschäftszimmer bildete sich eine Schlange.

»Wir wollen dich auch gar nicht weiter aufhalten. Sarah, es war eine großartige Auktion. Rebecca macht bestimmt schon das Kindermädchen wahnsinnig. Aber sie ist vernarrt in dich, Sarah, also komm uns bald besuchen, ja?« Hannah küsste sie auf die Wange.

»Versprochen!«

Kurz sah Sarah den beiden Freunden nach, wie sie Arm in Arm das Haus von Lodron verließen.

»Ein reizendes Paar. Du hast Glück, dass du so liebenswerte Freunde hast, Sarah«, sagte Philip neben ihr.

»Womit wir bei den Gästen des Bräutigams wären. Wen willst du unbedingt einladen?«

Er verzog das Gesicht. »Ich bin nicht mehr gut gelitten, seitdem ich die Scheidung eingereicht habe. Stephen ist wohl der Einzige, der sich noch mit mir sehen lässt. Aber das ist nicht wichtig, Sarah. Wir fangen hier in Wien gemeinsam neu an.«

»Stephen?« Sie erinnerte sich nur vage an den Namen.

»Stephen Carew, Earl of Bedford, ein echter Freund. Wenn er Zeit hat, wird er kommen.«

Eine Dame in Flieder kam zu ihnen. »Ach, werter Herr Maynard, Sie haben doch so viele Fotografien gemacht. Wo können wir die sehen? Ich würde schrecklich gern eine als Erinnerung an diesen denkwürdigen Tag haben. Das war meine erste Auktion in einem Privathaus.«

»Wir sehen uns gleich, Phil«, Sarah ging weiter, um Lehner

aufzusuchen und ein erstes Fazit zu ziehen. Sie ging durch die nun sehr leer wirkenden Räume, denen mit der Einrichtung, den Wandbehängen und Gemälden nun endgültig die Seele genommen war. Ein Haus lebt erst durch seine Bewohner, dachte Sarah und blieb vor einem weißen Fleck an einer verblassten blau gemusterten Tapete stehen.

»So hören Sie doch zu, ich sage Ihnen, dass es noch eine Million Jahre dauert, bis das einzige wahre Völkerrecht entstehen kann!«, ereiferte sich eine ihr unbekannte männliche Stimme, die aus dem Nebenzimmer kam.

»Wird es nicht, wenn wir alle weiter unsere Ziele mit jeglicher Kraft verfolgen! Nicht länger dürfen wir die dreisten Juden dulden und die Kommunisten, dann geht es auch wieder bergauf mit den Geschäften ...«

Diese Stimme kannte sie: Sie gehörte Czermak.

»Und Sie haben doch auch einen Kreis von Gleichgesinnten, Coltham, wann setzen wir uns zusammen?«, fragte Czermak auf Englisch.

Sarah erschrak dermaßen, dass sie gegen eine Säule, auf der vorher noch eine Bronze gestanden hatte, stieß, sie gerade noch vor dem Umkippen bewahrte und eilig den Raum in Richtung des Geschäftszimmers verließ.

Hoffentlich hat mich niemand bemerkt, betete Sarah, denn was diese Männer dort besprachen, war ganz sicher nichts Gutes. Vielmehr hörte es sich nach Konspiration an!

Sie lief Direktor Lehner in die Arme und war so froh, ihn zu sehen, dass sie erleichtert seufzte. »Gut, dass ich Sie treffe, Herr Lehner!«

»Ja, wo brennt's denn?« Jovial und bester Stimmung hielt er eine Zigarre und sah sie lächelnd an. »Fabelhafte Auktion! Das ist zum größten Teil Ihr Verdienst, meine liebe Frau Rosewell!

Meine Hochachtung. Die Vorbereitungen waren durchweg hervorragend, und die Damen in diese hellen Kleider zu stecken war überhaupt eine blendende Idee! Frische und Dynamik haben Sie in diese Veranstaltung gebracht.«

»Vielen Dank, Herr Lehner. Ich bin auch wirklich sehr zufrieden mit dem, was wir alle gemeinsam geleistet haben.« Innerlich glühte sie vor Stolz. »Haben Sie schon mit Herrn Kutschera wegen der Zahlen gesprochen?«

Lehner grinste. »Ich habe im Kopf addiert, während der Hammer fiel, und denke, dass wir die Erwartungen mehr als übertroffen haben. Das freut unseren Grafen, und das Haus natürlich auch. Was ging zurück?«

»Nur ein zwölfarmiger Kronleuchter und ein Paar Brunnenurnen, dabei sind die doch sehr hübsch«, berichtete Sarah.

»Damit können wir leben, und der Herr Lodron sicher auch. Ganz unter uns, den Herren Schachner und Fellner haben Sie es aber gezeigt heute. Gut gemacht! Ich werde Sie und Schachner morgen offiziell als meine Nachfolger ankündigen. Und nun machen Sie sich einen schönen Abend, Sie haben es sich verdient!«

Nach einem erfrischenden Bad in Philips Hotel kleidete Sarah sich um, denn sie wollten gemeinsam in einem besonderen Lokal zu Abend essen. Philip saß in einem Sessel und schaute ihr dabei zu, wie sie sich frisierte.

»Ich glaube, das wird meine Lieblingsbeschäftigung, dich einfach nur anzusehen. Habe ich dir schon gesagt, wie stolz ich auf dich bin? Du hast dich heute souverän und charmant gezeigt. Lehner hat gut daran getan, dich mit in die Direktion zu berufen.«

Sie legte die Bürste zur Seite und gab ihm einen Kuss. »Danke, Darling. Und ich bin so glücklich, dass du hier bist.«

Sie stand vor ihm, und er legte seine Hände auf ihre schmalen Hüften. »Nur hast du mir noch immer nicht gesagt, was dich so sehr schockiert hat, dass du weiß wie ein Leichentuch im Korridor standest. War es Coltham?«

Sie strich ihm durch die Haare und ging wieder zum Frisiertisch. Während sie sich kämmte, fing sie seinen Blick im Spiegel auf. »Er hat mich überrascht. Ich bin selbst schuld, hätte darauf vorbereitet sein müssen. Er muss sich angeschlichen haben und hat mich einfach gegen die Wand gedrückt und mir seine widerwärtigen Drohungen ins Ohr geflüstert.« Abrupt drehte sie sich um. »Es war schrecklich, weil ich mich so ausgeliefert gefühlt habe. Genau so hat er es damals in Scarborough gemacht, dieser miese Dreckskerl.«

Philip war aufgesprungen und nahm sie in die Arme. »Oh Sarah, warum hast du denn nicht sofort etwas gesagt?«

Sie schmiegte sich an ihn, nahm seine Wärme und seinen vertrauten Duft wahr. »Und was hättest du getan? Ich kann nichts beweisen. Das weiß er genau. Er will mich nur quälen, das ist seine Rache für das, was ich seiner Familie angeblich angetan habe.«

»Das muss endlich ein Ende haben! Du kannst dich doch nicht ewig vor ihm fürchten und dich hier in Wien verstecken!«, entrüstete sich Philip.

»Nein, nein, natürlich nicht. Aber für den Moment kann ich nichts tun. Ich habe nichts gegen ihn in der Hand. Hast du gesehen, wie viel Champagner er getrunken hat? Mit etwas Glück bringt er sich selbst um. Na komm, ich habe großen Hunger!«

Philip ließ sie los, war aber nicht zufrieden mit dem Verlauf des Gesprächs. »Für heute belassen wir es dabei, schließlich wollen wir deinen Erfolg feiern. Ich liebe dich, Sarah Rosewell, und ich werde nicht zulassen, dass dieser Unmensch dein Leben zerstört.«

Wenn er wüsste, dass Coltham vielleicht seine Finger beim Tod ihrer Mutter im Spiel hatte ..., dachte Sarah und nahm sich vor, ihm dieses Detail vorzuenthalten. Sie konnte sich nicht gegen die perfiden versteckten Angriffe Colthams wehren, doch sie würde sich ihre Karriere nicht zerstören lassen.

Die nächste Auktion sollte in vier Wochen stattfinden und war eine kleinere Veranstaltung im Saal von Hofmann's. Sarah hatte Zeit, sich auf ihre Hochzeit vorzubereiten, nicht, dass es eine große Sache werden würde. Philip musste noch einmal zurück nach London, um einige Papiere zu unterzeichnen, und wollte Anfang Oktober zurück sein. Bis dahin sollte Sarah eine Wohnung für sie beide suchen.

An einem Wochenende im September war sie mit Redloff unterwegs, der sie gern auf kleine Ausflüge in die Umgebung einlud. Sie hatte ihm von der bevorstehenden Hochzeit erzählt, woraufhin er schweigsam geworden war.

Sie waren auf den Semmering, einen Berg nahe bei Wien, gefahren, hatten Quartier im viel zu vornehmen *Grand Hotel Panhans* genommen und wanderten nun durch die beeindruckende Bergwelt. Der Ausblick auf die Wälder und felsigen Hänge war atemberaubend und die frische würzige Luft eine willkommene Abwechslung. An einem umgestürzten Baumstamm machte Redloff halt und holte ein Taschentuch hervor, das er für Sarah auf das Holz legte. »Bitte, setzen wir uns.«

Eine Weile saßen sie einträchtig schweigend nebeneinander.

Dann sagte er: »Ich bin ja nun einmal Ihr leiblicher Vater, und das gibt mir gewisse Rechte.«

Sie sah ihn beunruhigt an. Was meinte er damit?

Doch er fuhr lächelnd fort. »Zum Beispiel darf ich meiner Tochter, auch wenn sie das nicht möchte, ein Hochzeitsgeschenk machen. Sie sind doch auf der Suche nach einer Wohnung, nicht wahr? Eine Wohnung, in der Ihr Mann ein Studio eröffnen könnte und Sie nicht allzu weit vom Auktionshaus entfernt wären. Und wie es sich fügt, ist in dem Palais, in dem sich meine Wohnung befindet, eine weitere Wohnung frei geworden, die ich mir habe reservieren lassen.«

Sarah runzelte die Stirn. »Die Miete in der Lage können wir uns nicht leisten, aber ich habe schon ...«

John Redloff nahm ihre Hand. »Doch, diese Wohnung können Sie sich leisten. Die Miete ist zufälligerweise gar nicht so hoch, wie Sie vermuten. Bitte, erlauben Sie mir, Ihnen ein klein wenig unter die Arme zu greifen, so wie ein Vater es für seine Tochter tun würde. Es wäre mir eine große Freude.«

»Das ist sehr großzügig, aber ...«

»Kein Aber, für mich ist eine Immobilie eine Wertanlage, so ist uns beiden geholfen.«

Sie schmunzelte. »Na ja, wie Sie das sagen, klingt das so leicht.«

Redloff drückte ihre Hand gegen seine Lippen und half ihr auf. »Ich habe mehr Geld, als ich in einem Leben ausgeben kann, und genügend gierige Schwiegertöchter, die nur darauf warten, dass ich das Zeitliche segne. Wenn ich Ihnen also ein wenig bei Ihrem Start ins Eheglück helfen kann, warum dann nicht?!«

Sie waren allein auf einem Pfad, der sie entlang eines Waldes auf ein Plateau geführt hatte. Von hier aus konnten sie das kleine Dorf Semmering sehen, das malerisch am Semmeringpass gelegen war. Der mondäne kleine Kurort war seit vielen Jahren ein beliebtes Ferienziel nicht nur der feinen Wiener Gesellschaft, sondern auch ein Ort der Erholung für Künstler, wie Kokoschka, Loos und den scharfzüngigen Kritiker Kraus.

»Ich weiß nicht, was ich sagen soll. Sie beschämen mich mit Ihrer Großzügigkeit.«

Redloff, der sie um mindestens einen Kopf überragte, legte den Arm um ihre Schultern und zog sie kurz an sich. »Sie machen einen alten Mann glücklich, sehen Sie es so.«

Sie lachte. »Pah, Sie und alt! Ganz gewitzt um den Finger haben Sie mich gewickelt.« Ernst fügte sie hinzu: »Ich stehe tief in Ihrer Schuld.«

»Nein! Genau andersherum ist es, meine liebe Sarah. Ich habe Ihnen etwas abzubitten. Also lassen Sie mich ein klein wenig den späten Vater spielen, wenn auch nur heimlich.«

Sie schüttelten sich lächelnd die Hände. »Oh, eine Bitte habe ich, würden Sie mein Trauzeuge sein? Wir heiraten nicht kirchlich, aber das würde mir sehr viel bedeuten.«

Redloffs Augen schimmerten feucht. »Natürlich. Es wird mir eine Ehre sein.«

An diesem Abend saß sie in ihrer Wohnung in der Sonnenfelsgasse an ihrem Tisch am Fenster und schrieb einen Brief, den sie in Gedanken schon etliche Male formuliert und wieder verworfen hatte. Die Zeit drängte, denn er sollte es von ihr erfahren.

Lieber Charley,

ich kann Dir nicht genug danken dafür, dass Du mich vor Colthams Besuch in Wien gewarnt hast. Der Mensch war tatsächlich hier, am Tag der großen Auktion im Haus von Graf Lodron. EC hat sich nicht verändert, ganz im Gegenteil, sein Hass auf mich steht ihm ins Ge-

sicht geschrieben, wenn er mich anschaut. Natürlich hat er wieder eine seiner hinterhältigen Drohungen von sich gegeben.
Aber weißt Du, Charley, ich habe beschlossen, damit zu leben. Was soll ich auch anderes tun? Denn rechtlich kann ich nichts gegen ihn unternehmen. Das dürfte Dich interessieren: EC scheint mit Lodron und einigen Herrn befreundet zu sein, die nationalistischer und antisemitischer Gesinnung sind. Zumindest gehören sie alle zu der hier berüchtigten Deutschen Gemeinschaft, eine Art Verein. Eher wohl ein Sammelbecken für die ewig Gestrigen, die ich aber für gefährlich halte, denn sie rotten sich zusammen und prügeln wahllos auf jeden, dessen Nase ihnen nicht passt, ein. Die Republik Österreich ist noch jung, doch ich glaube an die Ziele der Sozialdemokraten. Sie tun viel, um die Lage der Arbeiter und überhaupt der ärmeren Bevölkerungsschichten zu verbessern.
Ich kann nur hoffen, dass es in London keine ähnlichen Gruppierungen gibt. Wobei ich mich frage, woher Coltham den Kontakt zu Lodron hat … Es schwant mir Übles, wenn ich nur daran denke.
Davon abgesehen war die Versteigerung des Besitzes von Lodron ein voller Erfolg, und nun halte Dich fest – ich werde zusammen mit einem Kollegen die Nachfolge als Direktorin von Lehner antreten. Er hat sich tatsächlich gegen den Widerstand einiger Gegner seiner modernen Geschäftsführung durchgesetzt. Ha! Es wird nicht einfach, das steht fest, aber ich biete ihnen die Stirn und bin mir sicher, dass ich das Auktionshaus gemeinsam mit Dr. Schachner erfolgreich leiten kann.
Es gab nur eine Bedingung: Lehner und der Vorstand haben verlangt, dass ich als ehrbare Ehefrau den Posten übernehme. Eine Frau an die Spitze zu setzen war schon unerhört genug, aber noch dazu eine ledige, das ging ihnen zu weit. Wie Du wohl weißt, gibt es nur zwei Männer in meinem Leben. Der andere ist Philip, und er hat sich von seiner Frau getrennt. Wir werden es also miteinander versuchen.

Warum auch nicht, nicht wahr? Das Leben geht weiter, ich werde nicht jünger, und ich weiß, was ich an Philip habe. Ich habe ihm gesagt, wie es steht. Keine Lügen. So, nun bist du im Bilde.
Läuft der Klub? Erzähl mir ein paar skandalöse Abenteuer, denn ich bin schrecklich brav und sittsam geworden.
Immer

Deine Sarah

29

Der dritte November war ein Freitag. Der Himmel war bewölkt, und die Temperaturen bewegten sich um den Gefrierpunkt. Sarah trug den Mantel ihrer Mutter, der sie einhüllte wie eine sanfte Umarmung. Durch den Arkadengang an der Vorderseite des Wiener Rathauses fegte ein eisiger Wind, und die kleine Gruppe, die sich vor dem imposanten Gebäude drängte, fröstelte.

Stolz blickte sie zu Philip hoch, bei dem sie sich untergehakt hatte. Mit seinem Hut, dem eleganten Mantel und dem schwarzen Anzug machte er einiges her: Er war ein attraktiver Mann in den besten Jahren. Seine blauen Augen strahlten sie an, wann immer sich ihre Blicke trafen, und sie wusste, dass er sie liebte. Dieses wärmende Gefühl durchflutete sie, und alle Zweifel, die sie anfangs noch gehabt hatte, waren verflogen. Sie würden die Vergangenheit hinter sich lassen und gemeinsam ein neues Leben beginnen. Eigentlich hatten sie es schon begonnen, denn Philip war seit einem Monat wieder in Wien und zu ihr in die Wohnung gezogen, die Redloff – ihr Vater, korrigierte sie sich gedanklich – ihr zu einer unerhört günstigen Miete überlassen hatte. Diese winzige Kleinigkeit hatte sie ihrem Mann noch nicht gebeichtet, doch auch dafür würde sich der richtige Zeitpunkt finden.

Lady Sudbury hatte sich bei Redloff eingehakt. Die beiden verstanden sich prächtig, was Sarah sehr glücklich machte. Gwendoline Sudbury war extra aus Paris gekommen, wo sie sich eigens für den Anlass im Modehaus von Coco Chanel eingedeckt hatte. Für Sarah hatte sie ein sehr elegantes, schlichtes schwarzes Kleid mit passendem Mantel und einem Samthut mitgebracht. Ihr Hochzeitsgeschenk für die Frischvermählten war die Reise nach Venedig.

Gegen Sarahs Proteste hatte auch Redloff ihnen ein weiteres Geschenk in Form eines kostbaren Tafelservices von Sèvres gemacht. Das blau-goldene Service stammte aus der verzweigten Familie Napoleon Bonapartes, und Sarah schätzte mit ihrem professionellen Blick, den sie mittlerweile nicht mehr ablegen konnte, dass es so viel gekostet hatte wie ein Automobil.

Hannah und Levi unterhielten sich mit Stephen Carew, Earl of Bedford, dem besten Freund von Philip. Die beiden Männer waren seit vielen Jahren eng befreundet, und man spürte die Verbundenheit zwischen ihnen, wobei Stephen durch das Vermögen seiner Familie ein sorgloses Leben führen konnte. Gelegentlich ließ er sich bei Charity-Veranstaltungen seiner Mutter sehen und begleitete seinen Vater in das House of Lords. Feingliedrig, blond und mit verträumten braunen Augen zog Stephen auch die Blicke der Wiener Damen auf sich, doch er hielt sich zu Ehren der Eheleute zurück und hatte als Trauzeuge für Philip unterzeichnet.

Es war Sarahs Wunsch gewesen, dass außer John Redloff auch Hannah die Urkunde unterzeichnete, und nach langer Diskussion hatte der Standesbeamte sich erweichen lassen. Überhaupt schien er die englischen Dokumente als eine Zumutung zu begreifen und froh zu sein, als sie sein Büro verließen und er sich wieder zurücklehnen konnte.

Das Rathaus war ein prachtvoller neugotischer Bau mit einem fast einhundert Meter hohen Turm. Von außen ähnelte das Gebäude flämischen Rathäusern der Gotik, und innen zeichnete es sich durch hohe Gewölbe, Säulen, rote Teppiche und viel Marmor aus. Ein wenig erinnerte der Bau auch an eine gotische Kirche, was Sarah tröstlich fand, denn für den geschiedenen Philip kam eine kirchliche Trauung nicht infrage.

»Huh, mir ist kalt«, bemerkte Hannah und klapperte betont laut mit den Zähnen. »Und Hunger habe ich auch. Ich esse immer noch für zwei und werde immer fetter!«

Sarah lachte. »Ach was, du siehst blendend aus! Die Mutterschaft bekommt dir hervorragend.«

»Sag ich doch, aber mir glaubt sie nicht«, meinte Levi und strich seiner Frau über die Wange.

Philip hatte bei der *Schöner* einen Raum für die kleine Gesellschaft reserviert und dafür gesorgt, dass die Tafel festlich gedeckt war. Üppiger Blumenschmuck und mehrarmige Kerzenleuchter schufen eine intime Atmosphäre. Sarah saß in ihrem cremefarbenen Kleid aus Seide und venezianischer Spitze neben Philip und sagte leise: »Alles ist wunderschön geworden, danke, Phil!«

»Bist du glücklich, Sarah?« Er nahm ihre Hand, an der nun ein schlichter Ehering neben dem blitzenden Verlobungsring und dem Ring ihrer Mutter schimmerte.

»Ja, das bin ich. Ich liebe dich, Phil«, sagte sie voller Dankbarkeit. Der Tag hätte nicht schöner verlaufen können. Ihre liebsten Freunde waren zugegen und feierten mit ihnen, was lange unmöglich schien, denn Lady Sudbury und Stephen Carew hatten erst im letzten Moment zusagen können.

»Und ich dich, Sarah.« Er küsste sie, und das war etwas, von dem Sarah nie genug bekommen konnte.

Als die Herren später eine Zigarre rauchen gingen, sagte Hannah zu ihr: »Ich freue mich so, dass ihr doch noch zueinandergefunden habt. Es hat mir immer leidgetan, dass ihr euch überworfen hattet.«

Lady Sudbury, die gerade ihren fünfzigsten Geburtstag gefeiert hatte, was man ihr keinesfalls ansah, legte den Kopf schief. »Ich habe lange nicht geglaubt, dass Sie überhaupt heiraten wollen, Sarah.«

Sie kannten einander zu gut. Sarah erwiderte lächelnd: »Das stimmt, eigentlich wollte ich immer unabhängig bleiben. Aber Philip lässt mir meine Freiheiten und ich ihm seine. Liebe und Respekt, darauf kommt es an.«

Die erfahrene Lady lächelte wissend. »Ich wünsche Ihnen von Herzen, dass Ihre Träume wahr werden, Sarah. Sie haben so hart gearbeitet, und ich bin sehr stolz auf Sie. Wären Sie meine Tochter, ich könnte mich nicht mehr freuen. Hat Philip denn schon Aufträge hier in Wien?«

Das war der einzige Wermutstropfen. Die Auftragslage war derzeit eher spärlich. »Da wird sich schon etwas ergeben. Die nächste große Auktion ist vor Weihnachten. Da ist immer viel zu tun.«

»Wird ihm das reichen? Aufträge, die Sie ihm durch das Auktionshaus vermitteln? Sie sind jetzt eine einflussreiche Frau, die eigenständige Entscheidungen trifft. Das gefällt vielen Männern nicht«, sagte Lady Sudbury.

»Er hat mich immer unterstützt. Nein, ich mache mir keine Sorgen deswegen«, erwiderte Sarah fest.

»Ich will Sie auch nicht beunruhigen. Philip Maynard hat sich auf eine Weise zu Ihnen bekannt, die für seine wahrhaftigen Gefühle spricht. Trinken wir auf Ihr Glück!«

Die drei Frauen hoben ihre Gläser und stießen an.

»Auf die Liebe!«, sagte Sarah.

Nach dem Essen verabschiedeten sich Lady Sudbury und John Redloff, damit die jungen Leute, wie sie sagten, ausgelassen feiern konnten. Stephen, Hannah und Levi, Sarah und Philip zogen weiter in die *Monbijou-Bar*, wo sie ungehemmt tanzten, und später in die *Weihburg-Bar*, in der Jazz gespielt wurde.

Sie hatten einen Tisch im hinteren Teil der Bar gefunden, und als man hörte, dass ein Brautpaar dabei war, spendierte ihnen die Bar eine Flasche Champagner. Hannah und Levi tanzten versunken zu den Klängen der Jazzkapelle, und Stephen flirtete mit einer hübschen jungen Frau in einem paillettenbesetzten Abendkleid.

Ein wenig müde von den Aufregungen des Tages saß Sarah auf ihrem Stuhl und sehnte sich nach ihrem weichen Bett. »Wir sind tatsächlich Mann und Frau, Phil. Ich kann es noch nicht ganz glauben.«

Lächelnd betrachtete sie den Ehering und traf Philips Blick, als sie aufsah.

»Lady Sarah Maynard.« Er beugte sich zu ihr und küsste sie zärtlich. »Ich habe es dir nicht gesagt, aber einige Wochen hing das Scheidungsverfahren in der Schwebe, und ich hatte Befürchtungen, dass ich die Urkunde nicht rechtzeitig erhalten würde.«

»Das wäre eine Katastrophe gewesen! Woran lag es?«

»Gladys hatte noch ein paar Sonderwünsche. Am liebsten hätte sie es gehabt, dass ich den Titel schon zu Lebzeiten an meinen Sohn abtrete, aber das habe ich abgelehnt.« Seine Miene verdüsterte sich für einen Moment.

Mitfühlend betrachtete sie ihren Mann, der mit seiner Familie gebrochen hatte, um sie heiraten zu können. Ohne seinen Titel würde ihm nichts außer seinen Fähigkeiten als Fotograf bleiben. »Phil, es tut mir leid, dass …«

»Nein, nein, dir muss gar nichts leidtun! Sarah, das war allein meine Entscheidung. Du siehst müde aus. Wollen wir uns verabschieden? Als Brautpaar dürfen wir das.«

Seufzend lehnte sie ihren Kopf an seine Schulter. »Ja, lass uns gehen. Aber sooo müde bin ich nun auch wieder nicht.«

Er strich über ihre Hüfte. »Das habe ich gehofft, Darling.«

Ihre Freunde waren nicht überrascht, als sie sich zum Aufbruch bereit machten. Stephen entschloss sich, noch zu bleiben, doch Hannah und Levi verließen ebenfalls die Bar.

Auf der Straße umarmte Hannah ihre Freundin. »Das war unser erster Abend außer Haus seit Rebeccas Geburt. Sie kann jetzt schon gut für ein paar Stunden mit dem Kindermädchen allein bleiben. Ach, sie ist ein Engel, aber es tut so gut, mal wieder auszugehen. Lass uns das öfter machen, Sarah. Ich mag Philip und wünsche euch alles Glück der Welt.«

Sarah drückte die Freundin an sich. »Und nochmals tausend Dank für das wundervolle Geschenk, Hannah. Ich werde es in Ehren halten.«

Hannah und Levi hatten ihr und Philip einen Samowar geschenkt, der von einem jüdischen Goldschmied hergestellt worden war. Auf den vergoldeten Korpus waren florale Ornamente und die Initialen S & P eingraviert.

Voller Dankbarkeit schmiegte Sarah sich an Philip und winkte der Taxe, in die ihre Freunde eingestiegen waren, nach, bis sie um die nächste Ecke bog.

Sarah hatte sich den Samstag freigenommen, sodass sie und Philip ausschlafen und das Wochenende gemeinsam verbringen konnten. Sie stand am Fenster und beobachtete die vorbeilaufenden Passanten. In der Wollzeile reihten sich prachtvolle Fassaden aneinander. Das Palais, in dem Redloff zwei Wohnungen gekauft hatte, lag unweit eines k. u. k. Hofzuckerbäckers und wartete mit

Balkonen, Stuck und vorgelegten Halbsäulen ganz im Stil des Historismus auf. Redloffs Wohnung befand sich in der Beletage, ihre im zweiten Stock, wobei ihre Wohnung nur wenig kleiner und genauso komfortabel ausgestattet war.

Philip hatte zwei große Räume für sein Studio, und es blieben ihnen ein Salon, ein großes Schlafzimmer, ein Gästezimmer, zwei Bäder und eine Küche. Von ihrem Schlafzimmer aus sahen sie in den Innenhof, in dem ein Garten angelegt war, den alle Hausbewohner nutzen durften. Es musste schon spät am Vormittag sein, doch die Nacht war kurz gewesen, und Sarah rekelte sich entspannt neben Philip, der noch schlief. Es klopfte leise an der Tür.

»Herein!«, rief Sarah und zog die Decke bis ans Kinn, denn ihr Negligé lag irgendwo auf dem Boden.

Luise schaute herein. Es war nicht leicht gewesen, ein Hausmädchen zu finden, doch mit Luise schienen sie Glück zu haben.

»Guten Morgen, gnädige Frau!«

Luise Vesela stammte aus Böhmen und war eine Kriegswitwe, die mit ihrer alten Mutter ganz in der Nähe wohnte. Die robuste Frau wusste, worauf es im Haushalt ankam, und das war für Sarah das Wichtigste. Luise trug ein schwarzes Kleid mit weißer Schürze und eine weiße Haube auf den aufgesteckten Haaren. Auf einem Tablett brachte sie Tee, Orangensaft, Toast und Eier mit Speck herein, denn das war Philips bevorzugtes Frühstück. Als Luise sah, dass Philip noch schlief, zögerte sie, doch Sarah winkte sie zu sich.

»Stellen Sie es dort auf den Tisch, danke, Luise.«

»Da liegt ein Telegramm für Sie, und die *Times* war heute auch schon zeitig. Wünschen Sie noch etwas?«

»Danke, das wäre vorerst alles.«

Luise hatte ein rundes Gesicht mit einer Himmelfahrtsnase und Hände, denen man ansah, dass sie praktische Arbeit gewohnt waren. Früher hatte Luise in einer Wäscherei gearbeitet, wie sie Sarah erzählt hatte, doch die Laugen hatten ihre Gesundheit ruiniert. Nachdem sie gegangen war, stand Sarah auf, schlüpfte in einen seidenen Morgenmantel und nahm das Tablett mit ans Bett. Philip schlief noch immer tief, und sie bemühte sich, ihn nicht zu wecken. Zuerst riss sie das Telegramm auf.

»Charley!«, entfuhr es ihr leise.

GRATULATION ZUR HOCHZEIT! LIES DIE TIMES, SARAH. MEHR IM NÄCHSTEN JAHR. BEI MIR GROSSE VERÄNDERUNGEN. CHARLEY

Bisher hatte er noch nicht auf ihren Brief reagiert, in dem sie ihm von ihrer bevorstehenden Hochzeit erzählt hatte. Sie hatte ihm und auch ihren Geschwistern Karten geschickt, in denen sie ihre Vermählung bekannt gab. Von ihren Geschwistern hatte bisher nur Rose eine Glückwunschkarte geschickt.

Sarah hatte die *London Times* abonniert, denn mit ihrem neuen Gehalt konnte sie sich das leisten, und sie liebte es, morgens die Schlagzeilen ihrer Heimatstadt zu durchstöbern. Was Charley wohl gemeint hat?, überlegte sie, während sie die *Times* aufschlug. Auf der vierten Seite blieb sie an einer Überschrift hängen: Autounfall mit Todesfolge auf der Blackfriar Bridge.

»Nein, das gibt's doch nicht!«, entfuhr es ihr, und vergessen war die Sorge um Philips Schlaf. »Phil, hör dir das an!«

Philip grummelte etwas, drehte sich zu ihr um und schnupperte. »Frühstück.«

»Auch das, aber hör zu!« Sie raschelte mit der Zeitung und las laut vor: »Nach einer durchfeierten Nacht im Londoner Theaterbezirk fuhr Lord Edmund Coltham mit erhöhter Geschwindigkeit über die Blackfriar Bridge, rammte laut Augenzeugen ein anderes Vehikel und durchbrach beim Versuch, sein Fahrzeug unter

Kontrolle zu bringen, die Balustrade. Der Wagen stürzte in die Themse, wo er samt dem Fahrer geborgen werden konnte. Jede Hilfe kam zu spät.« Sarah unterbrach sich einen Moment. »Unser Mitgefühl gilt der Witwe und den Kindern des Unfallopfers.«

Philip war nun hellwach und setzte sich auf. »Das nenne ich perfektes Timing. Herzlichen Glückwunsch, Sarah. Dein Albtraum hat ein Ende. Und was ist das?« Er deutete auf das Telegramm.

»Ein Gratulant. Charley Randall. Du kennst ihn nicht, glaube ich. Wir sind im selben Viertel aufgewachsen, und er hat Ben damals im Krieg das Leben gerettet.« Sie reichte ihm das Telegramm, das er rasch überflog.

»Und ihr seid noch immer in Kontakt? Doch, doch, ich weiß, wer er ist. Ihm gehört dieser Klub im Westend.« Er gab ihr das Telegramm. »Gibst du mir das Tablett? Ich habe Hunger. Du hast mich kaum schlafen lassen.« Er grinste, und Sarah war erleichtert, dass er nicht weiter nach Charley fragte.

Philip bestrich eine Toastscheibe mit Butter und reichte sie ihr. »Meine unersättliche Ehefrau.«

Sarah biss in den Toast. »Willst du dich etwa beklagen?«

»Keineswegs, im Gegenteil.«

Auch das war etwas, das sie an ihm liebte und vermisst hatte: seine spielerische Leichtigkeit, mit der er sie aus jeder Verlegenheit befreite.

30

Bei Hofmann's fiel der Empfang am Montag nach dem Hochzeitswochenende gemischt aus. Christine, Irma Bruckner, Rudi Moser und die Sekretärinnen hatten zusammengelegt und einen Korb mit ausgesuchten Delikatessen für sie und Philip bestückt. Sie überreichten Sarah den Korb in ihrem Büro.

»Haben Sie vielen Dank, das war doch nicht nötig!«, sagte Sarah gerührt, umarmte Christine und drückte den anderen die Hand.

Dr. Schachner kam hinzu und betrachtete die Versammlung missmutig. »Wenn Sie hier fertig sind, können wir vielleicht zur Tagesordnung übergehen, ja? Ich habe etwas mit der Direktorin zu besprechen.«

Christine Vogl verdrehte die Augen. Sie konnte Schachner genauso wenig leiden wie Sarah. »Na, kommt, gehen wir. Wenn der Herr Doktor ein Anliegen hat, muss es wichtig sein.« Der Sarkasmus in ihrer Stimme war überdeutlich, doch Schachner ignorierte sie und baute sich vor Sarahs Schreibtisch auf.

Ungerührt räumte sie den Präsentkorb zur Seite und bot ihm einen Platz an. »Bitte, setzen Sie sich doch. Was kann ich für Sie tun?«

»Wie darf ich Sie denn nun anreden, Verehrteste? Mylady oder Eure Ladyschaft, oder Frau Maynard?«

Sarah lächelte zuckersüß. »Lady Maynard wäre korrekt, danke, Herr Dr. Schachner.«

»Herr Direktor, aber da wir uns den Titel teilen, können wir es auch weniger förmlich halten.« Er machte keinen Hehl daraus, dass er Lehners Entscheidung, sie beide mit gleichen Vollmachten und Befugnissen auszustatten, für eine Anmaßung hielt. Zumindest hatte er nach Lehners Abreise dessen Büro bezogen, das musste dann doch sein. »Sie haben es weit gebracht, das muss man Ihnen lassen. Mit finanzkräftigen Gönnern im Hintergrund und einem hübschen Gesicht kann man schon einiges erreichen. Wo unsereins nur mit Fachwissen daherkommt«, ätzte Schachner und trommelte nervös mit den Fingerspitzen auf die Stuhllehne.

Sarah hatte hinter ihrem Schreibtisch Platz genommen. Sie unterdrückte ein Seufzen, denn es zeigte sich wieder einmal, dass Schachner sie noch immer weder respektierte noch akzeptierte. Sie befürchtete, dass sich daran auch nie etwas ändern würde, sofern sie sich nicht über Nacht in einen Mann verwandelte. Da das jedoch nicht geschehen würde, musste sie kämpfen und ihre Stellung behaupten.

»Lassen wir doch die Animositäten. Ich habe mich oft genug bewiesen. Meine erfolgreichen Akquisen haben das deutlich gezeigt, und wir können gern in die Statistik schauen.« Sie schaute ihm in die Augen. »Wer von uns hat mehr Klienten?«

Das füllige Gesicht ihres Gegenübers rötete sich. »Darum geht es nicht, das wissen Sie genau. Sie nutzen es aus, dass Sie eine Frau sind! Aber ich bin nicht so naiv wie Lehner, ich lasse mich nicht von Ihren Äußerlichkeiten blenden.«

»Das hoffe ich doch, Herr Doktor. Ich wäre enttäuscht, wenn Sie sich von Oberflächlichkeiten täuschen ließen. Da muss ich doch an den Expertentag in der kommenden Woche denken. Wie viele Vormerker haben wir?«

Mit finsterer Miene erwiderte er: »Ein Dutzend für die Möbel und das Doppelte bei Glas und Porzellan. Erfahrungsgemäß schneien noch mehr als dreimal so viele am Tag selbst rein. Aber deswegen bin ich nicht hier. Es gab eine Anfrage von einem Erben aus Brünn: Es geht um den Nachlass seines Vaters, Ansor Svatek, ein ehemaliger Hofmusiker. Musikinstrumente, Violinen, möglicherweise eine Stradivari und ein Tresselt-Flügel.«

»Das ist sehr interessant. Eine Stradivari in der Weihnachtsauktion wäre ein Zugpferd!«

»Sicher, und wer fährt nach Brünn? Der Sohn, ein gewisser Jaro Svatek, kann nicht kommen und möchte, dass wir ihn aufsuchen. Wissen Sie, wir sollten darüber nachdenken, noch einen Experten einzustellen oder sogar weitere Dependancen zu eröffnen. Ich sehe da einen großen Bedarf, auch hier in Europa.« Schachner sah sie herausfordernd an.

»Ich stimme Ihnen zu. Wir sollten das mit Lehner bei unserem nächsten Telefonat ansprechen. Sollte er das auch so sehen, können wir uns zusammensetzen und eine Strategie ausarbeiten. Wollen Sie nach Brünn fahren?«

Überrascht, dass sie ihm so ohne Weiteres zustimmte, antwortete Schachner: »Gut, dann ist das beschlossen.« Er räusperte sich. »Und meine Glückwünsche zu Ihrer Vermählung, Lady Maynard.«

In der Mittagspause war Sarah mit Lady Sudbury verabredet, die sich verabschieden wollte. Sie trafen sich im *Hotel Sacher*, das von der englischen Lady favorisiert wurde. Gwendoline Sudbury saß bereits an einem Tisch am Fenster und beobachtete das bunte Treiben auf der Straße.

»Es tut mir so leid, aber das Telefon stand heute einfach nicht still.« Sarah kam leicht außer Atem in das Restaurant und begrüßte ihre Freundin mit Wangenküssen.

Heute wirkte Lady Sudbury blass und erschöpft, und sie hustete in ein Taschentuch.

»Das verstehe ich doch. Sie sind eine viel beschäftigte Frau, Sarah.« Lady Sudbury trank etwas Wasser, und der Hustenreiz ließ nach. »Verzeihung. Lady Sarah.« Sie lächelte.

Doch Sarah schüttelte den Kopf. »Bitte nicht. Nennen Sie mich weiterhin Sarah, alles andere käme mir seltsam fremd vor.«

»Dann sagen Sie bitte Gwen zu mir, meine Liebe.« Sie lächelte Sarah an und fuhr ohne Übergang fort: »Ach, ich hätte Sie schrecklich gern mit nach Davos genommen.« Hoffnungsvoll sah sie Sarah an.

»Sie wollen jetzt direkt nach Davos reisen? Wieder in die Lungenklinik?«

»Nicht freiwillig, aber was soll ich tun? Dieser Körper lässt mich immer öfter im Stich, und die Ärzte dort haben mir schon einmal geholfen. Vielleicht ist es auch die klare Bergluft. Wäre das nicht etwas für Sie? Ein kleiner Urlaub?«

»Oh, liebend gern, aber vor Weihnachten kann ich hier nicht mehr weg. Wir müssen nach Brünn, mein Kollege reist hin, um sich eine Stradivari und einen Flügel von Tresselt anzusehen. Eine echte Stradivari würde sich gut auf der kommenden Auktion machen. Ach, wir sollten bald wieder gemeinsam ein Konzert besuchen. Kommen Sie auf dem Rückweg noch einmal nach Wien?«

Lady Sudbury überspielte ihre Enttäuschung gut und antwortete betont leicht: »Ich weiß es nicht. Mein Mann braucht mich in London. Die Saison hat begonnen, und er erwartet einige ausländische Minister zu Verhandlungen, die in unserem Haus stattfinden sollen. Solche Abende müssen gut vorbereitet werden, und zumindest das muss ich für ihn tun, auch wenn es mich anstrengt.« Gwendoline Sudbury seufzte und schaute auf die Speisekarte. »Worauf haben Sie Appetit?«

Sarah überflog die Karte und entschied sich für eine Gemüsesuppe.

»Ihrem Bruder geht es im Übrigen recht gut. Ich erhalte regelmäßig Berichte über die Fortschritte der Gärtner in Kent. Das ist eines meiner liebsten Projekte. Einer der Männer, ein Veteran, dem sie ein Bein unterhalb des Knies amputiert haben, hat sich so weit erholt, dass er im Milchgeschäft seiner Eltern mitarbeiten kann. Daran war vorher gar nicht zu denken. Der arme Mann war derart demoralisiert, und die Schmerzen haben ihn wahnsinnig gemacht. Aber mit unserem Arzt haben wir einen Glücksgriff getan. Er findet für alle Patienten die richtige Mischung aus Schmerzmitteln und Therapie.«

Der Kellner brachte eine Terrine mit heißer Gemüsesuppe und zwei Teller. »Wünsche, wohl zu speisen, die Damen!«

Lady Sudbury schnupperte. »Mmh, kochen können sie, die Wiener!« Mit einem Lächeln in den Augen begann sie, die Suppe zu löffeln.

Diesmal fiel Sarah der Abschied von Lady Sudbury noch schwerer, denn sie konnte es nicht ertragen, die Freundin krank zu sehen. Sie hoffte inständig, dass die Kur in Davos Linderung für Gwendoline Sudburys Lungenleiden bringen würde.

Im Foyer ließ Sarah sich mit dem *Bluebell* in London verbinden, doch Charley ließ ihr ausrichten, dass er sie zurückrufen werde. Enttäuscht legte sie auf. Sie hatte gehofft, mit ihm über Edmund Colthams Tod sprechen zu können, sicher wusste er Näheres über die Umstände. Und sie wollte wissen, wie es ihm ging. Nach allem, was wir gemeinsam erlebt haben, ist das nur natürlich, sagte sie sich, als sie den Hörer auf die Gabel knallte.

An einem der folgenden Tage rief Hannah sie im Büro an. An ihrer Stimme hörte Sarah, dass etwas geschehen sein musste.

»Geht es Rebecca gut?«, war daher ihre erste Frage.

»Unserem kleinen Sonnenschein geht es blendend. Sie ist so zuckersüß, dass ich sie immerzu nur abküssen möchte. Nein, Sarah, erinnerst du dich an die Lubawitschs? Shlomo hat einen kleinen Laden hier in der Leopoldstadt, und stell dir vor, die Scheiben haben sie gestern mit Farbe beschmiert. Ich kann gar nicht wiederholen, welche Abscheulichkeiten diese Menschen dort hingeschmiert haben. Und Rabbi Moshe wurde vor zwei Tagen auf dem Weg von der Synagoge zum Kaffeehaus bespuckt!«

Entsetzt hielt Sarah das Telefon fest. »Oh nein! Das ist schrecklich! Wer war das? Hat man die Kerle gefasst?«

»Ach, Sarah. Die Burschen haben sich aufgeführt, als gehörte ihnen die Stadt. Soweit ich das weiß, waren es Studenten und Parteimitglieder von der DNSAP, richtige Schläger waren darunter. Sie waren auf Krawall aus. Die Polizei hat einige verhaftet, aber ob sie angeklagt werden, weiß ich nicht. Das wäre zu wünschen, damit diese Abscheulichkeiten gegen unsere Leute endlich aufhören.«

Studenten, dachte Sarah und konnte nicht verstehen, dass angeblich intelligente Menschen es nicht besser wussten. Aber wenn schon ein Professor wie Czermak in der Öffentlichkeit zu ähnlichen Positionen stand, war es nicht verwunderlich, wenn diejenigen, die ihm zuhörten, davon beeinflusst wurden.

»Das wird sich wieder bessern, davon bin ich überzeugt. Diese Nachkriegswehen und dann der Versailler Vertrag und die Teilung der Donaumonarchie haben die Leute mürbe gemacht und bei vielen für Verbitterung gesorgt. Wenn sich die Republik erst in den Köpfen durchgesetzt hat und die ganzen Maßnahmen der Sozialdemokraten greifen, werden sie schon wieder ruhiger und zufriedener werden.«

»Genau das sagt Levi auch, und der Rabbi war auch weniger aufgeregt als ich. Der gute Moshe, er ist eine Seele von Mensch. Er sagt, dass wir Juden immer die Sündenböcke in Zeiten wirtschaftlicher Not waren, und wenn wir uns nur friedlich und unauffällig verhalten, werden sie uns bald wieder in Ruhe lassen. Und dann haben wir ja auch so mächtige Männer wie die Rothschilds und ihre Bank, denen kann niemand etwas, selbst mit dem neuen hohen Steuersatz und der Vermögensabgabe nicht.«

Sie alle mussten sich täglich mit der Hyperinflation auseinandersetzen, die Nullen produzierte wie Schneeflocken, die vom Himmel rieselten. Die Lebenshaltungskosten stiegen, und es hieß, dass sich Bauern ihre Zigarren mit Geldscheinen anzündeten. Mancherorts wurde das Geld in Waschkörben transportiert. Die wirkliche Vermögenssteuer war die Hyperinflation, welche die Vermögensstrukturen veränderte. Alle hatten weniger als vorher. Die Inflation produzierte jedoch gleichzeitig neue Millionäre und Parvenus wie Camillo Castiglioni: Der jüdische Spekulant und Luftfahrtpionier stammte aus Triest und hatte durch das stetige Aufkaufen von Firmenanleihen, darunter Austro-Daimler, BMW, die Puch-Werke und die Österreichisch-Alpine Montangesellschaft, einen kometenhaften Aufstieg hinter sich. Seit Kurzem gehörte Castiglioni zu den wichtigsten Kunden des Auktionshauses, denn er baute sich eine Kunstsammlung in seinem Palais in der Prinz-Eugen-Straße auf.

»Und den Castiglioni, was mich daran erinnert, dass ich gleich einen Termin mit ihm habe. Ich kann den Mann nicht leiden, aber er wirft mit dem Geld nur so um sich«, murrte Sarah, in erster Linie Geschäftsfrau.

»Der schmierige Kerl war auch schon bei Levi im Geschäft und hat nur auf die Gegenstände gezeigt und eine Adresse dagelassen, wohin geliefert werden soll. Ich glaube ja, dass Leute, die so schnell nach oben gekommen sind, auch genauso schnell wieder tief fallen können. Aber was sollen wir machen. Die Welt ist derzeit aus den Fugen. Wir müssen alle mitspielen und versuchen, nicht unter die Räder zu kommen.«

»Hannah, lass uns morgen Mittag einen Kaffee trinken, ja? Kommst du bei mir vorbei?«

»Ja, bis morgen, Sarah!«

Kaum hatte sie den Hörer auf die Gabel gehängt, klingelte das Telefon erneut. Es rauschte und knisterte in der Leitung.

»Hallo, Lady Maynard? Verstehen Sie mich? Lehner hier!«

Sarah ergriff den Hörer fester – es war gut, die Stimme des Direktors zu hören. »Hallo, Herr Lehner! Wie geht es Ihnen?«, rief Sarah, um die Störgeräusche zu übertönen. Er hatte ihr per Telegramm zur Hochzeit gratuliert und ein Blumenbouquet ins Haus schicken lassen.

»Sehr gut, danke. Es lässt sich alles gut an, Amerika boomt, und wir profitieren davon. Ich hätte Sie gern zur Eröffnung im Dezember eingeladen, aber das werden Sie nicht schaffen, denn wir haben ja die große Weihnachtsauktion. Die Zahlen sehen gut aus, Sie enttäuschen mich nicht.«

»Danke, Herr Lehner, es lief tatsächlich sehr gut in den letzten Wochen.«

Christine Vogl schaute zu ihr herein. »Entschuldigung, aber der Herr Castiglioni ist da, und er wartet nicht gern, hat er gesagt.«

»Entschuldigung, Herr Lehner.« Zu Christine sagte sie: »Sagen Sie, dass ich gerade mit New York telefoniere und dann für ihn Zeit habe. Bieten Sie ihm Champagner oder Whisky an.«

Ihre Assistentin grinste und verschwand.

»So, da bin ich wieder. Castiglioni ist ein Kunde, der gerade gekommen ist und sich nun einen Moment gedulden muss, was ihm nicht leichtfällt«, erklärte sie kurz.

Lehner lachte. »Bravo, meine Liebe, ich sehe, Sie haben alles unter Kontrolle.«

»Wo Sie von boomenden Märkten sprechen: Schachner regte an, weitere Dependancen in Europa zu eröffnen. Was halten Sie davon?«

»Generell bin ich dafür offen, nur spielt der Finanzmarkt verrückt. Ich finde, wir sind mit Wien und New York derzeit gut aufgestellt. Alles andere wäre ein großes Risiko. Aber lassen Sie uns das im Auge behalten. Welchen Standort würden Sie präferieren?«

»Paris oder London«, antwortete sie spontan.

»Und Berlin?«

»Sicher, auch das ist eine Option, wenn die Lage stabil bleibt.«

Es knisterte erneut stark in der Leitung, und Lehner verabschiedete sich. Sarah eilte aus ihrem Büro und entdeckte Christine Vogl im Korridor. Als ihre Assistentin sie sah, wirkte sie erleichtert.

»Dieser Mann ist eine Zumutung!«, sagte die junge Frau leise. Ihre Wangen waren gerötet, und sie umklammerte eine Akte, die unter dem Druck ihrer Finger zerknickte.

»Ist er Ihnen zu nahe getreten?«

Christine nickte und holte tief Luft. Sie war hübsch und immer besonders freundlich zu allen Kunden, was diesen nicht das Recht gab, sich ihr auf unangemessene Weise zu nähern.

»Wo ist er jetzt? Ich übernehme das. Machen Sie sich eine Tasse Tee, und setzen Sie sich einen Augenblick.« Sarah war nicht sehr viel älter, aber das Leben hatte sie gelehrt, dass Geduld und Diplomatie bessere Ratgeber waren als aufbrausender Zorn, selbst, wenn er gerechtfertigt war.

»Er wartet vorn im Besucherzimmer. Danke, Lady Maynard.«

Alle Mitarbeiter hatten sich daran gewöhnt, Sarah nun mit ihrem neuen Namen und Titel anzusprechen, nur Dr. Schachner tat dies mit einem sarkastischen Unterton. Auf dem Weg zu ihrem Kunden traf Sarah auf Rudi Moser und bat ihn, sich in der Nähe zu halten. Der Experte verstand sofort, denn Castiglioni war berüchtigt für seine impulsive Art.

Camillo Castiglioni saß in einem der Sessel, paffte an einer Zigarre und verzog das Gesicht, als er den Whisky probierte. Langsam erhob er sich. »Ah, die gnädige Frau höchstselbst. Hören Sie, Lady Maynard, ich habe nicht den ganzen Tag Zeit. Wegen der Auktion im Dezember. Wir können das doch absprechen, oder nicht? Ich reise mit meiner Frau nach Triest und anschließend nach Rom und Neapel.«

»Guten Tag, Herr Castiglioni«, erwiderte Sarah betont höflich. »Was genau möchten Sie denn absprechen?«

»Na, die besten Stücke, den Rembrandt und den van Dyck. Die haben Sie doch schon so groß angekündigt. Ich will beide Bilder haben!« Der Geschäftsmann war ein wenig untersetzt und hatte ein fleischiges Gesicht mit leicht vorquellenden Augen. Seine vollen Lippen verzogen sich gern abfällig, und er konnte laut und hässlich lachen, was Sarah bereits erlebt hatte. Der schwarze Anzug war maßgeschneidert und die glänzenden Schuhe handgenäht. Seine Krawatte wurde von einer goldenen Nadel gehalten, an der ein Diamant blitzte. Seine ganze Haltung drückte aus, dass er davon überzeugt war, mit seinem Geld alles kaufen zu können.

»Ihr Interesse an unseren Auktionen freut uns sehr, Herr Castiglioni, aber bitte vergessen Sie nicht, dass wir ein Auktionshaus sind. Wir versteigern Kunst und anderes in allgemein zugänglichen Auktionen. Lediglich bei Auktionen in Privathäusern gibt es geladene Gäste, und auch dort ist es nicht möglich, vorab festzulegen, wer welches Stück zugeschlagen bekommt. Das wäre Betrug, wie Ihnen sicherlich klar ist.« Sie hielt dem Blick des hochgewachsenen Mannes stand und nahm die Schultern noch ein Stück weiter zurück.

Ihr Gegenüber warf ihr einen vernichtenden Blick zu. »Ach was, so was nennt man Absprachen, kommt im Geschäftsleben dauernd vor. Habe ich nicht genug bei Ihnen gekauft?«

»Ersteigert, Herr Castiglioni, ersteigert. Der Reiz einer Versteigerung besteht darin, dass mehrere Interessenten den Wert eines Kunstwerkes bestimmen können.«

Er winkte ab. »Ja, ja, das weiß ich, dann schicke ich eben jemanden hin, der für mich einkauft. Die Bilder müssen mir gehören, und sie werden mir gehören.« Der feiste Mann beugte sich vor, und der Geruch seines Rasierwassers vermischte sich mit der Zigarre und dem Whisky. »Wissen Sie, ich habe gerade eine Flugzeugfabrik gekauft, und so was besitzen nicht einmal die Rothschilds. Niemand schnappt mir vor der Nase weg, was ich mir ausgesucht habe.«

Der ist ja völlig größenwahnsinnig, dachte Sarah, besessen von seinem schnell erworbenen Reichtum. »Nun, wenn Sie einen Stellvertreter senden, der für Sie ersteigert, ist doch alles geklärt. Kann ich Ihnen sonst noch behilflich sein? Möchten Sie die Gemälde noch einmal in Augenschein nehmen? Dieses Privileg gewähren wir nur geschätzten Kunden.«

Er wollte noch dichter an sie herantreten, doch Sarah wich ihm geschickt aus und rief durch die offene Tür: »Herr Moser!«

Die Tür wurde fast augenblicklich geöffnet, und Rudi Moser kam herein. »Guten Tag, Herr Castiglioni!«

Der Geschäftsmann murmelte etwas und steckte seine Zigarre in sein Whiskyglas. »Sie sollten besseren Whisky einkaufen. Oder gleich einen anständigen Cognac.«

»Herr Moser, würden Sie unseren geschätzten Kunden hier bitte zu den Gemälden begleiten? Herr Castiglioni möchte sich den Rembrandt und den van Dyck ansehen.«

»Sehr gern. Bitte, hier entlang«, Moser machte mit undurchdringlicher Miene eine einladende Bewegung mit dem Arm.

Erschöpft kam sie abends nach Hause und fand Philip in seinem Studio vor. Er sortierte Fotografien, die er auf seiner letzten großen Reise gemacht hatte, und seine Augen leuchteten, als er sie ansah.

»Sarah, komm her!«

Sie streifte die Schuhe ab, ging zu ihm und küsste ihn, doch er wirkte abwesend.

»Ich habe versucht, sie zu ordnen, und die Bilder aus Tibet haben mich sofort wieder gefangen. Ein unglaublich beeindruckendes Land, genau wie seine Menschen. Gott, wie ich das vermisse. Das Reisen, das Suchen nach Motiven, die verschiedenen Menschen. Arbeit, ich brauche Arbeit.« Philip ließ das Bild, das er in die Hand genommen hatte, auf den Haufen fallen und sah sie an. »Pass auf, Czermak hat mir einen Auftrag gegeben, immerhin. Und dann will sich Dagny Perschel von mir fotografieren lassen.« Er legte den Arm um ihre Hüften und zog sie an sich, ohne den Blick von seiner Arbeit zu lassen.

»*Die* Perschel? Die Schauspielerin?« Sarah hatte die junge bildschöne Frau auf der Bühne und danach im Klub gesehen. Die Perschel war ein Ereignis, und männliche Bewunderer lagen ihr zu Füßen.

»Ja, die. Ist das nicht großartig? Wenn ihr die Porträts gefallen, empfiehlt sie mich weiter, stell dir das vor!« Erst jetzt sah er seine Frau an. »Bist du eifersüchtig?« Ein verschmitztes Funkeln glomm in seinen Augen.

»Aber nein. Und Czermak, wirklich? Ich mag ihn und seine nationalistischen Freunde nicht. Weißt du, was gerade wieder in der Leopoldstadt geschehen ist? Hannah hat mich angerufen. Sie haben den Rabbi bespuckt und einen jüdischen Laden beschmiert.«

Philip ließ sie los und hob eine Fotografie auf. »Ach ja? Das waren sicher betrunkene Studenten. Czermak hat beste Kontakte. Verdammt, Sarah, ich kann es mir nicht mehr leisten, den Moralapostel zu geben.«

Sie biss sich auf die Lippen und verzichtete auf eine Erwiderung. »Hast du schon gegessen?«

»Nein. Ich glaube, Luise hat uns etwas gekocht. Zumindest roch es vorhin danach.«

»Wir können auch ausgehen, wenn dir das lieber ist?« Sie war zwar müde, doch sie wollte nicht, dass er dachte, sie hätte wegen ihrer Arbeit keine Zeit für ihn.

Er drehte sich zu ihr um und nahm sie lächelnd in die Arme. »Nein, lass uns hierbleiben. Du hattest einen langen Tag. Dann kann ich meine Frau ein wenig verwöhnen.«

31

Venedig, Januar 1923

Das Wasser schlug leise gegen die Kaimauer, und der Mond spiegelte sich im dunklen Canal Grande. Auf Holzpfählen erbaut, trotzten die alten Paläste den Kräften der Strömung sowie der Feuchtigkeit, die alles durchdrang. In den engen Gassen stieg der Geruch von Moder, dem Wasser der Lagune, von Fisch- und Pastagerichten auf und schien Sarah eine wohlriechende Essenz, denn nie war sie so glücklich gewesen wie hier in Venedig.

Hand in Hand schlenderte sie mit Philip über die kleine Brücke, an der sich ihre Pension befand, die *Casa Petrarca*. In ihrem winzigen Zimmer, in dem sie vom Bett aus auf den Kanal schauen konnten, stand die Zeit still. Hier waren sie nur Sarah und Philip, zwei Liebende, die einander genug waren. Keine Verpflichtungen, keine Termine, keine Anrufe. Zehn Tage waren sie schon hier, und ihre Reise neigte sich dem Ende zu, was Sarah schmerzlich bewusst war. Seufzend schmiegte sich Sarah an ihren Mann.

»Können wir nicht einfach hierbleiben? Es ist so friedlich und so schön hier. Das Essen schmeckt so gut, dass ich bestimmt zwei Kilo zugenommen habe.«

Philip lachte, blieb stehen und zog sie in seine Arme. »Ich liebe jedes Pfund an dir.«

Er küsste sie ausgiebig, und Sarah überließ sich seinen zärtlichen Lippen. Als er sie losließ, strich er ihr die Haare aus dem Gesicht, und seine Augen nahmen einen Ausdruck an, den sie fürchtete: Des Öfteren ertappte sie ihn dabei, dass er traurig und abwesend in die Ferne starrte. Er war unruhig, das spürte sie.

»Was ist los, Phil? Bedrückt dich etwas?«

Eine kalte Brise wehte vom Wasser herauf. Auf den Dächern lag Schnee, der auch unter ihren Schuhen knirschte.

»Ich bin glücklich hier mit dir, Sarah. Und am liebsten würde ich mit dir reisen, mit dir die Welt entdecken und neue Bilder machen.«

In ihrem Hals bildete sich ein Kloß. Sie schluckte, und es schmeckte bitter. Das war es. Er hatte Fernweh. Sie konnte ihn sogar verstehen, auch wenn sie ihn nicht gehen lassen wollte. Aber in Wien gab es nicht genügend Aufträge für ihn, und wenn, dann waren es banale Studioarbeiten.

»Ich werde dich nicht aufhalten, Phil. Wenn du gehen musst, geh. Nur komm zu mir zurück, bald, hörst du?«

»Oh Gott, Sarah. Es tut mir so leid. Ich wünschte, ich hätte genug zu tun in Wien.« Er drückte sie an sich. »Du bist alles für mich, das weißt du, aber ich bin ein rastloser Geist.«

Sie presste ihr Gesicht in seinen Mantel, atmete seinen Duft ein, so als müsste sie ihn speichern, um ihn bei Bedarf abrufen zu können.

»Ich habe ein Angebot, mit einer Forschergruppe nach Marokko zu gehen. Professor Leighton vom King's College hat mich gefragt.«

Er hatte es schon die ganze Zeit über gewusst. Plötzlich war die Kälte spürbar und kroch ihre Glieder hinauf. Fröstelnd ließ sie ihn los und rieb ihre Hände aneinander. »Wann fährst du?«

»Im Februar, wenn es dir recht ist.« Philip nahm ihre Hand.

»Sei mir nicht böse, Sarah, bitte versteh mich. Ich liebe dich, egal, wo ich bin.«

Dann bleib bei mir, dachte sie, strich ihm über das vertraute Gesicht, das im silbernen Mondlicht fremd wirkte, und sagte: »Lass uns gehen.«

In dieser Nacht liebten sie sich mit einer verzweifelten Leidenschaft, die vom Wissen der bevorstehenden Trennung überschattet war.

Philip war bereits zwei Monate fort, und Sarah vermisste ihn in ihrem Alltag schmerzlich. Erst durch das Zusammenleben war ihr bewusst geworden, wie sehr sie die Nähe und die kleinen verbindenden Gemeinsamkeiten genoss. Wenn sie nun in ihre große leere Wohnung kam, war nur Luise dort, die sie bekochte und die Wohnung sauber machte, doch über die Einsamkeit konnte sie Sarah nicht hinwegtrösten. Sarah gewöhnte sich an, noch länger im Auktionshaus zu bleiben, und verbrachte die Wochenenden, an denen keine Auktionen stattfanden, meist mit Hannah und Levi.

An einem Freitagabend saß sie an ihrem Schreibtisch im Auktionshaus und räumte ihre Unterlagen zusammen, als das Telefon klingelte.

»Hallo, ich möchte mit Sarah Rosewell, äh, Lady Maynard sprechen.«

Charley! »Die ist am Apparat, Mr Randall. Was für eine schöne Überraschung! Wie geht es dir? Ich warte noch auf deine Neuigkeiten.«

Charley lachte. »Warum hast du denn nicht wieder angerufen,

wenn du so neugierig bist? Was gibt es denn bei dir zu berichten? Hängt der Ehehimmel noch voller Geigen?«

»Phil ist mit einer Gruppe Archäologen nach Marokko gereist. In Wien gibt es nicht genügend Aufträge für ihn.« Sie seufzte. »War vorauszusehen.«

»Für ihn oder für dich? Wenn du meine Frau wärst, würde ich nicht nach Afrika reisen, jedenfalls nicht ohne dich.«

»Manchmal geht es eben nicht anders.«

Es klopfte, und Rudi Moser schaute herein. »Einen schönen Abend wünsche ich Ihnen, Sarah. Bis Montag!«

»Ja, bis Montag, und danke, Rudi, wir haben da eine schöne Ausstellung organisiert.«

»Gerne. Grüßen Sie Phil von mir!« Er winkte und ging.

Sie verzichtete darauf, ihm zu erklären, dass sie nicht mit Phil sprach, denn seine Bemerkung tat weh. Philip meldete sich nur sporadisch, für ihren Geschmack viel zu selten.

»Entschuldige, Charley, das war ein Mitarbeiter, meine beste Kraft hier. Ich kann ihm vertrauen, den anderen Herren nicht. Die sägen eher an meinem Stuhl, aber ich lasse mich nicht einschüchtern. Ha, die Zeiten sind vorbei. So, jetzt will ich aber wissen, welche Veränderungen du meintest? Eröffnest du noch einen Klub?«

»Ja, aber nicht hier, sondern in New York.«

Wenn sie nicht gesessen hätte, wäre sie wahrscheinlich umgefallen. »Was? In New York? Aber du bist nur stiller Teilhaber, oder?«

»Nein, Sarah, ich gehe nach New York. Ich habe das *Bluebell* verkauft und steige drüben bei einem Kriegskameraden mit ein. Sonny O'Sullivan, ein Ire. Wir haben zusammen im Schlamm in den Gräben von Flandern gestanden und uns die Granaten um die Ohren fliegen lassen. Wie oft wir uns gegenseitig das Leben gerettet haben, weiß ich nicht. Auf jeden Fall ist auf ihn Verlass.«

Sie wusste so wenig über ihn. »Sonny O'Sullivan«, wiederholte sie und musste sich fassen. »Und wann kommst du zurück?«

Es war einen Moment still. »Ich komme nicht zurück, Sarah. Ich will drüben neu anfangen. Wir eröffnen einen Jazzklub und vielleicht ein Restaurant. Sonny ist schon drüben und sagt, dass in Amerika alles möglich ist. Da kannst du was werden, wenn du gut bist und dich durchkämpfst. Hier bin ich immer nur Charley, der Gauner aus dem Slum von Soho, der Klubbesitzer, gut genug, um den feinen Herren ihr Kokain zu besorgen und ihnen ein Separee für ihre Affären zu stellen, aber auf der Straße kennen sie mich nicht.« Er schnaufte abfällig. »Ich habe es satt, Sarah. Ich dachte, dass der Krieg etwas ändern würde, aber kaum waren die Herren Offiziere wieder zu Hause, da haben sie das alte Leben wieder aufgenommen.«

Sie konnte ihn verstehen, aber es brach ihr das Herz, ihn nicht mehr in London zu wissen, wenn sie ehrlich war. »Und wann verlässt du Europa?«

»Im Herbst. Ich muss noch einige Dinge regeln. Meine Nachfolge.« Er lachte. »Das mag seltsam für dich klingen, aber in meinem Milieu gibt es Regeln und Hierarchien, genau wie bei euch.«

»Sehen wir uns vorher noch?«

»Willst du das denn?«

»Ich kann dich doch nicht nach Übersee gehen lassen, ohne dir Lebewohl zu sagen. Du bist mein ...«

»Freund? Ja, das bin ich, Sarah, und werde es immer sein. Aber du weißt auch, dass uns viel mehr verbindet. Aber jetzt bist du verheiratet.«

»Das ändert doch nichts!«

»Für mich schon, Sarah. Du hast dich entschieden, und ich kann neu anfangen. Da bist du so weit weg, dass ich nicht dauernd an dich denken muss.«

Es klang so, als ob er vor ihr fliehen müsste, nach einem möglichst großen Abstand zu ihr suchte.

»Damals im Klub, Charley, die Sängerin, war sie deine Freundin?« Sie musste das einfach wissen.

Er seufzte. »Ach, Sarah, muss ich das wirklich sagen? Außer dir gibt es keine Frau für mich. Ich lebe natürlich nicht als Mönch. Ich bin ein Mann.« Sein Lachen war rau und elektrisierend. Und oh, sie erinnerte sich nur zu gut daran, wie dieses Lachen an ihrer Haut vibriert hatte, als er sie geliebt hatte. »Aber Liebe ist etwas anderes. Du bist diejenige, der mein Herz gehört.«

Sarah unterdrückte ein Schluchzen. Es tat so weh.

»Hey, Sarah, Kleines, das ist in Ordnung so. Wir wissen beide, dass es keine Zukunft für uns gibt. Jedenfalls nicht hier, wo ich nur der Klubbesitzer bin, der mit einem Bein im Knast steht. Drüben wird das anders ...« Er räusperte sich. »Wer weiß, was das Leben noch für uns bereithält, hm, Sarah?«

»Ja«, antwortete sie mit brüchiger Stimme. Er wollte neu anfangen. Es lag so viel Hoffnung in seinen Worten, so viel verheißungsvolle Hoffnung.

»Und Coltham, Charley«, wechselte sie das verfängliche Thema. »Was kannst du mir noch über den Unfall sagen? Ich war so erleichtert, als ich darüber in der Zeitung las, und seither ist ja auch nichts mehr passiert.« Sie wartete atemlos auf seine Antwort.

»Ich habe weiter nach Hinweisen gesucht, die zu ihm führen, und immerhin konnte ich den Mittelsmann ausfindig machen, der für ihn die Drecksarbeit gemacht hat. Lass es mich so sagen: Mit einer hübschen Bestechung war die Loyalität Coltham gegenüber vorbei. Das war im Übrigen nicht schwer, da Coltham alle Untergebenen wie Dreck behandelt. Ich bin mir ziemlich sicher, dass der Kerl auch in der Unfallnacht bei Coltham war, aber genau werden wir es nicht erfahren, denn seither ist er verschwunden. Du musst dich nicht mehr ängstlich umsehen, Sarah, jetzt bist du ihn los.«

Ihre Hände zitterten, als sie das hörte. »Wie kann ich das jemals wiedergutmachen, Charley? Du hast so viel für mich getan.«

»Unter Freunden ist das so, Sarah. Vielleicht kannst du mir ja irgendwann helfen. Wer weiß ...«

Sie lächelte. »Es wäre mir eine Freude.«

»Jetzt ist der richtige Zeitpunkt für mich, nach Amerika zu gehen. Du brauchst mich nicht mehr, Sarah. Du kommst allein klar.«

Nein! Sie würde ihn immer brauchen, weil er ein Teil von ihr war. Sarah weinte und hielt sich die Hand vor den Mund, um sich nicht zu verraten.

»Sarah? Bist du noch da?« Es rauschte in der Leitung.

Sie schluckte und räusperte sich. »Ja, Charley, ja, ich bin noch da. Im September bin ich geschäftlich in London. Ich hoffe, dass wir uns dann sehen.«

Wann hatte sie gelernt, so spontan und überzeugend zu lügen? Sie würde ihn nicht gehen lassen, ohne sich von ihm zu verabschieden, was dachte er denn?

»Wenn du in London bist, habe ich Zeit für dich. Ich werde bis zu meiner Abreise in der Wohnung über dem *Bluebell* bleiben. Da erreichst du mich jederzeit. Und du kannst mich natürlich in New York besuchen. Warst du schon einmal in Amerika? Ich kann es nicht erwarten. Es soll riesig sein, dieses Land, und die Berge und Küsten von großer Schönheit. Nun reise ich doch noch, wer hätte das gedacht?« Er lachte, und sie hörte in dem Geräusch plötzlich wieder die unbeschwerte Freude, die ihn als Jungen in den Straßen von Soho ausgezeichnet hatte.

»Und gleich so weit! Hättest du nicht mit Paris oder Monaco beginnen können?«, sagte sie scherzhaft.

»Ich habe sogar darüber nachgedacht, aber die Menschen auf dem Kontinent denken nicht anders als die in England. Nein, Sarah, ich muss diesen Schritt wagen. Nur dort drüben kann ich wirklich neu anfangen.«

Sie dachte an Klienten wie Lodron, Castiglioni oder die Gräfin Hartenberg, an Männer wie Schachner und Czermak und wusste, dass Charley recht hatte.

»Wir sehen uns im September, Charley.«

»Im September, Sarah.«

Sehr langsam legte Sarah den Hörer auf den Apparat und weinte bittere Tränen.

Zwei Wochen nach dem Telefonat mit Charley meldete sich Philip aus einem Hotel in Algier. Die Verbindung war schlecht – wie immer, wenn er vom afrikanischen Kontinent aus anrief.

»Du kannst dir nicht vorstellen, was ich gesehen habe, Sarah! Wir waren in Marokko bei einem Berberstamm. Leighton und der Anthropologe haben die Lebensweise dieses Stammes dokumentiert. Ein faszinierendes Volk. Und mächtig waren sie: Ich wusste nicht, dass die Fatimiden im Mittelalter in Libyen, Tunesien, Ostalgerien und Sizilien herrschten. Und deshalb sind wir dann weiter nach Medina von Sousse, dort waren die Berber …«

»Philip, ja, das ist sehr interessant, aber wie geht es dir, und wann kommst du zurück? Ich dachte, du bist schon auf dem Heimweg«, unterbrach sie ihren Mann, dessen Begeisterung sie nicht vollständig teilen konnte.

»Wir müssen noch nach Karthago, und danach will Leighton nach Kairouan. Spätestens im Mai bin ich zurück, Sarah. Aber die

Ausbeute an Bildmaterial ist fantastisch! Ich werde eine Ausstellung machen und ein Buch veröffentlichen. Die Porträts von den Berberfrauen sind unglaublich. Ich habe noch nie solche Augen gesehen!«

Berberfrauen mit schönen Augen waren nicht das, was Sarah faszinierend fand, und sie erwiderte leicht pikiert: »Wie schön. Philip, hör zu, ich muss leider Schluss machen, weil ich vorne gebraucht werde. Melde dich bitte von eurem nächsten Ziel. Ich …«

Die Verbindung knisterte und brach ab. »Ich liebe dich«, hatte sie sagen wollen, doch die Worte verhallten ungehört.

Die Wochen bis zu Philips Rückkehr waren angefüllt mit Arbeit, denn zwei Auktionen fanden statt, und Castiglioni war wieder einmal einer der Hauptbieter, was einerseits gut war, andererseits verschreckte es einige Kunden, die sich chancenlos sahen, wenn der neureiche Spekulant mit im Saal war. John Redloff war im April nach Boston abgereist und hatte sie eingeladen, ihn zu besuchen. Er wollte sie als Geschäftspartnerin und geschätzte Freundin seinen Söhnen vorstellen, wobei sich Sarah nicht sicher war, ob sie das überhaupt wollte. Sie war glücklich, dass Redloff sie als seine Tochter akzeptiert hatte und ihr dieselbe Zuneigung entgegenbrachte wie sie ihm, doch das war ihrer beider Geheimnis, und so sollte es bleiben. Je weniger Aufhebens sie von ihrer Verbindung machten, desto besser.

Wann immer Sarah Zeit hatte, besuchte sie Hannah und die kleine Rebecca, in die sie vernarrt war, als wäre sie ihre eigene Tochter, und ihre Freundin ließ sie das kleine Mädchen verwöhnen. Heute spazierten sie in der warmen Maisonne durch den Prater, aßen Eiscreme und fütterten die Tauben.

»Becca, schau doch, der kleine Hund!«, sagte Sarah und zeigte auf einen hübschen braunen Hund, der von einer jungen Frau an der Leine geführt wurde.

Das kleine Mädchen mit den dunklen Locken lachte und quietschte in seinem Wagen, und Hannah lachte ebenfalls.

»Wenn sie dich sieht, ist sie wie ausgewechselt. Du hast ein natürliches Talent mit Kindern, Sarah.«

Seufzend ging Sarah in die Hocke und ließ Rebecca ihren Finger umklammern. »Ich danke dir so sehr, dass ich sie so oft sehen kann. Das macht mich glücklich, Hannah. Aber wenn du denkst, ich verwöhne sie zu sehr, sag es mir, ich könnte dich verstehen!«

»Ach was, Levi ist doch genauso schlimm! Er kann ihr gar nichts abschlagen. Ich weiß nicht, wie das mal enden soll!«

Sarah erhob sich und sagte zu ihrer Freundin: »Sie wird eine kleine Prinzessin, aber sie sollte studieren. Findest du nicht?«

»Tja, wenn sie das will. Aber je schlauer sie ist, desto geringer sind ihre Chancen, einen Ehemann zu finden«, gab Hannah zu bedenken und gab Sarah einen Stoß mit dem Ellbogen.

Sarah grinste. »Ach was, wenn sie intelligent genug ist, merkt ihr Mann gar nicht, wie schlau sie ist.«

Sie alberten eine Weile herum, bis Hannah fragte: »Wann kommt Philip denn nun zurück? Er ist schon seit Monaten unterwegs. Ich kann ja verstehen, dass er reisen muss, aber gleich so lange? Wo ihr doch gerade erst geheiratet habt.«

»Sein Zug geht morgen von Genua ab. Ich hoffe, dass er dann erst mal eine Weile bleibt. Aber was soll ich tun? Ich will ihn nicht einengen.« Sarah beobachtete eine Familie mit zwei kleinen Kindern, die sich auf ihr Eis freuten.

Hannah, die ein wenig runder geworden war, was ihr gut

stand, bewegte Rebeccas Wagen sacht hin und her, sodass das kleine Mädchen müde wurde und die Augen schloss.

»Einengen? Na, bei aller Liebe, aber alles hat Grenzen. Wenn er so lange von dir getrennt sein muss, warum wollte er dann unbedingt heiraten? Levi sollte mir mal mit so einem Vorschlag kommen, dem würde ich was erzählen«, entrüstete sich Hannah.

»Die letzte Reise nach Indien und Tibet hat ihn sehr verändert, Hannah. Da ist etwas mit ihm passiert, eine innere Wandlung ... oder wie soll ich es sagen? Nein, ich mache ihm keinen Vorwurf, aber ich vermisse ihn und fühle mich einsam.« Sarah sah Hannah mit einem melancholischen Lächeln an. »Eigentlich ist das etwas Gutes, denn erst seit wir zusammengezogen sind, weiß ich, was es bedeutet, sein Leben mit jemandem zu teilen, sich zu sorgen, zu streiten und sich zu versöhnen. Aber ich will mich gedulden.«

Hannah drückte ihren Arm. »Freu dich auf euer Wiedersehen.«

Vier Tage später wartete Sarah mit klopfendem Herzen auf dem Bahnsteig auf den einrollenden Zug. Als die dampfende Lok unter lautem Pfeifen in den Bahnhof fuhr, drängten sich zahlreiche Wartende vor den Gleisen. Die Minuten, bis der Zug endlich zum Stehen kam, wollten nicht vergehen, doch dann lichtete sich der graue Qualm, und die Türen der einzelnen Abteile gingen unter lautem Klappern auf. Gepäckträger drängelten sich nach vorn, um die größten Gepäckstücke für sich zu beanspruchen, und auch von einigen Wiener Hotels standen Pagen bereit, um die Gäste in Empfang zu nehmen.

Sarahs Blick glitt nervös über die herausquellenden Menschenmassen. Endlich entdeckte sie die schlanke Gestalt ihres Mannes und erschrak zutiefst, als sie seiner ausgemergelten Gesichtszüge gewahr wurde. Hastig lief sie ihm entgegen und flog in seine Arme.

»Sarah, oh meine süße Sarah.« Er drückte sie an sich, und sie hatte das Gefühl, er bestünde nur aus Haut und Knochen.

»Nicht erschrecken. In Medina hat mich ein Fieber erwischt. Ein paar Tage guter Pflege, und ich bin wieder auf den Beinen.« Er lächelte müde und winkte einem Träger.

Er war nicht rasiert und seine Haut gebräunt von der afrikanischen Sonne. Sein Anzug schlotterte dermaßen um die Glieder, dass sie sich ernstlich um ihn sorgte.

»Ich werde dich schon wieder aufpäppeln. Warst du auch bei einem Arzt? Mit diesen exotischen Krankheiten ist nicht zu spaßen. Hattet ihr denn kein Chinin dabei oder was man sonst so nimmt?«

»Irgendwann war alles aufgebraucht, aber daran lag es nicht. Wir Europäer sind das Klima und die Insektenbisse dort einfach nicht gewohnt. Du glaubst nicht, wie viele Flöhe es in so einem Berberzelt gibt.« Er grinste breit. »Keine Sorge, die habe ich nicht mitgebracht.«

Sie fuhren direkt in ihre Wohnung, wo Philip als Erstes ein Bad nahm, sich danach in seinem Morgenrock in den Salon setzte und im Sessel einschlief. Sarah wollte ihn nicht wecken, deckte ihn zu und stellte das Essen warm. Irgendwann spät in der Nacht hörte sie Geräusche in der Küche und fand ihn hungrig über einem Teller Suppe.

Jetzt sah er schon etwas besser aus. Sie stellte sich neben ihn und strich ihm durch die Haare, die zu lang geworden waren. »Das steht dir. Du siehst so wild aus, wie ein richtiger Abenteurer.«

Er legte den Löffel ab, drückte eine Serviette gegen den Mund

und trank einen Schluck Wein. Dann zog er sie zu sich auf seinen Schoß. »Hast du mich vermisst?«

»Schrecklich, du furchtbarer Mann.«

Als sie nebeneinander im Bett lagen, zog Philip sie an sich und murmelte: »Du duftest so gut …«, und war eingeschlafen.

Es dauerte zwei Wochen, bis Philip wieder annähernd so aussah wie vor seiner Reise, und mit jedem Pfund, das er zunahm, legte sich Sarahs Besorgnis, dass das Fieber wieder ausbrechen könnte. Er hatte ihr ein goldenes Amulett mitgebracht, das sie im Licht der kleinen Lampe betrachtete, die neben dem Bett stand.

Es war Ende Mai, und die Temperaturen kletterten in die Höhe. In dieser Nacht war es mild, und durch das geöffnete Fenster blähte der leichte Wind die Vorhänge auf. Philip lag seitlich neben ihr, den Kopf aufgestützt, und strich über ihren flachen Bauch. Als sie das Amulett drehte, das sie an einer ebenfalls handgefertigten Goldkette um den Hals trug, sagte er: »Die Tuareg gehören zu den Berberstämmen. Unter ihnen sind begabte Goldschmiede, die mit einfachsten Mitteln feine Goldschmiedearbeiten herstellen. Ich war in einer Werkstatt und habe beobachtet, wie sie nur mit Gravierstichel, Punze und verschiedenen Hämmern über Holzkohlefeuern arbeiten. Dieses Amulett soll dich vor dem bösen Blick beschützen. Der Stein ist ein Achat, dem sie Heilkräfte zusprechen.«

Sarah betrachtete die arabischen Symbole. »Was bedeutet das?«

»Das ist die Signatur des Goldschmieds, und das Auge schützt vor dem Bösen.«

Sie legte das runde Amulett umgedreht zwischen ihre Brüste. »Ich fühle mich sonst beobachtet«, sagte sie und drehte sich ebenfalls auf die Seite, sodass sie ihre Beine umeinanderschlingen konnten.

Er glitt mit den Fingerspitzen die Linie ihres Körpers entlang. »Niemand soll uns stören, nicht einmal ein altes Berberamulett.«

Als sie sich liebten, stand die Zeit still.

32

Wien, Juni 1923

Lady Sudbury reichte Sarah die *Times*. Sie befanden sich an Deck eines Donaudampfers mit dem Namen *Sophie*. Sarah hatte sich aufgrund der Sommerpause im Auktionsgeschäft einen kleinen Urlaub nehmen können. Lady Sudbury war auf der Durchreise an die Riviera und hatte Sarah zu dieser kleinen Dampfschifffahrt in die Wachau eingeladen.

»Es ist so friedvoll hier. Die Landschaft ist zauberhaft, so grün, und überall die Burgen und Schlösser. Sehr schön, wirklich«, sagte Lady Sudbury und winkte dem Schiffssteward.

»Bringen Sie uns noch zwei von diesen Cocktails mit Kirschen, bitte.«

»Sehr wohl, gnädige Frau.« Der Steward räumte die leeren Gläser ab und eilte davon.

Sarah schmunzelte, weil sie wusste, dass Lady Sudbury eigentlich lieber am Meer war und sich nur ihretwegen auf diese Donaufahrt eingelassen hatte. Eine Überschrift fesselte ihre Aufmerksamkeit. »Haben Sie das gelesen?«, fragte sie. »Varnham's hat die wertvolle Sammlung des berühmten Shakespeare-Mimen Sir Thomas Adie versteigert und wieder einmal Rekordergebnisse erzielt. Ich freue mich für Rowland, auch wenn ich das meinen Mitarbeitern nicht erzählen werde.« Sarah lachte.

»Sie sind Varnham's immer noch verbunden, nicht wahr?« Lady Sudbury nahm ein Stück Salzgebäck. Sie hatte vollere Wangen als noch vor einigen Monaten und wirkte erholt, was Sarah mit großer Freude festgestellt hatte. Die langen Kuraufenthalte in den Alpen hatten Wirkung gezeigt, auch wenn Gwendoline Sudbury Sanatorien satthatte, wie sie betonte.

Das Schiff schaukelte mit seinen beachtlichen siebzig Metern Länge sanft auf dem Fluss dahin. Sarah liebte es, auf den Fluss und die vorüberziehende Landschaft zu schauen: Grüne Hügel und alte Wälder, durch die sich Pfade hinauf zu verwunschenen Burgen schlängelten, regten die Fantasie an.

»Daran wird sich auch nie etwas ändern. Rowland hat als Erster an meine Fähigkeiten geglaubt, und wer weiß, vielleicht arbeite ich eines Tages wieder für Varnham's.«

»Gefällt es Ihnen nicht mehr in Wien?«

»Ich habe mich eingelebt, aber manchmal vermisse ich London schon sehr. Wenn Philip hier ist, macht es mir nichts aus, aber so ...« Sie seufzte.

Philip war vor zwei Wochen nach Paris abgereist, wo er ein Shooting für einen Modesalon angeboten bekommen hatte. Da es sich um einen der renommiertesten Salons der Stadt – was so viel hieß wie: der europäischen Modewelt – handelte, hatte er begeistert zugesagt. Nach seiner Rückkehr aus Marokko hatte er begonnen, an seinem Buch zu arbeiten, doch der Verlag hatte seinen Honorarvorstellungen nicht entsprochen, und als das Angebot aus Paris kam, hatte Philip sofort zugesagt.

»Wie lange bleibt er denn in Paris?« Gwen nahm das Cocktailglas entgegen, das der Steward servierte, und prostete Sarah zu. »Cheers, meine Liebe!«

»Cheers! Ich bin so glücklich, dass wir diese Reise gemeinsam machen, Gwen«, sagte Sarah lächelnd und streckte die Beine aus. Der Cocktail schmeckte süß, und man merkte den Alkohol erst später, doch sie hatte keine Verpflichtungen und ließ das warme Gefühl in ihrem Magen gern zu. »Eigentlich soll er nächsten Montag zurück sein, aber als ich gestern mit ihm telefonierte, klang es so, als würde es noch länger dauern.«

Lady Sudbury blätterte in der Beilage einer anderen Zeitschrift und tippte auf ein Foto. »Ach, schau an, die Prominenz ist auch dort. Die Sopranistin habe ich mal gehört, grauenhaft, und natürlich meine Freundin Charlotte. Sie ist ganz besessen von den Entwürfen der Coco Chanel. Ich finde sie ja auch extraordinär. Und wer ist das? Sehr hübsche Person.« Gwen beugte sich vor, um das Foto besser sehen zu können. »Dagny Perschel, eine österreichische Schauspielerin, die ihre erste Filmrolle ergattert hat. Kenne ich nicht.«

Sarah blickte auf. »Aber ich. Darf ich mal sehen?«

»Bitte«, Gwen reichte ihr die Zeitung, und Sarah erkannte die brünette junge Frau mit den großen Augen sofort wieder. Sie war einmal zu ihnen in Philips Studio gekommen, um sich die Porträtaufnahmen abzuholen, die er von ihr gemacht hatte.

»Philip hat sie in Wien fotografiert. Na, das ist ja ein Zufall, dass sie auch dort ist.«

Gwen beobachtete sie. »Liebes, nicht gleich das Schlimmste denken. Er ist Fotograf und begehrt in der Damenwelt. Welche Frau möchte sich nicht gern ins beste Licht setzen lassen? Darin ist er gut – was Sie, nebenbei bemerkt, auch immer an ihm geschätzt haben.«

Sarahs Lippen wurden schmal. »Hm, aber mein Instinkt sagt mir, dass mehr dahintersteckt. Ich hoffe, ich täusche mich.«

»Haben Sie sich gestritten? Hätte er Grund, sich Bestätigung bei anderen Frauen zu holen?«

Entrüstet antwortete Sarah: »Aber nein! Wenn er bei mir ist, verstehen wir uns wunderbar, in jeder Beziehung.«

Gwendoline Sudbury nickte. »Das freut mich. Beruflich sind Sie ihm jetzt wahrscheinlich voraus, aber wenn er erst wieder gebucht wird in der Modewelt, dann kann er schnell viel Geld verdienen. Mehr als auf diesen grässlichen Expeditionen. Ich verstehe die Männer nicht. Wie kann man nur freiwillig durch öde Landstriche ziehen, sich von Flöhen und Wanzen beißen lassen und sich weiß der Teufel für Krankheiten einfangen, nur, um einen Haufen alter Steine auszugraben?«

Sarah musste herzlich lachen, und Gwen tätschelte ihren Arm. »So gefallen Sie mir schon viel besser! Und machen Sie sich nicht zu viele Gedanken. Mit der Treue ist das überhaupt so eine Sache. Ich halte sie für überholt. Und warum sollen wir Frauen uns nicht dieselben Rechte wie die Männer nehmen? Es ist doch langsam an der Zeit, meinen Sie nicht?«

»Doch, ja, aber ich möchte mir diese Freiheiten gar nicht nehmen. Als ich mich für die Ehe entschieden habe, habe ich mich für diesen einen Mann entschieden.« Dass sie manchmal an Charley dachte, war etwas anderes.

»Ach, meine Liebe, ich möchte Sie doch nur wappnen. Nehmen Sie alles nicht so schwer. Sie haben einen Mann an Ihrer Seite, und Sie verstehen sich, das ist so viel wert. Vergessen Sie das nie, auch wenn er Sie irgendwann enttäuschen wird.«

Lady Sudburys Worte klangen noch lange in Sarah nach, und

kaum war sie einige Tage später zurück in ihrer Wiener Wohnung, ging sie in Philips Studio. Noch nie hatte sie in seinen Sachen gestöbert, denn sie wollte ihm seine Privatsphäre lassen. Sie freute sich, wann immer er ihr seine Fotoarbeiten zeigte, und wenn sie etwas Bestimmtes sehen wollte, fragte sie ihn. Heute jedoch war er nicht da. Er hatte sie nur kurz angerufen und ihr mitgeteilt, dass er am nächsten Sonntag zurück sein würde, die Auftragslage sei so gut.

Mit grimmiger Miene zog Sarah nacheinander die Schubfächer eines hohen Schrankes auf. Sauber geordnet und beschriftet lagen dort die Fotografien seiner Reisen. Fasziniert blieb ihr Blick an den Porträts der tibetischen Mönche hängen, betrachtete Jungen auf Elefanten, seltsam verdreht auf dem Boden hockende alte Männer vor dürren Bäumen in Indien und schüchtern lächelnde Mädchen mit Wasserkrügen auf dem Kopf. Er hatte einen Blick für die Seele der Menschen, der Landschaft und der Tiere. Immer ließ er denen, die sich vor seine Linse stellten, ihre Würde. Ein Gefühl der Wärme und Bewunderung durchflutete sie. Sie legte die Blätter wieder zurück und fand einen Karton, auf dem »Marokko« stand. Die Berber waren Krieger, stolz, manchmal feindselig, sie reckten ihre Gewehre in die Luft und ritten auf Pferden und Kamelen. Die Frauen waren ebenso stolz, ihr Blick war herausfordernd, und sie trugen Goldschmuck um den Hals und in den Haaren. Einige Frauen strahlten eine große Kraft und Wildheit aus, die Sarah tief berührte.

In anderen Fächern und Kartons lagen Abzüge von Auftragsarbeiten, darunter viele Kunstobjekte, Häuser, Landschaften in Italien, und schließlich fand sie in einem schmalen Karton, der ganz oben hinter einem Stapel alter Aufnahmen aus London lag, die Porträts von Dagny Perschel. Sarah hatte die Aufnahmen gesehen, die Philip ihr gezeigt hatte, schöne Bilder einer gut aussehenden

Frau, die sich in Szene zu setzen wusste. Immerhin war sie Schauspielerin.

Doch was Sarah hier sah, waren andere Bilder. Diese Frau gab sich der Kamera hin, sie rekelte sich lasziv auf dem Diwan im Studio, kaum verhüllt von einem Seidenschal. Auf einer anderen Fotografie lag Dagny in eindeutig erotischer Pose auf dem Rücken und bot intime Einblicke. Sarah schluckte. Na schön, Fotografen machten Aktfotos, warum auch nicht?, dachte sie, aber Philip hätte ihr das sagen können. Sie war schließlich nicht prüde und der Kunst gegenüber aufgeschlossen. Nein, was sie schockierte, war die Art, wie das Modell den Fotografen anzusehen schien, voller Leidenschaft, so als hätten sie sich gerade geliebt.

Angewidert warf Sarah die Fotos in den Karton zurück. Natürlich konnte sie sich irren, aber tief in ihrem Innern wusste sie, dass sie richtiglag mit ihrer Vermutung. Die Frage war nur, wie ging sie damit um? Sie wollte keine eifersüchtige, zänkische Ehefrau sein, genauso wenig wie die betrogene nichts ahnende Ehefrau. Gedankenverloren verließ sie das Studio ihres Mannes.

In der Woche bis zu Philips Rückkehr hatte sie kaum Zeit zum Grübeln, denn zwei Mitarbeiter waren ausgefallen, und sie musste selbst zahlreiche Objekte schätzen und Katalogeinträge schreiben. Dr. Schachner beobachtete genau, was sie tat, und sie durfte sich keinen Fehler erlauben. Nichts wäre dem internen Konkurrenten lieber, der ihr bei jeder Gelegenheit zu verstehen gab, dass er der Direktor von Hofmann's war und sie nur eine unerwünschte Fehlbesetzung. Viele Kunden jedoch schätzten Sarahs Arbeit. Daran konnte der intrigante Kollege nichts ändern.

Erfreut horchte Sarah auf, als ihre Assistentin ihr eine ungewöhnliche Klientin ankündigte.

»Die japanische Dame ist da, Lady Maynard«, sagte Christine, als sie in Sarahs Büro trat. »Sie ist sehr schwer zu verstehen, und was sie mitgebracht hat, kann ich nicht einordnen.«

Sarah erhob sich. »Na, dann wollen wir doch mal schauen. Können Sie denn ungefähr sagen, um was es sich handelt?«

Ihre Assistentin machte eine vage Handbewegung, während sie durch den Flur zum Besucherzimmer gingen. Im Sekretariat wurde eifrig getippt, Moser telefonierte in seinem Büro, und als sie zwischen den Säulen durch das Foyer gingen, sahen sie Dr. Schachner im Gespräch mit zwei Herren stehen.

»Haarnadeln, glaube ich. Da lohnt sich eine Versteigerung doch nicht, oder?«

»Schauen wir mal. Es gibt schon sehr kostbare Kämme und dergleichen. Und zur derzeitigen Mode würden solche Dinge ja passen.« Sarah stieß die Tür zum Besucherzimmer auf und fand eine kleine zierliche Frau bescheiden auf einem Stuhl sitzend vor.

Auf ihrem Schoß hielt sie in aufrechter Haltung ein schwarzes Kästchen mit Schmuckornamenten aus Gold und Schildpatt.

»Einen schönen guten Tag, Frau …?« Sarah wollte der Kundin die Hand reichen, doch die hatte Mühe, sich zu erheben.

»Oh, bitte, behalten Sie Platz. Christine, bringen Sie uns doch eine Tasse Tee, oder möchten Sie lieber Kaffee?«

»Tee, sehr gern, vielen Dank«, flüsterte die Frau. »Ich bin Hayashi Kumiko.«

»Sarah Maynard, es freut mich sehr, Frau Kumiko. Was führt Sie zu uns? Wie kann ich Ihnen helfen?«

»Ich habe in der Zeitung von Ihnen gelesen.« Frau Kumiko sah Sarah neugierig an. »Eine Frau ist Direktor. Hochachtung!«

Die Japanerin, die über sechzig Jahre alt sein mochte, neigte ehrerbietig den Kopf und streckte Sarah die schwarze Kiste entgegen. »Dozo!«

Sie sprach in einer Mischung aus Japanisch und Deutsch.

»Danke.« Vorsichtig nahm Sarah das Kästchen entgegen, stellte es auf den Tisch und öffnete es.

Frau Kumiko trug ein Kleid aus dunkelblauer und cremefarbener Seide. Der Schnitt ähnelte einem Kimono, und alles an dieser Frau drückte die Verbundenheit mit ihrer Heimat aus.

»Darf ich fragen, ob Sie hier leben oder nur auf der Durchreise sind?«

Das ebenmäßige ovale Gesicht drückte keine Regung aus. »Schon lange lebe ich in Wien. Zu lange. Jetzt ist mein Mann gestorben, und ich will zurück nach Japan.«

Und dafür benötigte die Frau anscheinend Geld, denn sonst hätte sie nicht ihren traditionellen Haarschmuck veräußern wollen. Von so etwas einmalig Schönem trennt man sich nicht freiwillig, dachte Sarah und nahm einen Kamm und eine Art Stäbchen heraus. Das Material war Schildkrötenpanzer und Gold. In die Vergoldung waren Chrysanthemenmuster eingraviert. Sarah nahm eine Lupe. »Vierzehn Karat Gold. Das ist Schildkröte oder Horn? Wissen Sie das?«

»*Kame*! Schildkröte. Von meiner Mutter, sie war eine berühmte Geisha.« Frau Kumiko sah Sarah an.

»Verzeihen Sie meine Unwissenheit, aber ich kenne mich mit der japanischen Kultur nur rudimentär aus. Das ist hochwertiges Kunsthandwerk. Allein der Materialwert ist beachtlich.« Sie nannte einen Schätzpreis.

Enttäuschung machte sich auf dem Gesicht der Frau breit. »Mehr nicht? Ich will zurück nach Japan! Mein Mann hatte kein Geld, nur Schulden. Die Kinder erben, ich nicht.«

Demnach war Frau Kumiko irgendwann wegen eines Mannes

in Wien geblieben, doch der hatte sie nicht geheiratet, war vielleicht Witwer und hatte Kinder aus erster Ehe, die nun alles erbten. Das war bitter. Sarah sah ein, dass der Erlös nicht für eine Fahrkarte nach Japan ausreichen würde. »Haben Sie eventuell noch etwas anderes anzubieten?«

Zögernd holte die Frau eine Lederrolle aus dem weiten Ärmel ihres Mantels. »Hokusai ist ein großer Künstler. Ein Bild zeigt meine Mutter als Geisha mit Schamisen.«

Bilder des japanischen Künstlers Katsushika Hokusai hatte Sarah bereits mehrfach versteigert, und sie hatten immer gute Preise erzielt. Die Werke waren dekorativ und Asiatika nach wie vor sehr beliebt. In Japan galt der Mitte des vergangenen Jahrhunderts verstorbene Künstler als ein Meister seiner Zunft und wurde vor allem wegen seiner Serie von Farbholzschnitten des Berges Fuji verehrt. Der Fuji galt als heiliger Berg in Japan, und Hokusai selbst war sich der Bedeutung seiner Werke durchaus bewusst.

Als Sarah die Bilder ausrollte, die ihre Kundin mitgebracht hatte, dachte sie an Hokusais Bedeutung in der japanischen Kunst, und ihr Atem stockte. »Mein Gott, Frau Kumiko, diese Bilder sind wundervoll! Und das ist Ihre Mutter?«

Sarah betrachtete die Darstellung einer musizierenden Geisha, zart die Farben, perfekt die Linienführung und im Hintergrund der Fuji. Die Signatur war vorhanden, aber entscheidend für den Wert des Bildes war die Tatsache, dass es sich um ein Unikat und keinen Druck handelte. Hokusai hatte die Mutter von Kumiko in einer kolorierten Zeichnung abgebildet.

Stolz nickte Frau Kumiko. »Meine Mutter war eine berühmte Geisha. Hokusai hat sie gemalt, sie sehr jung, er sehr alt. Sie war klug, hat immer vorgesorgt, nur ich bin eine dumme Frau. Liebe ist nur gut für Jugend. Im Alter ist Geld besser.«

»Lassen Sie uns sehen. Das ist ein Konvolut von fünfzehn Bildern, Zeichnungen und Drucken. Die Drucke sind Abzüge seiner Holzschnitte. Ich werde einen Experten zurate ziehen, der uns genau sagt, welche Nummern hier vorliegen. Danach nehmen wir die Bewertung vor. Die nächste Auktion für Asiatika findet im August statt. Wäre das für Sie interessant?«

»*Hai*«, nickte die Frau.

»Gut, dann lasse ich die Dokumente von meiner Assistentin bringen.« Sarah holte Christine Vogl hinzu, die für solche Fälle stets die Unterlagen vorbereitete und in Rufweite wartete.

»Bitte sehr!« Christine Vogl legte den Umschlag mit den üblichen Formularen auf den Tisch.

Zu Frau Kumiko sagte Sarah: »Es gibt einen Einlieferungsbeleg für Sie, und hier haben wir eine Übersicht mit den Preisen für Katalogeinträge, wobei wir Ihnen da einen Pauschalpreis machen können. Wenn Sie bitte hier unterzeichnen, Frau Vogl nimmt jeden Gegenstand genau auf und vermerkt ihn in der Liste.«

Jedes eingelieferte Werk oder Möbelstück wurde nummeriert und der Erhaltungszustand dokumentiert, damit es später nicht zu unliebsamen Überraschungen kam.

Nachdem die Kundin gegangen war, sagte Christine Vogl: »Was denn für eine Pauschale? Davon weiß ich noch nichts.«

Lächelnd erwiderte Sarah: »Können Sie auch nicht, weil ich diese Pauschale eben erfunden habe. Die Frau tut mir leid. In ihrem Alter ist sie plötzlich allein in der Fremde und hat nur den einen Wunsch, zurück in ihre Heimat reisen zu können. Sie war nur die Lebensgefährtin eines Mannes, der verstorben ist und sie mittellos zurückgelassen hat. Die leiblichen Kinder aus erster Ehe erben alles, und sie geht leer aus. Alles, was sie besitzt, sind die Kunstschätze, die ihre Mutter, eine berühmte Geisha, ihr vererbt hat.«

Mit großen Augen hörte Christine ihr zu. »Wie traurig! Was für ein Schicksal! Die arme Frau.«

»Und genau deshalb werde ich versuchen, die Sachen prominent in der Auktion unterzubringen. Aber kein Wort über die Pauschale zu Schachner oder Kutschera. Die haben kein Verständnis für solche Fälle und halten mich für sentimental und geschäftsschädigend.«

Christine grinste verschwörerisch. »Das bleibt unter uns, verlassen Sie sich auf mich. Haben wir nicht auch einige Kunden, die speziell solche Bilder sammeln? Was ist mit Reuter, dem Feinkostkönig?«

»Ja, Sie haben recht. Bereiten wir das Konvolut hier schön auf, und dann versenden wir eine Klappkarte mit der Geisha als Motiv und weisen auf die Auktion hin.«

»Wir werfen den Köder aus!«, meinte Christine.

»Was würde ich nur ohne Sie anfangen, meine Liebe!« Sarah arbeitete gern mit Christine zusammen, der sie absolut vertraute, genau wie Rudi Moser. In einem großen Haus wie Hofmann's waren vertrauenswürdige Mitarbeiter mehr als Gold wert.

Während sie ihre Papiere zusammenpackte, dachte sie an ihren Ehemann. Morgen kam Philip zurück. Normalerweise hätte sie sich ein neues Kleid gekauft und Pläne für ein gemeinsames Wochenende gemacht. Diesmal wusste sie nicht, ob sie ihn überhaupt vom Bahnhof abholen würde.

33

Kurz vor der Mittagspause kam die Post. Christine brachte den Stapel Briefe mit betretener Miene herein, und als Sarah den Umschlag mit dem schwarzen Trauerflor sah, erstarb das erwartungsvolle Lächeln auf ihrem Gesicht. Ihre Assistentin entfernte sich und zog die Tür leise hinter sich zu.

Der Brief war in London abgestempelt, die Handschrift weiblich, und es gab keinen Absender. Sarahs erster Gedanke galt Ben. Ihr Bruder hatte so viel durchgemacht und verdiente ein wenig Glück. Mit einem silbernen Briefmesser schlitzte sie den Umschlag auf und war schockiert, als sie den Namen auf der Trauerkarte las: *In Memoriam – Bessie Rosewell.*

»Nein! Warum denn?! Ach, Bessie!«, schluchzte Sarah und entfaltete den beigefügten Briefbogen.

Liebe Sarah,

schrieb ihre Schwester Annie.

Es tut mir sehr leid, Dir mitteilen zu müssen, dass unsere geliebte Schwester Bessie an den Folgen einer Fehlgeburt verstorben ist. Ich weiß nicht, ob Du Kontakt zu ihr hattest, wir hatten seit Mutters Beerdigung keinen. Wie wir im Nachhinein erfahren haben, war Bes-

sie mit einem Mann zusammen, der ihr angeblich die Ehe versprochen hatte. Es stellte sich heraus, dass L. Colefax niemals die Absicht hatte, Bessie zu heiraten, denn er selbst ist von adliger Herkunft. Er hat sie, wie alle ihre Liebhaber, nur ausgenutzt und sie fortgeworfen, als er ihrer überdrüssig wurde.

Die arme Bessie muss verzweifelt gewesen sein. Allein und schwanger in Porthallow, einem gottverlassenen Nest in Cornwall, denn dorthin war sie mit ihm gezogen. Er hatte sie weitab von seinen Freunden und der Familie in seinem Sommerhaus untergebracht, und sie hat an die große Liebe geglaubt. Mr Colefax war in Devon, als das Unglück geschah. Ob Bessie selbst nachgeholfen hat, um das Kind loszuwerden, oder ob sie die Treppe hinuntergestürzt ist, weiß niemand. Die Nachbarin fand sie, da war sie schon mindestens zwei Tage tot. Die Beerdigung fand unten in Cornwall statt. Ich habe kein Geld, um sie überführen zu lassen, aber vielleicht ist es ihr sogar recht, wenn sie dort mit ihrem Kind liegt, wo sie zuletzt glücklich war.

Bessies Tod hat mir gezeigt, wie schnell uns das Leben genommen werden kann. Wir haben lange nichts voneinander gehört, Sasa, und ich würde mich freuen, wenn wir das ändern könnten.

Deine Annie

PS: Vater ist krank und arbeitet nicht mehr.

Sarah schnäuzte sich die Nase. Oh Bessie, warum bist du nicht zu mir gekommen? Sie hätte ihr geholfen, ihr eine Arbeit besorgt, aber Bessie hatte große Träume gehabt, die nun auf tragische Weise zerplatzt waren. Eine Weile hing Sarah ihren Gedanken nach und erinnerte sich an ihre Kindheit mit Bessie.

Es klopfte leise. »Lady Maynard? Darf ich kurz stören?«

Sarah sah auf. »Kommen Sie nur herein, Christine, und bitte, nennen Sie mich doch endlich Sarah.«

Christine nickte verlegen und legte eine Mappe auf den Schreibtisch. »Die Beschreibungen von Frau Kumikos Einlieferungen. Ich habe schon begonnen, warte nur noch auf den Experten. Im Haus kennt sich niemand so richtig damit aus. Aber ich habe einen pensionierten Doktor der Japanologie gefunden, der in Klosterneuburg lebt. Er kann sein Haus nur schwer verlassen, würde sich aber freuen, uns zu helfen. Es müsste also jemand zu ihm hinausfahren.«

»Das haben Sie gut gemacht, danke, Christine! Ich denke, das übernehme ich selbst.« Sie klappte die Akte auf und las die Adresse des Experten.

»Wollten Sie heute nicht zum Bahnhof, Ihren Mann abholen? Ich sollte Ihnen den Nachmittag freihalten.«

Betrübt ließ Sarah den Blick auf dem Trauerbrief ruhen. »Das habe ich ganz vergessen.«

»Darf ich fragen, wer verstorben ist?«, erkundigte sich Christine vorsichtig.

»Meine Schwester, Bessie. Sie war jünger als ich und hatte noch alles vor sich. Eine Fehlgeburt.«

»Das tut mir sehr leid, nein, wie furchtbar. Ach, Sarah, machen Sie sich keine Gedanken um die Termine für heute. Ich lege alles für Sie um. Gehen Sie ruhig nach Hause. Das wird jeder verstehen«, bot Christine mitfühlend an.

Plötzlich lastete der Tod der Schwester schwer auf ihr, und die Vergangenheit hatte sie mit aller Macht eingeholt. Sarah holte tief Luft. »Das ist wirklich eine gute Idee. Wir sehen uns morgen, Christine. Vielen Dank!«

Als sie wenig später das Auktionshaus verließ, war es gerade noch Zeit, um Philip am Bahnhof abzupassen. Sie könnte es schaffen, wenn sie sich eine Taxe nahm, doch Sarah ließ die Automobile und auch die Kutschen vorbeifahren und lief zu Fuß durch die Innenstadt. Dabei interessierten sie weder die Schaufenster noch die Passanten, denen sie instinktiv auswich. Sie warf nur einem Kriegsveteranen automatisch eine Münze in den Hut und dachte dabei an Ben. Er lebte, und sie sollte ihn besuchen, Zeit mit ihm verbringen, bevor es zu spät war. Und Annie und Rosie musste sie wiedersehen. Der Gedanke an ihren Vater ließ sie zögern. Zu viel war vorgefallen, als dass sie einfach alles hätte vergessen können. Sie musste ihm nicht verzeihen, dachte sie. Vielleicht konnte sie ihm zumindest vergeben und ihren Frieden mit ihm schließen.

Als sie in der Wollzeile ankam, sah sie, wie ein Automobil vor Redloffs Palais vorfuhr und Philip ausstieg. Sie stellte sich in einen Hauseingang, wo sie vor seinem Blick verborgen war, und beobachtete, wie er den Fahrer entlohnte und der Portier aus dem Haus trat, um ihm mit dem Gepäck zu helfen. Einem plötzlichen Impuls folgend, löste sie sich von der Säule, trat auf den Gehweg und winkte, als Philip in ihre Richtung sah.

Wenn sie es nicht besser gewusst hätte, freute er sich, wie immer nach einer Reise, sie zu sehen. Sie beschleunigte ihre Schritte. Vielleicht tat sie ihm unrecht. Er kam mit ausgebreiteten Armen auf sie zu, strahlte sie an, drückte sie an sich und schwang sie einmal mit sich herum.

»Ach, ist das schön, dich zu sehen! Was war los? Ich hatte dich am Bahnhof erwartet.« Er gab ihr einen Kuss und sah sie erwartungsvoll an.

»Kurz bevor ich das Auktionshaus verlassen wollte, kam die Post.« Sie machte sich von ihm los, bückte sich und hob eine kleine Kameratasche auf, um ihr Gesicht zu verbergen. Philip nahm zwei größere Taschen, und sie gingen hinein. »Meine Schwester, Bessie, ist überraschend gestorben. Eine Fehlgeburt.«

Während sie die Treppen hinaufstiegen, erzählte sie von den tragischen Umständen.

»Oh Sarah, das tut mir sehr leid! Ihr standet euch nahe? Wobei das natürlich keine Rolle spielt. Sie war deine Schwester.«

Im Entree der offenen Wohnung wartete Luise bereits auf sie und machte wie immer ein großes Aufheben um Philip, in den sie ganz vernarrt war.

»Willkommen zurück, gnädiger Herr. Hatten S' eine gute Reise? Ach, es muss ja herrlich sein in der weiten Welt. In Paris waren S', ja? Da haben Sie all die feinen Leut gesehen, die unsereins nur aus den Magazinen kennt. Gut schaun S' aus.« Während sie unentwegt plapperte, nahm sie Philip den Mantel ab und ging zur Garderobe.

»Luise, nun lassen Sie meinen Mann doch erst einmal ankommen.« Sarah ging in den Salon und schenkte für sich und Philip ein Glas Wein ein.

»Auf deine Rückkehr!«

Er nahm das Glas und stieß mit ihr an. »Auf uns, Sarah. Ich habe dich vermisst.«

Sie wandte sich ab und ging langsam zum Fenster, von dem aus man das Treiben auf der Straße beobachten konnte. Eine Kutsche fuhr vorbei, und das Getrappel der Hufe auf dem Pflaster hallte zu ihnen herauf. Sie mochte das Geräusch lieber als das Knattern der Automobilmotoren, doch durch aufgeweichte Pferdeäpfel gehen zu müssen war auch kein Vergnügen. Alles hatte zwei Seiten.

»Was ist mit dir, Sarah? Deine Schwester? Oder bedrückt dich noch etwas anderes?« Philip trat zu ihr und berührte ihren Arm, doch sie zuckte zusammen. Nun war er alarmiert, und seine

Miene verdüsterte sich. »Was ist los? Sprich mit mir, Sarah. Wenn es etwas gibt, das dich stört, sollten wir darüber reden. Ich war länger fort als geplant, aber es hat sich gelohnt. Ich habe viele neue Kontakte geknüpft und wichtige Aufträge erhalten. So läuft das in meinem Geschäft, das wusstest du immer.«

Sie sah ihn direkt an, das Glas in der Hand. »Das ist es nicht. Ich habe Verständnis für deine Arbeit, Phil. Das weißt du. Ich freue mich für dich, und ich bin stolz auf deine Erfolge. Deine Fotografien sind großartig. Kein Wunder, dass die Damen sich alle von dir porträtieren lassen wollen.«

Er legte den Kopf schief und schien zu überlegen. Sein Anzug war nicht staubig von der Reise, und er wirkte erholt und hatte nie besser ausgesehen, bis auf die dunklen Schatten unter seinen Augen.

»Bist du eifersüchtig?«

»Habe ich Grund dazu?« Sie sah ihn fest an und bemerkte ein Flattern seiner Lider. »Habe ich nur den Platz gewechselt, von der Geliebten zur betrogenen Ehefrau? Geschähe mir ganz recht, nicht wahr?«

Er leerte sein Glas in einem Zug. »Wie kommst du darauf? Was sollen diese Vorwürfe? Vielleicht sollten wir etwas klarstellen, Sarah. Dass wir verheiratet sind, bedeutet nicht, dass wir einander Rechenschaft ablegen müssen über alles, was wir tun. Jedenfalls sehe ich das so. Ich vertraue dir und erwarte das auch von dir.«

»Ah ja, dann habe ich den Begriff ›Vertrauen‹ wohl falsch verstanden, denn sich zu vertrauen heißt für mich auch, sich nicht zu belügen.«

Seine Miene wurde hart. »Ich habe dich nie belogen, Sarah.«

»Aber du hast mir auch nicht die Wahrheit gesagt, oder?« Sie umklammerte das Glas so fest, dass es zu zerspringen drohte. In ihrem ärmellosen schwarz-weißen Kleid wirkte sie seriös und gleichzeitig zerbrechlich. Die langen Perlenketten hoben und senkten sich unter ihrer beschleunigten Atmung.

»Sarah, tu das nicht. Mach nicht kaputt, was wir haben!«

Wütend ging sie zu einem kleinen Schreibsekretär, stellte das Glas ab, holte eins der erotischen Fotos von Dagny Perschel hervor und hielt es ihrem Mann hin.

»Das bedeutet nichts? Für mich sieht das nach einer sehr intimen Situation aus, so intim, dass es mein Verständnis von Vertrauen übersteigt.«

Er erbleichte und griff nach der Fotografie. »Du hast meine Sachen durchsucht.«

Ihre Augen füllten sich mit Tränen. »Und dafür hasse ich mich. Ich wollte nie so sein, aber Lady Sudbury hat dich und diese Schauspielerin getroffen, und ich habe ein Foto von ihr in Paris gesehen. Was soll ich denn denken? Erklär es mir, Phil, was soll ich davon halten? Diese Fotos sind noch vor unserer Hochzeitsreise entstanden. Was glaubst du, wie ich mich fühle?«

Er wirkte ein wenig zerknirscht, schob das kompromittierende Foto in seine Anzugtasche. »Du hast keinen Grund, eifersüchtig zu sein, Sarah. Du bist die einzige Frau, die ich liebe. Das hier, das ist Arbeit, und herrje, die Stimmung war aufgeheizt, sie ist eine attraktive Person und wollte mehr, aber ich habe das nicht zugelassen.«

»Ich möchte dir gern glauben, Phil, wirklich. Aber sie war in Paris. Das ist ein großer Zufall, oder nicht?«

Er lief hin und her und schien zu überlegen. Plötzlich blieb er stehen. »Ja, es war ein Zufall, dass sie auch da war. Ich konnte nicht verhindern, dass wir uns wiedersehen, und zum Teufel, Sarah, wir gehören einander doch nicht. All die schönen Frauen, die sich mir an den Hals werfen. Ich bin auch nur ein Mann!«

Mit tränennassen Wangen sah sie ihn an und konnte nicht

glauben, was er da von sich gab. »Bitte, werde nicht billig, lass dich nicht auf dieses Niveau herab, Philip. Das habe ich nicht verdient.«

Ihre Stimme schnitt kalt durch den Raum, und er hob sein Kinn.

»Nein, du bist die perfekte Sarah, die erfolgreiche Geschäftsfrau, die erste Co-Direktorin eines Auktionshauses, der niemand das Wasser reichen kann, nicht einmal ihr eigener Mann. Ich bin doch nur ein Anhängsel für dich, ein Mittel zum Zweck. Du hast mich benutzt, um Karriere zu machen.«

Zitternd vor Wut und Enttäuschung, schleuderte sie ihm entgegen: »Wie kannst du es wagen, mir Vorwürfe zu machen? Ich habe dir nichts verheimlicht! Du hast genau gewusst, warum ich dich heiraten wollte. Ich hätte niemals einen Mann geheiratet, den ich nicht liebe, dann hätte ich eher auf den Posten verzichtet.«

Philip streckte die Hände nach ihr aus, und seine Augen füllten sich ebenfalls mit Tränen. »Sarah, es tut mir leid! Ich habe einen Fehler gemacht. Bitte verzeih mir. Ich will dich nicht verlieren, das könnte ich nicht ertragen!«

Sarah schluchzte, und das Herz wollte ihr schier zerbrechen. »Nein, das will ich doch auch nicht.«

Er trat auf sie zu und zog sie vorsichtig in seine Arme, und als Philip sie küsste, schmeckte sie das Salz ihrer Tränen. Er drückte sie an sich und murmelte: »Ich bin kein Heiliger, Sarah, nie gewesen.«

Sie machte sich von ihm los. »Warum hast du mich überhaupt geheiratet?«

»Weil ich dich liebe.« Er sah sie ernst an, und sie glaubte ihm.

»Aber nicht genug …«, flüsterte sie, und die Tränen liefen ihr über die Wangen.

Luise klopfte und fragte: »Essen Sie außer Haus, oder soll ich etwas vorbereiten? Ich habe einen Tafelspitz eingekauft, den mag doch der Herr so gern.«

Sarah hatte sich rasch umgedreht, damit Luise nicht sah, in welchem Zustand sie sich befand. Denn dann wusste morgen die ganze Straße, dass der Haussegen bei den Maynards schief hing.

»Wir gehen aus, danke, Luise«, sagte Philip. »Den Tafelspitz dürfen Sie gern morgen zubereiten, es wäre mir eine Freude.«

»Is' recht«, antwortete die Haushälterin und schloss die Tür.

Sarah putzte sich die Nase. »Ich habe ganz vergessen, dass ich noch ins Büro muss. Philip, warum packst du nicht in Ruhe aus, und wir reden später?«

»Wie du meinst.« Er hielt inne. »Sarah, ich wollte dich nie verletzen. Es tut mir leid!«

Sie schüttelte den Kopf. »Du hast es in Kauf genommen. Vielleicht ist es besser, du suchst dir ein eigenes Studio, denn ich möchte deine Modelle nicht in unserer Wohnung haben.«

Sie wollte ihn nicht verlieren, und genauso wenig wollte sie erneut in eine solche Situation kommen. Lady Sudbury hatte mehr Weitblick als sie, lebte mit ihrem Mann schon seit Jahren in einer offenen Beziehung, in der Affären stillschweigend toleriert wurden. Natürlich wollte Sarah nicht, dass er sie betrog, aber was blieb ihr anderes übrig?

»Willst du die Trennung?« Er wirkte schockiert.

»Oh nein, keineswegs. Das hier bleibt unsere Wohnung. Unser Zuhause. Vielleicht hätten wir das von Anfang so machen sollen. Du kannst dich zurückziehen und arbeiten, wenn du möchtest. Und hier sind nur wir beide.« Sarah fasste einen Entschluss. »Aber von diesem«, sie suchte nach einem angemessenen Wort, »Schmutz möchte ich nichts wissen, und ich erwarte, dass du dich diskret verhältst.«

Philip sah sie mit einem schwer zu deutenden Gesichtsausdruck an. »Du bist verletzt, und ich verstehe das, aber du solltest nicht zu hart mit mir ins Gericht gehen, Sarah. Ich wollte dich nicht betrügen, und noch weniger will ich dich verlieren. Aber ich fühlte mich ...« Er unterbrach sich. »Das sind fade Entschuldigungen. Es tut mir so leid, Sarah! Wir sind alle nur Menschen und nicht unfehlbar.«

»Das musst du mir nicht sagen.« Sie schwieg. So viel war in den vergangenen Jahren geschehen. Und nun hatte sich der ruhende Pol, den sie sich ersehnt hatte, als Illusion entpuppt.

Das Schweigen zwischen ihnen dehnte sich aus und wurde bleiern. Schließlich ließ Sarah ihren Mann stehen und verließ die Wohnung.

Sie brauchte frische Luft und Abstand.

34

September 1923

Wiener Zeitung, *Ausgabe 3. September 1923*

Das Auktionshaus Hofmann's in Wien hat neue Rekordergebnisse bei der diesjährigen Asiatika-Auktion erzielt. Auch die Dependance in New York hat sich als kluger Schachzug des Wiener Traditionshauses erwiesen. Hofmann's behauptet sich international, und das trotz der stetig wachsenden Inflation. Dass es sich lohnt, in Kunst zu investieren, zeigen kleine wie große Sammler. Spekulant und Lebemann Camillo Castiglioni, Stammkunde des Auktionshauses, finanziert nun auch dem Regisseur Max Reinhardt den Umbau des Theaters in der Josefstadt.

Sarah legte die Zeitung auf ihren Schreibtisch und griff nach der Morgenpost. Sie hätte zufrieden sein können, doch die Stimmung im Haus war angespannt, und der Grund dafür war der dauernd gegen sie stichelnde Dr. Schachner. Er hatte Dr. Fellner und Irma Bruckner, die dienstälteste Sekretärin, auf seine Seite gezogen und es sich zur Aufgabe gemacht, alle ihre Handlungen zu überprüfen und bestenfalls zu kritisieren. Seufzend öffnete Sarah die Post, die zumeist aus Anfragen von Kunden sowie aus Rechnungen bestand. Die Rechnungen leitete sie gleich an die Buchhaltung weiter, die Kundenanfragen sah sie kurz durch. Was ihr wichtig erschien, bearbeitete sie selbst, alles andere gab sie an Christine ab, die die entsprechenden Experten für die Anfragen heraussuchte.

Ein kleines Päckchen war dabei, das an sie persönlich adressiert war. Sie wendete es hin und her und entdeckte in sehr feiner Handschrift den Namen Kumiko als Absender. Lächelnd zog sie das Band von der in Packpapier eingeschlagenen Schachtel ab. Frau Kumiko war überglücklich über die erfolgreiche Versteigerung ihrer Hokusai-Bilder gewesen. Der Haarschmuck hingegen hatte wider Erwarten das Limit nicht erreicht, weshalb sie ihn wieder mitgenommen hatte. Doch der Erlös der Bilder hatte der Japanerin so viel Geld eingebracht, dass sie nicht nur die Überfahrt nach Japan bezahlen, sondern sogar noch etwas zur Seite legen konnte. Als Sarah die Schachtel öffnete, fand sie darin das schwarze Lackkästchen mit dem Kamm und der Haarnadel von Frau Kumikos Mutter, der Geisha. Ein gefalteter Brief lag dabei.

Verehrte Lady Maynard,

nehmen Sie diese bescheidene Gabe von mir als Zeichen meiner Dankbarkeit.

Hayashi Kumiko

Zutiefst bewegt nahm Sarah den schönen Kamm und die Haarnadel, die einst die kunstvolle Frisur einer berühmten Geisha geschmückt hatten, heraus. Das Geschenk war viel zu kostbar, doch Sarah verstand, dass sie der Frau nicht nur finanziell geholfen hatte. Sie hatte Frau Kumiko Mut gemacht und sie respektvoll behandelt, und genau das hatte die verzweifelte Frau gebraucht. Ich werde Ihr Geschenk immer in Ehren halten, versprochen, dankte Sarah der anderen Frau in Gedanken und legte den Deckel auf die Schachtel.

Sie griff nach dem Telefon und ließ den Hörer wieder los. Philip war zu einem Fotoshooting nach Nizza gereist und logierte dort in einem Hotel an der Promenade des Anglais. Seit ihrem Streit hatte sich ihr Verhältnis verändert. Er hatte sich ein Studio gesucht und verbrachte dort mehr Zeit als in der gemeinsamen Wohnung. Die ersten vier Wochen hatte er auch ständig dort übernachtet, und sie war froh darüber gewesen. Doch inzwischen sah sie die Dinge anders. Sie war nicht wie viele Ehefrauen, die ihr Schicksal still erduldeten, den Launen des Mannes nachgaben und ihm in allen Dingen gehorchten. Aber sie war auch keine extrovertierte Künstlerin, die ihrem Gatten alles mit gleicher Münze heimzahlte. Sarah berührte die Haarnadel der Geisha. Eigentlich hatte sie erwartet, dass das Leben an Philips Seite ihr Zufriedenheit und eine gewisse Sicherheit geben würde. Aber es ließ sich eben nicht alles bis ins Letzte planen. Dass er unzufrieden sein und sich Bestätigung bei einer anderen Frau suchen würde, hatte sie nicht erwartet. Vor allem hatte sie nicht geheiratet, um weiterhin allein zu sein. Auf Empfängen und bei Galaabenden fühlte sie sich mit Philip an ihrer Seite sicherer, respektierter, und sie vermisste ihn, die gemeinsamen Abende, die Gespräche beim Essen und auch, neben ihm einzuschlafen. Seufzend spielte sie mit ihrem Füllfederhalter. Philip hatte ihr versichert, dass die Affäre beendet war, und sie glaubte ihm. Warum nur musste alles so kompliziert sein?

Sarah beschäftigte sich mit der Anfrage eines Kunden, der Gemälde von seinem Onkel geerbt hatte, mit denen er nichts anzufangen wusste. Sie ging die aufgelisteten Gemälde durch. Ein

Stillleben von Hans Bollongier, eine Flusslandschaft von Salomon van Ruysdael, eine *Ruhe auf der Flucht* von Bartolomeo Schedoni und die Darstellung eines Sultans mit zwei jungen Frauen von Jean-Honoré Fragonard. Alte Meister waren nicht ihr Spezialgebiet, doch sie erkannte sofort, dass es sich um hochkarätige Künstler handelte.

Sie nahm die Liste und machte sich auf den Weg zu Rudi Moser, dem Experten für Möbel und Gemälde. Dabei kam sie an Schachners Büro vorbei und blieb stehen, als sie ihren Namen hörte. Die Tür war nur angelehnt, und sie erkannte die Stimmen von Schachner und Irma Bruckner.

»Sie hat der Japanerin Sonderkonditionen eingeräumt, ohne sich abzusprechen. Das ist eigenmächtiges Handeln und sollte nicht einreißen«, sagte die Sekretärin.

»Hat sich Frau Maynard selbst begünstigt?«, fragte Schachner.

Sie sah das lauernde Gesicht mit dem Spitzbart vor sich.

»Äh, nein, das hat sie nicht. Zumindest weiß ich davon nichts«, erwiderte die scheinheilige Sekretärin.

Unverschämtheit! Als ob sie sich jemals unrechtmäßig bereichert hätte!

Sarah hielt es nicht länger auf dem Lauscherposten aus, klopfte kurz und betrat das Büro.

»Guten Morgen, Dr. Schachner. Ach, die Frau Bruckner ist auch da. Gibt es Wichtiges? Kann ich helfen?«

Ertappt, dachte Sarah zufrieden und beobachtete, wie die Sekretärin hastig den Raum verließ. Der Experte fasste sich schnell.

»Platze ich vielleicht einfach so in Ihr Büro? Was wollen Sie?«, fragte er unwirsch.

»Ach, ich hörte meinen Namen und dachte, Sie wollten mit mir sprechen.« Sie lächelte gewinnend.

Schachner fuhr sich mit einer Hand über den Bart. »Da haben

Sie sich verhört, Verehrteste.« Er zog eine Karte aus seiner Ablage. »Ach, wo Sie schon hier sind. Am Samstag findet in der Oper eine Matinee nur für geladene Gäste statt. Das Rosé-Quartett spielt. Es wird erwartet, dass die Direktion von Hofmann's erscheint. Mit Begleitung.« Den letzten Satz belegte er mit einem vielsagenden Unterton. »Wird denn Ihr Herr Gemahl die Zeit finden, oder ist er anderweitig beschäftigt?«

Immer wieder spielte Schachner auf die häufige Abwesenheit Philips von Wien an, doch in der Klatschpresse war nichts über Philips Affäre mit der Schauspielerin zu lesen gewesen. Das bestätigte sein Versprechen, die Affäre beendet zu haben.

»Wenn mein Mann bis dahin aus Nizza zurück ist, wird er mich begleiten. Anderenfalls wird sich Herr Moser sicher freuen, in den Genuss dieser hochklassigen Musiker zu kommen.« Sie sah ihn direkt an. »Warum weiß ich nichts von der Einladung? Wird die Post jetzt vorsortiert?«

Schachner lächelte kalt. »Da wird die Frau Bruckner wohl einen Fehler gemacht haben.«

»Hoffen wir, dass das nicht ... einreißt.« Sarah drehte sich auf dem Absatz um und verließ das Büro.

Selbst als Auswärtige wusste Sarah, dass eine Einladung zu einem Kammerkonzert des Rosé-Quartetts eine Auszeichnung, ein gesellschaftlicher Ritterschlag war. Nur wer in Wien dazugehörte, wurde zu einer privaten Matinee in die Oper geladen.

Arnold Rosé war – gemeinsam mit seinem Bruder Eduard – der Begründer des berühmten Streichquartetts, das international hohes Ansehen genoss und zahlreiche Tourneen absolvierte. Die Musiker gehörten alle den Wiener Philharmonikern an, die oft seit mehreren Generationen am Pult des »besten Orchesters der Welt« saßen, wie es nun in der Presse hieß. Mancher Großvater hatte noch den Beethoven gekannt, wusste Sarah von Rudi Moser, der ein großer Musikfreund war.

Sie fand Moser in der Eingangshalle vor einer offenen Vitrine.

»Ich habe hier etwas Interessantes für Sie, mein Lieber!«, begrüßte Sarah ihn und wedelte mit der Gemäldeliste.

Rudi Moser rückte die Porzellanfiguren zurecht und schloss die Vitrinentür. »Die Schäferin hat einen Sprung, der größer ist als in der Katalogbeschreibung zu lesen. Das sollten wir in einem Extrablatt vermerken. Wer hat die Beschreibung gemacht?«

»Einer der neuen Mitarbeiter. Christine hat sie eingeteilt. Ich finde es heraus und kümmere mich darum. Gut, dass Sie das gesehen haben, Rudi.« Sie gab ihm die Liste, die er überflog und anschließend anerkennend durch die Zähne pfiff.

»Sehr schön! Wo befinden sich die Gemälde?« Zum obligatorischen dunklen Anzug trug Rudi eine bunte Weste und wie stets extravagante Manschettenknöpfe.

»In Vösendorf. Friedrich Siebert heißt der Mann, der die Gemälde geerbt hat. Wollen Sie rausfahren?«

Der Portier begrüßte Kunden, die sich die Ausstellung ansehen wollten, und Sarah nickte dem Paar höflich zu.

»Gern. Haben wir schon einen Termin?«

»Nein, noch nicht. Da ist noch etwas. Herr Dr. Schachner hat mich auf die ihm eigene Art wissen lassen, dass das Rosé-Quartett zu einer Matinee in der Oper lädt. Ich sollte dort mit meinem Mann auftreten, wobei ich nicht weiß, ob er bis Samstag aus Nizza zurück ist. Würden Sie notfalls einspringen?«

Die Augen des Experten leuchteten auf. »Aber sicher! Arnold Rosé und Paul Fischer an den Violinen, der unvergleichliche Anton Walter am Cello und Ruzitska an der Viola – ein Traum! Was spielen sie denn?«

»Das weiß ich nicht. Schachner hat die Einladung. Frau Bruckner hat sie aus Versehen fehlgeleitet.« Sarah zog eine Grimasse, und Rudi Moser verstand.

»Sie können auf mich zählen, Sarah. Wollen Sie nicht mit nach Vösendorf kommen? Das könnte interessant werden.«

»Wenn es sich einrichten lässt – warum eigentlich nicht?«

»So schön wie in Grinzing ist es dort nicht. Ziegeleien gibt es dort. Da haben sie die ganzen Ziegel für die neue Ringstraße gebrannt«, erklärte Moser.

»Ich lasse Christine den Termin machen. Das würde ich mir gern anschauen.«

Als sie wieder in ihrem Büro saß, ließ sie sich mit Philips Hotel in Nizza verbinden. Diesmal, ohne zu zögern. Es dauerte eine ganze Zeit, doch dann verband man sie mit dem Apparat von Philips Zimmer.

»Hallo?«, meldete er sich mit müder Stimme.

»Ich hoffe, ich störe dich nicht«, sagte sie etwas spitz.

»Nein, Sarah, du störst mich nie, das solltest du wissen.« Er klang erschöpft und heiser.

»Was ist mit dir? Geht es dir nicht gut?«

»Hm, nein, geht mir nicht gut. Verdammte Malaria. Habe ich mir wohl in Indien eingefangen. Ist der erste Fieberschub seit Langem. Dachte, ich hätte es überwunden.« Seine Zähne klapperten, und er hustete.

»Phil! Malaria? Um Himmels willen, was kann man dagegen tun?«

»Nicht viel, fürchte ich. Ich nehme Chinin ein und hoffe, dass das Fieber nicht zu schlimm wird.«

Sarah hielt den Hörer fester. »Du weißt das schon länger, nicht wahr? Warum hast du mir nichts gesagt?«

»Ich wollte dich nicht beunruhigen. Vor allem nicht nach unserem Streit. Es tut mir so leid, Sarah! Die Fieberschübe kommen und gehen, und irgendwann ist es vorbei, sagen die meisten Ärzte.«

»Oh Phil, komm zurück. Hier gibt es doch gute Ärzte, die dir sicher helfen können, und ich kann mich um dich kümmern.« Der Gedanke, dass er allein krank in einem Hotelzimmer lag, war ihr unerträglich.

»Würdest du das überhaupt wollen, nach allem?« Seine Stimme war brüchig.

»Natürlich! Ich liebe dich, Phil. Und ich bin deine Frau, natürlich kümmere ich mich um dich.«

»Sarah, ich hatte nicht zu hoffen gewagt, dass du das noch einmal zu mir sagen würdest. Ich ändere mich. Ich ...« Er hustete und würgte und brauchte eine Weile, bis er wieder sprechen konnte.

»Ich komme zurück, sobald der Fieberschub abgeklungen ist. Manchmal geht das schnell.«

»Was ist mit deinem Auftrag? Ist das Shooting schon vorbei?«

»Die sind schon alle weg, weitergezogen nach Monaco. Aber das Hotelpersonal ist sehr nett. Sie versorgen mich mit Hühnersuppe. Obwohl mir schlecht wird, wenn ich sie nur rieche.« Er wollte lachen, brach jedoch erneut in Husten aus.

»Ich wünschte, ich könnte hier weg, dann würde ich dich abholen«, überlegte Sarah laut.

»Nein, nein, lass nur. Du kannst nichts tun. Ich mache das nicht zum ersten Mal durch. Es geht vorüber, und dann nehme ich den ersten Zug nach Wien.«

»Wir telefonieren jetzt täglich, hörst du? Ich melde mich gleich morgen früh wieder. Und lass einen Arzt kommen! Vielleicht gibt es doch noch eine Therapie!«

Sie hörte, wie er gegen einen Hustenanfall kämpfte und gerade noch sagen konnte: »Bis morgen, Sarah!«

Malaria! Sumpffieber oder Wechselfieber, oder wie man diese Krankheit nannte. Sie wusste nichts darüber. Um das zu ändern und um einen Spezialisten für Philip in Wien zu finden, rief sie bei verschiedenen Krankenhäusern an und hatte bald einen Arzt gefunden, der sich mit tropischen Krankheiten auskannte. Der Professor des Universitätsklinikums erklärte ihr, dass eine Malaria zwar oft langwierig war und sogar über mehrere Jahre immer wieder ausbrechen konnte, diese Fieberschübe in der Regel jedoch immer schwächer ausfallen würden. Er murmelte noch etwas von unterschiedlichen Varianten, wollte sich jedoch erst weiter äußern, nachdem er den Patienten untersucht hätte.

Anschließend telefonierte sie mit Hannah und verabredete sich mit ihrer Freundin zum Abendessen. Sie wollte heute nicht allein sein.

35

Das Operntheater war ein monumentaler Bau der Ringstraße. Sarah fühlte sich etwas erschlagen von dem Vorbau mit den Arkaden, dem riesigen Klotz, im Stil der Neorenaissance erbaut, der vor ihr aufragte. An ihrer Seite ging Rudi Moser, denn Philip kam erst morgen zurück und wäre ohnehin nicht in der Verfassung für einen Abend außer Haus gewesen. Rudi hingegen war ganz in seinem Element, erzählte ihr von der Baugeschichte des Hauses, das 1869 mit einer Aufführung von Mozarts *Don Juan* eingeweiht worden war.

»Mögen Sie Schönberg? Ist ja nicht jedermanns Sache, diese neue Zwölftontechnik. Aber es gibt ja noch Mendelssohn, der ist schön gefällig, und die Herren spielen so herrlich sinnlich«, schwärmte Moser, der in seinem eleganten schwarzen Anzug eine ausgezeichnete Figur machte. Mit den hellen Haaren und seinen blauen Augen komplementierte er die dunkelhaarige Sarah, die ein schlichtes Couturekleid in Aquamarin gewählt hatte.

Professor Czermak entdeckte sie als Erster im Vestibül, das mit Fresken von Moritz von Schwind ausgestattet war.

»Guten Tag, werte Lady Maynard!«, begrüßte er sie und deutete einen Handkuss an. »Wo ist denn Ihr Herr Gemahl? Ich hatte mich schon gefreut, ihn heute zu sehen.«

»Er wäre auch gern gekommen, aber er liegt noch mit einem

Fieber in Nizza darnieder. Das ist wohl ein Mitbringsel von einer seiner Expeditionen. Herrn Moser kennen Sie ja bereits aus dem Auktionshaus«, stellte Sarah ihren Begleiter kurz vor.

»Ja, angenehm. Aber sagen Sie, wo genau war Ihr Mann denn? Welche Art Fieber? Ich habe einen Freund im Universitätsklinikum, der sich mit solchen Infektionskrankheiten befasst. Dr. Romberg«, bot Czermak seine Hilfe an.

»Das trifft sich ja: Den Herrn habe ich bereits gesprochen und nach Therapien gefragt.«

Während sie sich unterhielten, betrachtete Moser die Fresken und grüßte eintreffende Gäste. Die Matinee war gut besucht, denn niemand ließ sich eine Einladung zu einem Konzert des Rosé-Quartetts entgehen, noch dazu, wenn eine Uraufführung stattfand. Wobei Sarah den ungewohnt modernen Klängen mit gemischten Gefühlen entgegensah.

Der Akademiker, der in Begleitung einiger Herren gekommen war, sagte: »Wenn Sie das nächste Mal mit Romberg sprechen, grüßen Sie von mir, und nun wünsche ich Ihnen einen schönen Vormittag. Die Oper hat eine hervorragende Akustik, und die Musiker sind herausragend, auch wenn der Rosé ein Jud ist.«

Von dieser offen ausgesprochenen Ablehnung war Sarah so schockiert, dass sie nur ein »Ihnen auch eine gute Unterhaltung« herausbrachte.

Als sie genauer hinsah, erkannte sie unter den Begleitern von Czermak Mitglieder der Deutschen Gemeinschaft, darunter Karl Wache, Engelbert Dollfuß und Hermann Neubacher. Alles Kunden von Hofmann's, dachte sie schaudernd. Sie unterdrückte ein Augenrollen und rückte näher zu Rudi, der sie routiniert abschirmte und ihr ein mitfühlendes Lächeln zuwarf.

Später entdeckte sie unter den Gästen Schauspieler des Burgtheaters, den gefürchteten Musikkritiker Dr. Julius Korngold von der *Neuen Freien Presse* und Ernst Décsey, der für das *Neue Wiener Tageblatt* schrieb. Der Bürgermeister und überhaupt Vertreter aus Politik und Geldadel gaben sich die Ehre, und da viele Kunden bei Hofmann's waren, hatten Sarah und Rudi in der Pause kaum Zeit, sich allen zu widmen. Bei solchen Gelegenheiten kamen oft neue Kontakte zustande, denn in diesem Kontext war es leichter, zwanglos zu plaudern, und Sarah wusste, wie wichtig es war, Kontakte zu pflegen.

Müde betrat sie am frühen Abend ihre Wohnung und fand ein Telegramm auf der Ablage neben der Tür. Luise war nicht mehr da, hatte die Post aber angenommen, und es roch nach Eintopf. Sarah streifte die Schuhe von den Füßen und ging mit der Post in den Salon. Die Abendsonne warf noch ein paar warme Strahlen auf das Parkett, und Sarah ließ sich ins Sofa fallen.

Zuerst öffnete sie das Telegramm und zuckte zusammen, als sie den Inhalt überflog:

> ABREISE VORGEZOGEN AM 3. OKTOBER MIT AQUITANIA VON SOUTHAMPTON VIA CHERBOURG – NEW YORK. CHARLEY

Sarah erstarrte. Am dritten Oktober verließ Charley England! Das war in drei Tagen! Und morgen kehrte Philip zurück, da konnte sie doch unmöglich abreisen. Außerdem müsste sie dann sofort die Koffer packen.

Sie ging zum Telefon und ließ sich mit dem *Bluebell* in London verbinden.

»*Bluebell Club*?«, meldete sich eine männliche Stimme.

»Sarah Rose…, äh Maynard, bitte, ich muss unbedingt mit Charley Randall sprechen!«

»Da haben Sie Pech, Charley ist gerade weg.«

Eine Welle der Verzweiflung überkam sie, und sie hörte sich

bittend ins Telefon stammeln: »Oh nein, bitte, sehen Sie doch noch mal nach, ob er noch zu erreichen ist, bitte, es ist sehr wichtig. Ich rufe aus Wien an, Sarah, sagen Sie ihm, dass Sarah anruft!«

Der Hörer wurde unsanft abgelegt, und Sarah musste einige Minuten warten, bis Schritte erklangen und sie Charleys Stimme hörte.

»Sarah?«

»Ja, ich bin's – ich habe dein Telegramm erhalten. Du fährst schon in drei Tagen? Wolltest du nicht Mitte oder Ende des Monats fahren?«

»Ging nicht anders. Sonny hat Ärger und braucht mich. Wir können sonst den Klub verlieren. Schön, deine Stimme zu hören. Ist wahrscheinlich schwierig für dich, so kurzfristig nach Southampton oder Cherbourg zu kommen?«

Sie schloss die Augen und dachte an ihre Kindheit in Soho, an Charley, ihren Beschützer, den raubeinigen Straßenjungen, der sich zum Klubbesitzer hochgearbeitet hatte, an den Kriegshelden, der ihren Bruder gerettet und ihr unzählige Male geholfen hatte. Sie kannte den zornigen Charley und den sanften Verführer und schluckte ihre Tränen hinunter.

»Nein«, flüsterte sie. »Ich hätte mich noch heute in einen Zug gesetzt, aber Philip kommt morgen zurück. Er ist krank, Charley. Malaria. Es hat ihn ziemlich erwischt.«

Es war kurz still. Charley räusperte sich. »Ja, da kann man nichts machen. So ist das Leben. Vielleicht ist es besser so, Sarah. Wer weiß, wenn ich dich wiedersehen würde, könnte ich dich vielleicht nicht gehen lassen.« Er lachte leise. »Keine Sorge, Kidnapping gehört nicht zu meinen Lastern, und ich habe, wie du weißt, eine Menge.« Charley verstummte, und als sie gerade dachte, die

Verbindung sei abgebrochen, hörte sie ihn: »Sarah, komm nach New York. Drüben ist alles möglich.«

»Wenn ich nur den Mut hätte«, erwiderte sie und wusste doch, dass sie jetzt nicht mit ihm gehen konnte. Sie würde Philip nicht im Stich lassen.

»Du hast so viel erreicht, wenn jemand mutig ist, dann du. Leb wohl, Sarah. Ich schicke dir meine neue Adresse aus New York. Ha, selbst wenn du sie nicht wüsstest, müsstest du nur den besten Jazzklub der Stadt suchen!«

Das war typisch Charley. Sie lachte. »Na sicher! Leb wohl, und gib auf dich acht!«

Nach seiner Rückkehr brauchte Philip zwei Wochen, bis er wieder kräftig genug war, um längere Spaziergänge zu machen. Er schlief viel, oft bis in den Nachmittag hinein, und Luise kochte ihm alles, worauf er Appetit hatte. Er hatte das Gästezimmer bezogen, um Sarah nicht mit seinen unruhigen Fieberträumen zu stören, und beschäftigte sich mit einer neuen Kamera, die er sich gekauft hatte. Nach und nach ließ er sein Fotoarchiv wieder in die gemeinsame Wohnung bringen und arbeitete an einem Bildband über seine Reisen. Sarah nahm diese Entwicklung kommentarlos zur Kenntnis, freute sich insgeheim, dass er ihre Nähe suchte, und bemühte sich, abends nach Möglichkeit zeitig aus dem Büro zu kommen.

In Vösendorf traf sie gemeinsam mit Rudi Moser auf einen Ziegeleiarbeiter, der in einem einfachen Haus Kunstschätze verwahrte, die in ein Museum gehörten oder zumindest in eine Privatsammlung. Friedrich Siebert hatte tatsächlich keine Ahnung, was die Gemälde seines Onkels tatsächlich wert sein konnten, und fiel aus allen Wolken. Solche Momente liebte Sarah. Mit dem Erlös der Versteigerung würde sich das Leben für Siebert verändern.

Kurz vor Weihnachten ging sie ein letztes Mal ins Büro, um die Post zu sichten. Bis zum zweiten Tag im neuen Jahr blieb das Auktionshaus geschlossen. Eine goldgeprägte Weihnachtskarte kam aus London und trug Varnham's Firmenlogo.

Liebe Lady Sarah,

schrieb Direktor Rowland und fuhr fort:

Frohe Festtage und ein glückliches neues Jahr wünscht Ihnen Ihr sehr ergebener William Rowland.

PS: Falls Sie das Heimweh plagt, die Türen von Varnham's stehen Ihnen offen.

Gerührt las sie die Zeilen ihres einstigen Arbeitgebers. Sie hatte ihm ebenfalls eine Weihnachtskarte geschickt, wie sie auch ihre Geschwister stets mit Geschenken bedachte. In diesem Jahr hatte sie Annie eine größere Summe Geld geschickt, damit diese bei der Pflege des arbeitsunfähigen Vaters nicht in Verlegenheit kam. Emily schrieb, dass sie verlobt sei und im Frühjahr den Sohn eines Bäckermeisters heiraten wollte. Von Rosie war heute ein Päckchen mit der Post gekommen.

Sarah entnahm einer hübschen Schachtel einen schwarzen Hut aus feinstem Cashmere-Wollgemisch. Sie nahm den Hut heraus, um ihn genau zu betrachten. Er hatte eine asymmetrische Krempe, die sich auf einer Seite zu einem stilisierten Blatt formte.

Als Sarah ihn aufprobierte, passte er perfekt. Gerührt strich sie über den schönen Hut, den ihre Schwester für sie angefertigt hatte, und las den beiliegenden Brief.

Liebe Sasa,

frohe Weihnachten! Bist Du glücklich mit Philip in Wien? Ich könnte mir nicht vorstellen, irgendwo anders als in London zu leben. Na ja, Paris wäre für eine Hutmacherin auch nicht verkehrt. Aber ich bin zufrieden da, wo ich bin. Emily hat Dir sicher geschrieben, dass sie bald heiratet, und vielleicht wunderst Du Dich in dem Kontext, dass ich nie etwas von jungen Männern erzähle. Die Erklärung ist ganz einfach: Es gibt keine Männer in meinem Leben. Daran wird sich auch nichts ändern. Ich schreibe Dir davon, weil ich das Bedürfnis habe, mein Glück zu teilen, und ich weiß, dass Du es für Dich behalten wirst. Ich liebe eine Frau! Jetzt ist es heraus. Es handelt sich um Sydney Saxby, ihr gehört der Hutmachersalon. Wir betreiben den Salon jetzt als Partnerinnen und haben das auch eintragen lassen. Ich bin also Teilhaberin eines Geschäfts, ist das nicht fantastisch? Sie ist ein unglaublicher Mensch. Du musst sie einfach kennenlernen.
Mit Vater geht es wohl zu Ende. So viel, wie er trinkt, ist es ein Wunder, dass er überhaupt noch am Leben ist. Die arme Annie hat ihn am Hals. Sie tut mir leid, muss sich mit der Familie ihres Mannes herumplagen und dann auch noch mit Vater. Sie ist wie Mum, weißt Du, nie ein Wort der Klage, opfert sich auf für die Familie, und die dankt es ihr nicht einmal. Ich vermisse Mum noch immer jeden Tag. Ich glaube, dass es ihr gefallen hätte, mich als Hutmacherin zu sehen – und gegen Sydney hätte sie bestimmt auch nichts gehabt.
Komm bald nach London, Sasa!

In Liebe, Rosie

Wehmütig streichelte Sarah den weichen Hut auf ihrem Schreibtisch. Ja, es wurde Zeit, dass sie ihre Geschwister wiedersah. Ben hatte ebenfalls geschrieben. Es schien ihm gut zu gehen, aber von einer Heirat war nicht die Rede. Nun, es wurde jedenfalls Zeit, Reisepläne zu machen. Sie dachte oft an Charley, von dem sie noch nichts gehört hatte, nahm das aber als gutes Zeichen, denn die *Aquitania* hatte New York erreicht, das wusste sie aus der Zeitung. Auch John Redloff war seit einiger Zeit wieder in Boston, doch sie telefonierten regelmäßig miteinander, und sie wusste, dass sie ihn jederzeit besuchen konnte.

Am Weihnachtsabend saßen sie und Phil in ihrem Salon. Im Kamin prasselte ein Feuer, und vor dem Fenster rieselten Schneeflocken aus einem grauen Winterhimmel. Philip hatte sich verändert. Er war in sich gekehrter und hatte seine unbekümmerte Leichtigkeit verloren. Nach englischer Tradition gab es die Geschenke erst am Boxing Day, dem Morgen nach dem Heiligen Abend.

Lady Sudbury hatte ihnen eine Kiste Portwein geschickt, mit dem sie anstießen.

»Auf uns, Sarah!«, sagte Philip. »Auf viele gemeinsame Jahre, denn ich kann mir ein Leben ohne dich nicht vorstellen!«

Sarah stieß mit ihm an. »Auf die Liebe, die uns durch schwere Zeiten gerettet hat.«

Er gab ihr einen zärtlichen Kuss, und Sarah setzte ihr Glas ab, erhob sich und stellte das Grammofon an. Eine Jazzballade erklang. »Tanz mit mir, Phil.«

Lächelnd stand er ebenfalls auf. Der Smoking war noch ein wenig zu weit, doch er bewegte sich kraftvoller als noch vor einigen Wochen, als er sich vor Erschöpfung kaum zu etwas hatte aufraffen können.

Er nahm ihre Hand, legte einen Arm um ihre Taille und führte sie langsam im Takt der Musik durch den Salon.

»Im Juni hätte ich nicht geglaubt, dass ich Weihnachten mit dir verbringen würde«, sagte sie.

»Ich war ein Idiot, Sarah. Meine Selbstzweifel und die Sorge um meine berufliche Zukunft habe ich an dir ausgelassen und Bestätigung bei anderen Frauen gesucht. Das ist traurig und armselig, und du bist eine Heilige dafür, dass du mich dennoch liebst.«

Sie schmiegte sich an ihn. So nahe waren sie sich lange nicht gewesen. »Das stimmt.«

Er ließ sie eine Drehung machen und zog sie mit Schwung zu sich. »Autsch, das schmerzt, aber ich habe es verdient.«

Sie lachten, und Sarah hatte die Hoffnung, dass nach einem *annus horribilis* doch noch alles gut werden würde.

36

Wien 1924

Das Leben geht weiter. Als es erlaubt ist.

Karl Kraus (1874–1936)

Es bewegte sich etwas in der Republik. Zwar tobte noch immer die Hyperinflation, doch die Währungsreform würde kommen, und der Wohnungsbau machte Fortschritte. Prestigeträchtige Projekte nahmen endlich Gestalt an. In Meidling war die Wohnanlage Fuchsenfeldhof mit 481 Wohnungen fast fertiggestellt, und neue Großprojekte entstanden bereits auf den Reißbrettern. Noch immer gab es Engpässe in der Versorgung, doch die Sozialdemokraten stürzten sich weiter mit großem Reformeifer in die Verbesserung der Situation. Dabei stießen die neuen Abgaben, die zusätzlich zu den Bundessteuern erhoben wurden, nicht überall auf Verständnis. Vor allem nicht bei den Kriegsgewinnlern und Spekulanten, deren Luxusgüter besteuert und somit teurer wurden. Überhaupt gingen die Meinungen zwischen den regierenden Sozialdemokraten und der Christlichsozialen Partei immer weiter auseinander. Der vehemente Antisemitismus gegen geschäftstreibende Juden nahm zu, und der Ton wurde rauer.

Sarah spürte den konservativen Gegenwind im Auktionshaus

vor allem durch die ständigen Reibereien mit Dr. Schachner. Der Mann stellte ihre englische Herkunft bei verschiedenen Gelegenheiten als Makel hin, kritisierte jede Kleinigkeit in ihrem Verhalten, die nicht ganz den Traditionen von Hofmann's entsprach, und verhinderte einige Male, dass sie Einladungen zu wichtigen Empfängen erhielt, auf denen er dann mit seiner Gattin erschien. Bislang wehrte sie sich nach Kräften und konnte auf Rudi Moser zählen, doch Schachner hatte den überwiegenden Teil der Experten auf seiner Seite, und Lehner war in New York. Und das war weit weg. Oft saß Sarah in ihrem Büro und spürte, wie der dauernde Druck, sich verteidigen zu müssen, sie langsam zermürbte. Sie erwischte sich immer häufiger dabei, daran zu zweifeln, ob Wien noch der richtige Ort für sie war. Dazu kam die Sorge um Philip, der gesundheitlich weit mehr angeschlagen war, als er bereit war, zuzugeben.

Der Februar war noch immer kalt, die Wege überfroren und glatt und der Wind eisig. Sie schaute auf die Uhr. Eigentlich hatte sie jetzt einen Termin mit einer Frau von Traunstein. Sie stand auf und ging ins Vorzimmer zu ihrer Assistentin.

»Christine, was ist denn mit meinem Termin? Hat die Dame abgesagt?«

Christine Vogl sah von ihrer Schreibmaschine auf. »Nein. Ich werde nach unten gehen und nachschauen. Möchten Sie einen Tee? Ist gerade frisch gebrüht.«

Der Samowar und das Teegeschirr standen auf einer Anrichte, und Sarah nickte dankbar. »Sie sind ein Engel.«

Mit einer Tasse Tee ging sie zurück in ihr Büro und hatte sich gerade gesetzt, als das Telefon klingelte.

»Sarah, oh, es ist ...« Hannah schluchzte. »Ach, ich kann es nicht fassen!«

»Hannah, was ist denn passiert? Geht es dir gut? Rebecca? Levi?«, fragte Sarah alarmiert.

»Nein, die beiden sind gesund. Meine Familie. Meine Familie, Sarah.« Hannah schluchzte erneut herzzerreißend. »Sie sind alle ertrunken!«

»Was? Nein! Das kann doch unmöglich stimmen. Wann und wie?«

»Sie wollten uns besuchen. Meine Eltern, meine Schwester, die Tante. Die Fähre von Dover hätte gar nicht ablegen dürfen. Es war Sturm angesagt, aber der Kapitän hat sich dennoch für die Fahrt entschieden, und nun ... sind sie alle tot!«

»Möchtest du, dass ich zu dir komme? Kann ich etwas tun?«, bot Sarah an und war zutiefst erschüttert, denn sie wusste, wie nahe Hannah ihrer Familie gestanden hatte.

Es dauerte einen Augenblick, bis Hannah sich gefasst hatte. In dieser Zeit klopfte es, und Christine sagte:

»Sie ist jetzt da und wartet unten.«

Sarah hielt die Hand auf den Hörer. »Danke, sagen Sie bitte, dass ich gleich bei ihr bin.«

»Sarah, entschuldige«, schniefte Hannah. »Ich ... Ja, ich möchte nicht allein mit Levi und Rebecca nach London fahren. Würdest du mitkommen? Diese ganzen Formalitäten ... und oh, mir graust so vor allem.«

»Natürlich. Sag mir, wann du fahren musst, und ich richte es ein«, versprach Sarah, ohne zu wissen, ob sie überhaupt abkömmlich war.

»Danke, das werde ich dir nie vergessen! Danke, Sarah!«

Nachdem sie aufgelegt hatte, musste Sarah tief durchatmen, um den Schock zu verwinden. Ihre Freundin hatte auf einen Schlag die ganze Familie verloren. Das war mehr, als ein Mensch ertragen konnte.

Mit fahrigen Bewegungen nahm Sarah eine Mappe mit den üblichen Dokumenten und begab sich durch die Eingangshalle, in der die Ausstellung gut besucht war, ins Besucherzimmer.

»Guten Tag, mein Name ist Sarah Maynard«, begrüßte sie die Kundin, die vor einem Gemälde stand, und reichte ihr die Hand.

»Anna von Traunstein«, erwiderte die Frau. Ihr Händedruck war weich.

Die Frau war sehr jung, gut gekleidet und etwas zu stark geschminkt. Ob die dunkel umrandeten Augen dem Make-up oder durchfeierten Nächten zuzuschreiben waren, konnte man schwer sagen. Die dunkelroten Lippen verzogen sich auf eine leicht überhebliche Art. Sarah kannte diesen Typ Frau und lächelte.

»Wie können wir Ihnen helfen, Frau von Traunstein?«

Die junge Frau zeigte auf ein Lederetui, das sie auf den Tisch gelegt hatte. »Ich möchte wissen, was es wert ist und ob es sich gut verkaufen lässt.«

Sarah nahm das rechteckige Etui und klappte es vorsichtig auf. Ein prachtvolles Collier glitzerte im Licht des Kronleuchters. Hier waren mehrere hochkarätige Diamanten, ein Smaragd und zahlreiche farbige Edelsteine in Platin gefasst und zu einem außergewöhnlichen Collier verarbeitet worden.

»Haben Sie es schon von einem Juwelier prüfen lassen?« Sarah holte ihre Lupe hervor und begann, die einzelnen Steine zu prüfen.

»Das sind doch alles Betrüger. Einer wollte mir erzählen, dass das eine Fälschung ist. Pah, ich weiß genau, dass es echt ist. Es hat meiner Mutter gehört.« Bedeutungsvoll sah sie Sarah an. Als diese nicht reagierte, fügte sie hinzu: »Olga von Traunstein, die berühmte Schauspielerin!«

Sarah schaute hoch. Weil sie mit den Gedanken mehr bei Hannah als bei der Kundin war, hatte sie nicht sofort geschaltet, um welche Persönlichkeit es sich handelte. »Entschuldigung. Natürlich. Ihre Frau Mutter lebt nicht mehr, nicht wahr?«

Die Tochter verzog das Gesicht. »Sie ist im Dezember gestorben. Stand doch in allen Zeitungen. Sie war nicht alt und noch immer sehr schön! Aber sie konnte die Finger nicht von den Drogen lassen. Das hat sie fertiggemacht. Und dann ihre Männer.«

Anna lief hin und her, während sie sprach, und zog ein silbernes Zigarettenetui aus ihrer Rocktasche. Nervös rauchend, fuhr sie fort: »Die Kerle wollten alle nur ihr Geld. Und sie wurden immer jünger. Das wurde teuer! Können Sie sich das vorstellen? Ihr letzter Liebhaber war jünger als ich, und ich bin zweiundzwanzig!«

Das war in der Tat schockierend. »Wie alt war denn Ihre werte Frau Mutter, als sie verstarb?«

»Vierzig! Und sie hatte gerade einen neuen Filmvertrag unterschrieben.« Anna stieß den Rauch beim Sprechen aus. »Und ich muss jetzt die Scherben ihres Lebens zusammenfegen. Sie hatte sich ein Boot gekauft. Das liegt in Antibes! Gott, wie soll ich denn das verkaufen, ohne dass die mich über den Tisch ziehen?! Und das Haus in Grinzing, die Wohnung in Paris. Sie hat überhaupt nichts geregelt.«

Sarah musste an Hannah und deren echte Trauer über den Verlust ihrer Familie denken. »Und da wollen Sie nun diesen Schmuck veräußern? Das ist ein sehr schönes Stück.« Sarah nahm noch einmal ihre Lupe. »Eine Arbeit von Tiffany. Davon trennt man sich nicht so ohne Weiteres.«

»Ich bin nicht flüssig. Die Konten sind leer. Es dauert, bis ich die Häuser und all das Gerümpel verkaufen kann. Da hat der Notar noch seine Finger drin. Aber das hier gehört mir, hat sie mir geschenkt. In einem Anfall von Großzügigkeit. Das war nämlich nicht ihre Stärke. Aber dieses Collier hat ihr mein Vater geschenkt. Der ist leider auch gestorben. Er war der einzig anständige und normale Mensch in meiner Familie.«

Es strengte Sarah an, sich auf das Gerede der Kundin zu konzentrieren, doch sie lächelte höflich. »Gibt es ein Zertifikat? Das ist nicht das originale Etui von Tiffany.«

»Finde ich auch noch. Vielleicht in einem ihrer Kleiderschränke. All die Pelze und Glitzerfummel! Wer trägt denn so was noch?! Sie spielte immer die große Diva. Wohin sie auch ging, sie musste immer ganz groß auftreten. Ach, wie ich das gehasst habe.« Anna von Traunstein drückte die Zigarette in einem Teller aus, der auf dem Tisch stand. »Und? Was ist der Klunker jetzt wert?«

Sarah nannte einen fünfstelligen Betrag in britischen Pfund.

Die Erbin pfiff durch die Zähne. »Und wenn es zur Versteigerung kommt, kann ja noch mehr draus werden, oder?«

»Sicher. Es ist immer Luft nach oben. Auf dem amerikanischen Markt hätten Sie noch bessere Chancen. Wir könnten das Stück nach New York schicken und dort in eine Auktion geben.«

»Das würde aber länger dauern. Ich meine, die Hinfahrt mit dem Schiff, und dann kann es ja auch verloren gehen. Nein, wir machen es hier.«

Sarah notierte sich die Wünsche der Kundin, doch ihre Gedanken waren bei Hannah. So schnell es ihr möglich war, verabschiedete sie sich aus dem Büro und fuhr nach Hause, um Philip von dem tragischen Unglück zu berichten. Luise war noch da und öffnete ihr die Tür.

Als die Haushälterin Sarahs Gesicht sah, fragte sie erschrocken: »Sie sind ja bleich wie ein Laken! Ist ein Unglück geschehen, gnädige Frau?«

Sarah wischte sich die Augen und nickte. »Die Familie meiner

Freundin ist bei einer Kanalüberquerung gestorben. Alle. Sie sind alle tot!«

»Ach, bei allen Heiligen, was für eine Tragödie!« Luise schlug die Hände über dem Kopf zusammen. »Als hätte der Krieg uns nicht schon genug Leid gebracht.«

Philip kam aus dem Salon zu ihnen. »Sarah, ich habe dich gehört. So früh? Was ist los?« Er half ihr aus dem Mantel und nahm sie mit in den Salon, wo er sie mit sich auf das Sofa zog.

Sarah ließ es geschehen. »Die arme Hannah. Ihre Familie ist mit einer Fähre auf dem Ärmelkanal gesunken. Sie waren alle dabei, weil sie Hannah und das Baby besuchen wollten. Stell dir vor, alle sind tot!«

Ihr Mann nahm sie in den Arm und drückte sie an sich. Sarah schluchzte bitterlich.

»Sie muss rüberfahren und möchte, dass ich mitkomme. Aber ich kann das nicht allein. Phil, du begleitest mich doch?«

»Natürlich, Darling, natürlich. Wann?«

»Wahrscheinlich schon nächste Woche.«

Für Dr. Schachner würde ihre überstürzte Abreise ein Fest sein. Und wenn schon, dachte Sarah. Hannah ging vor.

So hatte sich Sarah die Rückkehr nach London nicht vorgestellt. Hannah war am Boden zerstört und weinte bis zur Erschöpfung. Die kleine Rebecca verstand mit ihren zwei Jahren nicht, worum es ging, und Sarah und Phil kümmerten sich während der Reise um das kleine Mädchen, während Levi versuchte, seine Frau aufzurichten.

Am ersten März legte das Fährschiff in Dover an. Die See war ruhig gewesen, aber es war nicht schwer, sich vorzustellen, welche Ängste die Passagiere während des Sturms auf dem sinkenden Schiff ausgestanden haben mussten. Die Trauerfeier war für alle eine harte Prüfung, denn der Anblick von acht Särgen war kaum zu ertragen. Hannah brach während der Feier zusammen und wurde in ihr Elternhaus gebracht, wo sich ein Arzt um sie kümmerte.

Phil und Sarah nächtigten auf Wunsch von Hannah in deren Haus und saßen am nächsten Abend mit Levi im kleinen Salon der Gruens. Hannah lag unter dem Einfluss starker Beruhigungsmittel in ihrem Zimmer und schlief.

»Ich weiß nicht, was ich ohne euch gemacht hätte«, sagte Levi, der selbst kaum gegessen hatte und von den Ereignissen gezeichnet war.

Seine Eltern waren auf der Trauerfeier zugegen gewesen, doch seine Mutter litt an einem Nierenleiden, und sein Vater war mit über siebzig ebenfalls nicht mehr so belastbar wie noch vor einigen Jahren.

Die kleine Rebecca spielte mit einer Puppe vor ihnen auf dem Teppich, sah ab und an zu Sarah und erzählte ihr in ihrem Kinderkauderwelsch Geschichten über ihre Lieblingspuppe.

»Dafür sind wir doch hier, Levi«, sagte Phil, der mit Levi zu den Behörden gegangen war, um alle umständlichen Formalitäten zu erledigen. Wie sich herausstellte, war Hannah die einzige noch lebende Erbin der Gruens in England. Nach Abzug der Steuern war noch immer ein beträchtliches Vermögen übrig, das Hannah für ihre Tochter auf einer Bank der Rothschilds in London in Form von Anlagepapieren, Barvermögen und Gold festlegte.

»Ob sie sich jemals davon erholen wird ...«, traurig schüttelte Levi den Kopf.

»Sie wird viel Zeit brauchen, aber für eure Tochter wird sie stark sein«, sagte Sarah.

»Ja, das hoffe ich, unser kleines Mädchen braucht doch seine Mutter. Hannah ist die beste, liebevollste Mutter der Welt. Und ich wünsche mir so sehr, dass sie bald wieder lachen kann. Es war ihre Fröhlichkeit, in die ich mich sofort verliebt habe«, sagte Levi leise.

Sarah beugte sich vor und sagte ebenso leise, damit Rebecca sie nicht hören konnte: »Hannah wird ihre Lebensfreude wiederfinden, du musst nur Geduld mit ihr haben.«

Tränen flossen aus Levis Augen. »Werde ich.«

Sarah und Philip blieben drei Wochen in London. Neben der Sorge um Hannah fand Sarah Zeit, ihre Schwestern zu besuchen. Das Wiedersehen mit Annie war herzlicher als erwartet. Harold Rosewell lebte bei Annie und ihrer Familie und erkannte sie nicht mehr. Annie hatte ihr nicht gesagt, dass ihr Vater langsam sein Gedächtnis verlor, und im ersten Moment war sie wie vor den Kopf gestoßen. Doch für Sarah war das im Grunde eine Brücke, um mit der Vergangenheit Frieden schließen zu können. Es ergab keinen Sinn, dem orientierungslosen alten Mann Vorwürfe zu machen, weil er sie nicht mehr verstand, und so bedankte sich Sarah bei Annie dafür, dass sie den Vater pflegte, und versprach ihr finanzielle Unterstützung. Verzeihen konnte sie ihrem Vater nicht, doch sie schloss dieses Kapitel ihrer Familiengeschichte für sich ab. Es ließ sich nicht ändern, und Dora wurde nicht wieder lebendig. Lady Sudbury war als Freundin der Familie Gruen ebenfalls auf der Beerdigung gewesen. Vor ihrer Abreise traf sich Sarah noch einmal mit ihrer Freundin zum Lunch im *Hotel Ritz*.

»Eine liebe Gewohnheit, die ich sehr vermisse, Sarah«, sagte Lady Sudbury zu ihr, als das Essen aufgetragen wurde. »Das Leben kann so kurz sein. Wir sollten jeden Moment genießen, als wäre er der letzte, nicht wahr?«

Sarah nickte traurig. »Das sollten wir, aber wer kann denn so einen Schicksalsschlag voraussehen? Das ist so unbeschreiblich grausam. Arme Hannah.«

Lady Sudbury, deren schöne große Augen noch immer voller Leuchtkraft waren, sah sie liebevoll an: »Niemand kann das, und gerade deshalb müssen wir die, die wir lieben, so oft wie möglich sehen. Ich freue mich, dass Sie und Philip wieder zueinandergefunden haben. Er ist ein guter Mann, und er liebt Sie.«

»Ja, das tut er, und ich liebe ihn auch. Wir haben beide viel erlebt und uns verändert.« Sarah lächelte. »Es war schwer für ihn, nach Wien zu ziehen, alles hinter sich zu lassen, und dann fehlten ihm anfangs gute Aufträge. Er arbeitet jetzt intensiv an seinem Bildband und schreibt über seine Reise durch Tibet und Indien. Wir haben auch schon einen Verleger hier in London gefunden. Zur Buchpremiere kommen wir wieder her!«

Gwendoline Sudbury hob die Augenbrauen. »Oh, das ist großartig! Sagen Sie mir nur rechtzeitig Bescheid, dann arrangiere ich eine Premierenparty hier im Ritz und lade alles ein, was Rang und Namen hat. Und glauben Sie mir, alle werden kommen!«

Sarah lachte. »Sie sind unvergleichlich, Gwen! Wie soll ich Ihnen nur jemals danken? Ohne Sie ...«

»Ach, nun hören Sie auf. Es macht mich glücklich, Ihnen zu helfen. Ich werde eine Lesereise organisieren. Dann müssen Sie noch öfter kommen!«

Als sie später mit Philip durch die abendlichen Straßen Londons spazierte, erzählte sie ihm von Gwens Plänen. Philip drückte Sarah, die sich bei ihm untergehakt hatte, an sich. »Ich freue mich darauf, Sarah. Ich halte das für eine gute Gelegenheit, wieder mehr Zeit in England zu verbringen. Was denkst du? Du bist doch auch nicht wirklich glücklich in Wien. Ich kann dir ansehen, wie sehr dich der ständige Streit mit diesem Dr. Schachner anstrengt. Ist es das wert?«

Seufzend antwortete sie: »Das habe ich auch des Öfteren gedacht. Aber Lehner hat so große Stücke auf mich gesetzt, er hat mir vertraut, und ich wäre doch undankbar, wenn ich jetzt aufgeben würde!«

»Du gibst doch nicht auf. Ich meine, du könntest dich verändern. Hier in London findest du doch sicher Arbeit in einem Auktionshaus, vielleicht sogar wieder bei Varnham's. Oder wir reisen ein paar Monate durch Europa oder nach Amerika. Einmal möchte ich dorthin. Mir New York und das weite Land bis rüber an den anderen Ozean anschauen. Du nicht?«

»Schon, ja, irgendwann, ja sicher«, meinte Sarah.

Philip blieb stehen. »Sieh mich an, Sarah.«

Sie blieb ebenfalls stehen und hob den Blick. Die dunklen Schatten unter seinen Augen waren noch da, schienen auch nicht zu verschwinden, doch er hatte sich erholt, war wieder zu Kräften gekommen. »Ja?«

»Noch können wir gemeinsam die Welt sehen. Noch stehen uns viele Möglichkeiten offen. Wer weiß, was morgen ist. Ich möchte mit dir reisen, mit dir über den Atlantik fahren oder durch die Ägäis segeln.« Er küsste ihre Wange. »Solange ich es noch kann.«

Ein kalter Schauer überlief sie. »Warum sagst du das? Du bist doch nicht so viel älter als ich!«

»Sarah, ich weiß nicht, was diese Malaria mit mir macht. Vielleicht verschwindet sie eines Tages von selbst, vielleicht auch nicht. Die Ärzte wissen es nicht, und ich warte nicht, bis ich es herausgefunden habe.«

Sie umarmte ihn und drückte sich an ihn. »Sag so was nicht. Du hast das Schlimmste überstanden. Aber ich bin deiner Meinung, Phil. Wenn wir wieder in Wien sind, spreche ich mit Lehner, oder ich überlasse Dr. Schachner die Leitung allein. Dann hat er, was er will, und ich kann etwas kürzertreten.«

»Das würde dir nichts ausmachen?«, fragte Phil und sah sie fragend an.

Sie grinste. »Doch, schon, gerade bei Schachner. Ich hätte Rudi Moser den Posten gegönnt, aber ich fürchte, gegen Schachner setzt er sich nicht durch.«

Es begann zu regnen, dicke, kalte Tropfen.

»Das englische Wetter habe ich am meisten vermisst!«, kommentierte Philip und spannte einen Schirm auf.

37

Wien, März 1924

Kaum hatte Sarah am Morgen nach ihrer Rückkehr aus London das Auktionshaus betreten, spürte sie, dass etwas nicht stimmte. Die Atmosphäre war bedrückt. Der Portier begrüßte sie zwar wie immer mit seinem schnarrenden »Guten Morgen, gnä' Frau«, doch seine Miene war ernster als sonst. Da sie mit Gedanken noch immer bei Hannah war, ging sie weiter, nahm die neue Ausstellung zur Frühjahrsauktion wahr und folgte den Fluren bis zum Bürotrakt.

Langsam ging Sarah an den Büros vorbei und schaute in die offene Tür von Rudi Moser, doch er war noch nicht da. Als sie müde ihre Tasche auf den Schreibtisch in ihrem Büro stellte, kam Christine mit einer Tasse Tee herein.

»Guten Morgen, Sarah, schön, dass Sie wieder hier sind. Sie haben uns gefehlt!« Ihre Assistentin stellte die Tasse ab und blieb stehen. Sie trug eine weiße Bluse zu einem dunkelgrauen Rock mit einer seidenen Borte. »Wie geht es Ihrer Freundin? Das muss alles sehr schwer gewesen sein.«

Sarah nahm dankbar die Teetasse und trank einen Schluck des starken schwarzen Tees. »Sie ist mit ihrem Mann noch in London geblieben. Es gibt so viel zu regeln. Ein furchtbares Unglück. Ich hoffe, Hannah erholt sich irgendwann, aber wer könnte ihr verdenken, wenn sie diesen Schicksalsschlag nicht verwindet? Christine, was gibt es Neues?«, wechselte sie zum geschäftlichen Teil, doch Christine senkte den Blick.

»Es tut mir leid, Ihnen das sagen zu müssen, aber der Herr Moser, er liegt im Spital.«

»Was?!« Sarah sank in ihren Stuhl und hätte beinahe die Teetasse fallen lassen, die sie gerade noch abstellen konnte. »Was hat er denn?«

Ausgerechnet Moser, ihre große Stütze hier im Haus und der einzige Experte, mit dem sie unkompliziert über alles sprechen konnte! Die anderen Herren wollten sich stets nur profilieren und gaben keine Informationen preis, sodass eine Zusammenarbeit nur bedingt möglich war.

»Er muss gestürzt sein, jedenfalls liegt er mit schweren Prellungen im Gesicht und einem gebrochenen Arm im Spital, der arme Mensch.« Christine sah sich um, doch auf den Fluren war noch kein Betrieb. »Ich glaube ja, da steckt mehr dahinter. Er will es nur nicht sagen.«

»In welchem Hospital liegt er?«

»Im Sophienspital in der Apollogasse. Das ist im siebten Bezirk.«

»Und seit wann ist er dort?«

»Er hat sich gestern krankgemeldet. Oh, er bat mich, Ihnen seine Kunden zu übergeben und auf keinen Fall dem Schachner.« Christine senkte ihre Stimme zu einem Flüstern, denn draußen näherten sich Schritte und Stimmen. »Er sagte, Sie müssten unbedingt den Herrn Zettnik aufsuchen, der hätte etwas Außergewöhnliches anzubieten.«

Christine deutete auf eine Akte, die neben einem Stapel lag.

»Das wären die Unterlagen. Ich hab's gleich für Sie herausgesucht, damit es nicht in die falschen Hände kommt.«

Es klopfte forsch, und Dr. Schachner trat ein. »Guten Morgen, Frau Maynard. Da schätzen wir uns aber glücklich, dass Sie wieder zu uns gefunden haben. Wenn jeder von uns sich so um seine Freunde kümmern würde, wären die Büros wohl oft recht leer gefegt.«

Kalter Zorn kroch in Sarah hoch. »Ihr Zynismus ist unangebracht, Herr Doktor. Ich muss mich nicht vor Ihnen rechtfertigen, aber wenn Ihre gesamte Familie, acht geliebte Menschen, ausgelöscht würden, bräuchten selbst Sie eventuell Unterstützung von Freunden. Gibt es etwas Wichtiges, oder darf ich mich meiner Arbeit widmen?«

Konsterniert stieß er nur hörbar die Luft aus und murmelte: »Wir sprechen uns noch.« Dann verschwand er.

Den Vormittag über arbeitete Sarah auf, was sich angesammelt hatte, und meldete ein Telefonat mit Lehner in New York für den nächsten Tag an. Mittags gab sie Christine Bescheid, dass sie sich auf den Weg zu Herrn Zettnik machen wollte, der in der Mariahilfer Straße wohnte. Und da es von dort nicht mehr weit bis zum Spital in der Apollogasse war, wollte sie auch Moser besuchen.

Sie entstieg dem Fiaker, der sie vor dem Eingang eines Palais absetzte, das seine besten Zeiten zwar hinter sich hatte, doch noch immer mit einer aufwendig verzierten Fassade aufwartete. Die Reliefs waren restaurierungsbedürftig, Farbe und Putz aber immerhin ausgebessert worden. Neugierig betrat Sarah das Foyer, in dem ein Pförtner seinen Dienst tat. Ein winziger Aufzug brachte sie in den zweiten Stock, wo ihr ein älterer Herr die Tür zu seiner Wohnung öffnete.

»Guten Tag, ich bin Lady Maynard. Ich komme vom Auktionshaus Hofmann's. Der Herr Moser ist leider verhindert, sonst hätte er sich bemüht.«

Die wachen Augen hinter dicken Brillengläsern leuchteten erfreut auf. »Ja, bitte sehr, treten S' ein, Gnädigste.«

Der schmächtige Mann, dessen kahler Schädel von einem weißen Haarkranz gerahmt wurde, trug eine Hausjacke mit einem aufgestickten Wappen und ebensolche Schuhe. Die Wohnung bestand aus vier Zimmern und war mit erlesenen Antiquitäten eingerichtet. Es gab Vitrinen mit böhmischem Glas und Meißner Porzellan, und im Salon, in den er sie führte, standen deckenhohe Bücherregale an den Wänden. Mit einer Leiter konnte man die oberen Regale erreichen, und in der Mitte des Raumes thronte ein Schreibtisch, auf dem aufgeschlagene Bücher und Akten lagen. Dieser Mann war allem Anschein nach ein Wissenschaftler.

»Sie müssen die Unordnung entschuldigen, aber meine Frau ist in Italien bei ihrer Schwester, und so bin ich für einige Wochen Strohwitwer. Bitte, nehmen Sie Platz.« Er deutete auf einen Armlehnstuhl und nahm eine Klingel zur Hand, die er kurz und kräftig schwenkte.

Ein junges Dienstmädchen in schwarzem Kleid mit weißer Schürze erschien und knickste vor Herrn Zettnik. »Sie wünschen?«

»Bringen Sie uns zwei Mokka und etwas Gebäck.« Dann ging er zu einem großen Bücherschrank, der im unteren Teil verschließbare Türen hatte, und öffnete diese. Behutsam hob er eine golden schimmernde schlanke Skulptur heraus und stellte sie mit feierlicher Miene auf seinen Schreibtisch.

Sarah stand auf und trat näher. »Ein Stundenglas! Wie wundervoll!«

»Nicht wahr?!« Seine Stimme war voller Stolz. »Und es ist kein gewöhnliches Stundenglas. Diese Sanduhr hat Papst Sixtus V. in

Auftrag gegeben und Ferdinand I. Medici 1589 geschenkt. Schauen Sie, ja, schauen Sie genau hin! Faune schmücken die Ecken des Sockels mit dem Wappen, darüber haben wir Putti auf Banderolen sitzen. Dann die Glaskolben mit dem Sand und darüber noch die Figur des Atlas, wie er gebeugt die Weltkugel trägt.«

»Ganz so, als wolle der Papst zeigen, wie er als höchster Kirchenfürst die Last der Welt tragen muss«, ergänzte Sarah automatisch. »Was haben wir hier, Silber, zum Teil vergoldet, dann Lapislazuli, Amethystpuder und farbiges Maleremaille aus Kupfer!« Sie sah den älteren Herrn an. »Da haben Sie ein kleines Vermögen hier stehen, Herr Zettnik.«

Der Mann nickte. »Ist mir bewusst, durchaus, durchaus.«

»Darf ich fragen, wie Sie in den Besitz dieses außergewöhnlichen Stückes gelangt sind?«

»Meine Frau stammt aus Florenz und ist weitläufig mit den Medici verwandt. Aber der Krieg hat unsere Reserven schmelzen lassen. Tja, nun ja, so haben wir beschlossen, uns von einigen Kostbarkeiten zu trennen.«

Er deutete auf zwei unscheinbar wirkende, aber sehr alte Bände, die auf dem Schreibtisch lagen. »Das hier sind zwei Bände der *Civitates orbis terrarum* von Georg Braun und Frans Hogenberg von 1618. Die würden wir auch veräußern wollen. Was sagen Sie dazu?«

»Das ist nicht mein Fachgebiet, aber selbstverständlich bieten wir auch Bücher an. Ich lasse den Wert durch einen Experten schätzen. Für die Sanduhr allein sollten wir einen sensationellen Preis erlangen können. Ich werde ein wenig recherchieren und den genauen Materialwert ermitteln. Wenn Sie sich in zwei Tagen bei uns melden wollen, haben wir sicher schon etwas herausgefunden.«

Zettnik nahm ein Blatt und reichte es ihr. »Das sind die Informationen zu den Büchern und was ich über die Sanduhr weiß. Meine Frau kehrt wohl in der kommenden Woche zurück und kann eventuell noch ein Dokument mitbringen, das den Besitz der Medici belegt.«

»Das wäre exzellent«, bestätigte Sarah.

Das Dienstmädchen brachte den Mokka auf einem Tablett herein und stellte es auf einen Tisch am Fenster. »Wünscht der Professor noch etwas?«

Zettnik winkte ab.

»Verzeihung, ich wusste nicht, dass Sie einen Professorentitel führen«, sagte Sarah.

Der alte Herr lächelte. »Nein, nein, führe ich auch nicht. Aber das Mädchen nennt mich so, weil ich so viele Bücher habe. Ich war zeit meines Lebens Buchhändler.«

Das Sophienspital war ein mit massigen Säulen bestückter Bau des vergangenen Jahrhunderts, der weiß und gelb verputzt in einer kleinen Parkanlage lag. Seinen Namen verdankte das Spital der Erzherzogin Sophie, Mutter von Kaiser Franz Joseph I., der im vorletzten Kriegsjahr verstorben war. Sarah wurde von einer Krankenschwester mit gestärkter Haube und weißem Kittel empfangen, die sie in das Krankenzimmer von Rudi Moser begleitete.

»Der arme Mann«, sagte die Schwester. »Er wurde übel zugerichtet.«

Erstaunt erwiderte Sarah: »Was? Ich dachte, er wäre gestürzt!«

Die Schwester blieb kurz stehen. »Das wollte er uns auch weismachen, aber solche Verletzungen zieht man sich nicht durch einen Sturz zu, egal, wie schwer er sein mag. Vielleicht erzählt er Ihnen ja, was passiert ist. Sie sind verwandt?«

»Arbeitskollegen. Er hat keine Angehörigen hier in Wien, soweit ich das weiß«, sagte Sarah bedauernd.

Prüfend musterte die Schwester sie. »Ach, dann sind Sie eine Sekretärin bei Hofmann's? Ich war noch nie dort, dafür fehlt mir die Zeit.«

»Ich leite das Auktionshaus«, sagte Sarah, nicht ohne Stolz.

»Wirklich? Na, da hört sich doch ... Irgendwann gibt es wohl auch weibliche Ärzte hier im Spital. Aber ob ich das noch erlebe? Na, dann wollen wir mal.«

Sie betraten einen lang gestreckten Raum, an dessen Wänden jeweils fünf Betten standen. In jedem lag ein männlicher Patient, und alle Augen richteten sich auf Sarah, die sich in ihrem Mantel mit Pelzkragen, dem mondänen Hut und den eleganten Schuhen deutlich von den übrigen Besuchern abhob.

»Hallo, Herr Moser, da ist Besuch für Sie«, sagte die Schwester und blieb vor einem Bett am Fenster stehen.

Der Patient lag mit abgewandtem Gesicht in seinem Bett und murrte: »Ich will niemanden sehen!«

Sarah trat näher und erschrak, als sie das blau unterlaufene Auge und die bandagierte Wange ihres Lieblingskollegen sah. Rudis rechter Arm lag geschient auf der Bettdecke, die heraussehenden Finger waren rot und geschwollen.

»Rudi, was machen Sie denn für Sachen?«

Der Verletzte drehte langsam den Kopf. »Sie sind es!«

»Darf ich mich ein wenig zu Ihnen setzen?«

»Ja, bitte, wenn Sie meinen Anblick ertragen können.« Seine Augen füllten sich mit Tränen. »Ich schäme mich, Sarah.«

Die Schwester sagte: »Ich lasse Sie allein. Bleiben Sie nicht zu lange, denn der Verband muss noch gewechselt werden.«

»Danke, Schwester«, sagte Sarah und zog sich einen Stuhl neben Mosers Bett. Der Fußboden war sauber, und es roch nach Karbol. Das war das Wichtigste, dachte Sarah und bemerkte die alten eisernen Bettgestelle.

»Erzählen Sie mir jetzt, wer Sie so zugerichtet hat, Rudi?«, fragte Sarah leise und strich über seine gesunde Hand.

»Ich bin selbst schuld, Sarah. Wir waren unvorsichtig, mein Partner und ich«, er flüsterte so leise, dass sie sich vorbeugen musste, um ihn verstehen zu können. »Wir haben seinen Geburtstag in einem Klub gefeiert und traten Arm in Arm auf die Straße. Genau in diesem Moment kam eine Horde betrunkener Männer vorbei. Ich weiß nicht, ob es Studenten oder Mitglieder der DNSAP waren. Auf jeden Fall sahen sie uns an, wussten sofort, was los war, verhöhnten und beschimpften uns und fingen an, uns herumzuschubsen. Sie drängten uns in eine dunkle Gasse, und ... nun, das Ergebnis sehen Sie hier.«

»Das tut mir so leid, Rudi. Konnten Sie jemanden erkennen? Wollen Sie Anzeige erstatten?« Sie fragte, obwohl sie die Antwort ahnte.

»Nein! Niemand darf wissen, warum sie uns verprügelt haben, dann bin ich meinen Job los. Die Eltern meines Freundes haben ihn in ein Sanatorium in den Bergen geschickt.« Rudi griff nach Sarahs Hand. »Niemand, Sarah, vor allem der Schachner nicht. Der wartet nur auf eine Gelegenheit, mich fertigzumachen.«

»Ich glaube, wir stehen beide auf seiner Liste«, meinte Sarah grinsend. »Und Rudi, ich trage mich mit dem Gedanken, einen längeren Urlaub zu nehmen. So leid es mir tut, aber meinem Mann geht es noch immer nicht gut, und ich möchte mit ihm verreisen.«

Rudi verzog schmerzhaft das Gesicht. »Verstehen kann ich Sie. Es war nur eine Frage der Zeit, wann Sie uns verlassen, Sarah. Sie waren ein Lichtblick in diesen dunklen Tagen. Ich werde Sie vermissen.«

»Ich Sie auch, Rudi, aber noch bin ich nicht fort. Werden Sie erst einmal gesund. Was haben die Ärzte gesagt? Wie lange müssen Sie noch im Krankenhaus bleiben?«

»Zwei Wochen. Die Rippen sind geprellt und der Arm gebrochen.« Er seufzte. »Ich hatte noch Glück. Ein Kieferbruch wäre wesentlich schlimmer.«

Die Schwester kam mit einem Tablett voller Verbandszeug und einer gläsernen Spritze zu ihnen. »So, nun muss ich Sie bitten zu gehen, gnädige Frau.«

Als Sarah das Spital verließ, hatte sie ihre Entscheidung gefällt. Sie würde Lehner um einen langen Urlaub bitten und ihren Posten abtreten. Schachner würde triumphieren, doch diese Niederlage musste sie in Kauf nehmen. Sie hatte einen Punkt in ihrem Leben erreicht, an dem sie mit ihren Kräften haushalten und sich neu orientieren musste. Es gab Dinge, die wichtiger waren als ihre Karriere, das hatte sie gelernt. Nicht zu spät, hoffte sie.

38

Lehner fiel aus allen Wolken, als Sarah ihm am nächsten Tag von ihren Zweifeln und Ängsten berichtete und um einen langen Urlaub bat.

»Aber, aber, Lady Maynard, Sarah, wenn Sie das wirklich wünschen, und natürlich kann ich Ihnen das nicht verwehren, dann müssen Sie auch mit den Konsequenzen leben!«

Sarah saß an ihrem Schreibtisch, eine Tasse Tee und die Akte von Herrn Zettnik vor sich. »Ich bin mir dessen bewusst, Herr Lehner, und es tut mir unendlich leid, Sie so enttäuschen zu müssen. Es ist einfach zu viel passiert. Dass meine Freundin ihre gesamte Familie verloren hat, war wie ein Glockenschlag, der mir seither durch den Kopf dröhnt. Mein Mann ist krank, und niemand kann sagen, wie es mit ihm weitergeht. Jetzt der Herr Moser. Es wirken Kräfte in Wien, die sind mir einfach zuwider. Und dann der ständige Zwist mit Dr. Schachner, das hat etwas Zermürbendes.«

»Tja, ich kann Sie ja in gewisser Weise verstehen, aber dennoch dachte ich, dass Ihnen das Auktionshaus alles bedeutet, dass Sie für Hofmann's brennen. Vielleicht ist eine Frau eben doch zu schwach, sich den Unbilden des Lebens und einem anspruchsvollen Beruf zu widmen.«

Verletzt antwortete Sarah: »Das bin ich gewiss nicht, und das wissen Sie im Grunde auch. Es ist meine freie Entscheidung. Ich tue das in erster Linie, um mehr Zeit mit meinem Mann verbringen zu können. Für mich ist die Ehe eine Verpflichtung, ein Versprechen, das ich nicht leichtfertig gegeben habe. Ich möchte mir nicht vorwerfen müssen, dass ich zu beschäftigt war, um meinen Mann zu unterstützen, als er mich brauchte.«

Joseph Lehner räusperte sich. »Sie überraschen mich immer wieder. Nun, es scheint, dass Sie Ihre Entscheidung getroffen haben. Es ist Ihnen klar, dass Sie nicht als Direktorin zurückkehren werden?«

»Natürlich.« Und in diesem Moment wusste sie, dass sie überhaupt nicht nach Wien zurückkehren würde.

»Herr Lehner«, sagte sie. »Ich möchte hiermit kündigen. Ich werde so lange bleiben, bis es einen adäquaten Ersatz für mich gibt, und dann meinen Abschied nehmen.«

»Der wahre Grund ist also der Dr. Schachner, wenn ich das richtig verstehe?«

»Auch, ja, ich muss ehrlich gestehen, dass ich mit seinem Führungsstil und seinen Ansichten nicht konform gehe, aber das ist kein Geheimnis für Sie.«

Lehner seufzte. »Unter uns gesagt, ich auch nicht. Und ich hatte gehofft, dass Sie frischen Wind nach Wien bringen, was Ihnen ja auch gelungen ist. Um jemandem wie Schachner dauerhaft Paroli bieten zu können, bedarf es eines stählernen Rückgrats, das nicht jedem gegeben ist. Aber ein solcher Mann kann Hofmann's durch schweres Wetter führen, und das wird kommen, davon ist auszugehen.«

Sofort dachte Sarah an die politischen Strömungen, die sich bekämpften, und ahnte, was Lehner meinte. »Und Sie bleiben in New York?«

»Meiner Frau gefällt es hier ausgesprochen gut und mir auch.

Wir mögen die Ungezwungenheit hier. Die Kulturszene vibriert, dauernd entsteht irgendwo ein neuer Trend, und die Wirtschaft floriert. Wir machen Umsätze, dass einem von den Zahlen schwindelig wird. Vielleicht verlegen Sie Ihre Reisepläne nach New York? Womöglich gefällt Ihnen, was Sie hier sehen.«

»Sie machen mich neugierig, Herr Lehner. Wer weiß, was die Zukunft für uns bereithält.« Sie berichtete ihm noch von dem exquisiten Stundenglas des Herrn Zettnik, betonte, dass es sich um Mosers Kunden handelte, und sie verabschiedeten sich einvernehmlich.

Die Frühjahrsauktion war ein Erfolg, und das Stundenglas von Herrn Zettnik hatte einen Käufer aus Italien gefunden. Rudi Moser war so weit wiederhergestellt, dass er wieder ins Büro kam, die Versteigerung jedoch hatte Schachner als Auktionator durchgeführt. Was ihm an Rudis Witz und Herzlichkeit fehlte, glich er durch Überheblichkeit und Bissigkeit aus. Am Tag nach der Auktion war es Christine, die als Einzige bei Sarahs Verabschiedung weinte, Schachner konnte sich eine boshafte Bemerkung nicht verkneifen, und allen anderen war anzusehen gewesen, dass sie nie mehr als eine Fremde gewesen war. Rudi Moser brachte sie bis vor die Tür, wo er sie spontan umarmte.

»Ich beneide Sie um Ihren Mut, neue Wege zu gehen, Sarah. Wenn ich nicht schon zu alt für einen Neuanfang wäre, würde ich mich auch verändern.« Sein Auge war noch leicht verfärbt, der Arm verheilt, doch er stützte sich auf einen Gehstock.

Sarah legte ihre Hand auf seinen Arm. »Was heißt denn zu alt? Werden Sie nur wieder ganz gesund, dann fassen Sie sich vielleicht ein Herz und ...« Sie lächelte. »Besuchen Sie Levi Hirschel. Er könnte Hilfe gebrauchen. *Hirschel Antiquitäten*. Sie haben ihn und Hannah kennengelernt.«

»Aber ja, ich entsinne mich. Wenn Sie meinen, dann spreche ich einmal mit Herrn Hirschel. Wie geht es Ihrer Freundin?«

Sarah entdeckte Philip zwischen den Passanten auf dem Gehweg. Er hatte versprochen, sie abzuholen.

»Gar nicht gut. Nur für ihre kleine Tochter findet sie die Kraft, weiterzuleben. Nächste Woche fährt sie mit ihr in die Berge in ein Sanatorium. Vielleicht tut ihr die Luft gut, und die Ärzte dort können ihr helfen, über den Verlust hinwegzukommen.«

Philip hatte sie erreicht und drückte ihr einen Kuss auf die Wange. »Hallo, Darling.« Dann schüttelte er Rudi die Hand. »Herr Moser. Wie geht es Ihnen?«

Der Rekonvaleszent lächelte. »Danke, ist schon fast vergessen. Ihre Frau wird uns sehr fehlen. Aber ich wünsche Ihnen beiden alles Gute für die Zukunft. Bleiben Sie denn in Wien?«

Sarah und Philip sahen sich an und schüttelten gleichzeitig die Köpfe. »Wir werden einige Monate reisen und dann nach London zurückkehren«, erklärte Sarah.

»Wien ist schon eine ganz spezielle Stadt. Ich liebe sie, aber ich bin auch hier groß geworden«, sagte Rudi Moser.

Sie sagten sich Lebewohl, wobei Sarah ihn noch einmal an Levi erinnerte und ihn mit dem Gefühl verließ, dass daraus etwas Gutes entstehen könnte.

Bevor Sarah und Philip ihre große Reise antraten, lösten sie ihre Wohnung in Wien auf, verkauften ihre Möbel und ließen den Rest ihrer Besitztümer nach London schicken. Philip hatte sein Londoner Studio untervermietet und arrangierte, dass ihre Sachen dorthin gebracht wurden. Sein Freund Stephen wollte sich darum kümmern. Lady Sudbury war über die Maßen erfreut, als sie hörte, dass Sarah und Philip beabsichtigten, wieder nach London zu ziehen. Sie bot ihnen an, übergangsweise bei ihr im Haus zu wohnen, sollten sie keine Wohnung finden.

Kurz vor ihrer Abreise nach Italien erreichte Sarah ein Brief von Charley. Das erste Lebenszeichen aus New York. In der für Charley typischen Manier war der Brief kurz gefasst.

Liebe Sarah,

nach New York zu gehen war die richtige Entscheidung. Aber es ist alles nicht so einfach hier drüben. Die Straßen sind aufgeteilt in Bandengebiete, kannst Du Dir das vorstellen? Tja, wie sollte es auch anders sein? Die Iren und die Italiener haben hier das Sagen. Wir nehmen unsere Vergangenheit mit, das kann man hier erleben. Immerhin haben die Blaublütigen hier nicht die Oberhand. Wer sich was aufbaut, der wird anerkannt, und das ist es, was für mich zählt. Sonny hat das Restaurant übernommen. Bin jetzt mein eigener Herr und habe den feinsten Jazzklub der Stadt aufgebaut, wie versprochen.
Ich hoffe, es geht Dir gut!

Charley

Die Adresse des Klubs stand darunter und auch eine Telefonnummer. Sarah steckte den Brief in ihre Korrespondenzmappe, ohne dass Philip ihn zu Gesicht bekam.

Aus Florenz schickte Sarah eine Postkarte an John Redloff. Er hatte ihr angeboten, dass sie nach Boston kommen könnte, wo er eine Stelle in einem Auktionshaus oder bei einem Kunsthändler für sie finden würde. Doch Sarah wollte sich nicht sofort wieder vereinnahmen lassen. Durch ihre Ersparnisse war sie in der Lage, sich eine Zeit lang finanzieren zu können, und auch Philip hatte durch seine Aufträge so gut verdient, dass sie vorerst finanziell unabhängig waren.

Von Florenz fuhren sie nach Rom und von dort nach Sizilien. Sarah war hingerissen von den antiken Bauten, den Amphitheatern, den kleinen Dörfern inmitten karger Felsen, von denen man auf das tiefblaue Meer schaute. Palermo war ihr zu wild und zu laut, Taormina ein Traum. Sie setzten von Messina über aufs Festland, reisten mit Bahn und Mietwagen durch Kalabrien, wo die Menschen zurückhaltender waren, und weiter nach Tarent, wo sie im Meer badeten und Sarah am liebsten in dem kleinen Haus, das sie gemietet hatten, geblieben wäre. Doch Philip wollte ihr mehr zeigen von der Welt, die so groß und bunt und offen für sie war, und so ging es mit dem Schiff nach Korfu, wo sie auf einem Segler eine Kabine mieteten und die griechische Inselwelt erkundeten. Sie nahmen sich Zeit, ließen sich treiben, schauten und waren von der Gastfreundlichkeit der Griechen beeindruckt.

Philip fotografierte vor allem die Menschen, die oft von Sarah überredet werden mussten. Doch mit Freundlichkeit und einem Geschenk waren auch die eigensinnigsten Bergbewohner zu überzeugen. Der Peloponnes, Insel des Pelops, ragte mit seinen Fingern weit in das Mittelmeer, und sie umschifften Kap Tenaro bei stürmischer See. Als Sarah auch unter härtesten Bedingungen nicht seekrank wurde, feierte die Besatzung ihre Seetauglichkeit, nachdem sie bei untergehender Sonne in den Hafen von Piräus eingelaufen waren.

»Mein Gott, ist das schön, Phil«, sagte Sarah verträumt, als sie vor einer kleinen Taverne bei einem Krug Retsina und vor einer Platte mit gegrilltem Fisch saßen und die Segelschiffe beobachteten, die auf dem Meer schaukelten. Fischer saßen vor kleinen Hütten und flickten ihre Netze, Katzen stritten sich um Fischreste, die man ihnen zuwarf, und Kinder spielten und sprangen ins Meer und schienen so glücklich, dass es Sarah mit schierer Freude erfüllte. Nach den tragischen Ereignissen der vergangenen Monate erlaubte sie sich, einfach nur glücklich zu sein.

»Es gefällt dir, das hatte ich gehofft, Sarah.« Phil griff auf dem Tisch nach ihrer Hand, und sie spürte etwas Kühles.

Als er sie losließ und sie nachschaute, was er ihr in die Hand gelegt hatte, blickte sie überrascht auf. »Ein Ring!« Sie lächelte ihren Mann an. »Habe ich meinen Geburtstag vergessen?«

Phil lächelte. »Ich habe den Ring in einem Laden auf Ägina gefunden. Sie hatten nur antiken Schmuck dort. Also, ich hoffe, er ist antik, du bist die Expertin. Der Verkäufer sagte, es ist eine byzantinische Silbermünze, die in Gold gefasst wurde. Mir gefiel der Delphin. Er soll dich an diese Reise erinnern.«

»Oh, der Ring ist wunderschön!« Sie stand auf, umarmte und küsste ihren Mann und betrachtete den seltenen Ring, der auf ihren Mittelfinger passte. »Ich liebe dich, Phil!«

Er drückte sie an sich. »Und ich liebe dich, Sarah. Dass du mich nicht verlassen hast nach meinem unverzeihlichen Verhalten ...«

Sie legte ihm einen Finger auf die Lippen. »Nicht. Wir haben uns neu gefunden und wollen die Vergangenheit ruhen lassen.«

Vergessen würde sie nicht, doch sie hatte ihm verziehen. Auf vielfältige Weise hatte er seine Liebe und seinen Respekt bewiesen, und das war alles, was zählte.

Das Wasser plätscherte unten gegen die Hafenmauer, irgendwo spielte Musik, und die warme Luft streichelte ihre gebräunte Haut. Ein Mann führte einen schwer beladenen Esel über die Straße, und Frauen in schwarzen Kleidern spazierten vorbei. Sie verließen den Segler in Athen, blieben eine Woche und setzten mit einer Fähre nach Kreta über.

Sarah führte ein Tagebuch und musste im Oktober vermerken, dass sie länger auf Kreta blieben als geplant, weil Philip von einem schweren Malariaanfall geplagt wurde. Ein griechischer Arzt half ihnen mit einer selbst gebrauten Kräutermedizin, das Fieber zu senken, und gab ihnen davon einen Vorrat mit. Sarah hätte die Reise vor Sorge am liebsten abgebrochen, doch Philip bestand darauf, weiter nach Alexandria zu fahren. Er hatte sich vorgenommen, ihr Ägypten zu zeigen, das Land, das ihn so nachhaltig beeindruckt hatte.

Im Dezember waren sie in Kairo, wo sie im *Shepheard's Hotel* Quartier bezogen, jenem Hotel, in dem Philip vor Jahren genächtigt und von wo aus er mit Sarah telefoniert hatte. Es war Nachmittag, und auf der Terrasse vor dem Hotel wurden Cocktails und Sandwiches serviert. Sarah konnte sich nicht sattsehen an der bunten Vielfalt auf der Straße. Esel, Kamele, Kutschen, Automobile und dazwischen Männer in Kaftanen, elegante Engländer in Tropenkleidung, Damen in hellen Kleidern und mit verschleierten Hüten, die vor den allgegenwärtigen Insekten schützen sollten.

»Morgen besuchen wir das Ägyptische Museum. Mit etwas Glück hat Dr. Merryweather Zeit für uns und kann uns durch die Sammlungen führen«, meinte Philip.

Mit Besorgnis beobachtete Sarah ihren Mann seit Tagen. Er wirkte erschöpft und musste sich öfter setzen, als er zugeben wollte. »Wir müssen nicht alles sehen, Phil. Ich freue mich auch auf die Nilkreuzfahrt, das wird erholsam. Die Luft auf dem Wasser ist kühler, und diese Schiffe scheinen mir sehr komfortabel.«

»Ich weiß, dass du dir Sorgen um mich machst, aber das ist nicht nötig. Die Fieberanfälle kommen und gehen, egal, was ich mache. Aber ich danke dir für deine Fürsorglichkeit.« Er hob sein Glas. »Auf dich!«

»Auf uns, Darling!«

Sie blieben auch nach dem Jahreswechsel in Ägypten, denn das Klima war angenehm und für Philips Gesundheit besser als der feuchtkalte englische Winter. Allerdings bezogen sie ein günstigeres Hotel, denn das *Shepheard's* sprengte auf die Dauer ihr Budget. In Kairo lernten sie einen Engländer kennen, der sich dort mit einem Fotostudio niedergelassen hatte. Philip durfte gegen ein geringes Entgelt die Dunkelkammer des Landsmannes benutzen und entwickelte seine Aufnahmen. Mit Sarah suchte er die besten Bilder aus und schickte sie mit Geschichten, die sie gemeinsam schrieben, an englische Zeitungen in London.

Das Ägyptische Museum faszinierte Sarah, die dort bald ein und aus ging und sich mit der Geschichte des Landes befasste. Irgendwann jedoch hatte sie genug von dem trägen Lebensrhythmus und sehnte sich nach verregneten englischen Sommern und dem kalten Ostwind, der über die Donau fegte. Sie vermisste Hannah, Rebecca und Lady Sudbury. Philip überstand im April einen weiteren Fieberschub, der ihn ausgemergelt und kraftlos zurückließ. Als die Hitze im Mai immer unerträglicher wurde und ihr der Sand, den der Wüstenwind in jede Ritze ihrer Wohnung wehte, die Nerven raubte, bat sie Philip, die Heimreise anzutreten.

Ein Jahr nach ihrer Abreise aus Wien landeten sie in London, wo sie Philips Studio beziehen konnten. Sarah packte die Kisten und Koffer aus, während Philip geschwächt auf dem Sofa lag und ihr fröstelnd zusah. Es war Sommer, und für englische Verhältnisse sogar sehr warm, und dennoch bat Philip sie, ein Feuer im Kamin zu entzünden.

Er beteuerte immer wieder, dass er sich nur erst wieder an das kontinentale Klima gewöhnen müsste, und arbeitete unterdessen an seinem nächsten Buch. Um Aufträge für Shootings bemühte er sich nicht, und Sarah ahnte, dass ihm dazu einfach die Kraft fehlte. Sie selbst hingegen vereinbarte einen Termin mit Direktor Rowland.

39

London 1927

Sarah spannte ihren Regenschirm auf und lächelte. Die Passanten in der New Bond Street wurden bei den ersten Regentropfen hektisch und suchten Schutz in Hauseingängen oder begannen zu rennen. Dabei war ein Sommerregen herrlich erfrischend. Sarah musste nur an die Sandstürme und die Hitze der Sahara denken, und das englische Wetter erschien ihr als ein Segen.

Sie mochte das Jahr mit Philip auf Reisen um nichts auf der Welt missen, doch umso mehr fühlte sie sich nun in London zu Hause. Oft dachte sie an die Zeit in Wien, vor allem, weil Hannah und ihre Familie noch dort lebten. Levi führte den Laden so erfolgreich, dass nicht daran zu denken war, ihn aufzugeben. Irgendwann, so tröstete er Hannah, würden sie wieder nach London ziehen, doch gerade jetzt, nach der Währungsreform, hatten die Geschäfte angezogen, und er machte Gewinne wie nie zuvor. Mit Rudi Moser hatte er einen Mitarbeiter gewonnen, dem er gewillt war, eine Partnerschaft anzubieten, denn Rudi war auch ein guter Freund der Familie geworden. Über diese Entwicklung war Sarah sehr glücklich, hatte sie durch ihre Empfehlung doch letztlich beiden Männern geholfen.

Vor dem vertrauten Eingang des großen Auktionshauses, das

ihr Leben geprägt hatte, blieb sie kurz stehen, klappte ihren Schirm zusammen und wich einem Zeitungsjungen aus, der wild fuchtelnd herumlief und die Morgenausgabe der *Daily Mail* anpries. Unwillkürlich fühlte sich Sarah an jenen Morgen erinnert, an dem sie Mrs Weavers Salon mit der Brosche von Lady Sudbury in der Hand verlassen hatte. So hatte alles seinen Anfang genommen. Manchmal waren es Kleinigkeiten, Impulse, spontane Entscheidungen, die einem Leben eine völlig neue Wendung geben konnten. Nein, dachte Sarah, sie hatte den Mut gehabt, mit der Brosche einer Fremden durch die Straßen zu laufen, um sie ihr zu bringen. Hätte sie Lady Sudbury nicht erreicht, bevor diese in ihre Kutsche gestiegen war, hätte man sie als Diebin verurteilt.

Sarah schüttelte die Erinnerungen ab und stieg die Treppen zu Varnham's hinauf. Der Portier begrüßte sie:

»Guten Tag, Lady Maynard.«

»Guten Tag, George. Wie geht es Ihrer Frau?«

»Danke, Mylady, wieder besser«, antwortete der Portier erfreut.

Sarah hatte durch ihre Sekretärin erfahren, dass George eine Frau hatte, die dringend operiert werden musste, dass er jedoch das Geld dafür nicht aufbringen konnte. Daraufhin hatte sie mit Rowland gesprochen, der dem Portier mit einem Darlehen und der Möglichkeit, es im Haus abzuarbeiten, entgegengekommen war. Für seine Menschlichkeit schätzte Sarah Rowland genauso wie für seine Fairness und sein großes Wissen. Er hatte sie, ohne zu zögern, eingestellt, nicht als leitende Mitarbeiterin, aber als Expertin. Sarah war mehr als zufrieden mit ihrem Gehalt und froh, dass sie nicht jedes Wochenende und die Abende im Auktionshaus verbringen musste, so wie in Wien. Verantwortung zu tragen bedeutete mehr Arbeit und weniger Zeit für das Privatleben.

Sie hatte aus ihren Fehlern gelernt und nahm sich Zeit für ihren Mann, der gesundheitlich angeschlagen war, jedoch seit sechs Monaten keinen Fieberschub gehabt hatte, ein Fortschritt, immerhin. Philip arbeitete fast nur noch von seinem Studio aus, das sie weiterhin bewohnten, schrieb Reisebücher und begleitete sie auf Vernissagen, Soireen und ins Theater. Falls ihm etwas fehlte, sagte er es nicht, wie er sich überhaupt nie beklagte, sondern ganz in seinen Recherchen und den Studioporträts aufzugehen schien. Dass ihm das Reisen fehlte, bezweifelte Sarah nicht, doch seine Gesundheit machte es ihm unmöglich, größere Anstrengungen auf sich zu nehmen. Sarah vertraute auf den Rat der Ärzte, die prognostiziert hatten, dass Philip in absehbarer Zeit die schwersten Fieberschübe überwunden haben würde.

Muriel kam durch die Eingangshalle auf sie zu. Die junge Frau war inzwischen verheiratet und im dritten Monat schwanger, wollte jedoch so lange, wie es irgendwie möglich war, arbeiten.

»Hallo, Sarah, ich habe hier einen Termin in einer halben Stunde für dich und dann einen Lunch im *Tearoom* mit Violet Hopson!« Muriel machte große Augen und eine vielsagende Miene.

»Ja? Muss ich die Dame kennen?« Sarah fuhr sich durch die feuchten Haare, die sie noch immer auf Kinnlänge geschnitten trug.

»Das ist die Hopson! Die Schauspielerin aus der *Scarlet Lady*! Sie will Schmuck verkaufen. Schmuck, von dem ihr Gatte nichts weiß. Du verstehst?«

»Ah ja, gut.« Viele Kunden kamen zu ihnen, weil sie um die absolute Diskretion des Auktionshauses wussten. Wer nicht wollte, dass sein Name als Verkäufer genannt wurde, konnte sich darauf verlassen, dass der Verkauf anonym getätigt wurde.

»Die Zeitungen habe ich auf deinen Schreibtisch gelegt. Hast du schon von dem Aufruhr in Wien gehört? Geht es deinen Freunden gut?«

»Nein! Was ist denn passiert?«, wollte Sarah besorgt wissen.

»Demonstranten haben den Justizpalast in Wien angezündet, und es gab wohl ziemliche Unruhen und sogar Tote bei Straßenkämpfen«, berichtete Muriel. »Ich glaube, du kannst froh sein, dass du in London bist, Sarah. Da drüben brodelt es ganz schön.«

»Danke, Muriel.« Sarah wollte zu ihrem Büro gehen, doch Muriel sagte: »Die Post liegt auch bereit. So, ich bin jetzt im Lager, falls du mich brauchst.«

»Nochmals danke!«

Sarah eilte weiter, grüßte zwei Mitarbeiter, die eine lebensgroße Bronze auf einem Wagen vorbeirollten, und schloss die Bürotür hinter sich, um in Ruhe den Zeitungsartikel über Wien zu lesen. Vor zwei Tagen erst hatte sie mit Hannah telefoniert, die nichts von derartigen Unruhen erzählt hatte, aber so etwas konnte schnell aufkochen. Sie eilte zu ihrem Schreibtisch und griff sich die Zeitung.

Da stand es:

Grund für die Ausschreitungen, die zu blutigen Unruhen wurden, war die Freilassung der Täter von Schattendorf. Der Wirt einer Frontkämpferkneipe und seine Söhne hatten im Januar eine Gruppe Schutzbündler, die von einer Kundgebung zum Bahnhof marschierten, aus ihrer Kneipe heraus beschossen. Dabei kamen ein Kriegsinvalide und ein achtjähriger Junge zu Tode. Der Prozess, der am 5. Juli 1927 begonnen hatte, endete am 14. Juli mit dem unerwarteten Freispruch der Täter.

Weiter hieß es, dass die sozialdemokratische Führung nicht hart genug gegen die Demonstranten vorgegangen sei, der Polizeipräsident berittene Polizisten mit Säbeln gegen die Menge gehetzt habe, die daraufhin den Justizpalast gestürmt und in Brand gesetzt habe. Als dann bewaffnete Polizisten das Feuer eröffneten, kam es zu 89 Toten und Hunderten von Verletzten, darunter auch unbeteiligte Passanten.

»Wie furchtbar!«, entfuhr es Sarah, die sich nur zu gut an die angespannte politische Situation in Wien erinnerte.

Automatisch griff sie nach dem Telefon und ließ sich mit Hannahs Wohnung verbinden, doch niemand nahm ab. Das muss noch lange nichts bedeuten, beruhigte sich Sarah und machte sich auf den Weg zu ihrem Termin.

Als sie eine Stunde darauf in ihr Büro ging, um sich auf das Treffen mit der Schauspielerin vorzubereiten, klingelte das Telefon.

»Varnham's, Lady Maynard?«, meldete sie sich.

Es rauschte in der Leitung und dauerte eine Weile, bis die Stimme zu ihr durchdrang. »Sarah? Sind Sie das?«

Die Stimme gehörte zu einem Mann und hatte einen unverkennbar wienerischen Akzent. »Rudi? Ich kann Sie sehr schwer verstehen.«

Es knackte, und dann wurde die Verbindung besser. »Die haben uns die Leitungen zerschnitten und die Fenster eingeschlagen. Sarah, aber das ist ja nicht das Schlimmste. Es tut mir so leid. Ich wünschte, ich wäre nicht derjenige, der es Ihnen sagen muss.«

Ihr Herzschlag setzte kurz aus. Sie hielt die Luft an, krächzte dann heiser: »Was, Rudi? Was ist passiert?«

»Hannah und Levi, sie waren am Schmerlingplatz bei einem Notar, um den Vertrag für unsere Partnerschaft im Geschäft aufsetzen zu lassen.« Seine Stimme brach, und sie hörte ihn schluchzen. »Ach Gott, ich verstehe es nicht. Sie haben doch niemandem etwas getan, sie waren einfach nur zur falschen Zeit am falschen Ort.«

Sarah zitterte, und Tränen füllten ihre Augen. »Was ist passiert, Rudi? Wo ist Hannah? Liegt sie im Krankenhaus?«

Wieder eine lange Pause, die beredter war als jedes Wort. »Nein, sie und Levi sind, ach, es ist so furchtbar. Sie sind beide tot! Sie müssen zwischen die Nationalen und die Roten geraten sein.«

Sarah schluchzte auf. »Und Rebecca? War sie etwa auch dabei?«

»Nein, Hannah hatte sie bei mir im Laden gelassen. Sie hat so glücklich mit ihren Puppen hinten gespielt, als es losging. Ich habe abgeschlossen, das Gitter heruntergezogen und mich mit ihr ins Lager geflüchtet. Nein, nein, was für eine unsinnige Gewalt ist da auf den Straßen entfesselt.« Rudi Moser klang verzweifelt.

»Wo ist sie jetzt?«, flüsterte Sarah.

»Immer noch bei mir. Sie will nicht zu ihrer Tante und auch nicht zu den Lubawitschs. Ich habe ihr noch nicht gesagt, was passiert ist, Sarah, ich bring's einfach nicht übers Herz. Sarah, Sie müssen kommen, bitte!«

»Ich komme nach Wien, Rudi. Morgen.«

Sie legte auf und weinte bitterlich. Warum Hannah und Levi? Die beiden liebsten Menschen, die niemandem je ein Unrecht getan hatten! Hannah, die sanfte, fröhliche Hannah, ihre Freundin und Vertraute, mit der sie über alles hatte sprechen können. Egal, wie lange sie einander nicht gesehen hatten, wenn sie sich trafen, war es, als hätten sie sich gestern erst Lebewohl gesagt. Und Levi, der redliche, geduldige Mann, der seine Frau auf Händen getragen hatte, nur so viele Stunden im Geschäft verbracht hatte, um seiner Familie ein komfortables Leben bieten zu können. Wo war die Gerechtigkeit? Es gibt keine Gerechtigkeit auf Erden, dachte Sarah und trat ans Fenster, sah jedoch nichts vom Treiben auf der Straße, hörte die Kutschen, die knatternden Motoren und die Rufe der Händler und nahm sie doch nur durch einen Nebel wahr.

Göttlicher Wille, dachte sie verächtlich und schlug zornig mit den Fäusten gegen die Wand, bis der Schmerz ihre Gedanken durchdrang und sie in die Realität zurückholte.

»Lady Sarah?« Rowland, der beleibte Patriarch des Auktionshauses, stand in der Tür und sah sie besorgt an.

Rasch fuhr sie sich über Augen und Wangen und drehte sich zu ihm um. »Sir, ich ... es ...«

»Schlechte Nachrichten?« Er kam näher und nahm ihre Hand, hielt sie sanft fest.

Sie nickte. »Hannah Hirschel und ihr Mann sind in Wien in den Unruhen getötet worden.«

»Nein, wie entsetzlich! Diese Familie ist vom Schicksal gebeutelt. Es ist doch noch gar nicht lange her, da waren Sie hier, um die Familie Ihrer Freundin zu Grabe zu tragen. Werden Sie in Wien gebraucht? Sie wollen doch sicher hinfahren?«

Weinend nickte Sarah. »Ja, das muss ich. Danke, Sir. Morgen, wenn es ginge. Ich würde gern morgen schon abreisen, denn Hannahs Tochter ist ganz allein und braucht mich.«

»Wie alt ist das Kind?«

»Fünf. Rebecca ist mit fünf Jahren Vollwaise geworden.«

William Rowland tätschelte ihren Arm. »Das wünscht man niemandem. Wenn ich mir vorstelle, dass meine Tochter allein hätte durch die Welt gehen müssen ... Nein, ein furchtbarer Gedanke.« Er sah sie an. »Gehen Sie nur, Sarah. In Ihrem Zustand werden Sie ohnehin nicht arbeiten können.«

Es klopfte, und Muriel schaute herein. Überrascht sagte sie:

»Mr Rowland? Wir brauchen Sarah eigentlich im Besucherzimmer.« Sie stutzte. »Ist etwas vorgefallen?«

Sarah räusperte sich, atmete tief durch und nahm die Schultern zurück. »Ich übernehme das und auch den Termin mit Mrs Hopson. Nur ab morgen bin ich für einige Tage nicht im Hause. Ein Trauerfall.«

Mehr wollte sie jetzt nicht sagen, und Muriel nickte verständnisvoll, sah zu Rowland, der sagte: »Gut, melden Sie sich bitte umgehend, sobald Sie wissen, wann Sie wieder zurück sind. Ich wünsche Ihnen alles Gute, meine Liebe!«

Rowland nahm ihre Hand, drückte sie so, als wolle er ihr Zuversicht vermitteln, und ging davon. Professionell absolvierte Sarah den ersten Termin, der sich als wenig ergiebig erwies, denn der angeblich wertvolle Schmuck war weder aus Gold, noch waren die Steine echt. Weil die enttäuschte Kundin ihr nicht glauben wollte, schickte Sarah sie zu einem Juwelier.

Bevor sie zum Lunch mit der Schauspielerin ging, rief sie Lady Sudbury an, der sie die Nachrichten über Hannah und Levi behutsam beibringen wollte.

»Nein, nein, das kann doch nicht wahr sein?«, war die entsetzte Reaktion von Gwendoline Sudbury, die tonlos zuhörte, als Sarah die Todesumstände erklärte.

»Ich fahre morgen nach Wien«, schloss Sarah, und Gwen antwortete, ohne zu zögern: »Ich begleite Sie. Es sei denn, Sie möchten lieber allein fahren?«

Eine Woge der Liebe für ihre Freundin durchflutete Sarah. »Auf keinen Fall. Ich freue mich sehr, dass wir gemeinsam diesen schweren Weg gehen. Ach, Gwen …« Sie schluchzte. Und dann dachte sie an Gwen, die ihre Tochter verloren hatte, und riss sich zusammen. »Ich kümmere mich um die Zugfahrt.«

»Nein, Sarah, das mache ich. Die Abfahrtszeit gebe ich Ihnen noch durch und lasse Sie morgen früh abholen. Begleitet Philip Sie?«

»Er weiß es noch nicht, aber in seinem angeschlagenen Zustand wäre es vielleicht besser, wenn er hierbliebe. Ich werde ihn fragen.«

»Tun Sie das, Sarah. Und verzweifeln Sie nicht. Es gibt keine tröstenden Worte, die uns den Schmerz nehmen können, aber es wird leichter werden. Erinnern Sie sich an die schöne gemeinsame Zeit mit Hannah. Seien Sie dankbar dafür, dass Sie diesen wundervollen Menschen kennen durften. Wir können nur demütig nehmen, was uns das Schicksal zubilligt.«

»Ja, so ist es wohl«, murmelte Sarah und presste sich ein Taschentuch gegen die Nase.

»Und die kleine Rebecca? Was wird mit ihr?«

»Ich denke, dass sie zu Verwandten kommt. Aber sie will nicht zu ihrer Tante, noch ist sie bei Rudi Moser, der sie gerettet hat, als der Mob losbrach.«

»Herr Moser? Ich erinnere mich, ein netter Mann. Das arme Kind, was für ein Trauma muss das sein. Aber gut, das werden wir dann vor Ort sehen. Vielleicht können wir helfen und Rebecca mit nach London zu den Verwandten von Levi nehmen.«

Erleichtert, dass Lady Sudbury so klar alle Möglichkeiten abwog und sie begleiten würde, ging Sarah kurz darauf in das Gespräch mit Violet Hopson. Die Schauspielerin war kapriziös und schwierig, doch als sie feststellte, dass Sarah es ernst mit der Diskretion meinte, und sie verstand, dass ihr in der Tat wertvoller Schmuck anonym versteigert werden würde, unterzeichnete sie die Verträge.

Als Sarah abends die Wohnungstür aufschloss, schlug ihr der Duft von gebratenem Fisch entgegen. Sie hatten zwar eine Haushälterin, doch die kochte nur an drei Tagen in der Woche, und heute war keiner dieser Tage, weshalb Sarah davon ausging, dass Philip selbst am Herd stand, was er manchmal gern tat. Zu Sarahs Überraschung hatte sich ihr Mann als guter Koch entpuppt und liebte es, Gerichte, die er auf seinen Reisen gekostet hatte, nachzukochen.

Sie warf ihren Mantel auf einen Garderobenhaken und ging in die Küche, wo ihr Mann mit Pfannen und Schüsseln hantierte und vor sich hin pfiff.

»Seine Lordschaft kochen?«, sagte sie und umarmte ihn von hinten.

»Darling, du bist zu früh!« Er wischte sich die Hände in einem Handtuch ab und drehte sich um, um sie zu küssen, hielt jedoch inne, als er ihre verweinten Augen sah.

Sofort legte er das Handtuch zur Seite und hielt sie an den Schultern. »Was ist los?«

Sarah brachte weinend in seinen Armen hervor, was geschehen war, und er hielt sie einfach nur fest an sich gedrückt, bis sie ruhiger wurde. Dann schob er sie auf einen Küchenstuhl, goss ihr einen Whisky ein und wartete, bis sie ausgetrunken hatte.

»Du willst doch sicher nach Wien fahren?« Er zog sich einen Stuhl heran, sodass er dicht vor ihr saß und ihre Hände in seine nehmen konnte.

»Lady Sudbury schickt mir morgen früh ihren Wagen. Sie fährt auch. Willst du mich begleiten? Ich meine, kannst du denn fahren?«

Er runzelte die Stirn. »Die paar Termine kann ich verschieben. Willst du denn, dass ich mitkomme?«

»Natürlich, aber fühlst du dich denn stark genug?« Sie strich über seine Wange, die zu blass war.

»Das lass mal meine Sorge sein. Wenn du möchtest, dass ich mitkomme, komme ich mit.«

Erschöpft nickte sie. »Dann müssen wir packen.«

»Aber zuerst essen wir. Auch wenn du keinen Hunger hast, Sarah, du musst etwas essen!«

Sie blickte ihn aus feuchten Augen an. »Warum, Phil? Ich verstehe es nicht!«

Eine Strähne fiel ihm in die Stirn. »Es gibt nichts zu verstehen, Sarah. Wir dürfen nur keine Angst haben, dann können wir alles meistern.«

40

Wien, Juli 1927

Zwei Tage nach ihrer Abreise aus London erreichten sie Wien an einem verregneten Abend. Schweigsam ließen sich Lady Sudbury, Philip und Sarah vom Chauffeur des *Bristol* in das Hotel am Kärntner Ring fahren. Lady Sudbury bezog mit ihrer Zofe eine Suite, während Sarah und Philip ein Zimmer mit Bad gebucht hatten. Das Hotel war von Grund auf renoviert worden und von der Halle über den Speisesaal, die Teesalons bis zum Musik- und Lesezimmer überaus elegant ausgestattet.

Unter den Gästen waren Amerikaner, Engländer und eine Mischung aus Geschäftsleuten, Verwaltungsräten und Künstlern. Philip kannte eine Schauspielerin, und Sarah traf auf Kunden ihrer Wiener Zeit. All das war jedoch nebensächlich, und Sarah fühlte sich, als wäre sie in einem Albtraum, aus dem sie nicht erwachen konnte.

»Was sagtest du, Phil, wo treffen wir Rudi?«

»Er will uns in Levis Geschäft treffen und, wenn möglich, Rebecca mitbringen.«

Sarah saß auf dem Bett und starrte auf ihre Schuhe. »Warum denn ›wenn möglich‹? Ich dachte, sie ist bei ihm?«

Philip hatte gerade mit Rudi telefoniert. »Es ist alles nicht so einfach. Levis Tante wollte Rebecca mit zu sich nehmen, doch die Kleine hat sich so sehr gewehrt, dass das unmöglich war. Also hat sie zugestimmt, das Kind bei den Lubawitschs zu lassen, die ja gleich neben Hannah wohnen. Am liebsten wäre Rebecca bei Rudi geblieben, aber das hätte die Tante nicht zugelassen. Bis Levis Eltern hier sind, ist sie der Vormund.«

»Das arme Kind. Was wird denn nun aus ihr? Levis Eltern sind alt und kränklich, die Tante ein Drachen. Ich weiß gar nicht, ob es noch weitere Verwandte der Hirschels in London gibt.«

»Sarah, belaste dich nicht damit. Das wird die Familie schon regeln. Finanziell mangelt es dem Kind ja an nichts.« Philip ging vor ihr in die Knie und legte seine Hände auf ihre Knie. »Schau, wir gehen jetzt zu Rudi, und dann sehen wir weiter.«

»Ich will sie sehen«, flüsterte Sarah und sah ihren Mann durch einen Tränenschleier an. »Ich will Hannah sehen und mich von ihr verabschieden.«

»Du willst in die Leichenhalle?«, fragte er tonlos.

Sarah nickte. »Morgen früh, bevor die Hirschels kommen und es mir verbieten können.«

Lady Sudbury hatte sich nach der Reise hingelegt und wollte sie morgen früh begleiten. Obwohl es nicht weit vom Hotel zu Levis Laden war, nahmen sie eine Kutsche, denn Sarah und Philip waren erschöpft von den Anstrengungen der vergangenen Tage. Als sie vor dem Laden ankamen, sahen sie Licht brennen und klopften gegen die Tür. Vor den Schaufenstern waren Gitter heruntergelassen, doch es dauerte nicht lange, und Rudi Moser öffnete ihnen.

Er war schmaler als bei ihrer letzten Begegnung und seine hellen Augen voller Traurigkeit. »Wie schön, dass Sie kommen konnten. Bitte, treten Sie ein. Rebecca ist hinten und …«

Kinderfüße liefen über den knarrenden Holzfußboden, und schon stand das kleine Mädchen vor ihnen.

»Tante Sarah!«, rief das Mädchen, ließ seine Puppe fallen und flog in Sarahs Arme, die in die Hocke ging und das kleine Mädchen an sich drückte.

Sie wollte nicht weinen, doch es war unmöglich, und so ließ Sarah die Tochter ihrer Freundin erst los, als sie wieder sprechen konnte.

»Mein Schatz, ich freue mich so, dich zu sehen. Wie groß du geworden bist«, sagte Sarah und strich dem Kind die dunklen Locken aus der Stirn.

Große Kinderaugen musterten sie fragend. »Wo sind Mami und Tateshi?«

Innerlich hatte sich Sarah für diesen Moment gewappnet, doch es war so unendlich schwer, diesem unschuldigen Kind die Wahrheit sagen zu müssen. »Was hat Rudi dir denn gesagt, Becca?«

»Er sagt, sie sind im Krankenhaus.« Das Mädchen war fünf Jahre alt und sehr aufgeweckt.

»Das stimmt auch. Deine Eltern sind im Krankenhaus, aber man kann sie nicht wieder gesund machen, weil sie einen Unfall hatten.«

Rebeccas Augen weiteten sich. »Was ist ein Unfall?«

»Sie sind hingefallen und haben sich wehgetan, und die Ärzte können das nicht wieder heilen, Becca. Manchmal passieren so schlimme Dinge, da kann niemand helfen.«

Das Gesicht der Kleinen verzog sich, und ihre Augen füllten sich mit Tränen. »Sie kommen nicht mehr zurück?«

Sarah drückte sie an sich. »Nein, Becca, nein, sie kommen nicht mehr zurück.«

Die Kleine weinte, schrie und strampelte, doch Sarah ließ sie nicht los, und schließlich wurde sie ruhiger. Als die Spannung aus dem kleinen Körper wich, lockerte Sarah die Umarmung. »Aber sie sind immer bei dir, Becca. Das weißt du doch, nicht wahr? Deine Mami und dein Dad sind da oben im Himmel und schauen zu dir herunter. Sie passen auf dich auf, egal, was auch geschieht, sie sind immer bei dir.«

»Ich will sie aber hier bei mir haben!«, sagte die Kleine, und Sarah lächelte schwach.

»Ich auch, Becca, glaub mir, ich auch. Ich vermisse sie genauso sehr wie du. Deine Mama war meine beste Freundin, der allerliebste Mensch, den ich jemals gekannt habe. Und du siehst ihr so ähnlich, weißt du?« Sarahs Lippen zitterten, als sie das sagte und dem Mädchen über den Kopf streichelte.

Rebecca warf ihr die Arme um den Hals. »Ich gehe nicht zu Tante Chavah, sie ist eine böse alte Hexe. Kann ich nicht mit dir gehen?«

Sarah seufzte tief. »Ich wünschte, das könntest du, aber das kann ich nicht entscheiden. Deine Großeltern kommen morgen, denke ich, dann wirst du mit ihnen gehen.«

»Nein, nein, ich mag sie nicht, sie sind streng und immer ernst, nein, ich will nicht. Tante Sarah, ich will mit dir gehen.«

Es steckt so viel von Hannah in ihr und auch ein wenig Levi, dachte Sarah, als sie Rebeccas Mundpartie betrachtete. Sie stand auf und nahm Rebeccas Hand.

»Wollen doch mal sehen, was Phil und Rudi machen. Kennst du meinen Mann noch?«

Philip und Rudi standen in der Mitte des Antiquitätenladens, der zu Recht Levis ganzer Stolz gewesen war. Die Stücke waren von hoher Qualität und die Ausstattung nobel.

»Kann ich mit dir gehen, Tante Sarah? Bitte!« Die Kleine, die für ihr Alter sehr zierlich war, klammerte sich an Sarahs Hand, in der anderen hielt sie ihre Puppe.

»Phil, was habt ihr vor? Wohin gehen wir jetzt?«, wollte Sarah wissen.

Rudi sah sich um. »Ich schließe zu, und dann muss ich Rebecca wieder zu den Lubawitschs bringen. So ist es abgemacht.«

Das Mädchen begann zu weinen und klammerte sich an Sarah. »Bitte, nimm mich mit, Tante Sarah, bitte!«

Philip strich Rebecca über die Haare. »Schau, Becca, wir sind ja noch hier. Morgen besuchen wir dich wieder, ja? Aber heute Nacht schläfst du wieder bei den Lubawitschs, das sind doch sehr nette Leute.«

»Es riecht da nach Zigarre, das mag ich nicht.« Sie unterbrach sich und sagte abwesend. »Aber sie haben einen Papagei, der spricht.«

Lächelnd sagte Philip: »Oh, ein Papagei? Das ist ja mal ein interessantes Tier. Erzähl mir doch morgen, was er alles sagen kann, ja? Wie wäre das?«

Rebecca legte den Kopf schief. »Kann ich machen.«

In aller Frühe verließen Lady Sudbury, Philip und Sarah am nächsten Morgen das Hotel und suchten die Leichenhalle auf, in der die Toten aufgebahrt waren. Anfangs wollte man sie nicht vorlassen, doch Sarah betonte ihre Freundschaft zu ehemaligen Kunden, die in der Stadtverwaltung saßen, und endlich durften sie Abschied von Hannah und Levi nehmen. Ein Arzt bestätigte ihnen, dass die Todesursache multiple Verletzungen durch Schläge und Gegenstände wie Steine gewesen waren. Die Täter hatte man nicht ausfindig machen können. Der Anblick war schrecklich, und dennoch war Sarah froh, ihre Freundin noch einmal gesehen zu haben.

Nachdem sie das Krankenhaus verlassen hatten, holten sie Rebecca bei den Lubawitschs ab und nahmen das Kind mit ins Hotel, wo sie gemeinsam zu Mittag aßen. Gegen Abend stieß Rudi zu ihnen. Er traf sie alle im Musikzimmer an, wo ein Pianist sanfte Melodien zum Besten gab, was Rebecca zu gefallen schien.

Lady Sudbury nahm das Mädchen und sagte: »Komm, wir wollen mal sehen, ob du dir ein Lied wünschen darfst.«

Die Kleine machte große Augen. Sie mochte die Lady mit den schönen Kleidern, die ihr eine Bootsfahrt versprochen hatte.

»Die Hirschels waren heute im Laden«, begann Rudi, nachdem er sich zu ihnen gesetzt hatte. »Ich habe Levis Papiere gesichtet, und es war eine Notiz dabei, die Sie interessieren dürfte, Sarah. Da stand, dass Hannah etwas für Sie beim Notar hinterlegt hat, das Levi noch unterzeichnen sollte. Ich weiß nicht, ob er noch dazu gekommen ist, aber die beiden waren am Tag des Unglücks beim Notar. Hier ist die Adresse.« Er gab Sarah einen Umschlag. »Ich weiß nicht, um was es geht, aber die Hirschels haben gleich alles an sich gerissen und mich behandelt, als wäre ich ein Krimineller. Nicht einmal bedankt haben die sich bei mir, dass ich mich um Rebecca und das Geschäft gekümmert habe. Ein schlimmes Unglück, aber so respektlos behandelt man niemanden.«

Sarah schluckte. »Das tut mir leid, Rudi. Ich kannte die Hirschels nicht sehr gut, habe sie nur kurz in London kennengelernt. Hannahs Familie, die Gruens, war sehr nett. Ach, die arme Rebecca.«

Rudi winkte dem Kellner und bestellte sich ein Glas Wein. »Ja, daran habe ich auch sofort gedacht. Sie wollen Rebecca direkt morgen oder übermorgen, je nachdem, wann sie alles geregelt haben, mitnehmen.«

»Du solltest gleich morgen diesen Notar aufsuchen, um festzustellen, was Hannah dir mitteilen wollte«, schlug Philip vor.

Sarah nickte langsam. »Hannah hat einmal gesagt, wenn ihr

und Levi jemals etwas zustoßen sollte, dann wollte sie, dass Rebecca zu mir kommt, aber ich habe das nie ernst genommen.«

Phil und Rudi sahen sie erstaunt an.

»Tatsächlich?«, fragte Phil.

»Das werden die Hirschels niemals zulassen«, gab Rudi zu bedenken.

Dr. Franz v. Tierbach, Advokat & Notar, stand auf einem großen goldenen Schild neben einer mit Eisen beschlagenen Kassettentür, die aussah, als hätte sie schon der ersten Belagerung Wiens vor dreihundert Jahren standgehalten. Philip drückte den Klingelknopf.

»Nicht weit von hier muss es passiert sein«, sagte Sarah leise und schaute die Straßenzüge entlang, an denen sich prachtvolle Palais und Mietshäuser reihten. Der Justizpalast zeigte noch Spuren des Brandes, und überall liefen bewaffnete Polizisten umher.

Die Atmosphäre in Wien hatte sich verändert. Es gab zwar weniger Elend in den Straßen, doch es hing eine bleierne Schwere über der Stadt, ein Schatten, der die Fröhlichkeit aufzusaugen schien. Grimmige Gesichter, forsch auftretende Burschenschaften und Gruppen von Arbeitern, die sich auf den Gehwegen breitmachten. Gegen den Schusswaffengebrauch der Polizei und das daraus resultierende Gemetzel protestierten die Arbeiter mit einem eintägigen Generalstreik, die Eisenbahner hatten zwei Tage gestreikt. Bundeskanzler Seipel blieb vage, doch es war deutlich geworden, dass die Wiener Polizei rückhaltlos gegen die Arbeiter vorgehen würde. Die politischen Fronten waren verhärtet, und die Emotionen kochten schnell hoch.

»Ich bin froh, dass wir nach London gegangen sind. Ich habe

kein gutes Gefühl. Hier hängt Gewalt in der Luft, die sich wieder entladen wird«, meinte Philip düster und ergriff Sarahs Hand, als die Tür geöffnet wurde.

Ein blasser junger Mann in schwarzem Anzug bat sie herein. »Der Herr Advokat erwartet Sie in seinem Büro, bittschön.«

Sie hatten sich telefonisch angekündigt.

Dr. von Tierbach war ein älterer Herr mit grauem Schnauzer, einer Brille und dem souveränen Auftreten eines erfahrenen Juristen. Er empfing sie hinter einem massigen dunklen Schreibtisch, auf dem eine Bronzefigur der blinden Justitia die Waagschalen der Gerechtigkeit hielt. In Bücherregalen standen dicke Folianten, die das Recht in mehreren Sprachen beinhalteten.

Nachdem sie einander vorgestellt und sich gesetzt hatten, sagte der Advokat: »Mein herzliches Beileid, verehrte Lady Maynard, Lord Maynard. Ich konnte nicht glauben, was da geschehen ist. Entsetzlich, einfach entsetzlich.«

Sarah und Philip saßen nebeneinander, und als Sarah sich ein Taschentuch gegen die Augen drückte, sagte Philip: »Hannah Hirschel war sehr eng mit meiner Frau befreundet. Wir möchten Sie auch nicht unnötig bemühen, sondern nur wissen, ob Hannah womöglich eine Verfügung bezüglich ihrer Tochter gemacht hat. Das Kind liegt uns sehr am Herzen.«

Der Anwalt nickte bedächtig und schlug eine Akte auf. »Das Ehepaar Hirschel war an jenem Unglückstag bei mir, um einige Dinge notariell beglaubigen zu lassen. Darunter war in der Tat eine ungewöhnliche Verfügung, die das vorzeitige Ableben der Ehegatten und das Schicksal ihrer gemeinsamen Tochter Rebecca betrifft. Ungewöhnlich insofern, als normalerweise, vor allem in jüdischen Familien, in denen die Tradition und das Leben des Glaubens von großer Bedeutung sind, ein Vormund ebendieser Glaubensrichtung entstammen sollte.«

Sarah schluchzte. »Sie hat es also tatsächlich wahr gemacht. Oh, Hannah …«

»Mir wurde zur Kenntnis gebracht, was Frau Hannah Hirschel und Herr Levi Hirschel festgelegt haben. Im Falle ihres vorzeitigen Ablebens ist es meine Aufgabe, Ihnen das Vermächtnis meiner Klienten anzutragen. Auf die juristischen Rahmenklauseln verzichte ich hier.«

Dr. von Tierbach räusperte sich und reichte Sarah, die sich das Taschentuch gegen ihre zitternden Lippen presste, den Brief ihrer Freundin.

Liebe Sarah, lieber Philip,

wie wir leidvoll am tragischen Verlust meiner Familie erfahren mussten, ist alles denkbar, deshalb ist es mir wichtig, Vorsorge zu treffen. Für den unwahrscheinlichen, aber doch möglichen Fall, dass Levi und mir etwas zustößt, haben wir eine Bitte an Euch. Es gibt niemanden, dem wir Rebecca lieber anvertrauen würden als Euch, vor allem Dir, liebste Sarah. Ich weiß, dass unser Kind, unser Beccerle, Dich sehr liebt und Du sie. Und Liebe ist alles, was sie braucht. Für Beccas Zukunft haben wir gesorgt. Falls Du Dich entschließt, die Vormundschaft anzunehmen, wird man Dich über alles Weitere in Kenntnis setzen. Vielleicht fragst Du Dich, warum wir keinen jüdischen Vormund gewählt haben. Die Antwort ist einfach – Du hast ein gutes Herz, und Du wirst Rebecca das Vorbild sein, das sie braucht, um eine starke, selbstbewusste Frau zu werden, denn sie muss sich allein in einer Welt behaupten, die nicht immer gut zu Frauen, zumal zu jüdischen, ist. Ihren Glauben wird sie finden, und es gibt Schulen, in denen sie von einem Rabbi unterrichtet werden kann.
Liebe Sarah und lieber Philip, wir vertrauen Euch das Liebste an, was wir besitzen – unser Kind. Wenn Ihr Euch entschließt, Rebecca ein

neues Heim zu geben, dann kann es sein, dass Ihr auf Widerstand seitens der Hirschels trefft. Levi befürchtet das, aber er hat einen Brief an seine Eltern hinterlegt und hofft, dass sie seine, unsere Entscheidung mittragen werden.
In ewiger Liebe und Verbundenheit

Hannah & Levi Hirschel

Sarah weinte, gab Philip den Brief und verbarg ihr Gesicht in den Händen. Der Anwalt wartete, bis auch Philip die Zeilen gelesen hatte und schluchzend dasaß. Schließlich räusperte sich von Tierbach gerührt und nahm den Brief entgegen.

»Darf ich fragen, wie Sie sich entscheiden?«

Sarah sah Philip an, der zustimmend nickte, und sagte mit belegter Stimme und einem Funken Hoffnung: »Wir entsprechen dem Wunsch unserer Freunde.«

41

London 1930

»Tante Sarah! Komm doch, komm!«, rief Rebecca und rannte durch den Schnee auf die Rothirsche zu, die natürlich die Flucht antraten.

Sie waren nach Richmond hinausgefahren, um ein wenig spazieren zu gehen und die Hirsche zu beobachten, die Rebecca immer wieder begeisterten. Philip blieb stehen und sagte an Sarah gewandt: »Lauf du hinter ihr her, ich warte hier auf euch.«

Sarah gab ihrem Mann einen Kuss und eilte hinter dem achtjährigen Mädchen her, das wie ein Wirbelwind durch den Schnee lief. Bevor sie Rebecca erreicht hatte, nahm sie etwas Schnee und formte ihn zu einem Ball, den sie nach dem Mädchen warf.

»Ja, Schneeballschlacht!« Rebecca quietschte vor Vergnügen, und sie bewarfen sich mit Schnee, bis sie beide völlig außer Atem waren.

»Na komm, Becca, jetzt sind wir beide nass. Nicht, dass wir uns noch eine Erkältung holen.« Sie reichte dem Mädchen die Hand, die diese ergriff und fröhlich schwenkte.

Es hatte lange gedauert, bis das Mädchen sich von dem Schock und der Trauer über den Verlust der Eltern erholt hatte. Doch seit einem Jahr blühte sie auf und ging auch gern zur Schule.

Was Sarah und Philip an Kämpfen mit Rechtsanwälten vor Gericht durchgefochten hatten, um das Sorgerecht für Rebecca zu behalten, wusste sie nicht. Und wenn es nach Sarah ging, sollte sie auch nie erfahren, dass ihre Großeltern alles taten, um das Kind für sich zu beanspruchen. Seit einigen Monaten war ein wenig Ruhe eingekehrt, denn der alte Hirschel war nach einem Schlaganfall ans Bett gefesselt.

Von Anfang an hatte Sarah sich darum bemüht, dass Rebecca einmal im Monat die Großeltern in London und auch die jüdische Sonntagsschule besuchte. Das Mädchen war intelligent und hatte ein außergewöhnliches musikalisches Talent. Lady Sudbury hatte das sofort erkannt und den besten Klavierlehrer engagiert, der Rebecca sogar bescheinigte, dass sie auf ein Konservatorium gehen könne. In Gedanken an diesen Schritt wurde Sarah das Herz schwer. Sie wollte die Kleine noch nicht gehen lassen und ihr eine möglichst unbeschwerte Kindheit ermöglichen. Gerade jetzt, wo sie ihre Fröhlichkeit wiedergefunden hatte, wäre es sicher nicht von Vorteil, sie auf eine Schule zu schicken, in der so großer Druck herrschte. Andererseits wollte sie Rebecca auch nicht die Möglichkeit nehmen, ihren Traum zu verwirklichen, eine Pianistin zu werden.

»Tante Sarah, geht es Onkel Phil nicht gut? Er macht immer so viele Pausen«, sagte Rebecca und sah sie mit ihren großen Augen an.

»Er muss sich ein wenig schonen, aber das wird schon wieder. Mach dir keine Sorgen, Becca. Phil ist zäh. Oh, das haben wir dir noch gar nicht gesagt. Wir wollen über das neue Jahr zusammen nach Paris fahren. Und weißt du auch, wer dort in der Oper spielt?«

»Nein! Doch nicht Horowitz?« Das Mädchen hüpfte aufgeregt von einem Bein aufs andere.

»Genau der. Wir haben Karten für Tschaikowskis b-Moll-Konzert bekommen!« Es war nicht einfach gewesen, Karten für ein Konzert des berühmten Pianisten zu erhalten, und nur durch die Hilfe einer Kundin von Varnham's möglich geworden.

»Oh, wie schön! Ich liebe dich, Tante Sarah!« Rebecca schlang die Arme um Sarah, drückte sie und lief zu Philip, der sich fröstelnd die Beine vertrat.

»Danke, danke, dass ihr mit mir nach Paris fahrt!«, rief sie und umarmte auch Philip, der sie lachend mit sich im Kreis drehte.

Er liebte das kleine Mädchen genauso sehr wie Sarah, und wenn sie ehrlich war, bereicherte Rebecca ihre Ehe, entspannte ihre Beziehung, die manchmal unter Sarahs Erfolg bei Varnham's und Philips Fieberschüben litt. Rebecca war zum Mittelpunkt ihres Lebens geworden, und sie taten alles, um dem Mädchen über den Verlust der geliebten Eltern hinwegzuhelfen. Dabei versuchten sie, die Erinnerung an Hannah und Levi lebendig zu halten, sprachen viel über gemeinsame Erlebnisse, und immer wieder musste Sarah beschreiben, wie Hannah ausgesehen hatte und wie ihre Stimme geklungen hatte. Wenn Rebecca traurig war, beklagte sie, dass sie vergessen hatte, wie die Stimmen ihrer Eltern geklungen hatten, doch wenn durch Sarahs Erzählungen die Bilder der Vergangenheit lebendig wurden, beruhigte sich das Mädchen.

Sarah und Philip nahmen Rebecca in die Mitte und spazierten durch den Park zum Parkplatz, auf dem sie ihr Automobil abgestellt hatten. Sarah hatte inzwischen das Fahren gelernt, denn wenn Philip krank war, musste sie mit Rebecca zur Schule oder zum Klavierunterricht fahren. Allein durch die Stadt ließen sie das Mädchen noch nicht laufen. Nach der Großen Depression im vergangenen Jahr, der Finanzkrise, die mit dem Börsencrash in New York ihren Anfang genommen hatte, war die Arbeitslosigkeit gestiegen. Die großen Industriezentren im Norden Englands litten unter der Krise. In London spürte man nicht ganz so viel wie anderswo, denn das Empire war stark, doch die Krise weitete sich zu einer weltweiten Depression aus.

»Phil, Becca, was haltet ihr davon, wenn wir essen gehen? In der Nähe des *Royal Star and Garter Home* auf Richmond Hill gibt es ein Restaurant«, schlug Sarah vor und riss sich aus ihren Gedanken.

Das Gebäude aus rotem Backstein mit den weißen Säulen war vor wenigen Jahren umgebaut und von einem Hotel in ein Heim für verwundete Soldaten, Piloten und Angehörige der Marine umgewandelt worden. König Georg V. und Queen Mary hatten das Haus vor sechs Jahren offiziell eröffnet.

»Von mir aus gern, mir knurrt schon der Magen!«, sagte Philip.

Rebecca machte sich los. »Ja, ich habe auch Hunger. Ist es da vorn? Dann laufe ich vor!«

Sie sahen dem Mädchen in dem roten Mantel und der weißen Pelzmütze hinterher, wie es davonstob.

»Hättest du das für möglich gehalten? Sie ist so glücklich und unbeschwert!«, meinte Philip und legte seinen Arm um Sarah.

Vor ihnen breitete sich eine schneebedeckte Ebene aus, an deren Ende der rote Backsteinbau auf Richmond Hill zwischen den Bäumen hindurchschimmerte.

»Nein. Es ist wie ein Wunder«, antwortete Sarah.

Philip blieb stehen und sah sie an. »Du bist das Wunder, Sarah. Ohne dich wären wir heute nicht hier.«

Wir sind gemeinsam einen langen Weg gegangen, dachte Sarah, und niemand konnte sagen, wohin er sie noch führen würde.

Nachwort

Das Auktionshaus Hofmann's ist angelehnt, wie könnte es anders sein, an das berühmte Dorotheum. 1707 gegründet, hat das größte Auktionshaus Mitteleuropas seinen Hauptsitz in der Dorotheergasse 17 im ersten Wiener Gemeindebezirk. Eine Repräsentanz in New York hat das Dorotheum nicht, das fiktive Hofmann's hingegen schon.

Bei der Auswahl der Schauplätze im Wien der 1920er-Jahre war mir der Reiseführer von Ludwig Hirschfeld eine große Hilfe. In diesem wundervollen Büchlein habe ich erfahren, welche Hotels damals angesagt waren, was ein Markör ist, wo welche Musik gespielt wurde, was eine Landpartie bedeutet und welche Lokalitäten bis vier Uhr geöffnet hatten. Das Leben des klugen Redakteurs Hirschfeld wurde auf tragische Weise durch den Nationalsozialismus beendet. Am 6. November 1942 wurde Ludwig Hirschfeld mit seiner Familie nach Auschwitz deportiert und dort ermordet.

Ähnlich tragisch erging es den Musikern des berühmten Rosé-Quartetts. Arnold Rosé studierte am Konservatorium der Gesellschaft der Musikfreunde Violine und unterrichtete an der Wiener Musikakademie. Mit seinem älteren Bruder Eduard gründete er das berühmte Rosé-Quartett, das zahlreiche Konzerttourneen unternahm und zu den bekanntesten Quartetten seiner Zeit gehörte. Umso grausamer und erschütternder ist das Schicksal der Musiker, die mit dem erstarkenden Nationalsozialismus in Wien bald nicht länger erwünscht waren. Arnold Rosé war mit einer Schwester Gustav Mahlers verheiratet. Sein Sohn Alfred war Pianist und überlebte den Holocaust. Seine Tochter Alma war eine begabte Geigerin und wurde im KZ Auschwitz-Birkenau 1944 ermordet. Von 1943 bis 1944 war Alma Dirigentin des Orchesters weiblicher Gefangener im KZ Auschwitz. Ihr Vater musste als Jude 1938 aus Wien fliehen. In London gab er 1945 sein letztes öffentliches Konzert und starb dort im Jahr darauf.

Exemplarisch für den Gesinnungswandel der Bevölkerung hin zum Nationalsozialismus stehen Vertreter der kulturellen Elite wie Professor Wilhelm Czermak (1889–1953). Antisemitische Netzwerke entstanden früh an der Universität Wien, allen voran die »Bärenhöhle«, der »Deutsche Klub« und die »Deutsche Gemeinschaft«. Das Ziel dieser Vereinigungen war es, die Habilitationen und Berufungen jüdischer oder politisch links stehender Wissenschaftler zu verhindern. Nach dem Anschluss Österreichs an das Deutsche Reich 1939 machten viele der Klubmitglieder Karriere. Besonders tragisch in meinen Augen ist, dass auch nach dem Krieg zahlreiche ehemalige Mitglieder dieser antisemitischen Verbände in hohen Positionen verblieben. Czermak beispielsweise wurde 1952 Rektor der Wiener Universität und Präsident der Rektorenkonferenz. Auf der Negativliste der Steindorff-Liste ist Czermak Nummer fünf. Der Ägyptologe Georg Steindorff erstellte eine Liste, die das Verhalten deutscher Ägyptologen während der NS-Zeit im Deutschen Reich beurteilt.

In diesem Kontext und vor dem Hintergrund der immer stärker werdenden Unruhen und Kämpfe zwischen Sozialdemokratie und Nationalisten in Wien steht das Schicksal von Hannah und Levi Hirschel.

Wie auch im ersten Band der Auktionshaus-Saga *Der Glanz Lon-*

dons gibt es für alle hier erwähnten Kunstgegenstände reale Vorbilder, die ich Auktionshauskatalogen entnommen habe. Ich selbst hatte das große Glück, an einer bedeutsamen Auktion im Dorotheum aktiv teilnehmen zu dürfen – ein unvergessliches Erlebnis.

Wer sich für die Welt der Auktionshäuser interessiert, dem empfehle ich unbedingt den Besuch einer Auktion: Es gibt viele kleine und große Häuser, bei denen man auch weniger kostspielige Stücke ersteigern kann. Ganz besonders schön ist das Gebäude des Dorotheums in Wien. Ein Besuch, vielleicht auf dem Weg zur *Hofburg* oder dem *Sacher*, lohnt sich immer.